L'AMOUR POUR TOUJOURS

LA SÉRIE RESTER À FLOT, LIVRE 5

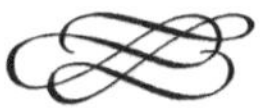

MARIE FORCE

L'amour pour toujours

La série Rester à flot, Livre 5

Par Marie Force
Publié par HTJB, Inc.
Copyright 2020. HTJB, Inc.
Couverture par Kristina Brinton
Mise en forme ebook par E-book Formatting Fairies
ISBN: 978-1952793745

marieforce.com

La meilleure façon de garder le contact, c'est de vous abonner à ma newsletter. Rendez-vous sur marieforce.com et souscrivez dans la boîte en haut de l'écran qui demande votre nom et adresse mail. Si vous n'avez pas régulièrement de mes nouvelles, merci de vérifier que votre filtre anti-spam ne bloque pas mes messages et configurez votre boîte mail pour recevoir mes messages et ne jamais rater un nouveau livre, une opportunité de gagner des prix fabuleux ou une de mes visites dans votre région.

Abonnez-vous à mon blog pour recevoir les toutes dernières et meilleures nouvelles, y compris sur les cadeaux et prix fabuleux. Rendez-vous sur le blog et ajoutez votre adresse mail en haut à droite.

La Série Rester à flot

Livre 1 : Rester à flot
(Jack & Andi)
Livre 2 : Marquer le pas
(Clare & Aidan)
Livre 3 : Tout recommencer
(Brandon & Daphne)
Livre 4 : Le retour

(Reid & Kate)
Livre 5: L'amour pour toujours
(Maggie & Brayden)

*À tous les lecteurs qui ont réclamé l'histoire de Maggie ces sept dernières années,
ce roman est pour vous. Merci à vous tous de m'avoir demandé de finir cette série.
Vous aviez raison. Un livre de plus était nécessaire.*

CHAPITRE 1

Le printemps dans le centre du Tennessee était arrivé
soudainement. Après des semaines de pluie apparemment sans
fin, du jour au lendemain les kilomètres de collines ondulantes
étaient devenus vert émeraude, les Lilas des Indes, les érables et les chênes
avaient vu leurs bourgeons éclore, et la douce odeur de la vie nouvelle
avait empli l'air. Le forsythia, premier présage du printemps, avait explosé
de jaune des semaines plus tôt qu'à la maison, dans le Rhode Island, rapidement suivi par les jonquilles et les tulipes qui avaient rempli de
couleurs vives les parterres de fleurs luxuriants. Et lorsque le mois de juin
avait succédé au mois de mai, les jours étaient devenus plus longs et plus
chauds, la pluie moins fréquente.

Maggie Harrington emporta avec elle une tasse de café et traversa
l'allée menant aux écuries pour aller voir les chevaux. Les avoir à proximité était l'un des meilleurs aspects de sa nouvelle vie à la tête de
Matthews House, un refuge pour femmes et enfants en crise fondé par sa
sœur Kate, superstar de la musique, et son beau-frère Reid Matthews.
Maggie avait toujours été passionnée par les chevaux, et leur présence lui
avait manqué pendant les années où elle avait vécu à New York.

Elle trouva Thunder, le pur-sang noir et svelte que Reid avait offert à
Kate au début de leur relation plus de dix ans auparavant, dans le
paddock, mis à l'extérieur pour une journée d'exercice et de soleil. Le

vieux cheval émit un petit hennissement de joie en la voyant arriver, probablement parce qu'il savait qu'elle venait toujours avec des cadeaux, et il trotta jusqu'à elle. Debout devant la haute clôture qui entourait le champ, Maggie lui donna des tranches de pomme et des carottes, malgré les directives de Kate qui disait qu'il devait perdre du poids.

Maggie n'était pas d'accord. À ce stade de sa vie, il méritait d'avoir tout ce qu'il voulait.

Sa langue veloutée balaya la paume de sa main, engloutissant les carottes d'un coup.

Maggie rit. « Cochon. »

Il grogna en réponse et donna un coup de tête à sa main, cherchant à obtenir plus à manger. Kate jurait que le cheval avait des comportements humains, et Maggie était d'accord avec sa sœur. En raison de sa grossesse, Kate avait fait transférer Thunder à Matthews House pour que Maggie puisse lui faire faire de l'exercice pendant cette période. Maggie était déjà triste à l'idée que Thunder rentre à la maison une fois que Kate aurait accouché et serait en mesure de reprendre l'équitation.

Maggie trouva un seul morceau de sucre dans sa poche et le lui donna, se sentant coupable de favoritisme entre les chevaux. Après avoir donné des morceaux de pomme aux autres chevaux qui étaient venus lui dire bonjour et leur avoir accordé un peu d'attention, elle retourna vers la maison pour commencer sa journée de travail. Si aucune nouvelle crise ne survenait, elle pourrait avoir fini assez tôt pour pouvoir faire du cheval avant le dîner chez Kate et Reid.

Un coup de klaxon d'une voiture arrivant dans la longue allée la retint à l'extérieur. Elle reconnut la Jaguar sportive argentée d'Ashton Matthews. Ashton, le fils de Reid, était fiancé à la sœur de Maggie, Jill, et était l'avocat bénévole du refuge. Et oui, ses sœurs s'étaient liées à un père et son fils. Leur histoire avait commencé lorsque Kate avait rencontré Reid, alors qu'elle avait dix-huit ans et poursuivait son rêve à Nashville.

Grand, blond, large d'épaules et séduisant, Ashton sortit de la voiture en glissant un porte-documents en cuir sous son bras. Il était vêtu d'un costume bleu marine et d'une cravate assortie. « Je suis content de tomber sur toi. Je suis en route pour le bureau et j'espérais pouvoir te parler une minute. » Depuis qu'ils s'étaient fiancés à Noël dernier, Ashton vivait avec Jill dans la maison que Kate avait construite pour elle sur son domaine. Ashton et Jill allaient se marier fin juillet à Newport, Rhode Island, la ville natale des sœurs Harrington. Jill avait choisi une date environ un mois après la naissance du bébé de Kate, pour s'assurer que les deux évènements ne coïncideraient pas et pour que Kate soit, avec un peu de chance, bien remise et puisse voyager avec le bébé.

« Qu'est-ce qui se passe ? » lui demanda Maggie.

Ashton voulait participer au projet mené dans la maison de sa famille et avait proposé de faire tout le travail juridique nécessaire. « J'ai vérifié les antécédents de ton chuchoteur. »

Brayden Thomas leur avait été vivement recommandé et devait arriver pour un entretien après le déjeuner. Elle avait demandé à Ashton de faire des recherches sur lui, comme il l'avait fait pour tous les employés qu'ils avaient embauchés au cours des derniers mois. Le fait qu'il soit venu personnellement ici pour en discuter avec elle n'était pas de bon augure. « Et alors ?

— Tout est normal, mis à part une chose bizarre.

— Qu'est-ce que c'est ?

— Il a un casier judiciaire en tant que mineur.

— Qu'est-ce qu'il a fait ?

— Pas moyen de savoir. Les dossiers des mineurs sont scellés. J'ai fait un peu de recherche supplémentaire, sinon je ne l'aurais jamais trouvé.

— Ah. »

Maggie essayait de digérer de ce développement inattendu. Brayden avait été si fortement recommandé. Elle n'avait pas pensé trouver qu'il avait des choses à cacher.

« Quoi que ce soit, c'est arrivé il y a des années. Il a presque trente ans. Son casier judiciaire d'adulte est vierge. Il a une licence et une maîtrise en sciences animales de l'université de Knoxville, Tennessee. »

Maggie avait demandé et obtenu une subvention pour gérer un programme d'équitation thérapeutique pour les enfants qui venaient séjourner au refuge et avait prévu d'offrir le poste à Brayden si l'entretien se passait bien. Elle avait voulu que le programme soit distinct de ce que Reid et Kate avaient fait avec Matthews House, quelque chose qui était entièrement de sa propre initiative. Après avoir étudié l'équithérapie à l'université, elle était déterminée à la rendre accessible à leurs résidents.

« Que vas-tu faire ? demanda Ashton.

— Mener l'entretien et lui demander ce qu'il en est, je suppose. Il avait fallu des mois pour trouver Brayden, puis une semaine de messages entre eux pour fixer le rendez-vous. L'idée de recommencer à zéro pour trouver quelqu'un d'autre la fatiguait, et il n'était que 8 h 30 du matin.

— C'est ce que je ferais, moi aussi. Peut-être que c'est une farce d'adolescent stupide ou quelque chose comme ça. »

S'il s'agissait de quelque chose de plus que cela, Maggie hésiterait à engager cet homme pour travailler avec les enfants en difficulté qui viendraient un temps à Matthews House.

Comme Kate et Reid finançaient personnellement le programme, ils étaient en mesure d'établir leurs propres règles pour le programme, mais la sécurité était leur priorité absolue. Ils avaient installé des barrières de sécurité surveillées pour renforcer la sécurité de leurs résidents, dont beaucoup avaient fui des relations violentes. Assurer leur sécurité devait aussi être la priorité absolue de Maggie.

« Bonne chance, dit Ashton en remontant dans sa voiture. Je te vois plus tard au dîner ?

— Je serai là. »

Il la salua d'un geste de la main en faisant demi-tour avec la voiture et partit en direction de la ville, loin de la maison où il avait grandi. Reid était devenu père célibataire lorsque la mère d'Ashton avait été tuée dans un accident de voiture alors que ce dernier n'avait que deux ans. Jill avait dit qu'Ashton n'avait aucun souvenir de sa mère, à l'exception des photos que son père avait gardées dans la maison et des histoires qu'il lui avait racontées.

Maggie ne pouvait pas imaginer ce que cela avait dû être pour lui de grandir sans sa mère. Elle avait passé trois ans sans la sienne après qu'un accident avait mis Clare dans le coma. Le jour où elle s'était remise de façon inattendue avait été le plus beau jour de la vie de Maggie. Parfois, elle n'arrivait toujours pas à croire tout ce qui s'était passé après l'accident de sa mère.

Cela avait divisé leur vie en deux parties : avant l'accident et après.

Elle tressaillit en se remémorant l'horreur de la voiture qui avait percuté sa mère, le fait que Clare avait vu la voiture arriver mais n'avait pas réagi, le craquement écœurant au moment de l'impact et le vol surréaliste, au ralenti, du corps de sa mère dans les airs, sa tête heurtant le pare-brise avec un bruit comme Maggie n'en avait jamais entendu ni avant, ni depuis.

« Arrête. Ne pense pas à ça. » Plus facile à dire qu'à faire. Les images de ce moment effroyable étaient gravées de façon indélébile dans son âme. Elles ne la tourmentaient plus comme au début, le temps et la thérapie lui ayant donné des moyens de faire face à la détresse la plupart du temps. Cependant, cette période de l'année remettait toujours les souvenirs au premier plan, car l'accident s'était produit un jour comme celui-ci. Se débarrassant de ces pensées troublantes, Maggie rentra dans la maison, se versa une autre tasse de café et l'apporta à son bureau pour commencer sa journée de travail.

Elle prit une seconde pour vérifier son téléphone et trouva un texto de son frère Eric, qui allait recevoir son diplôme de fin d'études secondaires quelques jours avant le mariage de Jill.

Aide-moi. Ils me rendent fou. Je ne veux pas aller à l'université cette année. J'ai besoin de faire une pause dans ma scolarité. Tu promets de ne rien dire ? J'ai un secret !

Maggie ne fut pas surprise d'apprendre son manque d'intérêt pour l'université. Eric n'avait pas été très enthousiaste lorsque son beau-père, le père de Maggie, et sa mère Andi, la belle-mère de Maggie, l'avaient emmené visiter quelques écoles. Il n'avait posé sa candidature que sous la pression de ses parents, professeurs et conseillers d'éducation. Il avait été accepté dans les cinq écoles où il avait postulé et s'était inscrit à contre-cœur à Northwestern, à Chicago, la ville natale d'Andi, juste à la date limite.

Quand ai-je dévoilé tes secrets ? Crache le morceau !

Je postule pour les Corps de la Paix[1].

Waouh. C'était une énorme nouvelle. *J'adore. Je te vois très bien faire ça.*

Vraiment ? Je peux enseigner l'ASL, dit-il, en faisant référence au langage des signes américain. Eric était né sourd, et Maggie avait appris le langage des signes avec lui et Andi. Lorsque Maggie n'avait pas réussi à trouver un emploi de conseillère familiale après l'université, cette compétence s'était avérée utile car elle avait été engagée pour assurer la traduction en langue des signes lors de procès criminels.

Tout à fait ! Ce serait une belle aventure. Fais-moi savoir comment ça se passe, et quand tu seras prêt à présenter ton cas aux parents, je t'aiderai.

Tu es la meilleure. Jtm.

Jtm aussi. Tiens-moi au courant.

Il répondit avec l'émoji du pouce levé.

Maggie espérait qu'Eric y arriverait, surtout que leur père tenait vraiment à ce qu'ils aillent tous à l'université. Elle avait rencontré beaucoup de gens à l'université qui n'y avaient pas leur place, et n'aurait pas peur de le dire à son papa et à Andi si les choses devaient en arriver là. Peut-être qu'Eric pourrait prendre quelques années pour faire du bénévolat et aller à l'université plus tard.

Teresa, la responsable du programme de nuit, apparut à la porte du bureau de Maggie quelques minutes plus tard. « Bonjour.

— Bonjour. Comment ça se passe ?

— Tout est calme. La famille McBride a eu une nuit difficile parce que le bébé fait ses dents, mais Debbie a réveillé les deux plus grands et les a préparés pour aller prendre le bus.

— Les enfants ont-ils pris leur petit-déjeuner ? »

Deux jours la semaine dernière, les enfants McBride n'avaient pas pris de petit-déjeuner parce qu'ils étaient en retard pour attraper le bus. Maggie les avait envoyés à l'école avec des barres de céréales et des briquettes de jus de fruits.

« Oui, ils l'ont pris.

— Eh bien, il y a du progrès. »

En plus de fournir un abri d'urgence, des services de conseil et d'orientation professionnelle, leur programme visait à aider les parents en difficulté à acquérir des compétences et des routines conçues pour les préparer à vivre un jour de façon indépendante avec leurs enfants. Certaines mères avaient davantage besoin de cette aide que d'autres. L'une des choses que Maggie en était venue à apprécier était la façon dont les mères plus expérimentées offraient leur sagesse et leurs conseils aux plus jeunes, ce qui leur donnait une communauté de soutien qui, avec un peu de chance, continuerait après leur séjour à Matthews House.

« Autre nouvelle, Corey a des douleurs. Ça pourrait être des fausses contractions, de type Braxton-Hicks. Je l'ai mise en tête de liste pour Arnelle quand elle arrivera. »

Maggie fut alarmée d'apprendre que Corey Gellar, vingt ans, pourrait être en début de travail avec son premier enfant. Elle leur avait été signalée par la police du comté de Davidson après une intervention dans une situation domestique à son domicile. Son petit ami avait été arrêté pour avoir agressé sa compagne enceinte, et il était encore en prison. « Combien de temps entre les douleurs ?

— Douze minutes.

— Merde. Elle n'est qu'à trente semaines. Devrions-nous appeler les secours ? C'étaient les moments que Maggie trouvait les plus difficiles dans son nouveau travail. Quand une situation devenait-elle une crise, et comment savoir si elle faisait ce qu'il fallait ?

— Corey ne pense pas que ce soit nécessaire.

— OK, dit Maggie en expirant. Nous verrons ce qu'en dira Arnelle. »

La journée de Maggie devint incontrôlable à partir de ce moment-là. Quand Arnelle établit que Corey pouvait être en début de travail, ils appelèrent les secours. Maggie se retrouva à l'hôpital avec Corey jusqu'à ce qu'ils décident de l'hospitaliser pour voir s'ils pouvaient arrêter les contractions. Elle y resta jusqu'à ce qu'une amie de Corey vienne la rejoindre. « Je viendrai te voir un peu plus tard », dit-elle à la petite jeune femme aux cheveux blonds et aux traits fragiles marqués par des bleus qui rendaient Maggie furieuse. Comment un homme pouvait frapper une femme enceinte, elle ne le saurait jamais.

Au cours des derniers mois, elle avait été contrainte de prendre du recul par rapport à ce genre de situation, sous peine de devenir folle à cause des choses qu'elle voyait et entendait tous les jours. Elle ne comprendrait jamais comment des gens pouvaient faire de telles choses aux personnes qu'ils aiment, mais cela arrivait bien trop souvent.

Arnelle aimait à dire que les crises les maintenaient en activité, ce qui était malheureusement vrai. Elle disait aussi que l'humour noir était nécessaire pour rester sain d'esprit quand on travaillait avec des familles en difficulté.

En rentrant à la maison par des routes de campagne pittoresques et sinueuses, Maggie avait baissé le carreau et augmenté le volume de la stéréo. Par ici, la musique country faisait fureur, mais ce n'était pas son truc. Elle préférait sa playlist alternative à la country, même si elle ne l'avouait pas à sa sœur Kate, l'une des plus grandes stars de la musique country.

Pour Kate, Maggie faisait une rare exception à sa règle de ne pas écouter de musique country. Elle adorait le travail de Kate, ainsi que celui de ses mentors, Buddy Longstreet et Taylor Jones. Kate et Reid, qui avait grandi avec Buddy, considéraient Buddy, Taylor et leurs quatre enfants comme de la famille.

Maggie prit le dernier virage avant le contrôle de sécurité où le jeune et bel agent lui fit signe de passer en affichant un grand sourire. Xander était toujours amical et dragueur avec elle. Cependant, elle ne l'encourageait pas parce qu'elle n'était pas en état de penser aux hommes, aux rendez-vous ou à quoi que ce soit de ce genre. Rien que d'y penser la faisait frémir de dégoût après ce qu'elle avait vécu avec le dernier type qu'elle avait fréquenté.

Elle emprunta la longue allée qui menait au domaine des Matthews, passant devant la maison d'hôtes à deux étages de style Tudor où Kate avait passé sa première nuit à Nashville, et se gara sur sa place de parking habituelle derrière les écuries. Ce n'est qu'en faisant le tour des écuries et en tombant nez à nez avec un bel homme vêtu d'un jean bien usé et d'une chemise à carreaux ajustée de style western qu'elle se souvint du rendez-vous avec Brayden Thomas qu'elle n'avait pas réussi à reprogrammer après la crise d'accouchement prématuré de Corey.

Les photos qu'elle avait vues de Brayden ne lui rendaient pas justice. Grand et large d'épaules, avec des cheveux foncés et des yeux marron clair, il ressemblait à une version cinématographique d'un cow-boy. Il retira de sa tête un chapeau de cow-boy tanné et usé, dans un geste de respect qu'elle trouva extrêmement charmant.

« Êtes-vous Maggie ?

— Oui, c'est moi. »

Il fit un pas en avant, la main tendue. « Brayden Thomas. Ravi de vous rencontrer enfin. »

Elle serra sa main durcie par le travail et croisa son regard intense. Les bonnes manières et le contact visuel aussi, deux choses qui comptaient pour les personnes qui travaillaient dans l'équithérapie. « De même. Je suis désolée d'être en retard pour notre rendez-vous. J'ai eu une urgence avec l'une des femmes.

— Pas de souci. Arnelle m'a dit ce qui se passait. Elle m'a laissé le temps de visiter les lieux. Quel bel endroit vous avez là.

— Il appartient à mon beau-frère et à ma sœur, en fait.

— Votre sœur est Kate Harrington, n'est-ce pas ?

— Oui, c'est cela. »

Les yeux de Brayden brillaient d'excitation. « Je suis un *grand* fan. Je l'ai vue en concert cinq ou six fois. Elle est fantastique. »

Maggie n'était jamais sûre comment répondre quand on faisait l'éloge de Kate, alors elle dit ce qu'elle disait toujours. « Merci. Nous sommes fiers d'elle.

— Vous ne lui ressemblez pas.

— Non. Je ressemble à mon père, et elle, c'est notre mère tout craché. On a les mêmes yeux, cependant. Pourquoi lui disait-elle tout cela alors qu'elle devrait être en train de lui demander comment il avait atterri en maison de correction ?

— J'ai eu la chance de découvrir les écuries, et elles sont parmi les plus belles que j'aie jamais vues. J'ai vraiment hâte d'en savoir plus sur ce que vous avez en tête pour le programme d'équithérapie. »

Ce serait le moment idéal pour lui dire que tu ne peux pas embaucher quelqu'un qui a un casier judiciaire, Maggie. « Comme vous le savez, la plupart des programmes se concentrent sur les enfants et les adultes ayant des besoins spécifiques. Ici, il ne s'agit pas tant de cela que de fournir une thérapie et des leçons d'équitation à des enfants qui ont subi des traumatismes et/ou souffrent de syndrome de stress post-traumatique. »

Il acquiesça, écoutant attentivement tout ce qu'elle disait.

Maggie se rendit compte qu'il avait commencé à se diriger vers les écuries et, comme si elle avait été hypnotisée ou quelque chose de ce genre, elle marcha avec lui sans consciemment avoir fait le choix de bouger.

« Les enfants ont été maltraités, alors ?

— Certains d'entre eux. D'autres ont vu des choses qu'aucun enfant ne devrait jamais voir – des parents qui font des overdoses, des pères qui battent les mères, des mères qui battent les pères, parmi d'autres choses qu'on ne peut pas oublier. »

Comme sa mère qui se fait renverser par une voiture juste devant soi...

« Je vois. Ma philosophie consiste à renforcer la confiance en soi. Je dis aux enfants avec lesquels je travaille que si on peut monter un animal de cinq cents kilos et lui faire faire ce qu'on lui dit, on peut tout faire. Il sortit sa main pour gratter le nez d'une jument quarter horse nommée Dandy, qui se pencha pour se laisser caresser. Cette approche pourrait convenir aux enfants de votre programme, il me semble. »

Ce serait parfait. C'était exactement ce dont Maggie avait rêvé lorsqu'elle avait proposé à Reid et Kate d'utiliser deux des chevaux en pension dans la propriété des Matthews pour un programme d'équitation thérapeutique. Une fois qu'elle aurait engagé quelqu'un pour superviser le programme, il allait falloir évaluer chaque cheval pour son tempérament et son aptitude.

Maggie avait obtenu des autorisations signées par les propriétaires des autres chevaux, les permettant d'être utilisés dans ce but s'il était déterminé que leur tempérament convenait au programme. La plupart des propriétaires étaient des amis de Reid ou d'Ashton, donc obtenir cette permission n'avait pas été difficile. En fait, les propriétaires étaient ravis de savoir que leurs chevaux allaient contribuer à améliorer la vie d'enfants dans le besoin et qu'ils feraient de l'exercice régulièrement.

« Comme je l'ai mentionné au téléphone, il est important que je travaille en étroite collaboration avec un conseiller ou un thérapeute pour adapter mon programme aux besoins de chaque enfant.

— C'est là que j'interviens, dit Maggie. J'ai un diplôme universitaire en travail social, et un master en conseil conjugal et familial. » Elle s'était cassée le cul pour finir les deux programmes en un peu plus de cinq ans à l'université de New York.

Un sourire chaleureux illumina son magnifique visage. « C'est un mariage idéal vu ce que je fais. »

Pour une raison quelconque, Maggie eut envie de glousser en l'entendant dire les mots « mariage idéal ». Oui, il correspondait parfaitement à son programme, et le fait qu'il soit beau à mourir ne faisait pas de mal non plus.

« Ce sont les chevaux avec lesquels je travaillerais ? »

Ce serait le moment idéal pour lui dire qu'il ne pouvait pas travailler ici. « En effet. Tous sauf Thunder. Elle désigna ce dernier du doigt. Il prend de l'âge, et Kate pense qu'il vaudrait mieux qu'il ne fasse pas partie du programme. »

Brayden parcourut la rangée de stalles, accordant à chacun des chevaux une minute de son temps et de son attention. Chacun d'entre eux lui répondait favorablement, même Lonnie, qui n'aimait personne – du moins c'était l'impression qu'elle avait donnée jusque-là. « Thunder est-il en bonne santé ?

— Il est en excellente santé et il est doux comme un agneau.

— Il serait idéal pour le programme, mais je comprends si votre sœur ne veut pas que nous l'utilisions. D'après mon expérience, les chevaux plus âgés sont parfois plus adaptés à l'équitation thérapeutique. Ils ont déjà fait leurs bêtises, pour ainsi dire.

— Je suis sûre que Kate serait disposée à en discuter. »

Il passa une main sur la nuque élégante de Thunder, et le cheval fit un signe de tête en réponse. « Avez-vous reçu les informations que j'ai envoyées sur ma certification de l'association professionnelle de l'équitation thérapeutique, et mon assurance ? »

Elle lécha ses lèvres qui étaient devenues sèches en le regardant communiquer avec les animaux et remarqua comment chacun d'eux lui répondait avec confiance. « Oui, merci de les avoir envoyées. »

En plus de son affinité évidente avec les chevaux, il aurait fallu que Maggie soit morte et enterrée pour ne pas remarquer qu'il était, sans aucun doute, le plus bel homme qu'elle ait jamais rencontré en personne. Il lui en faisait perdre son latin et la rendait gaga dans sa tête rien que par sa façon d'interagir avec les chevaux qu'elle aimait comme des personnes.

Il avait une façon douce et apaisante de se comporter qui serait idéale pour le groupe d'enfants avec lequel il travaillerait. En fait, il était presque impossible pour Maggie de concilier les informations qu'Ashton lui avait données avec l'homme qui se tenait devant elle.

Peut-être qu'il avait enquêté sur le mauvais Brayden Thomas.

C'était possible, non ?

Elle prit une profonde inspiration pour se donner du courage et expira. « Nous avons fait une vérification des antécédents, ce qui est habituel avec toutes les personnes que nous embauchons.

— OK.

— Nous avons découvert que vous avez un casier judiciaire de mineur.

— Oui, en effet.

— Pouvez-vous me dire de quoi il s'agit ?

— Ah, non. »

---

1. Agence du gouvernement américain, fondée par le president Kennedy, pour aider les pays défavorisés et promouvoir une meilleure compréhension réciproque des habitants de ces pays et des américains.

CHAPITRE 2

Maggie était en retard pour le dîner, mais ce n'était pas nouveau. Elle, qui était fière de sa ponctualité dans son ancienne vie, n'était presque jamais à l'heure dans sa nouvelle vie. « Désolée », dit-elle à Kate en entrant dans la grande cuisine de sa sœur.

Reid et Ashton étaient assis au bar et dévoraient des chips et de la salsa, tandis que Kate et Jill étaient aux fourneaux.

Kate l'embrassa sur la joue. « Tu n'as pas raté grand-chose. Elle jeta un coup d'œil vers les hommes. Ils ne parlent pas avant d'avoir consommé le premier bol de chips.

— C'est vrai. Jill embrassa Maggie sur l'autre joue. Tu as passé une bonne journée, ma chérie ?

— Une journée de dingue.

— Dingue dans le sens bonne journée ou dans le sens mauvaise journée ? Kate la regardait attentivement, chose qu'elle faisait toujours ces jours-ci, comme pour voir si Maggie craquait sous la pression de son nouveau travail.

— Un peu des deux. Maggie préparait un rapport de situation hebdomadaire qu'elle envoyait par mail à Kate et Reid le vendredi, les mettant à jour sur chacun des résidents et les efforts déployés par l'équipe que Maggie avait engagée pour les aider. Ils s'étaient mis d'accord sur ce plan pour ne pas se sentir obligés de parler de l'établissement à chaque fois qu'ils étaient ensemble.

— Tu as besoin de nous ? demanda Reid.

— Pas pour le moment, mais je vous le ferai savoir si c'est le cas.

— Nous sommes toujours là pour toi, ma belle. Tu le sais.

— Oui, oui. Maggie sourit avec gratitude à son beau-frère, charmée comme toujours par son accent ravissant et sa gentillesse naturelle. Tu sais que j'apprécie ton soutien, mais ce que j'apprécierais encore plus là, maintenant, c'est une Margarita. Et une grande.

— Ça arrive tout de suite. » Jill alluma le robot Ninja et prépara une délicieuse Margarita à la fraise qu'elle garnit de citron vert.

Maggie en prit une gorgée, fermant les yeux alors que la chaleur de la tequila se répandait dans son corps, la calmant après une autre folle journée. « C'est délicieux. Quand elle ouvrit les yeux, les autres la regardaient avec inquiétude. Je vais *très* bien. J'aime chaque instant de ce travail. C'est juste que ça fait beaucoup, mais je m'en sors. Je le jure. »

Même si elle avait fait un stage d'un an dans un refuge pour sans-abris à New York pendant ses études universitaires, elle n'avait travaillé que dans le centre de dons et sinon aidé les enfants à faire leurs devoirs. Diriger l'ensemble du programme était un défi d'un tout autre niveau, qu'elle adorait la plupart du temps.

Kate et Reid échangèrent un regard qui indiqua à Maggie qu'ils s'inquiétaient de savoir si elle avait accepté plus qu'elle ne pouvait gérer en adoptant le projet qui pour eux était une passion. Elle ne voulait pas qu'ils soient inquiets. Elle voulait qu'ils soient convaincus d'avoir fait le bon choix en désignant la sœur inexpérimentée de Kate comme directrice.

Maggie appréciait le fait qu'ils étaient toujours beaucoup plus préoccupés par *elle* que par le programme lui-même, même s'ils avaient tous deux consacré beaucoup de temps et d'attention au programme au cours des six derniers mois. Ils avaient choisi d'être plus détachés maintenant que Maggie était en charge, mais ils avaient clairement fait savoir qu'elle pouvait les joindre par un simple coup de fil ou par SMS en cas de besoin. Avant qu'elle puisse penser à quelque chose de plus à dire pour les rassurer, le téléphone de Jill sonna.

« C'est Maman qui me parle sur FaceTime des préparatifs du mariage. Le mariage, prévu pour le dernier week-end de juillet, allait avoir lieu à l'Infinity Newport, l'hôtel que la société de son papa avait construit sur la célèbre Ocean Drive de Newport. Il avait rencontré sa femme, Andi, au cours de ce projet, et elle avait ensuite été nommée directrice générale de l'hôtel.

— Tu nous as toutes pour le prix d'un seul appel, dit Jill à leur mère, Clare, alors qu'elle faisait un panoramique de la réunion avec son téléphone.

— Toutes mes filles ensemble. J'adore. Comment va tout le monde ? Clare avait les cheveux blonds et les mêmes yeux bleus saisissants que Kate et Maggie. Bien qu'ayant la cinquantaine passée, elle disait que Max et Nick, les fils qu'elle partageait avec son second mari, Aidan, la gardaient jeune.

— Maggie est stressée, Kate est énorme et je vais très bien, dit Jill.

— Je sais pourquoi Kate est énorme – elle va faire de moi une grand-mère, après tout – mais pourquoi Maggie est-elle stressée ?

— Je ne le suis pas. Maggie lança un regard noir à Jill. Je suis juste en train de m'adapter à mon nouveau travail et à être responsable de vingt personnes supplémentaires. C'est peu de chose.

— Elle donne l'impression que c'est facile alors que ça ne l'est pas, dit Kate.

— Assez parlé d'elles. Jill afficha un sourire enjoué en faisant un signe de la main pour congédier ses sœurs. Parlons de *moi* et de *mon mariage* !

— Tu vois un peu ce que tu vas épouser ? » dit Maggie à Ashton.

Il sourit comme le fou amoureux qu'il était en présence de Jill. « N'est-elle pas *magnifique* ? »

Maggie imita des bruits de vomissement qui firent rire tout le monde.

Jill adressa un énorme sourire béat à son bien-aimé. « Ça te gagne beaucoup de points à utiliser au moment du coucher, mon amour. »

Ashton s'étira et bailla de façon spectaculaire. « Je me sens vraiment *fatigué* tout à coup. »

Alors que les autres riaient, Maggie eut un étrange sentiment de vide. Jill et Kate avaient déjà réussi leur vie, et elle était toujours en train de patauger. D'accord, elle avait quelques années de moins qu'elles, mais quand même... Leur bonheur délirant faisait qu'elle se demandait si elle trouverait un jour ce qu'elles avaient avec Ashton et Reid.

Pour une raison quelconque, cela lui fit penser à Brayden Thomas. Elle eut envie de rire à gorge déployée devant le cheminement de ses pensées, mais sa famille la croyait déjà au bord de la crise de nerfs. Pas besoin de leur en donner la preuve.

Pendant que Jill et Kate parlaient des plans de mariage avec leur mère, Maggie surveillait la cuisine et remuait le poulet que Kate avait préparé pour les fajitas.

« Comment ça s'est passé avec le chuchoteur ? demanda Ashton.

— Je ne suis pas sûre. »

Il lui proposa une autre Margarita, mais elle refusa. Un verre était sa limite ces jours-ci. Elle ne savait jamais quand elle serait appelée à gérer une nouvelle crise et devait être prête – et capable de conduire. « Que s'est-il passé ?

— J'ai mentionné que nous avions remarqué qu'il avait un casier judiciaire de mineur scellé et je lui ai demandé s'il pouvait me dire pourquoi.

— Et ?

— Il a dit, et je cite, Ah, non. »

Ashton pencha la tête avec curiosité. « C'est tout ? Juste ah, non ?

— C'est tout.

— Euh, eh bien, il n'est pas obligé de partager cette info avec toi en tant qu'employeur potentiel. L'information la plus importante, à mon avis, c'est son casier judiciaire des douze dernières années, qui est impeccable.

— Alors tu serais content de l'engager sur cette base ainsi que sur les nombreuses recommandations ?

— Je pense que oui.

— Même en sachant qu'il y a quelque chose dans son passé qui l'a conduit en prison pour mineurs ?

— Je ne sais pas toi, mais je détesterais que des choses que j'ai faites étant enfant puissent m'être reprochées une fois adulte.

— Sans blague. »

Ashton fit un sourire malicieux en se penchant vers elle. « Qu'est-ce que tu as fait, toi ? Avant de rencontrer Brayden Thomas, Maggie pensait qu'Ashton était l'un des plus beaux hommes qu'elle ait jamais rencontrés. Maintenant la barre avait été mise encore plus haut.

— Rêve toujours. Je ne te le dirai pas.

— Je suis sûr que tu étais une enfant sauvage, dit-il en riant.

— Je me suis amusée un peu mais je n'ai jamais eu de vrais problèmes. Qu'est-ce que ma grand-mère avait l'habitude de dire ? Cela aurait tout aussi bien pu être moi sans la grâce de Dieu pour m'aider ?

— La mère de Buddy, Martha, dit ça aussi.

— Je suppose que le point essentiel est que nous avons tous des choses que nous regrettons dans le passé. Brayden est hautement recommandé et a un casier judiciaire vierge en tant qu'adulte. J'ai appelé ses référents, et ils ne tarissent pas d'éloges sur lui. Les dernières personnes ont dit qu'ils l'avaient licencié uniquement parce qu'ils avaient perdu le financement de leur programme. Je voulais mettre en place une période probatoire de trois mois, mais Brayden a dit que c'était tout ou rien. S'il doit tout quitter et déménager pour venir au domaine, il ne veut pas que ce soit à titre provisoire.

— Nous pouvons rédiger son contrat pour qu'il puisse être résilié à tout moment pour motif valable.

— Qu'est-ce que ça veut dire ?

— Que vous pourrez trouver un manquement à son égard pour n'importe quelle raison et le virer.

— Est-ce que c'est juste, ça ?

— C'est juste pour vous. Cela vous donne une porte de sortie s'il ne fait pas son travail ou si vous prenez connaissance d'autres informations. C'est un langage assez commun dans les contrats de travail. Il aura aussi le droit de démissionner à tout moment, avec un préavis d'au moins une semaine.

— Alors nous aurons tous deux une issue si nous en avons besoin.

— Exact. »

Les autres employés qu'elle avait engagés étaient des travailleurs réguliers à plein temps, pas des contractuels. Ashton avait recommandé de prendre en contractuel Brayden et toute autre personne recrutée pour superviser des programmes spéciaux.

« Je vais rédiger le contrat et te l'envoyer dans la matinée. Tu pourras en discuter avec lui, et on verra à partir de là. Quand il sera prêt à signer, envoie-le à mon bureau. Nous aurons besoin de témoins, ce que mes collègues peuvent faire.

— Très bien, merci. J'apprécie ton aide avec tout ça.

— Pas de problème.

— Maggie, dit Jill, Maman et les garçons veulent te parler.

— J'arrive. Elle passa les quelques minutes suivantes à prendre des nouvelles de sa mère, de son beau-père Aidan, de Max et Nick.

— Nous sommes impatients de vous voir, dit Clare.

— On attend qu'elle éclate. D'un moment à l'autre. Maggie jeta un coup d'œil à Kate, qui était sur une chaise longue dans le salon, les pieds en l'air et avec son mari à ses côtés, comme d'habitude.

— Papa a un avion en attente pour nous emmener tous là-bas.

— C'est bien Papa, ça, dit Maggie en riant. Son papa, Jack, était très prévisible quand il s'agissait de ses enfants.

— On n'arrive pas à croire que Kate va faire de nous des grands-parents !

— Elle enlève la pression de nous autres. Maggie avait l'impression d'être à des années-lumière de ses sœurs, installées, mariées et avec des familles. Elle était encore en train de découvrir sa propre vie, et après ce qui s'était passé à New York... *Stop. Ne t'aventure pas sur ce terrain glissant.*

— Comment ça se passe avec le travail ?

— C'est une belle expérience. Chaque jour est différent. Aujourd'hui, on s'est occupé d'une naissance prématurée. Demain, ça pourrait être une épidémie de poux. Ce n'est jamais ennuyeux, ça c'est sûr.

— Oh, la, la. Au cas où je ne l'aurais pas encore dit, je suis très fière du travail que tu fais. Tu contribues à changer des vies.

— C'est le but. On verra comment ça se passe.

— Aie confiance, Maggie. Kate et Reid ne t'auraient pas engagée s'ils ne croyaient pas en toi. »

Même si Maggie voulait croire que c'était vrai, elle se demandait parfois si elle aurait eu une chance de décrocher ce poste si sa sœur et son beau-frère n'avaient pas été les patrons. Probablement pas, puisqu'elle n'avait aucune expérience dans le domaine, mais elle acquérait certainement une formation sur le tas au quotidien. « Merci pour le discours d'encouragement, Maman. On se voit bientôt.

— J'ai hâte. Je t'aime, mon cœur.

— Je t'aime aussi. »

Maggie apporta le téléphone de Jill dans le salon et le tendit à sa sœur. « Je ne sais pas qui est le plus excité par ce bébé : toi Kate, ou le clan de Rhode Island.

— On est probablement à égalité, dit Kate. Elle m'envoie des SMS tous les jours pour prendre des nouvelles, et Papa aussi. Andi n'envoie de message qu'une fois par semaine, donc elle gagne le prix de la modération.

— Notre petit sera très aimé, dit Reid. Ça, c'est sûr. »

Son accent était à couper le souffle. Maggie pouvait facilement comprendre comment Kate, âgée de dix-huit ans, avait été conquise par l'homme qui était un ami d'université de leur père. À l'époque, Maggie ne pouvait s'imaginer être attirée par un homme aussi âgé, mais Reid était l'exception à toutes les règles, et il était éperdument amoureux de Kate. C'était une évidence pour quiconque passait du temps avec eux. Ils avaient vécu dix ans l'un sans l'autre avant d'avoir leur seconde chance, et maintenant étaient incroyablement heureux ensemble.

Que pouvait-on demander de plus que de voir quelqu'un qu'on aimait autant qu'elle aimait Kate, avec un homme qui la vénérait ainsi ? Les deux hommes Matthews étaient devenus la référence dans l'esprit de Maggie, et la plupart des hommes qu'elle avait rencontrés depuis qu'elle les connaissait semblaient insuffisants par comparaison.

Un souvenir du beau visage de Brayden Thomas surgit dans son esprit, lui rappelant qu'elle devait encore décider quoi faire à son sujet. Ils avaient laissé les choses en suspens un peu plus tôt, et elle avait promis de le contacter d'une manière ou d'une autre bientôt. Normalement, elle en aurait parlé à Reid et Kate pour avoir leur avis, mais le programme d'équitation thérapeutique était son projet, et ils lui auraient dit que c'était à elle de décider qui allait le diriger.

De plus, ils avaient assez de soucis avec le bébé qui devait arriver à tout moment sans qu'elle en rajoute. Son travail consistait à gérer l'établissement pour qu'ils n'aient pas à s'en occuper au quotidien. Non, c'était son défi et elle allait le relever.

Après un dîner animé, divertissant et délicieux, Maggie embrassa la joue de Kate. « Je vais y aller. Merci pour le dîner, les gars.

— On adore te recevoir dès qu'on en a l'occasion », dit Reid.

Maggie posa une main sur le ventre prêt à exploser de Kate. « Appelle-moi de jour comme de nuit. Je viendrai en courant.

— Je n'y manquerai pas, ne t'inquiète pas. Je ne peux pas faire ça sans toi et Jill.

— On est là pour toi. Maggie et Jill avaient accepté de rester à proximité pendant la naissance du bébé, mais avaient décliné l'offre de Kate d'être dans la salle d'accouchement. Elles avaient toutes deux peur de voir des choses qu'elles ne pourraient jamais effacer de leur mémoire. Je viendrai voir comment tu vas demain.

— Eh, Mags ? »

Maggie se retourna pour regarder sa sœur.

« Si le boulot est trop dur pour toi, ne te sens pas obligée parce que c'est nous. Tu le sais, hein ?

— Je le sais, et même si j'apprécie la porte de sortie, je suis là à long terme. Pas de soucis.

— Si tu as besoin de quoi que ce soit, ma puce, tu sais où nous sommes, ajouta Reid.

— Merci à vous deux. Ne vous inquiétez pas pour moi. Finis de créer ma nièce ou mon neveu. »

Kate posa ses mains sur son énorme ventre. « C'est à peu près tout ce que je suis bonne à faire ces jours-ci. »

Maggie rit de l'expression d'ennui mortel que prit Kate et retourna à la cuisine, où Ashton enlaçait Jill avec passion. « Prenez une chambre, voulez-vous ? Oh attendez, vous vivez ensemble, alors pourquoi vous devez faire ça ici ?

— Ne sois pas grognon, Maggie, dit Jill en admirant le visage d'Ashton.

— Bon, je me casse.

— Fais attention sur la route, dit Jill.

— Salut, Maggie », dit Ashton.

Maggie rentra en voiture dans l'obscurité, en pensant à ses sœurs et au bonheur qu'elles avaient trouvé avec Reid et Ashton. Elle n'avait jamais trouvé ce qu'elles avaient, loin de là. Elle avait cru le trouver une fois... Penser à cela – à lui – lui faisait mal, alors elle essayait de ne jamais laisser son esprit revisiter cette période difficile où elle était à l'université et pensait avoir trouvé « le bon », jusqu'à ce qu'il la trompe et lui brise le cœur. Parfois, lorsqu'elle était avec ses sœurs heureuses en amour, il était difficile de ne pas penser à ce premier amour enivrant, celui qu'elle avait cru éternel.

Pourquoi pensait-elle à cela alors qu'elle avait tant de choses positives sur lesquelles se concentrer ? Son nouveau travail, sa nouvelle maison, sa nouvelle nièce ou nouveau neveu, la visite de sa famille bientôt et le mariage de Jill le mois prochain... La vie était bonne, occupée et épanouissante. Maggie n'avait absolument aucune raison de ressasser le passé.

En prenant le virage sur la longue voie qui menait chez elle, elle se promit de rester concentrée sur le présent et l'avenir.

Elle en avait fini de vivre dans le passé.

· · ·

« Tu penses que Maggie va bien ? » demanda Kate à Reid après qu'il l'eut aidée à se changer en chemise de nuit et à se mettre au lit. Elle était si grosse qu'elle avait besoin d'aide pour les choses les plus simples ces jours-ci. Alors qu'elle avait hâte de rencontrer son bébé, elle avait également hâte de ne plus être enceinte. Comment la grossesse était censée être la chose la plus naturelle au monde dépassait son entendement.

En simple boxer, il se glissa dans le lit et se blottit contre elle. « Elle s'adapte à sa nouvelle maison et à son nouveau travail, et il faut s'attendre à ce qu'il y ait quelques obstacles en chemin. »

Kate avait oublié comment dormir sans les bras de son mari autour d'elle, même s'il ne pouvait pas faire tout le tour ces temps-ci. « J'ai peur qu'elle ne nous le dise pas si ça ne marche pas pour elle.

— Elle nous le dirait.

— Elle ne voudrait pas nous laisser tomber.

— Nous garderons un œil sur elle. Essaie de ne pas t'inquiéter. Il embrassa son front. Tu veux que je te masse le dos ?

— Ça va aller.

— Ça ne me dérange pas.

— Je sais.

— Qu'est-ce qu'il y a, ma chérie ?

— J'en ai marre d'être grosse et dégoûtante, et je veux faire l'amour avec toi, mais je ne peux pas à cause de ce ventre ridicule, et... Tu *ris* ? Si tu ris, je vais te tuer.

— D'abord, il faudrait que tu m'attrapes, et cela te poserait problème.

— Je ne peux pas croire que tu te moques de moi alors que *c'est toi qui m'a fait ça* !

— Je ne me moque pas de toi.

— Si, tu te moques, et je m'en souviendrai quand je ne serai plus grosse et que c'est toi qui voudras des rapports sexuels.

— Mon cœur, si tu veux des rapports sexuels, il suffit de le dire.

— On ne peut pas ! Je vais te casser avec ce truc. »

Un rire silencieux le secoua.

« Si tu n'arrêtes pas de te moquer de moi, je vais divorcer.

— Non, tu ne divorceras pas.

— Si, je vais le faire.

— Si tu divorces, tu ne feras pas l'amour ce soir.

— Maintenant tu es tout simplement méchant avec moi. »

Il se rapprocha encore plus, passant sa main sur la bosse obscène et descendant sur sa jambe. « Mon tendre, tendre amour, je ne serai jamais méchant avec toi, comme tu le sais bien. Si la petite maman a des envies, elle n'a qu'à me le dire, et on s'en occupera.

— Ce ventre est énorme.

— Et ton mari est infiniment créatif. » De derrière elle, il caressait ses seins sensibles et la rendait rapidement prête pour la suite.

Son corps était une source inépuisable de fascination pour elle alors que la grossesse touchait à sa fin. Si elle s'était imaginé que le sexe serait la dernière chose à laquelle elle penserait, elle se surprenait à en avoir terriblement envie. Kate avait surtout gardé cette information pour elle, craignant que son mari ne soit rebuté par son ventre démesurément gros. Elle aurait dû se douter que ce ne serait pas le cas.

La main de Reid descendit le long du ventre de Kate, glissant doucement sur la bosse du bébé. Kate frémit à cause du désir presque douloureux qu'elle ressentait pour lui.

Sa chemise de nuit remonta sur ses jambes, qui bougeaient sans cesse comme elle cherchait à se soulager.

« Doucement, ma chérie. Tout doucement. »

Elle était tellement prête qu'il n'avait qu'à glisser ses doigts sur le nœud de nerfs entre ses jambes pour l'envoyer dans une spirale d'orgasme intense.

« Mm, j'aime *tellement* ma Kate enceinte. Il faudra peut-être fabriquer un autre bébé très bientôt. »

Kate gémit. La dernière chose à laquelle elle voulait penser en ce moment était d'être à nouveau enceinte. Elle savait déjà que s'ils devaient en avoir deux, il fallait que le deuxième se fasse bientôt. La différence d'âge entre eux n'avait d'importance que lorsqu'ils parlaient d'avoir des enfants. Le reste du temps, elle n'y pensait presque jamais.

Elle avait appris que le fait d'avoir un mari plus âgé et plus expérimenté avait ses avantages, comme lorsqu'il l'avait pénétrée habilement par derrière et qu'elle avait crié son nom avant qu'un deuxième orgasme, encore plus puissant, ne la submerge.

« Dieu, oui... Kate. » Il la tenait serrée contre lui pendant qu'il trouvait son propre plaisir, la pénétrant avec vigueur, puis s'immobilisant derrière elle.

Ils restèrent silencieux pendant un long moment, tandis que leurs corps ralentissaient et palpitaient de répliques qu'elle sentait partout.

« Tu te sens mieux ? demanda-t-il avec l'accent du Tennessee qui l'avait rendue folle de lui dès la première fois qu'elle l'avait rencontré. Pendant toutes les années qu'ils avaient passées séparés, une des choses qui lui avaient le plus manqué était le son mélodieux de sa voix.

— Beaucoup mieux. Ses paupières étaient si lourdes qu'elle pouvait à peine les garder ouvertes.

— Si tu as besoin de moi, tu sais où me trouver. »

Elle serra la main qu'il avait posée sur le gonflement de son abdomen. Leur bébé choisit ce moment pour leur faire savoir qu'il était réveillé.

Le petit rire de Reid la fit sourire. « J'ai bien peur que notre petit soit un perturbateur.

— Ou alors, peut-être un buteur de l'équipe de football américain.

— Ou une star du soccer.

— Ou une danseuse étoile.

— Ou une gymnaste vedette, un skieur alpin, un coureur de fond... »

Kate sombra dans le sommeil en écoutant le son qu'elle aimait le plus au monde – celui de la voix de son mari.

CHAPITRE 3

aggie savait ce que c'était que d'attendre sur des charbons ardents pour savoir si une offre d'emploi allait se concrétiser, alors elle avait prévu d'appeler Brayden Thomas à la première heure le lendemain matin pour ne pas prolonger la torture pour lui. Elle avait tourné et viré toute la nuit, examinant les différents scénarios dans sa tête, et avait décidé que, bien qu'il ait pu commettre un crime en tant que mineur, elle ne pouvait pas – et ne voulait pas – discréditer l'excellente réputation professionnelle qu'il s'était construite au cours de la décennie suivante.

À 8 h, elle lui passa un coup de fil et dut laisser un message sur sa messagerie lui demandant de la rappeler dès qu'il le pourrait. Après avoir mis fin à l'appel, elle se sentit étrangement déçue de ne pas avoir eu l'occasion de lui parler. « Arrête d'être stupide », marmonna-t-elle en reportant son attention sur ses mails en attendant que Teresa passe faire le rapport de transmission du matin.

Teresa arriva dix minutes plus tard avec du café pour toutes les deux. « Bonjour. »

Maggie avait dit à Teresa qu'elle pouvait aller chercher son propre café, mais la femme plus âgée avait dit qu'elle aimait s'occuper des gens. Travailler de nuit à Matthews House était son travail de « retraite ».

Maggie la laissait donc s'occuper d'elle. Teresa avait des cheveux gris et courts, des yeux bruns chaleureux et un puits inépuisable de compassion qui la rendait populaire auprès des mamans.

« Bonjour. Comment va Corey ?

— J'ai vérifié avec le poste des infirmières ce matin, et elles ont pu arrêter les contractions. Elles aimeraient la garder encore vingt-quatre heures, juste pour être sûres. Son amie est restée avec elle, et Corey sait qu'elle doit appeler quand elle sera prête à revenir.

— Eh bien, c'est un soulagement. Comment va le reste ?

— Tranquille.

— Le calme, c'est bien.

— Je suis d'accord. Les McBride ont encore passé une bonne matinée. Les enfants ont pris le bus avec un petit-déjeuner dans le ventre et du temps à revendre.

— Deux jours de suite. C'est trop tôt pour appeler ça une bonne phase?

— Ne nous emballons pas. »

Maggie rit.

« Qu'est-ce qui se passe avec le cow-boy sexy ? Les mamans parlent de lui. »

Pendant une seconde, Maggie ne voyait pas de qui elle parlait. « Tu veux dire Brayden Thomas ? »

Teresa la regarda par-dessus sa tasse de café. « C'est comme ça qu'il s'appelle ?

— Oui, oui.

— Et c'est le gars de l'équitation thérapeutique ?

— C'est ça.

— Tu vas l'embaucher ?

— Je l'espère. J'attends qu'il me rappelle. » Maggie voulait demander l'avis de Teresa sur le casier judiciaire scellé de Brayden, mais elle devait respecter et protéger le droit de celui-ci à la vie privée. Alors elle ne le mentionna pas. Parfois, être adulte et employeur était difficile. C'était l'un de ces moments. Elle allait devoir faire confiance à son instinct et à l'avis d'Ashton en ce qui concernait Brayden.

Teresa fit un rapport détaillé sur l'état de chaque résident. « Et maintenant, je vais rentrer chez moi dormir un peu.

— Passe une bonne journée. Je te verrai demain.

— À la première heure. Envoie-moi un message s'il y a des nouvelles de Corey.

— D'accord. Je vais aller la voir aujourd'hui.

— C'est gentil de ta part. Je suis sûre qu'elle appréciera. Très bien, j'y vais.

— À plus tard. »

Après le départ de Teresa, Maggie se plongea dans la masse de paperasse qui faisait partie de la gestion du programme. Chaque jour, elle avait affaire à des écoles, des hôpitaux, des services de police et services de protection de l'enfance de l'État. C'était ce dernier qui l'angoissait le plus. Les inspecteurs se présentaient sans prévenir pour contrôler les enfants qui étaient sous leurs soins. Maggie vivait dans la crainte que quelque chose se passe mal lors d'une de ces inspections, même si elle n'en serait pas responsable si cela devait arriver.

Matthews House fournissait la nourriture, un abri, des vêtements, une orientation professionnelle et une aide au logement à long terme. En entrant dans l'établissement, les parents signaient une décharge sur laquelle Ashton avait insisté et qui dégageait Matthews House, la famille Matthews et tous les employés de toute responsabilité envers les résidents ou leurs enfants. En d'autres termes, c'était à chaque parent de s'occuper de ses propres enfants dans l'environnement sûr et protecteur offert par l'établissement.

Maggie avait rejoint une communauté en ligne d'employés de refuges dans laquelle on lui avait conseillé de ne pas rendre l'établissement si accueillant que les résidents voudraient y rester pour toujours. L'objectif était de les aider à stabiliser leur vie en leur donnant un endroit pour reprendre leur souffle et réfléchir aux prochaines étapes, mais l'abri devait être temporaire.

Une famille, les Ross, allait bientôt emménager dans son propre appartement après un séjour de deux mois à Matthews. C'était la première parmi ce que Maggie espérait être de nombreuses histoires de réussite de familles retournant à une vie indépendante. Une fois qu'une famille terminait le programme de Matthews House, qui comprenait également des conseils aux familles, des cours d'éducation parentale si nécessaire et une planification financière, elle recevait une allocation pour l'aider à trouver un appartement.

En préparant l'ouverture de Matthews House, Reid et Kate avaient consulté de nombreux experts et avaient essayé de penser à tout ce qui était nécessaire pour aider les familles en crise. Ils avaient mis une grande variété de ressources à la disposition de Maggie et du personnel, selon les besoins, y compris des conseils en matière de toxicomanie et de violence domestique.

Pendant qu'elle vérifiait le site Web du programme en constante évolution et dressait une liste des mises à jour nécessaires, elle eut l'impression d'être observée. « Bonjour, Travis.

— Bonjour, Mme Maggie. On peut aller voir les chevaux aujourd'hui? »

Elle lança un regard à l'adorable garçon de quatre ans. Il avait la peau mate, les cheveux noirs bouclés et des joues bien potelées qui lui donnaient l'air d'un elfe chérubin. Lorsque sa mère, Kelsey, et lui, étaient arrivés, son petit visage était couvert de bleus et ses yeux bruns étaient ternes et sans vie. Le voir, lui, ainsi que sa mère, réapprendre à sourire et à faire de nouveau preuve de confiance était l'une des expériences les plus enrichissantes de la vie de Maggie. « Tout à fait. On peut aller voir les chevaux. Ta mère sait où tu es ?

— Je lui ai dit que je venais vous voir, toi et les chevaux.

— Alors c'est ce que nous devons faire. Allons leur chercher des gâteries. »

Maggie suivit Travis dans la cuisine, où il alla directement chercher le sac de carottes dans le réfrigérateur pendant que Maggie coupait quelques pommes. Elle aimait voir à quel point l'enfant était à l'aise dans sa maison temporaire et appréciait le temps qu'elle passait avec lui pendant que les plus grands étaient à l'école.

« Tu es sûr d'avoir dit à ta mère où tu allais, n'est-ce pas ?

— Oui, madame. »

Lorsqu'ils sortaient de la cuisine, l'une des autres mamans entrait. « Travis et moi allons aux écuries si Kelsey le cherche.

— Je lui ai dit cette fois, Mme Maggie. Je promets. »

En souriant, Maggie lui tendit la main.

Il la prit et traîna Maggie presque jusqu'à la porte.

Lorsqu'elle avait conçu le programme d'équitation thérapeutique, c'était en pensant à des enfants comme Travis, des enfants qui avaient vu et vécu des évènements traumatisants et qui avaient besoin de reconstruire leur estime de soi et leur confiance. Dans les écuries, ils tombèrent sur Derek, le vieux palefrenier qui travaillait pour la famille Matthews depuis des années et qui supervisait les chevaux et les écuries. Il avait les cheveux blancs et la peau tannée d'un homme qui avait passé sa vie à bosser en plein air. Pendant des années, Reid avait essayé de le convaincre de prendre sa retraite avec une rente complète, mais Derek avait dit qu'il mourrait d'ennui.

Derek serra la main de Travis. « Je me demandais quand tu allais venir me voir. »

Le visage de Travis s'illumina à regarder Derek, qui était très doué avec les enfants.

« Tu as apporté des friandises ?

— Oui, monsieur. »

Les manières de l'enfant étaient, comme toujours, charmantes. « J'ai un box qu'il faudrait que tu m'aides à nettoyer. Es-tu partant pour ce travail ?

— Oui, monsieur !

— Allons-y, alors. »

Tout en écoutant Derek guider Travis avec le nettoyage des stalles, Maggie rendit visite à chacun des chevaux, leur donnant des carottes et de l'attention, ainsi qu'un câlin supplémentaire pour Thunder, à qui Kate manquait. « Nous irons faire un tour cette semaine », lui promit Maggie.

Thunder répondit par un hennissement qui fit rire Maggie. Ils n'avaient aucun doute qu'un humain était emprisonné dans le magnifique corps du cheval.

Son téléphone portable retentit, et quand elle vit le numéro sur l'écran, une étrange poussée d'adrénaline la traversa, faisant battre son cœur plus vite. Avant qu'elle puisse comprendre ce qui lui arrivait, le téléphone cessa de sonner. Maggie était sur le point de rappeler le numéro quand ça sonna à nouveau. Elle se précipita.

« Maggie Harrington.

— Bonjour, c'est Brayden Thomas. Désolé pour le premier appel. Je conduisais et je suis tombé dans une zone blanche.

— Pas de problème.

— Vous m'avez appelé.

— Oui, eh bien, j'espère que vous êtes toujours intéressé par le poste à Matthews House.

— Je le suis.

— Excellent. Maggie passa en revue le salaire, qui serait versé grâce à la subvention – non pas qu'il ait besoin de connaître ces détails – ainsi que les avantages que Reid et Kate offraient à tous leurs employés.

— Cela me semble très bien. Je devrais mentionner que j'ai un voyage d'une semaine prévu avec quelques amis à la fin de cette semaine. Je peux commencer avant ou après mon voyage. Comme vous préférez.

— Avant, ça me va. Un des deux appartements au-dessus des écuries est disponible pour vous.

— C'est formidable. J'ai aussi mon propre cheval. Je suppose que je peux l'amener et le mettre en pension sur la propriété ?

— Oui, bien sûr. Je vais en parler à Derek, notre gérant d'écurie, qui vit dans l'autre appartement.

— Super. Je serai là-bas plus tard dans la journée, alors. »

Quoi, aujourd'hui même ? « Super.

— J'ai hâte de travailler avec vous et les résidents.

— De même. Je passerai vous voir plus tard.

— Je vous enverrai mon heure d'arrivée prévue quand je la connaîtrai. Il déménageait de la région de Chattanooga, où il avait travaillé pour une ferme équestre.

— C'est parfait. Bon voyage. »

Maggie rangea son téléphone dans sa poche arrière et alla trouver Derek et Travis.

« C'est un sacré bosseur, dit Derek de Travis, qui ratissait le box avec une détermination farouche.

— Je vois ça. On va devoir le mettre sur la liste des employés pour lui donner un salaire à ce rythme.

— C'est quoi un salaire ? demanda Travis.

— C'est le mot que les entreprises utilisent pour décrire la façon dont elles paient leurs employés, expliqua Maggie.

— Alors c'est comme de l'argent ?

— *C'est* de l'argent.

— J'aime bien l'argent. »

Maggie et Derek rirent.

« Continue à faire du bon travail, et je ferai en sorte que tu reçoives quelques pièces », dit Derek.

Travis donné à Derek une tape dans la main. « Ouais ! »

Maggie prit note mentalement de donner à Derek de la petite monnaie pour payer l'aide de Travis. « Vous avez de quoi vous occuper quelque temps, alors ?

— Oui, madame, dit Derek. Je le ramènerai quand il aura fini.

— Amusez-vous bien.

— Oui, alors.

— Au fait, je voulais dire que j'ai engagé Brayden Thomas pour diriger notre programme d'équithérapie.

— Heureux de l'entendre. Il a l'air d'être un gentil jeune homme.

— Il va amener son cheval avec lui.

— Nous ferons en sorte qu'il se sente le bienvenu, madame.

— Je vous en suis reconnaissante. »

Maggie retourna à la maison principale, amusée qu'un homme de cinquante ans son aîné l'appelle madame et lui dise vous, mais depuis qu'elle avait déménagé dans le Tennessee, elle avait appris à ne pas remettre en question les manières des gentlemen du Sud. Elle appréciait l'attention que Derek portait à chacun des enfants, qui étaient fascinés par les chevaux comme elle l'avait été dans son enfance. Elle avait supplié ses parents pour des leçons d'équitation à huit ans. Ils avaient finalement cédé quand elle avait neuf ans, et elle en était passionnée depuis.

L'une des choses qui l'avaient le plus attirée dans ce poste était la proximité des chevaux et la possibilité de monter à cheval quand elle le voulait. Bien que, en fin de compte, elle était bien trop occupée pour monter à cheval la plupart des jours. Si elle avait la chance de le faire une fois pendant la semaine de travail, c'était une excellente semaine. Malgré le rythme effréné de ses journées, le déménagement au Tennessee avait été une bonne chose. Elle adorait son travail, les chevaux et le fait d'avoir ses sœurs à proximité.

Son plus grand défi était de protéger son propre cœur de certaines choses horribles qui arrivaient aux personnes qui venaient leur demander de l'aide. Elle avait eu le même problème lorsqu'elle avait assuré l'interprétation pour les malentendants lors de procès criminels à New York. Certaines des choses qu'elle avait vues et entendues à l'époque resteraient à jamais gravées dans sa mémoire.

C'était un soulagement d'être loin de cela et aussi d'autres choses qu'elle avait laissées derrière elle, des choses auxquelles elle essayait de ne pas penser pour rester concentrée sur le présent plutôt que sur le passé. Dommage que cela soit plus facile à dire qu'à faire parfois. Certaines choses ne s'oubliaient jamais.

CHAPITRE 4

La journée de Maggie prit un rythme effréné lorsqu'une nouvelle famille arriva par Uber, ayant besoin d'un abri temporaire car le diagnostic de cancer de la mère l'empêchait de travailler pendant son traitement. Après avoir reçu un appel d'une agence locale de services sociaux, Maggie était prête à rencontrer Trish Lawson et ses trois enfants, Lily, Jimmy et Chloe, âgés de six, cinq et deux ans. Elle organisa un goûter pour les enfants dans la cuisine afin de pouvoir rencontrer Trish dans la salle de conférence qu'ils avaient aménagée dans l'ancienne salle à manger. Elle entendait les sanglots de Trish au fur et à mesure qu'elle s'approchait de la salle de conférence.

Elle se faufila dans son bureau pour prendre une boîte de mouchoirs et l'apporta avec le café que Trish avait demandé lorsque Maggie lui avait proposé de boire quelque chose. « Voilà, dit Maggie, essayant de projeter une compétence tranquille au milieu du désespoir de Trish.

— Merci. »

D'un mètre soixante-cinq environ, le joli visage brun clair de la femme était strié de larmes, et le foulard sur sa tête avait glissé sur le côté gauche, lui prêtant un air bancal.

Maggie voulait la prendre dans ses bras et lui dire que tout irait bien, mais elle avait appris à ne pas faire de promesses qu'elle ne pouvait pas tenir. Elle n'avait aucun moyen de savoir si tout irait bien pour leur clientèle. Tout ce qu'elle pouvait faire, c'était donner le meilleur d'elle-même pendant le temps qu'elle passait avec eux.

Trish se tamponna les yeux avec un mouchoir. « Je suis tellement désolée.

— Ne le soyez pas. Nous sommes là pour vous aider.

— Dieu merci, car je ne savais pas vers qui me tourner. C'est une amie qui m'a parlé de votre programme, et lorsque le propriétaire m'a dit de quitter les lieux avant aujourd'hui, sinon il allait faire venir la police, je n'avais nulle part où aller. J'ai contacté une agence, mais ils ne pouvaient pas tous nous prendre. Ils m'ont dirigée vers vous. »

Maggie lui donna un autre mouchoir. « Je suis très heureuse que vous soyez venue ici et que nous disposions d'une place pour vous et vos enfants.

— Je n'ai jamais pensé que cela puisse m'arriver, dit-elle doucement. J'avais un travail convenable. Je payais mon loyer tous les mois et je m'occupais de mes enfants. Mais quand j'ai été atteinte d'un cancer de l'ovaire... je n'ai pas pu continuer.

— Bien sûr, vous ne pouviez pas. Personne ne le pourrait.

— Mes amis m'ont beaucoup aidée, mais aucun d'entre eux n'a de place pour nous quatre, et ma famille vit au Texas. Mes médecins sont ici. J'ai juste... Je ne sais pas... »

Maggie posa sa main sur celle de Trish. « Respirez profondément. Vous et vos enfants êtes en sécurité ici. »

Trish éclata en sanglots profonds.

Maggie se leva pour la serrer dans ses bras. « Notre infirmière attitrée, Arnelle, pourra vous aider avec les effets secondaires du traitement, la liaison avec les médecins et tout ce dont vous avez besoin. »

Trish se cramponna à elle. « Merci beaucoup, vraiment. Vous n'avez pas idée de la bénédiction que vous représentez pour moi. »

Pendant l'heure qui suivit, Maggie fit des allers-retours, surveillant les enfants, qui étaient maintenant dans la salle de jeux avec plusieurs autres enfants et leurs mères, et portant de l'aide à Trish pour remplir les documents d'admission. Le temps qu'elle installe la famille dans sa chambre à l'étage, il était plus de 15 h, et son projet de rendre visite à Corey à l'hôpital avant le dîner était compromis.

Elle irait plus tard.

Lorsqu'elle eut une minute à elle, elle s'assit sur sa chaise de bureau et ferma les yeux, prenant sa respiration dans la tempête émotionnelle que chaque nouvelle histoire déchirante apportait dans sa vie. Elle aimait son travail, elle aimait les gens, elle aimait le défi, elle aimait le fait de faire réellement la différence pour les personnes en crise. Mais parfois... Parfois, c'était trop pour elle à gérer. Non pas qu'elle l'admettrait jamais à qui que ce soit.

Il ne fallait surtout pas que Reid et Kate aient des regrets de lui avoir donné ce travail de rêve. Elle voulait les rendre fiers et aider autant de personnes que possible.

Au son d'un raclement de gorge Maggie ouvrit les yeux et trouva Brayden Thomas dans l'embrasure de sa porte.

« Désolé de vous déranger.

— Vous ne me dérangez pas. Je prenais cinq minutes après une admission difficile.

— Pas besoin de vous expliquer. Tenant le chapeau de cow-boy usé dans ses mains, il avait l'air incroyablement grand et ultra sexy dans l'embrasure de la porte. On m'a dit de venir vous voir. »

Maggie se ressaisit et se leva. « Oui, je peux vous guider dans le processus d'intégration à l'entreprise. Elle prit le porte-bloc qu'elle avait préparé plus tôt et installa Brayden dans la salle de conférence. Puis-je vous offrir quelque chose à boire ?

— De l'eau, ce serait bien.

— J'arrive tout de suite. »

En se rendant à la cuisine elle vérifia que les enfants allaient bien dans la salle de jeux et fut heureuse de voir que ceux de Trish jouaient joyeusement avec le grand assortiment de jouets que Reid et Kate avaient financé. Ils n'avaient pas lésiné sur les moyens pour que les enfants aient tout ce qu'ils pouvaient désirer. Maggie avait dit en plaisantant que la salle de jeux ressemblait à un magasin de jouets FAO Schwarz[1]. Tous les enfants qui franchissaient leur porte s'émerveillaient devant les jouets de cette pièce.

Kate avait dit que cette virée shopping était parmi les choses les plus amusantes qu'elle ait jamais faites.

Maggie apporta un grand verre d'eau glacée dans la salle de conférence. « Voilà pour vous.

— Merci beaucoup. Brayden but la moitié du verre d'un trait. Il commence à faire chaud dehors. »

Il commence à faire chaud ici, aussi, pensa Maggie, retenant le besoin ridicule de rire comme une fille en classe de sixième.

Il n'y avait pas de mot pour décrire la beauté de cet homme. En plus de ses larges épaules, il avait des cheveux bruns soyeux qui avaient tendance à glisser sur son front, des yeux d'un brun-doré et des cils pour lesquels toutes les femmes qu'elle connaissait tueraient. Ses pommettes étaient proéminentes, sa mâchoire ciselée et couverte de la quantité parfaite de barbe d'un jour. Alors qu'il remplissait les formulaires, Maggie découvrit qu'il était gaucher, et que ses lèvres pulpeuses bougeaient adorablement lorsqu'il écrivait. En déplaçant son regard vers sa main droite, qui était posée à plat sur la table, elle remarqua que ses mains étaient aussi grandes que le reste de son corps.

« J'ai l'impression qu'on m'observe », dit-il sans quitter la paperasse des yeux.

Le visage de Maggie brûla d'embarras. « Pardon. Je pensais à autre chose. *Menteuse.*

— Je peux vous apporter tout ça quand j'aurai fini, si vous avez autre chose à faire.

— Bien sûr. Merci. »

Mortifiée, elle se leva et quitta la pièce. Pour l'instant, il l'avait surprise en train de faire ce qui ressemblait à une sieste en plein milieu de la journée de travail et l'avait rappelée à l'ordre pour l'avoir maté. « Super façon de commencer une relation professionnelle.

— Qu'est-ce qu'il y a ? demanda Mitch, le cuisinier, en franchissant la porte de la cuisine avec des sacs de courses. Il préparait le dîner des résidents chaque soir et donnait des cours à ceux qui souhaitaient apprendre les bases de la cuisine. Dans sa cinquantaine, Mitch était retraité du corps des Marines et portait ses cheveux grisonnants coupés à ras.

— Je me parle à moi-même.

— Premier signe de sénilité.

— Très drôle.

— J'ai entendu dire que tu avais embauché un peu plus de testostérone.

— C'est exact.

— C'est un genre d'homme qui murmure à l'oreille des chevaux ou quelque chose comme ça, non ?

— C'est ce qu'on dit. Je l'ai engagé pour diriger un programme d'équitation thérapeutique pour les enfants.

— Ce sera bien pour les enfants d'avoir accès à ça. Les choses dont certains d'entre eux parlent... Il secoua la tête. C'est dur à entendre.

— Je sais. Si tu as besoin de soutien …

— Je vais bien. Je m'inquiète juste pour eux, pour les répercussions à long terme.

— Nous ferons tout ce que nous pourrons pour eux, dès maintenant et à l'avenir. Ma sœur et mon beau-frère veulent que Matthews House soit une source de soutien à long terme pour nos familles. Ils ont tellement de projets pour développer des bourses d'études et d'autres formes de soutien bien après que les familles soient parties d'ici. On sera là pour eux, Mitch.

— C'est une très bonne chose que vous faites tous, ici. Je suis heureux d'en faire partie.

— Nous sommes heureux de t'avoir. Je te laisse retourner au travail.

— C'est la soirée taco, lança-t-il par-dessus son épaule en se dirigeant vers la cuisine. Les enfants vont être contents. C'est leur repas préféré. »

Maggie sourit. Des enfants heureux et en sécurité, voilà ce qui les motivait. Son téléphone portable sonna, et elle prit l'appel de Jill. « Salut.

— Quoi de neuf ? demanda Jill.

— Le chaos habituel. Et toi ?

— La folie du mariage. Je crois que Maman est plus excitée que moi par ce mariage.

— Ce n'est absolument pas vrai. »

Jill rit. « Elle et Andi s'amusent trop à l'organiser. »

Leur mère travaillait avec Andi qui, en tant que directrice de l'hôtel Infinity Newport où le mariage aurait lieu, s'occupait elle-même de la plupart des détails.

« Est-ce qu'une personne peut trop s'amuser ?

— Si c'est possible, alors c'est le cas pour Maman.

— Eh bien, tant mieux pour elle, dit Maggie. Tout ce qu'elle veut, non ?

— Tu l'as dit. »

Depuis que leur mère était miraculeusement sortie d'un coma de trois ans que les médecins avaient dit irréversible, ses filles avaient cédé à tous ses caprices. Elles étaient si heureuses que Clare soit de retour dans leur vie, qu'elles se moquaient de ce qu'elle pouvait leur demander.

« Je t'appelle pour te rappeler l'interview de demain. »

Pendant un bref moment, Maggie, se tenant dans son bureau face à la fenêtre qui donnait sur l'arrière de la vaste propriété, eut un blanc. « Euh, quel interview ?

— Maggie ! Allez ! T'as dit que t'allais la faire avec nous. On compte sur toi. »

Les détails lui revinrent d'un coup, une interview avec Kate et Jill dans l'un des journaux télévisés locaux. Apparemment, les gens étaient intéressés par comment Kate Harrington travaillait avec ses deux sœurs à Nashville, et Kate avait accepté l'interview, à condition qu'elles la fassent avant l'arrivée du bébé. « Calmez-vous, Maître. J'ai dit que je la faisais, et je la ferai. » Même s'il fallait se coiffer et se maquiller avant midi, ce qui lui arrivait rarement ces jours-ci.

« Ils viennent chez Kate à 10 h demain.

— Je serai là.

— À 9 h, pour la coiffure et le maquillage.

— Oui, m'dame.

— Ashton a dit que tu avais trouvé quelqu'un pour ton programme d'équitation thérapeutique ?

— Oui, oui. Il commence aujourd'hui.

— Félicitations, Maggie. Tu as travaillé si dur pour que cela arrive. Je suis heureuse pour toi. »

Petite sœur de deux femmes incroyablement accomplies, Maggie se délectait de l'éloge de sa sœur aînée. « Merci. Je suis très enthousiaste à ce sujet.

— C'est une chose tellement incroyable que Kate, Reid et toi faites là-bas.

— Surtout eux. Sans leur soutien, je ne pourrais pas faire ce que je fais.

— C'est surtout *toi*, Maggie. Ils diraient la même chose. Ne te sous-estime pas. Tu changes la vie des gens avec ce programme.

— C'est le but.

— Tu as l'air d'être déprimée. Qu'est-ce qui ne va pas ?

— Rien du tout. Je ne suis pas déprimée. Juste occupée.

— Tu le jures ? Tu me le dirais, ou à Kate, ou à nous deux, si tu n'allais pas bien, n'est-ce pas ?

— Bien entendu.

— Tu promets ?

— Mais oui, Jill, dit Maggie, exaspérée. Je te le promets. Je te vois demain matin.

— À demain alors. Je t'aime.

— Je t'aime aussi. »

Elle mit fin à l'appel en marmonnant à propos de ses grandes sœurs surprotectrices qui ressentaient le besoin de la materner constamment. Cela aussi était un vestige de l'accident de leur mère, lorsque Jill et Kate étaient devenues bien plus que des grandes sœurs pour Maggie. Elles, ainsi que leur belle-mère, Andi, avaient été celles qui avaient accompagné Maggie lors de son adolescence, sa puberté, ses premières règles, sa première sortie avec un garçon et bien d'autres étapes importantes.

Elles étaient bien plus que des sœurs pour elle, et elle était si heureuse de pouvoir les voir tout le temps à nouveau. Elle les aimait encore plus que les chevaux. « Mais parfois elles me rendent folle avec leur attitude maternelle. J'ai une mère. J'ai *deux* mères, en comptant Andi. »

De l'embrasure de la porte vint le son profond d'un homme qui se raclait la gorge. Maggie ferma les yeux et compta jusqu'à cinq. Mon Dieu, maintenant l'homme l'avait aussi entendue se parler à elle-même ? Elle ouvrit les yeux et se tourna vers lui, s'efforçant de sourire. « C'est fini, la paperasse ? »

Tout à son honneur, il ne mentionna pas ce qu'il avait entendu. « Oui, m'dame.

— Non, monsieur.

— M'dame ?

— Vous n'allez pas me dire « madame ». Elle jeta un coup d'œil sur ses papiers, qui indiquaient sa date de naissance. Vous avez quatre ans de plus que moi. Je m'appelle *Maggie*. Pas madame.

— Désolé, m'dame... Euh, je veux dire Maggie. » Et cet accent... Soupir. Il faisait autant rêver que celui de Reid et d'Ashton. Que Dieu lui vienne en aide, mais cet homme était la tentation personnifiée.

Maggie lui lança un regard sévère, essayant de maintenir un semblant de professionnalisme. « Se faire appeler madame donne l'impression d'avoir quatre-vingts ans. »

Il sourit, et bon sang de bonsoir. Ce sourire le transformait de beau à aussi éblouissant que le soleil.

Elle cligna des yeux, se forçant à agir de manière un tant soit peu professionnelle face à une beauté masculine démesurée. Elle lui prit le porte-bloc des mains et le posa sur son bureau. « Laissez-moi vous montrer votre chambre. » Elle lui fit signe de passer devant et, après avoir verrouillé la porte de son bureau, elle le suivit jusqu'à l'allée où étaient garés un énorme pick-up noir et une remorque à chevaux.

Ils marchèrent jusqu'aux écuries, où Maggie présenta Brayden à Derek.

« Bienvenue, dit Derek pendant que les deux hommes se serraient la main. Je vais vous trouver un box pour votre cheval.

— Ce serait génial. Merci.

— Tout le plaisir est pour moi. »

Maggie indiqua les escaliers. « L'appartement est là-haut. »

Elle monta les marches, consciente qu'il était derrière elle et reconnaissante pour le jean qu'elle avait payé cher à New York et qui mettait sa silhouette en valeur, alors même qu'elle se recommandait d'arrêter ces pensées stupides dans une situation *professionnelle*. N'avait-elle pas appris la leçon avec le dernier type qu'elle avait rencontré dans le cadre de son travail ?

Les souvenirs lui revinrent en un flot d'images, des choses qu'elle n'oublierait jamais. Elle frissonna de dégoût, et pendant une seconde terrifiante, elle eut peur d'être malade devant son nouvel employé. En haut des escaliers, elle s'arrêta, prit une profonde inspiration, et tenta de retrouver son équilibre.

« Ça va ? » demanda Brayden.

Et merde, pensa Maggie. La dernière chose dont elle avait besoin, c'était qu'un nouvel employé la voie perdre ses moyens pour des choses qui s'étaient passées il y avait des mois et qui auraient dû être oubliées depuis longtemps. Cela faisait un moment qu'elle ne s'était pas réveillée avec des sueurs froides après avoir rêvé de ce soir-là, et des mois qu'elle avait déménagé à des centaines de kilomètres de *lui*. Pourquoi refaisait-il surface maintenant, *lui*, au milieu d'une journée de travail ordinaire ?

« Oui, dit-elle, ça va. »

Elle prit une autre grande inspiration, la relâcha et fit un geste vers la porte de droite. « Derek vit là. Votre appartement est ici. Elle ouvrit la porte sur le côté gauche du palier et le conduisit à l'intérieur d'un logement confortable avec un espace de vie/cuisine combiné, une salle de bains et une chambre. Ce n'est pas beaucoup, mais c'est propre, et les meubles sont neufs.

— C'est plus que suffisant pour moi. Je n'ai pas besoin de beaucoup. »

Il était si grand qu'il pouvait lever les bras et toucher le plafond de deux mètres quinze. Le petit appartement semblait encore plus petit maintenant qu'il se tenait debout dans le salon.

Elle lui remit un trousseau de clés. « Vous trouverez des draps et des serviettes dans le placard de la salle de bains, et il y a une buanderie près de la cuisine que vous pouvez utiliser.

— C'est parfait. Merci.

— Je vais vous laisser vous installer. Faites-moi savoir si vous avez besoin de quelque chose.

— Je n'y manquerai pas. Merci encore. »

Maggie descendit les escaliers, désireuse de prendre l'air et d'être seule un moment pour retrouver son équilibre. Pourquoi maintenant ? Pourquoi, alors qu'elle conduisait Brayden à ses appartements, ces souvenirs avaient-ils surgi dans son esprit pour lui rappeler qu'elle pouvait fuir mais qu'elle ne pouvait pas échapper au cauchemar qu'elle avait laissé derrière elle à New York ? Des larmes lui piquaient les yeux alors qu'elle marchait vers l'arrière des écuries jusqu'à un chemin bien battu, usé par les années de pieds et de sabots qui l'avaient parcouru.

Elle baissa la tête et se dirigea vers une prairie qui, lui avait dit Kate, était l'un de ses endroits préférés de la vaste propriété. Au loin, Maggie voyait la manche à air qui marquait une extrémité de la piste et le hangar où Reid et Ashton gardaient leur Cessna. Lorsque Maggie était tombée d'une échelle et avait été gravement blessée des années auparavant, Reid avait ramené Kate par avion à Rhode Island pour être avec elle.

Continue de penser à ce genre de choses, à la surprise qu'elle avait ressentie en voyant Kate à son réveil après des heures d'inconscience, à la façon dont sa mère, sa belle-mère et ses sœurs l'avaient aidée à tout faire pendant des mois alors qu'elle se battait avec deux bras cassés. *Pense à cela.* À l'époque, Maggie croyait qu'avoir deux bras cassés était le pire qui puisse lui arriver. Elle avait appris depuis que cela pouvait être bien pire.

Pense aux garçons... Eric, John et Rob, qui étaient les fils de son père avec Andi, et Max et Nick, les fils de sa mère avec Aidan. Ses frères lui apportaient une quantité infinie d'amour et de joie, surtout Eric, qui n'était pas seulement son frère mais aussi l'un de ses amis les plus proches. Tous deux partageaient un lien spécial depuis qu'Andi et Eric étaient venus vivre avec sa famille, et ce lien n'avait fait que se renforcer au fil des ans.

Maggie se dit qu'elle devait penser à John et Rob, qui étaient en plein dans leur programme de baseball de la Petite Ligue et qui étaient très excités par chaque match. John était lanceur, Rob receveur, et tous deux étaient les stars de leur équipe.

Et Max et Nick, qui devenaient si grands et voulaient toujours parler à Maggie quand elle FaceTimait avec leur mère. Ils ne comprenaient pas pourquoi elle n'aimait pas le skateboard et le hockey autant qu'eux.

Chaque fois que les souvenirs de cette nuit revenaient la hanter, elle essayait de les surmonter, de penser aux gens qu'elle aimait, au nouveau neveu ou à la nouvelle nièce qui arriverait bientôt et à ses nombreuses bénédictions. Si seulement elle pouvait effacer les choses qui la hantaient, y compris la vision de sa mère renversée par cette voiture il y avait tant d'années et cette nuit horrible qui remontait maintenant à sept mois, mais qui était encore bien trop présente à son goût.

Peut-être que si elle en avait parlé à quelqu'un...

« Non. Je ne le dirai à personne. Quel bien cela ferait-il ? Ça ne changerait rien, et ça ne ferait que contrarier la personne à qui je le dirais. J'ai simplement besoin d'arrêter d'y penser, de le mettre dans le passé où il doit rester et d'aller de l'avant, putain. »

Maggie poussa un cri de frustration, reconnaissante pour ce vaste espace ouvert où elle pouvait livrer ses secrets à la brise qui passait sans craindre que quelqu'un l'entende par hasard.

---

1. Un des plus grands magasins de jouets du monde à l'époque.

CHAPITRE 5

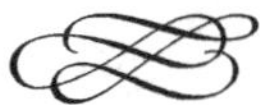

Debout à la fenêtre qui donnait sur les collines verdoyantes du domaine des Matthews, Brayden regardait Maggie s'éloigner. Les mains enfoncées dans les poches de sa veste en jean, les épaules courbées, l'image qu'elle projetait était celle d'une femme qui portait le poids du monde sur ses épaules menues.

Elle ne lui avait pas donné cette impression lors de leur précédente rencontre. Au contraire, elle l'avait impressionné par son calme et sa compétence dans un travail qui lui demandait probablement beaucoup sur le plan émotionnel et physique. Il comprenait cette dynamique, ayant travaillé avec des enfants en crise pendant une grande partie de sa carrière. Ils pouvaient vous briser le cœur par leur douleur autant que par leur résilience.

Elle avait laissé une toute autre impression sur lui après leur première rencontre, une impression qui l'avait fait hésiter à prendre ce travail. Pendant des jours, il avait repensé aux yeux bleus les plus étonnants qu'il ait jamais vus, ainsi qu'à son joli visage et à ses longs cheveux noirs qu'elle avait portés attachés en un chignon désordonné. Pendant l'entretien, elle s'était montrée très professionnelle, mais sa compassion pour la population qu'elle servait avait été perceptible dans sa façon de parler de l'établissement et de ce que sa célèbre sœur, son beau-frère et elle-même espéraient y réaliser.

À part ces incroyables yeux bleus, Maggie ne ressemblait en rien à sa sœur, dont Brayden avait suivi la carrière depuis le début. Travailler pour Kate Harrington, même indirectement, était un grand honneur et une des raisons pour lesquelles ce travail l'intéressait tant.

Il avait été attiré en tant qu'homme par Maggie dès la première fois qu'il l'avait rencontrée, et cette attraction l'avait d'abord fait hésiter à accepter le poste. La dernière chose dont il avait besoin était des histoires personnelles dans l'endroit où il travaillait et vivait. Cependant, malgré l'excellente réputation qu'il s'était forgée dans son domaine, Matthews House était la seule offre qu'il avait reçue après plusieurs mois d'entretiens. Refuser le poste n'était pas une option.

Le dernier emploi de Brayden s'était terminé brusquement lorsque le programme avait perdu son financement, et après avoir ratissé large dans un rayon de cent cinquante kilomètres au cours des derniers mois, il était revenu bredouille. Il avait entendu parler de l'ouverture de Matthews House de bouche à oreille et avait sauté sur l'occasion. Le financement ne serait pas un problème dans cet endroit, pas avec Kate Harrington et Reid Matthews pour le soutenir. L'ancien promoteur était presque aussi connu dans le Tennessee que sa femme.

Brayden observa Maggie jusqu'à ce qu'elle disparaisse de sa vue, puis se retourna pour regarder à nouveau son logement. L'appartement était petit, mais propre et joliment meublé. Mieux encore, il était gratuit et offert dans le cadre du travail, ainsi que la pension pour Sunday Morning, son quarter horse[1] adoré.

Il s'assit sur le lit pas encore fait et prit une profonde inspiration tout autant de soulagement que d'expectative. Après avoir soudainement perdu son emploi deux mois auparavant, il était devenu de plus en plus nerveux au fur et à mesure que les semaines passaient sans qu'il ne trouve quelque chose de nouveau. Le compte d'épargne qu'il avait travaillé si dur à faire fructifier avait pris un grand coup à payer la pension de Sunday pendant qu'il cherchait du travail. Il avait suscité beaucoup d'intérêt de la part d'une grande variété d'employeurs, mais aucun d'entre eux n'avait de poste disponible.

L'appel de Maggie avait résolu un gros problème pour lui, même s'il ne le lui dirait jamais. Elle avait l'impression d'avoir trouvé quelqu'un qui était très demandé, pas un type qui n'avait plus que quelques milliers de dollars. Il était déterminé à faire du programme d'équitation thérapeutique de Matthews House un grand succès pour elle et les enfants, et lorsque le moment serait venu, il voulait lui parler de la possibilité d'étendre le programme à d'autres enfants de la communauté.

Malgré ses succès, il ressentait une profonde insécurité quant à son choix de carrière, surtout après qu'il lui avait fallu des mois pour obtenir un nouveau poste. Il ne s'y était certainement pas attendu lorsqu'il avait appris que son précédent emploi prenait brusquement fin. La longue recherche d'emploi lui avait laissé beaucoup trop de temps pour remettre en question tous les choix qu'il avait faits, tous les combats qu'il avait menés pour vivre la vie à laquelle il se sentait destiné. Il avait sacrifié beaucoup de choses pour suivre ses rêves, et la période de chômage avait sérieusement ébranlé son sentiment de sécurité et d'utilité. Cela, ajouté à la perte soudaine de sa mère, son plus grand soutien, l'avait profondément ébranlé.

Se levant, il se promit de se débarrasser de son insécurité et d'aller de l'avant. C'était le début d'une toute nouvelle opportunité avec un programme bien financé qui recevait déjà des critiques élogieuses du secteur des services sociaux. Il s'était renseigné avant d'accepter le poste, voulant être sûr que le programme était solide. Toutes les personnes à qui il avait parlé lui avaient dit qu'elles avaient entendu de bonnes choses sur Matthews House depuis son ouverture en mars.

Il avait donc accepté le poste et était déterminé à faire en sorte que ça marche, c'est pourquoi il ne pouvait absolument pas avoir de pensées inappropriées à propos de sa nouvelle patronne.

Brayden descendit les escaliers pour installer Sunday Morning dans sa nouvelle maison. D'abord, il fallait qu'il demande à Derek où il voulait que la jument de Brayden vive. Il trouva Derek en train de superviser un petit bonhomme qui ratissait le foin dans l'une des stalles vides.

« Salut toi », dit Brayden en les approchant.

L'enfant lâcha le râteau et courut vers Derek, se cachant derrière lui.

« Bonjour, Brayden. »

Brayden se pencha en avant, essayant de croiser le regard de l'enfant, mais celui-ci baissait les yeux vers le sol. « Content de vous revoir, monsieur. Qui est-ce que vous avez là ?

— C'est Travis. C'est un très bon travailleur si jamais vous avez besoin d'aide avec votre cheval.

— J'ai toujours besoin d'aide avec mon cheval. Depuis combien de temps travaille-t-il pour vous ?

— Une semaine environ, dit Derek, mais il est devenu un membre clé de l'équipe.

— C'est bon à savoir. »

Le petit garçon jeta un coup d'œil de derrière Derek, pour observer le nouvel arrivant.

Alors que Derek gardait un bras autour du garçon, Brayden s'accroupit pour se mettre au niveau de l'enfant. « Hé, Travis, je suis Brayden. Il tendit la main à l'enfant, qui la regarda un long moment avant de la serrer. Je suis très heureux de te rencontrer. »

L'enfant retira sa main et baissa les yeux vers le sol. Petit à petit.

« Tu aimes monter à cheval, Travis ? »

Ses yeux se levèrent soudain, remplis d'un désir brut qui toucha profondément Brayden. « Je pense que oui.

— Tu ne sais pas ? »

Travis secoua la tête.

« Tu as déjà fait du cheval ? »

Il secoua à nouveau la tête.

« Eh bien, nous allons devoir changer ça. Que fais-tu plus tard dans la journée ? »

Travis jeta un coup d'œil à Derek, l'air de vouloir évaluer la réaction de l'homme plus familier.

« Mon cheval, Sunday Morning, adore emmener les petits garçons comme toi en balade. Est-ce que tu aimerais faire ça ? »

Il regarda Brayden avec de grands yeux bruns solennels et hocha la tête.

« Qu'est-ce qu'on dit ? demanda Derek.

— S'il te plaît et merci, dit rapidement Travis.

— Il faut d'abord demander à ta maman. Veux-tu aller la chercher pendant que je décharge Sunday Morning et que je l'installe ? »

Travis acquiesça à nouveau et partit comme un éclair vers la maison.

« Je ne l'ai jamais vu bouger aussi vite, dit Derek en riant. C'est un bon petit gars. Réservé, mais bien élevé.

— Connaissons-nous son passé ?

— Seulement que sa mère et lui ont quitté une relation abusive. Il avait des bleus sur tout le visage quand il est arrivé ici. »

Brayden assimila cette information avec le sentiment habituel d'effroi en pensant à ce que l'enfant avait dû subir. Il avait travaillé avec beaucoup d'enfants traumatisés dans sa carrière, et cela ne devenait jamais facile d'entendre ce qu'ils avaient enduré, surtout à la lumière de sa propre histoire. « La maman l'autorisera à monter ?

— Je suis sûr que oui. Elle a été très favorable à ce qu'il travaille dans les écuries avec moi. Ça a pris quelques jours, mais il commence à parler davantage qu'au début.

— C'est bon à savoir. Où puis-je mettre Sunday ?

— Troisième box à gauche, en face de Thunder, la fierté et la joie de Mme Kate. Il vient de rentrer après avoir pris le soleil dans le pâturage. »

Brayden alla jeter un coup d'œil au box et prit une seconde pour dire bonjour à Thunder, un pur-sang au pelage foncé avec des yeux sages et un comportement doux. « Hé, mon gars, dit Brayden en caressant le nez du magnifique cheval. J'ai entendu dire que tu étais la star du coin, hein?

— C'est bien vrai. Mme Kate et Mme Maggie sont folles de lui. Il reçoit beaucoup d'attention, enfin, un peu moins depuis que Mme Kate est enceinte. Elle l'a déplacé ici pour qu'il puisse recevoir beaucoup d'attention de la part de Mme Maggie, mais Mme Kate lui rend toujours visite régulièrement.

— Donc elle vient au refuge ?

— Oh, oui. Elle et M. Reid sont des bienfaiteurs actifs, bien que Mme Maggie soit la responsable. Ils viennent de temps en temps. »

Brayden essaya d'imaginer comment ce serait de *rencontrer* Kate Harrington en personne.

« Un peu impressionné par les stars, n'est-ce pas ? gloussa Derek en suivant Brayden jusqu'à la remorque, où ils travaillèrent ensemble pour décharger Sunday.

— J'adore sa musique. Je n'arrive pas à croire que je travaille pour elle.

— C'est une bonne personne. Vous l'apprécierez. Je dois admettre que j'ai été un peu choqué quand elle et M. Reid se sont mis ensemble.

— Parce qu'il est beaucoup plus âgé qu'elle ?

— Oui, mais quand on les voit ensemble... Eh bien, il est évident qu'ils sont tous les deux exactement à leur place.

— C'est ce qu'il me semble d'après ce que j'ai vu d'eux à la télé et tout ça.

— Ils sont très heureux, et leur petit doit arriver d'un moment à l'autre. »

Ils installèrent Sunday dans sa nouvelle maison, remplirent son abreuvoir, lui donnèrent une botte de foin et la laissèrent s'acclimater pendant que Derek montrait à Brayden la sellerie, où il y avait déjà une place étiquetée au nom de Sunday Morning. Quelque chose dans ce petit geste fit que Brayden se sentit chez lui.

« N'hésitez pas à faire usage de tout ce dont vous avez besoin. »

Brayden lui serra la main. « J'apprécie vraiment votre aide.

— Heureux de vous avoir dans l'équipe. Vous pouvez garer la remorque à l'arrière. Il y a beaucoup de place. Faites-moi savoir si vous avez besoin d'autre chose.

— D'accord. Merci encore. » Brayden passa le reste de l'après-midi à décharger son camion et à s'installer dans sa nouvelle maison.

Travis passa avec sa mère, Kelsey, pour rencontrer Brayden.

« J'ai cru comprendre que vous lui avez proposé de monter sur votre cheval. »

Il ne pouvait s'empêcher d'entendre de l'hésitation dans la voix de la femme. « Oui, m'dame. Je serais heureux de lui apprendre tout ce qu'il doit savoir.

— Je suis un peu réticente à l'idée de le laisser se passionner pour l'équitation alors que je sais que je ne pourrai pas me le permettre après notre départ d'ici.

— Il sera le bienvenu pour revenir monter avec moi quand il le voudra. »

Travis tirait sur la main de sa mère. « *S'il te plaît*, Maman. Je peux ? »

Les yeux de Kelsey brillaient de larmes qu'elle retenait. « Vous êtes tous si gentils. Je n'ai jamais rencontré autant de gentillesse.

— Nous sommes là pour aider de toutes les manières possibles.

— Merci beaucoup. Elle s'accroupit pour parler directement à son fils. M. Brayden est le responsable. Tu fais ce qu'il te dit de faire, et tu surveilles tes manières. Compris ?

— Oui, Maman. »

Elle l'embrassa sur la joue. « Tu peux y aller, alors. Amuse-toi bien et sois prudent. »

Au cours de la demi-heure suivante, il passa en revue chaque étape du processus de sellerie avec Travis, lui apprenant le nom des différents éléments et lui montrant comment les utiliser. L'enfant apprenait vite et posait de nombreuses questions intelligentes qui impressionnèrent Brayden.

Il aida Travis à mettre un casque adapté à son âge avant de lui faire enfourcher une selle de taille enfant. Pendant que Kelsey observait depuis la clôture qui entourait le paddock, Brayden fit tourner le cheval en grands cercles, permettant à l'enfant de se familiariser avec la jument.

« Tu te débrouilles bien. Sunday t'aime bien.

— Comment tu sais ?

— Elle a la tête haute, sa queue bouge et ses pas sont vifs. Elle aime ça autant que toi.

— C'est le plus beau jour de toute ma vie. »

C'était le genre de commentaire qui faisait de cette carrière la plus gratifiante qu'il aurait pu choisir, même s'il n'avait jamais eu de doute sur la voie à suivre.

Après au moins cinquante tours du pré, il montra à Travis comment enlever la selle, étape par étape, et laissa le petit gars la porter jusqu'à la sellerie, où il l'accrocha au crochet situé sous le nom de Sunday. « Tu as fait du bon travail. La prochaine fois, je te montrerai comment la toiletter. Je vais l'emmener faire un tour avant de la lui faire.

— Qu'est-ce qu'on dit à M. Brayden ? demanda Kelsey.

— Merci beaucoup, M. Brayden.

— Vous êtes les bienvenus. Nous le referons bientôt, d'accord ? »

Travis hocha la tête et partit en courant vers la maison.

« Merci encore, dit Kelsey. Je ne l' ai pas vu sourire comme ça depuis longtemps.

— J'espère que vous avez pris de bonnes photos.

— Oui, oui.

— Passez une bonne soirée.

— Vous aussi. »

Alors que le soleil descendait vers l'horizon, il mit sa selle sur Sunday et partit pour une balade, car ils avaient tous deux besoin d'exercice.

Ils prirent le sentier derrière les écuries et le suivirent pendant des kilomètres à travers les collines vertes et luxuriantes de la propriété des Matthews. Des champs de fleurs sauvages ajoutaient des touches de couleur à ce spectacle. Sa mère devait connaître le nom de chacune de ces fleurs. Brayden n'avait jamais été capable de s'en souvenir, malgré ses efforts pour le lui apprendre.

Et maintenant, il était trop tard. Son cœur souffrait de la perte récente de la femme qui lui avait donné tout ce qu'elle pouvait, qui l'avait soutenu dans les pires moments. Il essayait toujours de trouver sa place dans un monde sans elle.

Comme toujours, Sunday et lui étaient en parfaite harmonie, se déplaçant ensemble comme un seul être. C'était le meilleur cheval qu'il ait jamais eu, son âme sœur à bien des égards. Ils se comprenaient d'une manière qu'il n'avait jamais atteinte avec quelqu'un d'autre que sa mère. Cette dernière l'avait encouragé à suivre ses rêves, peu importe où ils devaient le conduire.

Des larmes remplirent les yeux de Brayden. Comment avait-elle pu partir comme ça, sans le prévenir que la vie telle qu'il la connaissait allait changer en un instant ?

La même semaine où il avait perdu son emploi, la police était venue lui annoncer qu'elle avait été tuée sur le coup dans un accident de voiture. Même deux mois plus tard, il n'arrivait toujours pas à croire qu'elle était vraiment partie. Tous les jours, il prenait son téléphone pour l'appeler ou lui envoyer un SMS et devait se rappeler qu'elle n'était pas là. Perdu dans ses pensées et enlisé dans un chagrin sans fin, il s'aventura beaucoup plus loin qu'il ne l'avait prévu. La nuit tombait lorsqu'il fit demi-tour avec Sunday pour retourner aux écuries. Il ralentit leur rythme à cause de la lumière déclinante, pour éviter qu'elle ne se blesse.

C'était sa plus grande peur maintenant que sa mère était partie, que quelque chose arrive à l'autre femme de sa vie. C'était lui et Sunday contre le monde entier. Il avait presque rejoint la maison quand un autre cheval et son cavalier apparurent, faisant le tour des écuries et se dirigeant vers lui et Sunday.

Il arrêta Sunday quand Maggie arriva à côté d'eux, à dos de Thunder. Brayden remarqua la douceur avec laquelle elle maniait le grand cheval et la confiance avec laquelle elle le montait. Ses longs cheveux bruns étaient tirés en arrière en une queue de cheval qui était presque aussi longue que celle de Thunder. Cette coiffure la rajeunissait de dix ans.

« Vous avez fait une bonne promenade ? demanda-t-elle.

— Oui, merci. Belle propriété.

— Elle est magnifique. J'aime cet endroit. Je me demandais si ce serait le cas, ayant été élevée sur la côte.

— Où ça ?

— Rhode Island. La région de Newport.

— Endroit chic. »

Elle haussa les épaules. « C'est chez moi. Et vous ?

— Ici, dans le Tennessee. Il regarda le soleil qui filait à l'horizon. Vous partez tard.

— Je vais juste faire un petit tour pour que Thunder puisse se dégourdir les jambes. Je ferais mieux d'y aller. Vous êtes bien installé ?

— Oui, merci. Prêt à démarrer.

— Il y a à manger dans la maison principale, si ça vous intéresse. Faites comme chez vous.

— Merci beaucoup.

— Je vous verrai demain matin. » Elle incita Thunder à avancer, et il partit, apparemment impatient de bouger.

Pendant un long moment après qu'elle soit partie, Brayden garda Sunday en travers du chemin, pour pouvoir la regarder s'en aller. Il se dit qu'il admirait Thunder, mais quand il était encore là dix minutes plus tard, il lui fallut reconnaître qu'il trouvait la cavalière tout aussi éblouissante que le cheval.

---

1. Cheval de course américain.

CHAPITRE 6

Maggie arriva en retard chez Kate le lendemain matin. Le temps qu'elle débarque, Kate et Jill étaient déjà coiffées et maquillées, alors que Maggie donnait l'impression de sortir tout droit du lit. Ce n'était pas nouveau. Elle avait passé toute sa vie à essayer de suivre ses sœurs aînées. « Désolée d'être en retard. Une matinée difficile au ranch.

— Tout va bien ?

— Maintenant, oui. »

Elle ne voulait pas parler de la bagarre entre plusieurs enfants au petit déjeuner ni de la façon dont Brayden Thomas était intervenu avant elle et avait désamorcé la situation avec une détermination calme qui l'avait encore plus impressionnée. Elle ne voulait pas non plus parler de l'attirance inconfortable qu'elle ressentait pour son nouvel employé, car il était inapproprié pour elle de penser qu'il était plus torride que le soleil.

« Où veux-tu que je m'installe ?

— Par ici. »

LeAnn et Marcy avaient coiffé et maquillé Kate pendant des années, alors Maggie les connaissait déjà.

« Mesdames, vous avez du boulot avec moi, dit Maggie gravement.

— Ça, ce n'est rien. LeAnn mit une cape sur les épaules de Maggie. On a vu bien pire. »

Maggie rit. « Je suis contente de savoir que ça peut être pire. »

Pendant les vingt minutes suivantes, les deux femmes accomplirent un petit miracle. Lorsqu'elles eurent terminé, les cheveux noirs de Maggie étaient brillants et lisses et son maquillage était subtilement mais savamment appliqué.

« Merci d'avoir fait en sorte que je ne fasse pas honte à mes sœurs.

— Aucune chance que cela arrive, mon chou, dit Marcy. Tu es canon. Tes yeux et ceux de Kate sont à couper le souffle.

— On tient ça de notre mère.

— Les yeux les plus bleus que j'aie jamais vus. »

Jill entra dans la chambre principale alors que LeAnn enlevait la cape. « Tu es prête ?

— Aussi prête que possible. Maggie suivit Jill dans le vaste salon qui avait été transformé en studio de télévision avec des caméras, des lumières et des fils courant dans tous les sens. Trois chaises avaient été placées ensemble avec Kate au milieu, Jill à sa droite et Maggie à sa gauche.

— Les filles, vous êtes pas mal du tout, dit Kate une fois qu'elles furent équipées de micros et installées.

— Merci à ta brigade du glamour. Ceci, dit Maggie en traçant d'un doigt un cercle autour de sa tête, n'aurait jamais été possible sans l'intervention de pros.

— Idem, répondit Jill.

— Vous vous sous-estimez les filles. Vous n'avez pas besoin d'aide pour être magnifiques.

— Dit celle qui a un look de star dès le lever tous les jours de sa vie », dit Jill.

Maggie rit. « C'est vrai, hein ?

— Ce n'est pas vrai. Demande à Reid.

— Demande quoi à Reid ? dit-il en entrant dans la pièce.

— Si Kate sort du lit tous les matins en ressemblant à une superstar, dit Maggie en prenant l'accent de la Nouvelle-Angleterre.

— Elle a toujours l'air d'une superstar. Les sœurs éclatèrent de rire quand il essaya d'imiter un accent de la Nouvelle Angleterre avec son accent du Sud.

— Se moqueraient-elles de moi ? demanda Reid au caméraman amusé.

— Je crois que oui, monsieur.

— Hm, elles font ça souvent. Heureusement que je ne me vexe pas facilement.

— Tu sais que nous t'aimons, mon chéri, dit Kate en adressant à son mari un sourire chaleureux qui se transforma en une grimace.

— Quoi ? » demanda Reid, immédiatement en alerte.

Kate posa une main sur son énorme ventre. « Juste un élancement bizarre.

— Encore un ? »

En serrant les dents, Kate hocha la tête.

« Depuis combien de temps as-tu des « élancements » ? demanda Jill.

— Depuis hier après-midi, dit Reid, le regard rivé sur Kate.

— C'est probablement encore une de ces horribles contractions de Braxton Hicks », dit Kate.

Maggie lança un regard à Jill, se demandant si Kate était en train d'accoucher sans s'en rendre compte. Une fois cette satanée interview terminée, elles appelleraient le médecin.

Lila Johansen, une personnalité de l'information locale avec laquelle Kate s'était liée d'amitié au fil des ans, entra en trombe avec son équipe derrière elle. Un de ses assistants portait un clipboard, un autre une grande tasse de café.

Fallait-il vraiment plusieurs personnes pour s'occuper de la journaliste ? Maggie pensait que c'était un gaspillage de ressources ridicule, mais elle le garda pour elle. Elle avait découvert que depuis qu'elle travaillait à Matthews House, elle avait beaucoup moins de patience pour les excès, le gaspillage et les privilèges. Tant de gens avaient besoin de tant d'aide pour survivre. Elle était heureuse de faire partie de la solution ces jours-ci, mais elle était plus sensible que jamais aux nombreuses injustices auxquelles les moins fortunés étaient confrontés au quotidien.

Lila afficha le sourire qui avait fait d'elle une célébrité locale. « Bonjour, mesdames, vous êtes superbes. » Chaque cheveu roux sur sa tête était parfaitement en place, son maquillage impeccable.

Maggie était heureuse de ne pas avoir un travail qui exigeait qu'elle soit parfaite tout le temps. Elle ne serait pas capable de le faire.

Lila se pencha pour enlacer Kate et lui murmura quelque chose qui fit sourire cette dernière.

« À tout moment maintenant. Kate posa une main sur son gros ventre.

Je n'arrive pas à croire que tu me fasses faire ça alors que je ressemble à une baleine.

— Tu es magnifique comme toujours, et puisque tu vas prendre une année sabbatique, c'est maintenant ou jamais. »

Kate était si excitée à propos de son année sabbatique, et Maggie était fière de sa sœur de s'être battue pour la vie qu'elle voulait. Après s'être cassée le cul dans le monde de la musique pendant plus de dix ans, elle méritait une pause. À quoi bon tout ce succès et cet argent si elle ne prenait pas le temps d'en profiter ?

La pause de Kate signifiait aussi une pause pour Jill, qui voyageait avec Kate.

Jill avait néanmoins encore beaucoup à faire pour gérer l'entreprise de Kate, qui nécessitait une gestion même lorsque la star prenait des congés, et elle allait également travailler avec Ashton dans son cabinet en ville spécialisé dans le droit du spectacle.

« Si vous êtes toutes prêtes, dit Lila en prenant un siège en face des sœurs, nous allons commencer. »

Quand elle se lança dans l'introduction, son accent du Sud disparut. « Je suis très heureuse d'accueillir aujourd'hui la superstar de la musique Kate Harrington et ses sœurs, Jill et Maggie Harrington, pour la première interview qu'elles ont jamais réalisée ensemble. Comme beaucoup d'entre vous le savez, Jill est l'avocate qui supervise l'entreprise de sa sœur, et Maggie a également rejoint récemment l'entreprise familiale. Mesdames, merci beaucoup d'être avec nous aujourd'hui.

— Merci de nous recevoir, dit Kate.

— Kate, vous allez avoir votre premier enfant très bientôt. Comment vous sentez-vous ?

— Je me sens énorme et prête à exploser. Je suis impatiente de rencontrer cette petite personne.

— Savez-vous si c'est une fille ou un garçon ?

— Je ne le sais pas. Mon mari et moi en voulons la surprise.

— En parlant de votre mari, Reid, nos téléspectateurs sont fascinés par votre histoire. Pouvez-vous la partager un peu avec nous ? »

Maggie dut combattre l'envie de lever les yeux au ciel. Y avait-il quelqu'un qui suivait la carrière de Kate qui ne connaissait *pas encore* leur histoire ?

« Nous nous sommes rencontrés lorsque je suis arrivée à Nashville, mais j'avais tout juste dix-huit ans et j'étais sur le point de lancer ma carrière. Le timing n'était pas bon pour nous. Quand nous avons repris contact dix ans plus tard, c'était le moment. Nous sommes ensemble depuis.

— Et, Jill, vous allez épouser le fils de Reid, Ashton, en juillet. Des sœurs mariées à un père et un fils. On n'entend pas ça tous les jours. »

Jill sourit, habituée maintenant à la question. « Non, en effet, mais c'est ce qui nous est arrivé. Ashton et moi avons été réunis si souvent que nous avons décidé de nous marier, nous aussi. »

Lila rit. « Je suis sûre que c'était plus compliqué que cela. »

Elle ne connaît même pas la moitié de l'histoire, pensa Maggie. Leur relation avait été conflictuelle avant que les chamailleries ne se transforment en amour.

« En fait, ma relation avec Ashton n'est pas compliquée du tout, dit Jill. Je suis impatiente de l'épouser le mois prochain.

— Votre mariage aura lieu à Newport, Rhode Island, n'est-ce pas ?

— C'est exact. Mes sœurs et moi sommes originaires de là-bas et nous y avons toujours de la famille.

— Et, Maggie, vous travaillez maintenant pour l'entreprise familiale ici, dans le Tennessee. Pouvez-vous nous parler de Matthews House ?

— Reid, Kate et Ashton ont ouvert la maison familiale Matthews aux femmes et aux enfants en détresse, et je suis ravie d'être la directrice qui supervise cette importante initiative. Depuis notre ouverture en mars, nous avons accueilli dix familles, dont l'une est sur le point d'emménager dans un nouvel appartement dans le courant de la semaine. Nous espérons poursuivre sur cette lancée avec toutes les familles qui viennent nous demander de l'aide.

— Quelle idée géniale. Kate, pouvez-vous nous dire comment il a été décidé d'ouvrir Matthews House ?

— Nous voulions faire quelque chose avec la maison familiale de Reid, qui était vide à l'exception des écuries. Lorsqu'il a été porté à notre attention qu'il y avait une pénurie de services locaux disponibles pour les femmes et les enfants en crise, nous n'avons pu imaginer une meilleure utilisation pour le domaine de la famille Matthews. Maggie a fait un travail remarquable pour lancer notre programme et aider les familles hébergées à reconstruire leur vie.

— Quel effort important et fort nécessaire. Quels sont les services que vous offrez à Matthews House, Maggie ?

— Nous offrons de tout, de l'orientation professionnelle aux cours d'éducation parentale en passant par la planification financière. Nous avons récemment engagé un spécialiste d'équithérapie qui travaillera avec les enfants, et nous sommes très heureux d'offrir cette opportunité à notre clientèle.

— Cela doit être un travail très satisfaisant.

— Effectivement, même si parfois il peut aussi être bouleversant. J'aime à penser que nous aidons à faire la différence dans la vie des gens qui ont eu des difficultés diverses.

— Kate, vous devez être heureuse d'avoir vos deux sœurs qui travaillent avec vous.

— Je ne pourrais pas être plus heureuse. Nous étions toutes les trois proches en grandissant, et Jill et moi avons été ravies lorsque Maggie a décidé de nous rejoindre.

— Kate, vous avez décidé de faire une pause dans vos enregistrements et vos tournées l'année prochaine pour rester à la maison avec votre petit. Bien sûr, vos fans nous font part de leur inquiétude de vous voir quitter le métier. Qu'avez-vous à dire à ceux qui craignent d'avoir entendu votre dernière chanson ? »

Kate rit. « Eh bien, ils n'ont pas fini d'entendre parler de moi, mais après plus d'une décennie d'écriture, d'enregistrements et de tournées, j'avais besoin de prendre une pause pour recharger mes batteries créatives et physiques. Ce temps d'arrêt m'a déjà fait beaucoup de bien, et avec l'arrivée du bébé, je le prolonge jusqu'à l'été prochain, quand je pourrai peut-être repartir en tournée de façon limitée. J'essaie surtout de trouver un équilibre entre le travail et le reste de ma vie.

— C'est tout à fait compréhensible. Une carrière comme la vôtre demande beaucoup de temps et d'énergie.

— C'est vrai, mais je ne veux pas que l'on pense que je suis peu reconnaissante de l'incroyable carrière que j'ai. Mes fans me soutiennent tellement, chacun d'entre eux est un cadeau du ciel et je leur suis si reconnaissante. Je pense que plus que tout, j'ai dû admettre que je ne suis pas une machine qui peut aller à la vitesse maximale tout le temps.

— Personne ne le peut, et vous avez bien fait de faire une pause plutôt que de vous rendre malade.

— Je me suis effectivement rendue malade avec une pneumonie et je n'ai pas pris le temps nécessaire pour m'en remettre, ce qui a conduit au tristement célèbre effondrement sur scène. Ça a été une véritable prise de conscience pour moi.

— C'était effrayant pour tous ceux qui vous aiment.

— C'était terriblement effrayant, dit Jill. Je suis vraiment heureuse que Kate ait décidé de prendre du temps pour elle après ça. Elle s'est donnée à fond pendant si longtemps que quelque chose devait céder.

— Vous devez entendre les rumeurs qui courent sur vous.

— Oui, dit Kate en soupirant, et elles sont blessantes. Je n'ai jamais touché à aucune sorte de drogue, et c'est une grosse affaire pour moi de boire du champagne le soir du Nouvel An.

— C'est un vrai poids plume, dit Jill en riant.

— Je le suis, dit Kate. Je l'ai toujours été, c'est pourquoi je ne bois presque pas. J'ai eu une pneumonie et j'ai repris le travail trop tôt. C'est la vérité, et quand les gens postent des accusations de consommation de drogue et autres mensonges en ligne, je me demande s'ils réalisent qu'il y a un véritable être humain en face de ces accusations. Certains diraient que je l'ai cherché en choisissant de mener une vie aussi publique, mais en réalité, je choisis de jouer ma musique, pas d'être démolie en ligne. Je comprends que ces choses font partie de l'époque dans laquelle nous vivons, alors j'essaie de rester loin de la négativité et de me concentrer sur les choses qui comptent – ma famille, mes amis, la musique.

— On dirait que vous avez revu vos priorités.

— C'était le but.

— Eh bien, au nom de votre légion de fans, je vous souhaite la meilleure année possible et toutes mes félicitations pour l'arrivée de votre petit.

— Merci. Je suis nerveuse et excitée en même temps.

— Merci de vous être jointes à nous aujourd'hui, Kate, Jill et Maggie. Nous apprécions que vous ayez pris du temps sur vos emplois du temps chargés.

— Merci de nous avoir invitées, dit Jill.

— Et c'est dans la boite. Lila se leva pour serrer la main de chacune d'entre elles. Merci, les filles. C'était formidable. Les fans vont être ravis de vous voir, Kate, et d'en savoir plus sur vos sœurs. Nous espérons pouvoir le diffuser plus tard ce soir.

— Merci encore, Lila », dit Kate.

Jill donna un coup de main à Kate pour se lever, et toutes les trois allèrent dans la cuisine pendant que les gens de la télé descendaient leur matériel.

« Euh, les filles ? » dit Kate.

Jill et Maggie se tournèrent vers elle.

« Ne paniquez pas, mais si vous pouviez dire à Reid que j'ai besoin qu'il m'emmène à l'hôpital, genre *tout de suite*, ce serait génial. »

CHAPITRE 7

Les heures suivantes étaient passées en un clin d'œil pour Maggie pendant qu'elle et Jill avaient soutenu Kate et Reid dans les premières phases du travail. Quand Jill et elle avaient refusé d'assister à l'arrivée du bébé dans la salle d'accouchement, Kate les avait traitées de poules mouillées. Néanmoins, Maggie était sûre à cent pour cent d'avoir pris la bonne décision, surtout après avoir vu Kate souffrir du début du travail jusqu'à ce qu'elle atteigne le point de pouvoir pousser.

C'est à ce moment-là que Jill et Maggie avaient pris leurs jambes à leur cou pour se réfugier dans la salle d'attente. Maggie en avait profité pour rendre visite à Corey, qui était dans le même service, toujours sous étroite surveillance. L'objectif était de donner au bébé quelques semaines de plus pour se développer avant la naissance.

« Je m'ennuie *tellement*, gémit Corey. Les cheveux de la jeune femme blonde étaient en désordre du fait d'être au lit, et ses yeux noisette étaient cerclés de rouge à cause du manque de sommeil et probablement de quelques larmes. Ils ne me laissent me lever que pour aller aux toilettes, et à la douche une fois par jour, et ils me gardent parce que ma tension artérielle est très fluctuante.

— Ça vaut le coup pour avoir un petit bout de chou en bonne santé.

— Je le sais. »

Maggie s'était interrogée sur le père du bébé et la famille de Corey, mais la jeune femme avait été réticente à partager quoi que ce soit sur son passé lors de son arrivée à Matthews House.

« Hé, regardez ça ! Corey fit un geste vers la télévision où était diffusée l'interview que Maggie et ses sœurs avaient faite plus tôt. Vous êtes à la télé.

— Oh super. C'était tellement bizarre de se voir à la télé. Maggie avait l'habitude d'y voir Kate tout le temps, mais pas Jill, ni elle-même.

— C'est trop cool. J'espère que je pourrai rencontrer Kate pendant mon séjour chez vous.

— Elle va être bien occupée avec un nouveau-né, les prochains temps. »

Corey hocha la tête et sembla pâlir un peu à la mention d'avoir un nouveau-né.

Elles regardèrent l'interview ensemble, et Maggie fut soulagée de ne pas avoir embarrassé ses sœurs ni elle-même. Elle envoya un message au groupe de discussion de sa famille pour leur dire que l'interview avait été diffusée et les inviter à la regarder en ligne.

Maggie resta encore une heure avec Corey avant de retourner dans la salle d'attente pour essayer de dormir un peu.

À 4 h le lendemain matin, Jill réveilla Maggie pour lui faire savoir que le bébé était arrivé et qu'il était impatient de rencontrer ses tantes. « Elle est là, dit Jill.

— C'est une fille ?

— Eh oui, c'est pour cela que j'ai dit *elle*. »

En suivant Jill dans la chambre de Kate, Maggie étira son cou pour se débarrasser des courbatures dues au fait d'avoir dormi sur une banquette rigide dans la salle d'attente.

Assise dans le lit d'hôpital, le bébé emmailloté dans ses bras et son mari à côté d'elle qui l'enlaçait, Maggie n'avait jamais vu Kate plus heureuse – ni plus fatiguée.

« Entrez, dit Kate à ses sœurs. Venez rencontrer Poppy Harrington Matthews.

— Poppy[1], dit Jill avec un soupir. *J'adore.* »

Maggie aimait aussi, mais l'énorme boule dans sa gorge l'empêchait de dire quoi que ce soit, alors elle serra l'épaule de Kate en regardant sa nièce endormie.

« Je suis si heureuse que vous aimiez. Nous l'avons choisi très tôt comme prénom pour une fille, et nous n'avons cessé d'y revenir.

— N'oublie pas que tu aimes aussi les coquelicots en fleurs, ajouta Reid.

— Ça aussi, dit Kate en lui souriant.

— C'est parfait, murmura Maggie en clignant des yeux pour retenir ses larmes. Et elle l'est aussi.

— Comment te sens-tu ? demanda Jill.

— Comme si on m'avait sciée en deux dans une de ces boîtes de magicien et qu'on m'avait remontée de travers.

— Aïe.

— Ta sœur a été incroyable, dit Reid, l'air de lutter contre ses propres émotions. Elle a été une guerrière et n'a jamais baissé les bras jusqu'à ce que notre petit ange arrive.

— Je n'aurais pas pu le faire sans toi, mon cœur, dit Kate en levant les yeux vers lui.

— Maman et Papa meurent d'envie qu'on se FaceTime, dit Jill. Vous vous sentez d'attaque ? » Leurs parents leur avaient demandé d'appeler dès l'arrivée du bébé, quelle que soit l'heure. Connaissant Clare et Jack, ils étaient tous les deux debout à faire les cent pas en attendant d'avoir de leurs nouvelles.

Kate fit la grimace en se déplaçant pour trouver une position plus confortable. « Bien sûr.

— C'était aussi dur que tu l'avais imaginé ? demanda Maggie.

— Je ne le révèlerai jamais. Je veux avoir des nièces et des neveux.

— Alors c'était horrible, dit Jill.

— Je n'ai pas dit ça ! »

Jill appela leur mère tandis que Maggie appela leur père. Les deux décrochèrent immédiatement, comme s'ils avaient été en train de fixer leur téléphone en espérant le faire sonner. Les connaissant, c'était ce qu'ils faisaient.

« La bande est au complet, dit Jill en riant tandis qu'Aidan se blottissait contre Clare pour être dans le cadre et qu'Andi faisait de même avec Jack.

— Nous sommes en train de crever ici, dit Jack. Quel est le verdict ?

— Reid et moi sommes heureux de vous présenter Poppy Harrington Matthews. Kate inclina le bébé pour qu'ils puissent voir son visage.

— Poppy, dit Clare doucement. Nous avons une petite-fille ! Je suis grand-mère ! Comment oses-tu me faire ça ? »

Tout le monde rit. Personne n'avait jamais été plus excité de devenir grand-mère que Clare l'avait été ces derniers mois.

« Félicitations, les gars, dit Jack, la voix tremblante. Elle est magnifique.

— Nous sommes impatients de la rencontrer, dit Clare. Nous serons là demain.

— Nous avons hâte de vous voir tous, dit Kate. Poppy a hâte de vous rencontrer, elle aussi.

— Comme tu es belle, Kate, dit Andi.

— C'est vrai, hein ? demanda Reid. On ne devinerait jamais ce qu'elle vient de vivre.

— Merci, les gars. Vous êtes bons pour l'ego d'une fille. Aidan, tu feras savoir à Grammy et aux autres O'Malley que Poppy est arrivée ?

— J'ai déjà envoyé un message de groupe, et les félicitations affluent. Colin m'appelle Papy. »

Tout le monde en rit.

« Allez-vous me pardonner un jour d'avoir fait de vous des grands-parents ?

— C'est déjà fait », dit Jack.

Le soleil se levait, projetant une lueur chaude et rose sur les collines, lorsque Maggie prit la route pour rentrer à Matthews House. Elle ne pouvait pas s'empêcher de bâiller en conduisant et avait les fenêtres baissées et la musique à fond pour rester éveillée. Elle avait une *nièce* ! Poppy. Maggie aimait tellement l'adorable prénom du bébé.

Elle ne s'attendait pas à être aussi émue par l'arrivée du nouveau-né, mais cette journée lui rappelait le jour où ses frères jumeaux étaient arrivés, le jour même où son papa avait épousé Andi. Elle avait ressenti les mêmes choses à l'époque : émotion, joie, amour, excitation... C'était presque trop à gérer, pensa-t-elle en empruntant l'allée sinueuse qui menait à la maison.

Au cours des dernières semaines, elle avait commencé à se sentir chez elle à Matthews House, ce qu'elle n'avait pas réalisé jusqu'à ce moment précis. Elle gara sa voiture derrière les écuries et tourna le coin de l'allée, complètement hébétée par le manque de sommeil, pour se heurter à un objet inamovible qui lui fit perdre pied.

Maggie atterrit durement sur le sol avec un grand paf.

« Oh, mon Dieu ! Je suis tellement désolé ! » Brayden Thomas la surplombait. Apparemment, il était l'objet inébranlable contre lequel elle s'était écrasée, et mon Dieu, il était magnifique le matin, avec une barbe d'un jour sur la mâchoire et une chemise de travail à carreaux aux manches retroussées pour révéler de solides avant-bras. Quand il tendit la main pour l'aider à se relever, Maggie remarqua la coupe parfaite de son jean délavé. Miam.

Une seconde après que cette idée lui soit venue à l'esprit, elle se réprimanda pour avoir pensé de telles choses de son employé. *Ça suffit.*

Il la tira doucement, l'aidant à se lever. « Vous allez bien ? »

Maggie relâcha aussitôt sa main pour brosser la saleté et l'herbe de ses vêtements, les mêmes qu'elle portait hier à la même heure. Comme un fait exprès, elle tombait sur lui quand elle ressemblait à quelqu'un qui n'allait pas tarder à tourner de l'œil et qu'elle aurait bien besoin d'une brosse à dents, d'une brosse à cheveux et d'un lit. Elle passa ses doigts dans ses cheveux et essaya de trouver un semblant de sérénité.

« Je suis vraiment désolé, dit-il. Je ne regardais pas où j'allais.

— Ce n'est pas de votre faute. Je ne faisais pas attention non plus.

— Est-ce que tout va bien ?

— Tout est merveilleux. Ma nièce, Poppy, est née tôt ce matin. » Pourquoi le lui disait-elle ?

Un sourire chaleureux illumina son visage. « C'est génial. Félicitations. Comment va votre sœur ?

— Fatiguée mais ravie. Tout comme moi. Ç'a été une longue nuit.

— Vous êtes vraiment jolie pour quelqu'un qui a passé la nuit debout. »

Pendant un moment, Maggie resta bouche bée devant le plaisir que lui procurait ce compliment inattendu. Puis elle se souvint de la coiffure et du maquillage de la veille. « J'ai fait une interview avec mes sœurs avant que le travail de Kate ne commence. On dirait que c'était il y a une semaine, mais c'était juste hier, d'où les cheveux et ce qui reste du maquillage. *Oh mon Dieu, arrête de bafouiller. Il se fiche de tes cheveux et de ton maquillage.*

— Je l'ai vue hier soir. C'était bien.

— Oh, merci.

— Derek m'a demandé de conduire le van à l'arrêt de bus ce matin. J'espère que ça vous convient.

— Pas de problème. Est-ce que ça va, lui ?

— Il pense qu'il a peut-être une gastro, en fait. »

Maggie eut une brève et horrifiante vision de la gastro-entérite déferlant sur le refuge. « Oh, le pauvre. Je prendrai de ses nouvelles plus tard. »

La porte de la cuisine s'ouvrit, et une horde de mères et d'enfants en sortirent, les enfants portant des sacs à dos et des boîtes à lunch. Maggie était heureuse de voir les enfants McBride et leur mère parmi le groupe.

« Je ferais mieux d'aller chercher le van, dit Brayden. Reposez-vous un peu.

— Ça n'arrivera probablement que plus tard. Discutons après le déjeuner du démarrage de votre programme.

— Très bien. Je passerai vous voir. »

Quelque chose à attendre avec impatience, pensa Maggie, avant de se rappeler à nouveau qu'elle ne pouvait pas éprouver de désir pour son employé. Elle souhaitait pouvoir attribuer ses pensées libidineuses au manque de sommeil, mais elle avait eu les mêmes pensées lubriques hier alors qu'elle était bien reposée. Cet homme était magnifique. Il aurait fallu qu'elle soit morte pour ne pas le remarquer, et comme elle n'était pas morte, elle le remarquait. Et alors ? Ça ne voulait rien dire.

« Continue de te raconter ça, grommela-t-elle en entrant.

— Tu as dit quelque chose, Maggie ? demanda Mitch depuis la cuisine.

— Je me parle à moi-même.

— Ah, d'accord. Tu viens juste de rentrer ? demanda-t-il avec un sourire taquin.

— Oui, oui. Ma sœur a eu son bébé tôt ce matin.

— Oh, c'est une merveilleuse nouvelle. Qu'est-ce qu'elle a eu ?

— Une fille nommée Poppy. Elle est parfaite.

— Félicitations, tante Maggie.

— C'est la première fois qu'on m'appelle comme ça.

— Ce ne sera pas la dernière. »

Teresa entra dans la cuisine. « Est-ce que je t'ai entendu dire que le bébé était arrivé ?

— Oui, Poppy est arrivée tôt ce matin. Elle est absolument parfaite.

— C'est fantastique ! Félicitations.

— Merci. Ça me fait bizarre d'accepter des félicitations alors que je n'ai rien fait.

— Tu es devenue tante aujourd'hui. C'est une grosse affaire.

— C'est sûr. Merci. »

Après un bref passage à son appartement pour se brosser les cheveux et les dents et se changer, Maggie annonça la nouvelle à tous ceux qu'elle rencontra au cours des heures suivantes. Ses amis de Rhode Island, de l'université et de New York inondèrent son téléphone de messages une fois que l'équipe de Kate eut annoncé l'arrivée de Poppy. Elle buvait une tasse de café lorsqu'elle reçut un autre message de la dernière personne dont elle voulait avoir des nouvelles. *J'ai entendu la nouvelle du bébé de ta sœur. Félicitations.*

Maggie s'étouffa en avalant son café et faillit vomir à cause du dégoût qui l'envahit à la vue de son nom sur son écran. Comment pouvait-il encore la contacter ? Elle l'avait bien bloqué, non ? Ses mains tremblaient alors qu'elle essayait de trouver ses contacts pour vérifier. Il lui fallut plus de temps que la normale pour trouver ses contacts et voir que son nom y figurait toujours. Comment son nom pouvait-il être encore là ? Comment pouvait-il penser que c'était OK d'envoyer un SMS comme s'ils étaient toujours amis ?

Elle trouva le lien pour le bloquer et appuya fermement dessus avant de laisser tomber le téléphone sur son bureau et de se couvrir le visage avec ses mains, un flot de pensées indésirables et de souvenirs envahissant son cerveau fatigué et la laissant dévastée une fois de plus.

Les bruits de pas qui approchaient l'obligèrent à vite essuyer les larmes de son visage et à contrôler ses émotions. « Euh, c'est un moment inopportun ? » demanda Brayden depuis le seuil de la porte.

Encore une fois, il l'avait surprise dans un état peu professionnel.

« Je peux revenir plus tard. »

Maggie s'efforça de se ressaisir, de refouler les souvenirs traumatisants jusqu'dans la boîte où elle les gardait enfermés pour pouvoir vivre. « Non, c'est bon. Entrez. » Elle prit une grande inspiration et la retint une seconde avant de la relâcher lentement, essayant de se recentrer et de trouver un peu de calme au milieu de la tempête qui faisait rage en elle.

Apparemment, elle y échouait lamentablement.

« Qu'est-ce qui ne va pas ? »

Maggie fixa son beau visage et ne put former une seule phrase. Les mots s'entremêlaient dans son cerveau, mais elle ne parvenait pas à leur donner un sens. Entre l'épuisement et la réouverture d'une blessure pas encore cicatrisée, elle n'avait rien.

« Vous voulez faire un tour de cheval ? »

Maggie hocha la tête. Elle voulait cela plus que tout.

« Allons-y. »

D'une manière ou d'une autre, elle parvint à se lever, à suivre sa consigne de prendre ses bottes et de le rejoindre aux écuries, où elle resta sans rien faire comme une idiote impuissante pendant qu'il sellait rapidement et efficacement son cheval et Thunder avant de les conduire tous deux à l'extérieur.

« Vous avez besoin d'un coup de main pour monter ? »

Secouant la tête, elle se hissa sur la selle et retrouva immédiatement le calme qu'elle avait perdu jusqu'à présent. Monter Thunder la rendait toujours heureuse et l'apaisait comme rien d'autre ne le pouvait. Depuis que son cheval Destiny était mort des années auparavant, Maggie n'avait pas pu se résoudre à en chercher un nouveau. Quand elle était venue dans le Tennessee, elle s'était immédiatement liée d'amitié avec Thunder, ce qui avait bien marché puisque Kate avait renoncé à faire du cheval pendant sa grossesse.

Maggie suivit Brayden autour des écuries jusqu'au même chemin bien battu qu'elle avait emprunté la nuit précédente. Ils galopèrent pendant des kilomètres en communion tranquille avec les chevaux et la beauté naturelle du domaine des Matthews. Elle était reconnaissante que Brayden n'essaie pas de la faire parler. Il lui tenait simplement compagnie pendant qu'ils se dirigeaient vers une zone boisée qu'elle n'avait pas encore explorée.

Ils ralentirent les chevaux tout en continuant vers les bois.

« Vous êtes déjà allée vous promener là-dedans ? demanda-t-il.

— Pas encore. J'avais la phobie d'y aller seule.

— Trop de *Petit Chaperon Rouge* dans votre enfance ? demanda-t-il un petit sourire s'esquissant sur son visage.

— Quelque chose comme ça. »

Elle avait rencontré sa propre version du grand méchant loup, un qui portait un costume des célèbres Brooks Brothers et des mocassins italiens. Le souvenir lui donna des frissons.

Ce n'était peut-être pas une si bonne idée de s'aventurer dans les bois avec un autre homme qu'elle connaissait à peine. Comment savoir lesquels étaient dignes de confiance et lesquels ne l'étaient pas ? « Arrêtons-nous ici », dit-elle, sa voix plus aigüe que d'habitude et bien plus incertaine qu'elle n'aurait dû l'être, ce qui la rendit furieuse.

Au moment où elle voulait projeter une image sérieuse et professionnelle, ses entrailles lui donnaient l'impression d'être passées dans une déchiqueteuse. Maudit Ethan et ce satané texto qui l'avait fait régresser de plusieurs mois.

Quand ils atteignirent le ruisseau qui traversait la propriété, ils descendirent pour laisser les chevaux boire.

« Je veux que vous sachiez... Maggie avait dit les mots avant de les avoir bien pesés.

— Que voulez-vous que je sache ?

— Que je ne suis pas toujours une épave au travail. Seulement quand vous êtes dans les parages, ou du moins c'est ce qu'il semblerait. »

Il rit. « Je ne juge pas. Je vous le promets.

— Merci, mais quand même... Je ne dormais pas l'autre jour. Je ferme souvent les yeux quand je réfléchis.

— Que s'est-il passé aujourd'hui ?

— Quelque chose que je préférerais oublier.

— Ah, oui, je sais comment c'est.

— Ah bon ? »

Il hocha la tête.

Maggie se demandait s'il faisait référence à ce qui l'avait envoyé en maison de correction, mais elle ne pouvait pas poser la question. Il le lui avait déjà interdit. « Après l'annonce du bébé de Kate, j'ai reçu un message d'un type que je pensais avoir bloqué. Quelqu'un que *j'aurais dû* bloquer. Pourquoi lui disait-elle cela ? Qu'est-ce qu'il y avait en lui qui faisait qu'il était si facile pour elle de lui parler ?

— Oh, mince. Ça craint.

— Vous n'avez pas idée à quel point.

— J'espère que vous l'avez bloqué pour de bon cette fois.

— Oui, mais je n'arrive pas à croire que pendant tout ce temps, il était juste là, dans mon téléphone, capable de surgir à tout moment et de me rappeler pourquoi je ne supporte pas d'avoir de ses nouvelles. J'ai l'impression de m'être promenée avec une grenade dégoupillée qui aurait pu exploser à tout moment.

— Vous deviez être assez secouée après ce qui s'est passé si vous avez oublié de le bloquer.

— Oui, je l'étais. Secouée, je veux dire. Je le suis toujours si un simple SMS peut me foutre en l'air une fois de plus.

— Ce n'était pas un simple message, et il devait le savoir.

— Oui, il le savait.

— Je suis désolé qu'il ait gâché un jour tellement heureux pour vous. »

Maggie s'efforça de garder la tête haute, de continuer à persévérer comme elle le faisait depuis des mois. « Il ne l'a pas gâché. Je ne le laisserai pas voler ce jour à moi ou à Poppy.

— C'est bien, dit Brayden.

— Merci d'avoir suggéré de faire un tour. Ça m'a fait du bien.

— Ça fait toujours du bien.

— Vous voulez qu'on fasse notre réunion ici ?

— Ça me va. Il se dirigea vers son cheval, ouvrit une sacoche et en sortit un drap qu'il étala sur le sol. Prenez place dans mon bureau. »

Maggie sourit. « Qu'est-ce que vous avez d'autre là-dedans ? »

Il remua les sourcils. « Vous aimeriez bien le savoir, hein ? »

Oui, j'aimerais bien le savoir. J'aimerais beaucoup.

Brayden s'assit à côté d'elle sur le drap qu'il avait positionné pour qu'ils puissent garder un œil sur les chevaux. Thunder n'irait nulle part sans elle. Elle supposait que son cheval était pareil. « Comment s'appelle votre cheval ?

— Sunday Morning.[2]

— Ça me plaît. D'où vient son nom ?

— La chanson préférée de ma mère était « Easy Like Sunday Morning » des Commodores. Elle la jouait tout le temps. C'est la première chanson dont je connaissais toutes les paroles.

— Vous avez dit « était » sa chanson préférée. Vous l'avez perdue ? »

Il fit oui de la tête. « Assez récemment et de façon très soudaine.

— Oh, mon Dieu. C'est affreux.

— Ç'a été dur.

— Que s'est-il passé ?

— Accident de voiture. »

Maggie souffla alors que les souvenirs d'un accident qu'elle souhaitait oublier l'assaillaient. « Je suis tellement désolée, Brayden.

— Pourquoi êtes-vous soudainement devenue toute blanche ?

— Je le suis ? »

Il hocha la tête.

« Ma mère a été renversée par une voiture quand j'avais neuf ans. Je l'ai vu se produire.

— Oh putain, Maggie.

— Ouais.

— Est-ce qu'elle... Est-ce qu'elle...

— Elle a survécu mais est restée dans le coma pendant trois ans. »

Il fit claquer ses doigts. « J'ai entendu cette histoire. J'ai vu votre sœur à la télé il y a des années. Elle racontait comment l'accident avait changé sa vie et celle de sa famille.

— C'est sûr, mais nous parlions de vous et de votre mère. Je ne voulais pas détourner la conversation.

— Vous ne l'avez pas fait. Ce n'est pas grave. Je suis désolé de ce qui est arrivé à votre mère.

— Je suis désolée pour ce qui est arrivé à la vôtre.

— Merci. J'essaie encore de me faire à l'idée qu'elle est vraiment partie.

— Je n'en doute pas. Il faut du temps pour digérer ce genre de chose.

— C'est ce qu'on m'a dit. »

Maggie se tourna pour pouvoir le voir. « Si vous voulez en parler à quelqu'un qui comprend, je suis là.

— Merci. C'est très gentil de votre part. Il prit un moment et sembla faire un effort pour se débarrasser de son chagrin. Je voulais vous dire que j'ai signé le contrat au bureau de votre avocat hier. Il a dit qu'il vous ferait parvenir les exemplaires signés.

— Ce n'est pas seulement mon avocat. C'est aussi mon futur beau-frère. Il épouse ma sœur Jill au mois de juillet, et son père est le mari de Kate.

— Ah, OK. Eh bien, laissez-moi vous dire ce que j'ai prévu pour les enfants, et vous pourrez me dire si cela vous convient ou pas. Ils avaient parlé en termes plus généraux au cours de l'entretien d'embauche et avaient convenu d'entrer dans les détails une fois qu'il serait à bord.

— C'est vous, l'expert. Je ne vais pas vous micro-gérer.

— Quand même, j'aimerais avoir votre accord.

— OK, j'écoute. »

---

1. Signifie "coquelicot" en anglais et au même titre que Rose, Marguerite et autres noms de fleurs, est un prénom féminin populaire dans les pays anglo-saxons.
2. Signifie dimanche matin en anglais.

CHAPITRE 8

« Tout d'abord, j'évalue les chevaux pour déterminer lesquels seraient les meilleurs pour le programme, dit Brayden. J'ai identifié un certain nombre de chevaux qui, selon moi, seraient idéaux, mais je m'en remets à vous sur ce point. J'ai également obtenu une police d'assurance juste pour ce programme.

— Bien. J'allais vous poser la question.

— La première semaine environ avec les enfants consiste à les acclimater aux écuries, à être autour des animaux et à leur apprendre les règles. Je leur enseigne le respect et la sécurité, la compréhension des signaux physiques et émotionnels du cheval. Une fois que j'estime qu'ils ont bien compris les bases, je leur parle de la sellerie et de la façon de préparer un cheval pour le monter. Ils sont impliqués dans tous les aspects et sellent un cheval dix fois avant de le monter. »

Maggie était hypnotisée pendant qu'il expliquait ses pratiques d'une voix calme et constante qui projetait une autorité tranquille.

« Ils apprendront comment les nourrir et les abreuver, comment les diriger correctement, comment les approcher, comment les toucher. L'objectif est que, lorsqu'ils seront enfin à cheval, ils n'aient plus peur. Ils se seront habitués à la présence des chevaux et, espérons-le, à leurs diverses bizarreries et à la nécessité d'assurer leur propre sécurité à tout moment.

Après avoir monté, ils apprendront à s'occuper des chevaux et à ranger tout à sa place. Il la regarda. Est-ce que cela vous convient ?

— Cela me semble génial. C'est exactement ce que j'avais en tête pour ce programme.

— Le but est de leur montrer qu'ils font partie de quelque chose de plus vaste qu'eux. Des recherches ont montré que la thérapie équine peut aider les enfants et les adultes à faire face à une grande variété de traumatismes émotionnels et physiques. Non seulement elle leur offre un nouveau passe-temps, mais elle leur inculque aussi la confiance en soi, qui fait souvent défaut aux personnes ayant subi un traumatisme.

— Oui, je l'ai appris dans un cours que j'ai suivi à l'université, et je suis fan depuis. J'ai rédigé la demande de subvention qui permet de financer le programme ici.

— Oh, je ne savais pas que le programme était financé par une subvention.

— Reid et Kate étaient prêts à le faire, mais je voulais le séparer du programme général. C'est mon bijou à moi.

— Ah, je comprends. OK. Je peux vous appeler ou vous envoyer un SMS si j'ai besoin de vous pour quelque chose ?

— Bien sûr, dit Maggie, son cœur battant la chamade. *Arrête ça. Ça suffit. C'est ton employé.* J'utilise mon téléphone pour le travail. »

Brayden saisit quelque chose dans son téléphone. « Je vous ai envoyé un message. Maintenant vous avez mon numéro aussi.

— J'ai déjà le vôtre grâce à votre candidature.

— Oh, c'est vrai. »

Ils restèrent assis en silence pendant un long moment, observant les chevaux, appréciant le son calme et paisible du ruisseau, le bourdonnement des insectes et le doux parfum de l'herbe.

« J'adore cet endroit, dit Maggie.

— Je vois pourquoi. Est-ce que c'est un vrai terrain d'aviation qu'on aperçoit de la maison ?

— En effet. Reid et son fils, Ashton, sont tous deux pilotes. Ils gardent un avion dans le hangar.

— C'est cool. »

Maggie le regarda. « Merci pour ceci. J'en avais vraiment besoin.

— Puis-je dire quelque chose qui pourrait être totalement inapproprié compte tenu du fait que nous venons de nous rencontrer et que je travaille pour vous ?

— Vous travaillez *avec* moi, et oui, parlez librement.

— Je sais très bien écouter si vous avez besoin de parler à quelqu'un qui ne vous jugera pas, ne vous condamnera pas, ne vous questionnera pas et ne fera rien d'autre qu'écouter. »

Ses mots gentils lui firent monter les larmes aux yeux, qu'elle balaya instantanément. « Je suis nulle comme patronne.

— Quoi ? Non, pas du tout.

— Si, je le suis, dit-elle avec un petit rire. Jusqu'à présent, vous m'avez vue faire une sieste au travail, vous m'avez surprise en train de vous regarder et vous m'avez fait pleurer en étant gentil avec moi.

— Sans oublier que vous vous parlez toute seule. »

Maggie se couvrit le visage de ses mains.

En riant, il lui donna un petit coup d'épaule. « Aucune de ces choses n'est un défaut fatal pour un patron. Croyez-moi, j'ai connu bien pire. »

Elle baissa ses mains et le regarda. « Désolée de l'entendre. »

Il haussa les épaules. « Parfois, les gens sont nuls.

— Oui, c'est vrai. Maggie savait qu'elle ne devait absolument pas se confier à ce parfait inconnu qui travaillait maintenant pour elle, mais il y avait quelque chose en lui qui lui donnait envie de lui raconter. Peut-être était-ce la même chose qui faisait que les chevaux lui faisaient aveuglément confiance. Il y avait un type à New York, un avocat que je connaissais par le travail. J'étais interprète judiciaire pour les malentendants.

— Wow, c'est un boulot cool.

— Mon frère Eric est malentendant. J'ai appris pour pouvoir communiquer avec lui et j'en ai fait une carrière après l'université quand je n'ai pas trouvé de travail dans le conseil familial. Elle arracha un peu d'herbe pour avoir quelque chose à faire de ses mains. Ce type, Ethan, se faisait toujours un plaisir de me trouver, de flirter avec moi et de m'inviter à sortir. Je l'avais catalogué comme dragueur et joueur invétéré, alors j'ai résisté pendant des mois avant de finalement accepter un dîner la semaine avant Noël. Nous avons passé un bon moment ensemble, et j'ai été surprise de constater qu'il me plaisait plus que je ne le pensais. Après le dîner, il a insisté pour me raccompagner. Je pensais qu'il ne faisait que se comporter en gentleman, mais... »

La main de Brayden couvrit la sienne, la serrant de manière rassurante pour lui rappeler qu'il était là, ce qui l'aida à trouver les mots pour terminer l'histoire.

« Quand j'ai ouvert la porte de mon appartement, il m'a poussée devant lui, a fermé la porte et l'a verrouillée. Tout s'est passé si vite que je n'ai pas réalisé ce qui arrivait jusqu'à ce qu'il soit sur moi. Dans la lutte, j'ai laissé tomber mes clés – et mon spray au poivre était sur le porte-clés – mon téléphone, tout ce que j'avais qui aurait pu m'aider. »

Un sanglot jaillit de sa gorge, l'horreur de tout cela l'envahissant avec un nouveau dégoût, comme si cela s'était passé hier plutôt que des mois auparavant.

Brayden se redressa et passa son bras autour d'elle, l'encourageant silencieusement à s'appuyer sur lui. « Ça vous va, comme ça ? »

Elle acquiesça. Le soulagement de l'avoir dit à quelqu'un était si profond que Maggie oublia qu'il était son employé et prit très volontiers le réconfort qu'il offrait.

« Je me suis battue contre lui. J'avais suivi une formation d'autodéfense dans un emploi précédent, et je savais où frapper.

— C'est bien, dit Brayden en passant sa main sur le dos de Maggie en cercles apaisants.

— Je l'ai eu en plein entre les jambes avec mon genou, je l'ai repoussé et je me suis sauvée de mon appartement. Je n'avais rien avec moi, ni mon téléphone, ni mon sac à main, ni mon manteau. J'ai juste marché pendant des heures avant de pouvoir me résoudre à rentrer chez moi pour voir s'il était encore là. Je sais que j'aurais dû appeler les flics, mais j'avais peur que ce soit sa parole contre la mienne et qu'il ait l'avantage parce que c'était un avocat de la défense bien connu.

— Je peux comprendre pourquoi vous avez pensé ça.

— Avec le recul, je vois bien que je n'avais pas les idées claires. Je n'aurais jamais dû y retourner seule, mais sans mon téléphone, je n'avais aucun moyen de contacter quelqu'un, et en plus, je ne voulais pas que quelqu'un sache ce qui s'était passé.

— Cela me fait vraiment très peur de savoir que vous y êtes retournée seule après ce qu'il avait fait.

— Je me rappelle à peine l'avoir fait, mais je me souviens d'avoir eu si peur. La porte était entrouverte, les lumières étaient allumées, mais Dieu merci, il était parti. J'ai trouvé mes clés et le spray au poivre que mon père m'avait donné quand j'ai déménagé en ville, même si c'est illégal là-bas, et je l'ai gardé à la main pendant que je fouillais chaque centimètre de l'appartement tout en gardant la porte ouverte, juste au cas où.

— Ç'a dû être tellement effrayant.

— J'ai tremblé tout du long.

— Ça ne m'étonne pas.

— Quand j'ai réalisé qu'il était vraiment parti, j'ai fermé et verrouillé la porte, puis je me suis effondrée par terre et j'ai sangloté pendant des heures. Je ne pouvais pas bouger.

— Je suis tellement, tellement désolé que cela vous soit arrivé, Maggie. »

Elle essuya les larmes de son visage. « Merci de m'avoir écoutée.

— L'avez-vous dénoncé ?

— Non, et je m'en veux beaucoup, mais j'étais convaincue qu'il trouverait un moyen de retourner tout cela contre moi. Le lendemain matin, j'ai appelé mon patron et j'ai démissionné pour ne plus jamais avoir à le revoir. Quand je suis venue ici pour Noël quelques jours après que cela soit arrivé, j'ai entendu ce que Reid et Kate avaient prévu pour Matthews House et j'ai sauté sur l'occasion de devenir leur directrice, même si je ne suis probablement pas la meilleure personne pour ce travail.

— Pourquoi dites-vous cela ? Il est évident que vous prenez à cœur les résidents et le programme.

— Je prends tout ça à cœur, mais je découvre tout au fur et à mesure que j'avance. Parfois, je me dis qu'ils auraient été mieux servis par quelqu'un de plus expérimenté.

— Je pense qu'ils sont très bien servis par vous, et le reste de votre équipe le pense aussi. »

C'était une nouvelle pour elle. « Comment savez-vous cela ?

— J'ai fait mon enquête avant d'accepter le poste. J'ai parlé aux gens quand je suis venu pour l'entretien, avant que vous ne reveniez de l'hôpital le premier jour où j'étais ici. Je voulais être sûr que ça me conviendrait avant d'accepter.

— Oh.

— Vous faites du bon travail, Maggie. Les résidents savent à quel point vous vous souciez d'eux, et c'est la première clé du succès dans ce domaine. Il lui serra doucement l'épaule. Vous ne pouviez pas dire à vos sœurs ce qui s'était passé ? »

Elle secoua la tête. « Je n'ai tout simplement pas pu me résoudre à gâcher le mariage de Kate à Noël l'année dernière, puis Jill et Ashton se sont fiancés, et tout le monde passait un si bon moment ensemble. C'était la première fois que toute notre famille était rassemblée pour Noël depuis des années.

— Je suis sûr qu'ils auraient voulu savoir que vous souffriez.

— Oui, mais je ne voulais pas reparler de tout cela. Je ne le veux toujours pas.

— Je peux dire encore une chose ? »

Elle grogna en riant. « Puisque j'ai totalement vidé mon sac, vous pouvez dire ce que vous voulez.

— Vous devriez vraiment en parler à quelqu'un. »

Maggie releva la tête de son torse et le regarda. « Je viens de le faire. »

L'histoire de Maggie laissa Brayden profondément déstabilisé pour le reste de la journée. Après être retourné aux écuries, il avait proposé de s'occuper des deux chevaux car il voyait bien qu'elle était épuisée après leur conversation. Elle avait accepté avec gratitude et s'en était allée à l'intérieur pour prendre un repos bien mérité.

Puis il avait donné à manger au reste des chevaux et nettoyé les stalles dont il ne s'était pas occupé plus tôt comme Derek ne se sentait toujours pas bien. Maggie avait dit qu'elle n'avait pas eu l'occasion de prendre des nouvelles de l'homme plus âgé.

« Je l'ai fait, lui avait répondu Brayden. Il va bien. Il a mangé de la soupe que Mitch lui a fait parvenir et il se sent mieux.

— Tant mieux », avait-elle dit.

Il avait senti qu'elle ne serait capable de supporter que de bonnes nouvelles à propos de Derek.

Quelques heures plus tard, il était seul dans son appartement, essayant de regarder un film, mais tout ce à quoi il pensait était qu'elle avait été attaquée par ce type à New York et que ce connard s'en était sorti. La lutte contre l'injustice était un thème central de sa vie. Cela lui avait causé des problèmes plus d'une fois et, s'il n'était pas prudent, cela pourrait encore lui en causer.

La situation de Maggie ne le regardait pas au-delà de ce qu'elle avait déjà partagé avec lui. Il fallait qu'il s'en souvienne et qu'il soit reconnaissant qu'elle ait choisi de la lui raconter, car garder secret quelque chose comme ça pendant tout ce temps n'avait pas été sain pour elle.

Quand il avait dit qu'elle devait en parler à quelqu'un, il avait voulu dire en parler à la police. Le fait de s'être confiée à lui était une étape importante dans sa guérison, mais il voulait aussi qu'elle obtienne justice, même s'il comprenait sa réticence à le signaler.

« Pas tes affaires, mec », marmonna-t-il en fixant la télévision avec des yeux qui ne voyaient rien d'autre que la douce et adorable Maggie se faisant attaquer par un homme qui s'en était tiré.

Brayden prit son téléphone et ouvrit l'écran des messages. Il le regarda pendant un long moment avant d'entrer le nom de Maggie dans la ligne d'adresse.

Je voulais juste savoir si vous alliez bien. C'est Brayden, au fait.

Il lut et relut le texte plusieurs fois avant d'appuyer sur Envoyer. Puis il mit son téléphone de côté et se dit qu'il devait se retirer de sa vie et de ses affaires. Elle avait partagé avec lui un moment de faiblesse provoqué par un contact inattendu avec le connard qui l'avait attaquée. Sinon, elle ne le lui aurait probablement jamais dit.

Une heure après avoir envoyé le message, il se disait encore qu'il devait respecter sa vie privée et la laisser tranquille. Mais il voulait aller là-bas, frapper à sa porte, s'assurer qu'elle allait bien et qu'elle n'avait pas été traumatisée à nouveau en en parlant.

« *Putain* », dit-il dans un grondement sourd en passant ses mains dans ses cheveux avec une impatience brute. Il n'avait aucune idée de ce qu'il devait faire.

Non, ce n'était pas vrai. Il savait exactement ce qu'il devait faire, et merde à toutes les raisons pour lesquelles ce n'était peut-être pas judicieux.

Il enfila ses bottes, glissa son téléphone dans sa poche arrière et traversa la cour jusqu'à l'entrée de la cuisine.

À l'intérieur, Mitch montait la garde devant quelque chose sur le fourneau. Ce type était d'une intensité effrayante et un excellent cuisinier, d'après ce que Brayden avait vu jusqu'à présent.

« Qu'est-ce qu'il y a ? demanda Mitch.

— Maggie est dans le coin ?

— Je ne l'ai pas vue. Elle s'est probablement endormie après la nuit blanche.

— Oui, j'en suis sûr. Ça ne vous dérange pas si je frappe à sa porte ? J'ai besoin de lui demander quelque chose. »

Mitch fixa sur lui un regard d'acier, mais Brayden refusa de céder. Il était déterminé à aller la voir, même si cela faisait jaser dans la maison. Brayden était plus préoccupé par elle que par les commérages inutiles.

« Bien sûr, dit finalement Mitch. Troisième porte à gauche.

— Merci. » Sentant la chaleur du regard de Mitch dans son dos, Brayden prit le couloir et se dirigea vers la troisième porte à gauche. Il hésita un moment avant de lever la main et frapper.

Pas de réponse.

Il frappa à nouveau, plus fort cette fois.

La porte s'ouvrit brusquement, révélant une Maggie aux yeux endormis, ses longs cheveux noirs en bataille autour de sa tête. « Quoi ?

— Désolé de vous déranger. Je voulais m'assurer que vous alliez bien, vous savez, après notre conversation de tout à l'heure.

— Je vais bien.

— OK. Désolé encore de vous avoir réveillée.

— Ce n'est pas grave. Je devais me lever de toute façon.

— Je vais, euh, je vais y aller, alors. Il commença à s'éloigner.

— Brayden. »

Se retournant, il haussa un sourcil.

« Vous voulez rencontrer ma nièce ? »

La question le stupéfia, à tel point qu'il attendit trop longtemps pour y répondre.

Elle grimaça. « Ça ne fait rien. C'est bizarre. Je le sais. Je suis bizarre parfois. Et je vais juste fermer ma bouche maintenant. »

Charmé outre mesure, Brayden sourit. « Je serais absolument ravi de rencontrer votre nièce. »

CHAPITRE 9

Maggie les conduisait chez Kate, tout en se demandant à quoi elle avait bien pu penser pour inviter Brayden à l'accompagner. Kate ne voulait probablement pas d'un étranger dans sa maison le soir où elle y ramenait son bébé, mais les mots étaient sortis de la bouche de Maggie avant qu'elle n'y ait pleinement réfléchi.

Ses émotions étaient en pagaille après les montagnes russes des dernières vingt-quatre heures. Elle savait qu'elle devrait regretter la façon dont elle s'était déchargée de ses émotions sur Brayden plus tôt, mais ce n'était pas le cas. Pas du tout. Au contraire, elle se sentait soulagée. Elle l'avait dit à quelqu'un. Enfin. Et il avait montré soutien et indignation dans des proportions parfaites.

Elle jeta un regard timide vers lui sur le siège passager. « Je veux vous remercier d'avoir écouté tout à l'heure.

— Je dirais que c'était un plaisir, mais je déteste ce qui vous est arrivé.

— Évidemment, j'ai besoin que vous gardiez tout cela pour vous.

— Bien sûr. Je ne répéterai jamais quelque chose comme ça.

— Merci.

— Comment vous sentez-vous après en avoir parlé ?

— Justement je me disais que je m'attendais à ressentir du regret, mais le soulagement est l'émotion dominante. Je me sens mal d'avoir vidé mon sac, alors que vous travaillez avec moi …

77

— Peut-on oublier cela ? Vous êtes responsable de la maison. Je n'en doute pas. Mais je dirige mon propre programme, donc techniquement, vous n'êtes pas vraiment ma patronne. Vous me laissez diriger mon programme en conjonction avec le vôtre. »

Maggie gloussa devant sa logique. « C'est une pensée très intelligente.

— Si ça nous permet d'être amis, alors prenons cette optique.

— Vous voulez être amis ?

— Bah, il me semble que c'est ce qui s'est passé aujourd'hui. Deux personnes qui ne se connaissaient pas il y a quelques semaines ont appris à se connaître, ont partagé des trucs personnels et se sont soutenues mutuellement.

— Le soutien était plutôt unilatéral.

— Pas entièrement. Je n'ai pas dit à beaucoup de gens ce qui est arrivé à ma mère. J'ai apprécié de pouvoir vous le dire. Et je soupçonne que vous n'invitez pas n'importe qui à venir chez votre sœur célèbre.

— Je n'ai jamais amené personne avec moi.

— Vous voyez ? Nous sommes déjà amis. Alors arrêtez d'agir comme si vous étiez ma patronne. »

Maggie rit. « Déjà insubordonné. Je vois comment ça va se passer.

— Vous m'avez démasqué.

— On se dit tu, alors.

— Avec plaisir. »

Maggie continuait à se demander s'il était sage d'avoir invité Brayden à venir avec elle. Kate serait-elle furieuse qu'elle ait amené un étranger chez elle ce soir-là, de tous les soirs possibles ? Pouah, probablement... Merde. Eh bien, trop tard pour faire marche-arrière maintenant.

Et pourquoi l'avait-elle invité de toute façon ? Il avait été si gentil de venir la voir, et l'invitation avait été lancée avant même qu'elle ne prenne une seconde pour se demander si c'était approprié. Avec un peu de chance, Kate le lui pardonnerait.

Le voyage de Matthews House à Brentwood jusqu'à la maison de Kate à Hendersonville prenait environ trente minutes, pour la plupart sur la route I-440. En tournant à droite pour emprunter le chemin de terre qui menait à la propriété de Kate, Maggie jeta un coup d'œil à Brayden. « Il ne faut pas que je m'inquiète de te voir te transformer en harceleur fou, ni rien comme ça, non ? »

Le petit rire de Brayden la fit sourire. « Comme je l'ai déjà dit, je suis un grand fan de la musique de ta sœur.

— Tu vas pouvoir tenir le coup ?

— J'en doute. Je vais probablement m'extasier devant elle comme une fan ado. »

Maggie poussa un gémissement dramatique. « Tu vas devoir rester dans la voiture, alors. Elle vient d'avoir un bébé. Elle n'est pas ouverte au fangirling ce soir.

— Je vais voir si je peux me contrôler. »

En plus, il était drôle. « Fais donc un effort. »

Maggie n'était pas surprise de voir la Mercedes de Jill garée dehors, mais elle ne s'attendait pas à y trouver la Range Rover de Buddy et Taylor.

Oh, la, la.

« Cette maison est incroyable. C'est une construction en rondins ?

— Ouais, et à charpente en A. Quand tout le monde est venu pour Noël l'année dernière, Reid a construit une version miniature de la maison qu'ils appellent le dortoir. Attends de voir tout ça à la lumière du jour. C'est génial. Et Maggie réalisa qu'elle venait de laisser entendre qu'il viendrait à nouveau avec elle un jour. *Super.* Euh, que penses-tu de Buddy Longstreet et Taylor Jones ?

— Est-ce une question rhétorique ?

— Malheureusement, non.

— Je vais perdre mes moyens.

— Brayden ! Allez ! Il faut garder la tête froide. Agis comme si tu avais déjà fait ça avec eux.

— Je n'ai jamais rien fait avec *ni* Kate Harrington, *ni* Buddy Longstreet *ni* Taylor Jones, sauf les voir dans un immense stade avec 50 000 autres personnes.

— Dois-je te faire attendre dans la voiture ? »

Son rire grave lui fit plaisir. Elle aimait le faire rire. « Mais non, je me tiendrai bien.

— Tu promets ?

— Je te le promets. »

Maggie lui lança un regard méfiant, se demandant si elle pouvait lui faire confiance.

Il rit encore. « Je le jure devant Dieu sur une pile de Bibles. Je resterai zen, même si je flippe à l'intérieur.

— Très bien, alors. Maggie sortit de la voiture et attendit qu'il la suive dans le vestibule. Reste ici une seconde. Laisse-moi aller tâter le terrain.

— Oui, madame.

— Ne m'appelle pas madame.

— Désolé, madame. »

Maggie se mordit la lèvre pour ne pas rire et essaya de lui jeter un regard noir, mais apparemment, cela ne marchait pas, parce qu'il se mit à rire. « Vas-y. Je resterai ici jusqu'à ce que tu me dises que la voie est libre. Mais dépêche-toi. Buddy, Taylor et Kate sont là-dedans. Il frissonna dramatiquement.

— Je vais te tuer. Maggie se rendit compte qu'elle n'avait jamais été aussi à l'aise avec un homme si peu de temps après l'avoir rencontré. Elle emporta cette découverte dans la cuisine, où Reid, Ashton et Buddy étaient réunis, des bières à la main.

— Salut, Maggie. Reid s'approcha pour l'embrasser sur la joue. Maintenant, la bande est au complet.

— Comment vont-elles ? »

S'il était possible pour un homme de rayonner de bonheur, Reid était incandescent, même si des cernes coloraient la peau sous ses yeux. « Très, très bien. Kate est une battante. On ne dirait pas qu'elle vient d'avoir un bébé. Et la petite Poppy est ravissante.

— Je vais aller leur dire bonjour.

— Je t'en prie. Elles sont dans le grand salon.

— Je, euh, j'ai amené Brayden, notre nouveau gars d'équithérapie. Je l'ai laissé dans le vestibule le temps de m'assurer que ça ne dérange pas Kate.

— Ça ne la dérangera pas, dit Reid en riant. Libère le gars de sa prison. »

Maggie retourna dans le vestibule et fit signe à Brayden de la suivre dans la cuisine. « Brayden Thomas, voici mon beau-frère, Reid Matthews, mon futur beau-frère, Ashton Matthews, et notre ami Buddy Longstreet. »

Tout à son honneur, Brayden sut garder son sang-froid en serrant la main de chacun des hommes et en félicitant Reid de l'arrivée de son nouveau bébé. À Buddy, il dit : « Je suis un grand fan.

— Merci beaucoup, dit Buddy. Vous êtes du coin ?

— Oui, dit Brayden. J'ai grandi autour de Nashville. »

Maggie expira longuement quand elle vit que Brayden allait tenir sa promesse de bien se comporter devant les célébrités et se rendit dans le grand salon pour trouver Kate sur le canapé, entourée de Jill, Taylor et la fille de Taylor, Georgia, qui tenait Poppy dans ses bras.

« Bienvenue à la maison, Kate et Poppy. Par-dessus l'épaule de Georgia, Maggie admira Poppy qui dormait. Mon Dieu, qu'elle est mignonne.

— N'est-ce pas ? Comme son mari, Kate était rayonnante de bonheur, même si elle semblait elle aussi épuisée.

— Elle est *tellement* gentille. Georgia, qui allait bientôt avoir onze ans, avait les longs cheveux noirs de sa mère et le sourire malicieux de Buddy et était clairement éprise de la nouvelle addition à la famille. Buddy et Taylor avaient été les mentors de Kate depuis ses premiers jours dans le métier. Kate les considérait, eux et leurs quatre enfants, comme sa famille de Nashville depuis des années.

— Laisse la place à tante Maggie, Georgia, dit Taylor.

— Non, c'est bon, dit Maggie. Je ne veux pas la déranger.

— On doit partir bientôt de toute façon. Il y a école demain. »
Georgia fit la grimace à sa mère. « C'est une occasion spéciale.

— Tu te souviendras de l'occasion spéciale à 6 h demain matin quand je tirerai ta carcasse du lit ?

— Elle est très violente le matin », dit Georgia.

Maggie et ses sœurs rirent.

« Notre mère l'était aussi, dit Jill. Les matins ne se passaient pas trop bien, chez nous.

— Contente que ce ne soit pas réservé à mes enfants, dit Taylor.

— Certainement pas, lui assura Maggie.

— Je veux faire l'école à la maison », dit Georgia.

Taylor s'esclaffa de rire. « Ton père dit que tu serais la fille la plus bête du Tennessee si on te faisait l'école à la maison.

— C'est vrai, dit Georgia, alors que les autres riaient aux larmes.

— Je peux dire ça de moi, dit Taylor, mais toi …

— Oui, oui, je sais. Je n'ai pas le droit de dire que vous êtes trop bêtes pour être mes professeurs. J'ai compris.

— Quatre mômes, et c'est la dernière qui va me finir, dit Taylor en secouant la tête alors que ses yeux brillaient d'amusement.

— Tu m'aimes.

— Il faut bien que quelqu'un le fasse.

— Euh, les filles, dit Maggie avec hésitation. J'ai amené un ami avec moi ce soir. Il aimerait beaucoup vous rencontrer, toi et Poppy, Kate, si vous vous sentez d'attaque. Je sais que ce n'est pas le moment, mais je me suis retrouvée à l'inviter et, eh bien... Elle cessa de parler quand elle remarqua qu'elles la regardaient avec fascination. Quoi ?

— Tu bégaies à cause d'un mec, dit Jill.

— Ce n'est pas vrai ! Je bégaie parce que je l'ai invité sans vraiment penser à toutes les raisons pour lesquelles ce soir n'était pas la meilleure soirée pour l'amener ici...

— Waouh, dit Kate à Jill. C'est *énorme*. Va le chercher.

— Laisse tomber, dit Maggie. Vous pourrez le rencontrer une autre fois.

— Tu vas m'obliger à descendre de ce canapé ? demanda Kate. Parce que je le ferai s'il le faut. »

Maggie fit les gros yeux à sa sœur. « La reine du mélo. Je vais le chercher, mais n'en fais pas tout un plat. Il travaille pour nous, punaise !

— Euh, nous ne sommes pas celles qui en font toute une histoire, dit Jill. À titre d'information. »

Parfois, Maggie ne supportait pas d'avoir des sœurs plus âgées qui ne laissaient rien passer. Toute sa vie, elle avait eu l'impression de faire des pieds et des mains pour les rattraper, l'une étant la première de sa classe à son université prestigieuse et à la faculté de droit, l'autre une musicienne, chanteuse et compositrice au talent fou. Et quand il s'agissait de casser les couilles, Maggie avait toujours l'impression d'être la petite sœur à la traîne par rapport à elles. Elles l'avaient toujours vu venir. À chaque fois.

Résistant à la tentation de se lancer dans une joute verbale avec Jill qu'elle perdrait parce que, bah, *bonjour l'avocat*, Maggie se rendit dans la cuisine, où on avait donné une bière à Brayden. Les hommes semblaient l'avoir immédiatement accepté dans leur tribu soudée, ce qui provoquait en Maggie un sentiment étrange qu'elle ne pouvait pas vraiment décrire.

« Tu veux rencontrer Kate et Poppy ? lui demanda-t-elle.

— J'en serais ravi. »

Remplie de réticences – à quoi diable avait-elle pensé en l'invitant ici ? – Maggie le conduisit dans le grand salon, où les autres attendaient avec impatience de rencontrer l'homme qui faisait balbutier Maggie. *Pouah*. Elle n'avait pas réfléchi. Après le texto d'Ethan plus tôt, son cerveau avait été brouillé, la conduisant à se confier à *son nouvel employé* et à l'inviter à un évènement familial.

Elle n'était vraiment pas apte à être la patronne de quelqu'un. Clairement, elle était nulle pour cela.

« Brayden, voici mes sœurs, Kate et Jill, ainsi que Taylor et sa fille, Georgia. Et, bien sûr, la star du jour, Mlle Poppy Harrington Matthews.

— Enchanté de vous rencontrer toutes. Pour Kate, il ajouta, Félicitations.

— Merci, dit Kate. Ravie de vous rencontrer, aussi. Nous avons entendu des choses merveilleuses sur votre travail.

— Cela fait plaisir à entendre. » Maggie voyait qu'il faisait un effort pour ne pas être ébloui par les célébrités alors qu'il rencontrait deux des plus grands noms de l'industrie musicale.

Bien sûr, Kate et Taylor étaient habituées à ce que les gens soient subjugués par elles. Maggie avait été déconcertée la première fois qu'elle avait rencontré Buddy et Taylor, mais maintenant, elle était habituée à les côtoyer.

Il jeta un coup d'œil sur Poppy, toujours endormie dans les bras de Georgia. « Elle est magnifique.

— Merci, dit Kate. Nous sommes éperdument amoureux d'elle.

— Je comprends pourquoi.

— Comment tu te sens, Kate ? demanda Maggie.

— Fatiguée, endolorie, ravie, soulagée que ce soit fini et que tout se soit bien passé.

— Prête à recommencer ? » demanda Jill.

Kate gémit. « Ferme ta sale gueule.

— Quoi ? demanda Jill en riant. Tu as dit que tu allais en faire deux en deux ans parce que Reid se faisait vieux.

— Je ne veux pas parler de ça ce soir.

— Sur cette note, je pense que je vais rejoindre les gars dans la cuisine, dit Brayden. Ravi de vous avoir rencontrées, et encore une fois, toutes mes félicitations.

— Merci, Brayden, dit Kate. Ravie de vous avoir rencontré, aussi. Heureuse de vous avoir dans l'équipe de Matthews House.

— Je suis très heureux d'en faire partie. Merci pour cette opportunité.

— Tous les remerciements vont à Maggie. Votre programme est entièrement de son ressort.

— C'est ce que j'ai entendu dire. Brayden gratifia Maggie d'un sourire chaleureux et retourna à la cuisine. Pendant de longs moments après son départ, les autres restèrent silencieuses, chacune d'entre elles jetant des regards inquisiteurs à Maggie.

— Donc, euh, c'est Brayden, le gars des chevaux.

— Mm, mm », dit Kate.

Un autre long silence.

« Personne ne va le dire ? demanda Georgia. Ce mec est sexy AF !

— J'ai presque peur de demander ce que signifie AF », dit Taylor.

Georgia sourit. « En anglais, sexy as fu–

Les yeux de Taylor s'écarquillèrent. « Stop ! Pas devant Poppy. »

Georgia leva les yeux au ciel. « Je t'en priiie. Elle n'a même pas un jour. On peut encore jurer devant elle.

— Non, on ne peut pas. Je tiens pour responsables les plus grands d'avoir ruiné ma petite comme ça.

— Revenons à Brayden, dit Georgia. Sexy AF à la puissance un million. »

Maggie sentit son visage devenir très chaud et il était probablement très rouge aussi, et elle voulut jurer de frustration. Mais plutôt que de jurer devant le bébé, elle haussa les épaules. « Je n'avais pas remarqué. »

Les autres femmes piquèrent un fou rire, même Georgia, cette traîtresse.

« C'est ça, tu n'avais pas remarqué, dit Jill entre deux rires saccadés.

— Mais tais-toi, souffla Maggie. Il va t'entendre.

— Oh, détends-toi, dit Kate. Il ne saura pas pourquoi on rit.

— Oui, bien sûr. Il quitte la pièce, et vous vous mettez à rire. Pourquoi penserait-il que ça a quelque chose à voir avec lui ? »

Leur tentative pour se ressaisir fut pathétique.

« Alors, Mags, dit Kate. C'est Brayden l'homme qui murmure à l'oreille des chevaux.

— Je crois que nous avons déjà établi cela.

— Ce que nous n'avons pas encore établi, dit Jill, glissant en mode avocat, c'est pourquoi il est ici avec toi.

— Je lui ai demandé s'il voulait venir vous rencontrer. Voilà tout.

— Hm, dit Jill. Intéressant. »

Maggie se leva. Elle avait espéré avoir la chance de tenir Poppy, mais elle n'allait pas rester là pour subir une inquisition. « Je dois y aller.

— Tu viens juste d'arriver, dit Kate.

— Grosse journée demain. Beaucoup de choses à faire. Maggie passa ses doigts sur la joue douce de Poppy, en prenant soin de ne pas la déranger. Elle est vraiment parfaite.

— Merci, Mags. Tu n'es pas obligée d'y aller. On ne va pas te casser les pieds. Pas trop. »

Maggie était partagée entre l'envie de se tirer de là et celle de tenir le bébé.

Taylor prit la décision pour elle quand elle dit à Georgia de remettre Poppy à Maggie parce qu'elles devaient y aller.

Maggie tendit les bras et Georgia lui remit le bébé à contrecœur. Elle serra le bébé contre sa poitrine en regardant le petit visage parfait, se souvenant des autres bébés qui étaient entrés dans sa vie – ses cousins jumeaux, Owen et Olivia, qui avaient maintenant douze ans, et ses frères jumeaux identiques, John et Rob, qui allaient avoir onze ans cette année.

Ils avaient grandi rapidement, et cet enfant allait en faire autant.

En regardant le petit visage parfait du bébé, Maggie était reconnaissante d'habiter à proximité pour l'enfance de Poppy, même si la mère et la tante de Poppy étaient des vraies emmerdeuses pour elle.

CHAPITRE 10

Brayden n'arrivait pas à croire qu'il était dans la cuisine de Kate Harrington en train de boire une bière avec Buddy Longstreet. Sur l'échelle des jours surréels, celui-ci figurait tout en haut de la liste, à commencer par la conversation qu'il avait eue avec Maggie un peu plus tôt.

Il ne pouvait s'empêcher de penser à ce qu'elle lui avait dit et à la colère qu'il avait ressentie en son nom.

« Cela fait longtemps que vous travaillez avec les chevaux, Brayden ? demanda Ashton.

— Toute ma vie. Mon grand-père avait une ferme de chevaux, et nous vivions sur la propriété. C'est lui qui m'a tout appris.

— Maggie est enthousiasmée par le programme d'équithérapie, dit Reid.

— Il peut être extrêmement bénéfique pour les enfants – comme pour les adultes – qui ont subi un traumatisme ou qui luttent contre des problèmes physiques ou émotionnels.

— Ça me semble génial, dit Buddy. Un travail important. Ce que je fais paraît stupide à côté.

— Votre musique apporte du plaisir à beaucoup de gens, dit Brayden. Comme je l'ai déjà mentionné, je suis un grand fan. Maggie m'a dit que je devais bien me comporter avec les stars, mais je dois dire que c'est plus facile à dire qu'à faire.

— Vous vous en sortez admirablement, dit Ashton, faisant rire les autres.

— Je flippe à l'intérieur, dit Brayden.

— Je connaissais Buddy avant qu'il ne devienne important, dit Reid. Croyez-moi. Il n'a rien de spécial.

— Merci, mon frère, dit Buddy en pouffant de rire.

— Vous êtes frères tous les deux ? demanda Brayden.

— De mères différentes, dit Buddy. Ma mère était la gouvernante de sa famille. Reid et moi avons grandi ensemble dans la même maison. C'est lui qui est né avec une cuillère en argent dans la bouche.

— Toi, tu avais la bouche pleine de conneries, dit Reid. C'est toujours le cas. »

Brayden rit de leur échange.

« C'est peut-être vrai, mais cette cuillère en argent a financé ma première démo, dit Buddy. Ça m'a donné un énorme coup de pouce dans le business. Je ne serais pas où je suis aujourd'hui sans lui.

— Mais si, dit Reid. Rien n'aurait pu te retenir à cette époque-là. Tu brûlais d'ambition.

— Il ne veut jamais reconnaître le rôle qu'il a joué, mais c'était – et c'est toujours – un rôle important.

— Pour ce que ça vaut, dit Ashton en souriant, c'est mon parrain, et je ne pense pas non plus qu'il soit une grosse affaire.

— Waouh, dit Buddy. Je me sens aimé ce soir.

— Notre boulot, c'est de faire en sorte que tu restes humble, dit Reid.

— Bonne chance, dit Taylor en entrant dans la cuisine avec Georgia. Buddy et humble sont deux mots rarement prononcés dans la même phrase.

— C'est un public difficile », dit Brayden, amusé par eux.

Buddy leva sa bière dans la direction de Brayden. « Vous voyez à quoi je fais face ? C'est pas facile d'être moi.

— Oh punaise, dit Taylor. Qui a la vie plus douce que toi ? »

Buddy passa son bras autour de sa femme. « Personne sur cette belle terre de Dieu.

— Et tu le sais, baby. »

Ashton imita des bruits de vomissement.

« Oh, écoute-le, dit Buddy. M. Fou Amoureux et qui n'a pas peur de le montrer.

— Cause toujours, mon vieux. »

Buddy regarda Ashton d'un air renfrogné. « Qui tu traites de vieux ?

— Oh, mon chéri va bientôt avoir cinquante-et-un ans. Taylor caressa le dos de Buddy. Il se sent un peu fragile.

— C'est un gros bébé, dit Georgia sans ménagement.

— Je suis dans le plus grand des combats contre vous tous. Buddy saisit le chapeau de cow-boy noir qu'il portait tout le temps, qui était accroché à une chaise, et se dirigea vers la porte. Brayden, c'était sympa de vous rencontrer. J'espère vous revoir.

— Pareil, dit Brayden, encore abasourdi par toute cette soirée.

— Ravie de vous avoir rencontré, dit Taylor. Ne faites pas attention à nous. On est une famille. La famille, c'est méchant.

— Pas de problème, dit Brayden en riant.

— Rentrons à la maison, Georgia Sue.

— Ne m'appelle pas comme ça ! »

La porte claqua derrière eux.

« Ah, les années préadolescentes, dit Reid.

— De quoi tu parles ? demanda Ashton. Tu te l'es coulée douce avec moi. Je parie que la petite Poppy sera celle qui te donnera du fil à retordre.

— Ne parle pas comme ça de ta petite sœur », dit Reid avec une grimace enjouée pour son fils.

Ashton sourit. « Tu seras trop vieux pour faire quoi que ce soit de toute façon. »

Brayden s'étouffa en avalant sa bière.

« C'est tellement malpoli, dit Reid en souriant. Je prévois de vivre assez longtemps pour te voir courir après *tes* adolescents. »

Ashton leva sa bouteille vers son père. « Nous les poursuivrons ensemble. »

Reid toucha sa bouteille contre celle d'Ashton. « Oui, en effet. Je ferais mieux d'aller voir ma petite nouvelle maman pour m'assurer qu'elle n'en fait pas trop. »

Une fois que Reid eut quitté la pièce, Ashton tourna son attention vers Brayden, son sourire amical disparaissant. « Je suis avocat. Je fais tout le travail légal pour Matthews House. »

Brayden ne savait pas trop pourquoi Ashton lui disait ça. « Ah.

— J'ai vérifié vos antécédents avant qu'on vous offre le poste. »

Brayden refusait de se tortiller ou de montrer une quelconque réaction. « OK.

— Je voulais juste le mentionner. » Ashton descendit du tabouret de bar sur lequel il était assis et jeta sa bouteille vide dans un bac de recyclage situé sous le comptoir. Il quitta la pièce sans un mot de plus.

Brayden se demandait pourquoi Ashton avait ressenti le besoin de le mettre en garde. Maggie lui avait déjà dit qu'ils savaient qu'il avait un casier judiciaire. Il n'avait aucune obligation de partager les détails de son dossier scellé avec qui que ce soit. Ces dossiers étaient scellés pour une bonne raison – pour que les enfants ne soient pas pénalisés de façon permanente pour des erreurs d'enfance.

Non pas qu'il considère ce qu'il avait fait comme une erreur. Il l'avait fait exprès et le referait dans les mêmes circonstances, même en en connaissant les conséquences. Malgré des efforts répétés, il n'avait jamais réussi à faire effacer son dossier, en raison de la nature de son crime, du moins c'est ce qu'on lui avait dit.

Ashton pouvait le surveiller autant qu'il voulait. Ça ne dérangeait pas Brayden. Il n'avait rien à cacher. Il avait été engagé pour faire un travail, et il allait le faire au mieux de ses capacités.

Ce serait une bonne idée, cependant, de réfréner son intérêt croissant pour la belle femme qui l'avait embauché. Si son beau-frère avait des réserves à son sujet, il les avait probablement exprimées à Maggie aussi. Alors pourquoi l'avait-elle engagé malgré tout ?

Comme si elle avait senti qu'il pensait à elle, Maggie entra dans la cuisine et lui lança un regard inquisiteur. « Ils t'ont laissé tout seul ?

— Ce n'est pas un problème. Je ne veux pas empiéter sur le temps familial.

— Je veux rentrer. Je dois me lever tôt.

— Si tu es prête à y aller, moi aussi.

— Allons dire au revoir. »

Il la suivit dans l'énorme salon pour dire au revoir aux autres. Son regard fut attiré par la cheminée en pierre qui était le point central de la pièce. D'une manière ou d'une autre, la pièce parvenait à rester chaleureuse malgré sa taille.

« Tu seras là demain pour le dîner, n'est-ce pas ? » demanda Kate.

Maggie hocha la tête. « C'est prévu.

— Brayden, vous êtes le bienvenu si vous voulez vous joindre à nous. Les grands-parents viennent pour rencontrer le bébé.

— Merci de l'invitation, mais je ne serai pas en ville demain en fin de journée. C'était un grand plaisir de vous rencontrer tous.

— De même, dit Jill, parlant au nom des autres. J'espère vous revoir bientôt.

— Moi aussi. Il serra la main de Reid et Ashton et suivit Maggie à travers la cuisine jusqu'au vestibule.

— Merci de m'avoir invité, dit-il alors que Maggie les ramenait à Matthews House. C'était sympa de les rencontrer tous.

— Ils t'ont apprécié.

— À quoi tu vois ça ?

— Ils étaient eux-mêmes en ta présence. S'ils ne sont pas à l'aise avec quelqu'un, ils ont tendance à se taire.

— T'as raison, ils ne se sont pas tus.

— Tu peux prendre ça comme un compliment, dit-elle.

— Buddy et Reid m'ont raconté comment ils ont grandi ensemble.

— C'est vrai. Buddy est le parrain d'Ashton et est comme un oncle pour lui. Ashton s'occupe de tout le travail juridique pour la société de Buddy. Jill travaille avec lui à mi-temps maintenant que Kate a décidé de faire une pause dans ses tournées.

— Est-ce qu'elle va s'y remettre ?

— Je suis sûre qu'elle le fera un jour. Mais pour l'instant, elle veut être à la maison avec Reid et Poppy. Ils vont probablement avoir un autre bébé assez rapidement, non pas qu'elle veuille parler de ça aujourd'hui.

— Combien d'années y a-t-il entre Reid et Kate ?

— Vingt-huit.

— Waouh.

— Ouais, ils se sont rencontrés quand elle avait dix-huit ans et qu'il en avait quarante-cinq. C'était un ami d'université de mon père, et il était censé « garder un œil sur elle » pendant qu'elle essayait de percer dans le monde de la musique.

— La vache. Ton papa a dû paniquer quand il a découvert qu'ils étaient ensemble.

— C'est le moins qu'on puisse dire. C'était une période très difficile. Ils ont fini par se séparer, mais elle ne l'a jamais oublié et vice versa. Dix ans plus tard, elle est partie à sa recherche, et ils ne se sont plus quittés.

— C'est une sacrée histoire.

— Kate te dirait que l'amour est l'amour, et que l'âge n'est qu'un nombre.

— Quel âge a Reid ?

— Cinquante-six ans.

— Je ne l'aurais jamais deviné.

— Buddy dit que c'est une erreur de la nature sans âge.

— Ils sont drôles ensemble.

— Oui, ils le sont.

— Je n'ai pas rencontré beaucoup de célébrités en personne. Je ne m'attendais pas à ce qu'elles soient si...

— Normales ?

— Oui.

— Beaucoup de gens disent ça quand ils les rencontrent. Buddy dit que ce sont des gens normaux. Ils mettent leur pantalon une jambe à la fois comme tout le monde. Il dit d'autres choses que je ne répéterai pas, mais c'est sa façon de voir les choses. Taylor est toujours après lui pour son langage coloré.

— C'est un mec cool. Je l'aime bien. Je les ai tous appréciés. Mais Ashton... Il est un peu intense, hein ?

— Comment ça ?

— Il a tenu à me dire qu'il est avocat et qu'il a vérifié mes antécédents.

— Pouah, il n'a pas fait ça !

— Si, si.

— J'en suis désolée. Il n'aurait pas dû.

— Il me faisait savoir qu'il savait que j'avais un passé. Je comprends.

— Quand même... Ce n'est pas à lui de faire ça.

— Il fait attention à toi, je pense.

— Je suis une grande fille. Je peux prendre soin de moi.

— Tu l'as prouvé. Brayden n'était pas sûr de devoir faire référence à ce qu'elle lui avait dit plus tôt, mais il voulait qu'elle sache qu'il l'admirait pour avoir échappé à son agresseur – et pour lui avoir fait mal.

— J'ai eu beaucoup de regrets à propos de cette nuit-là. Je n'aurais jamais dû le laisser me raccompagner chez moi.

— Maggie, allez. Ce n'est pas de ta faute. Ce type était un avocat que tu connaissais par le travail. Tu n'aurais rien dû avoir à craindre de lui. »

Elle haussa les épaules. « Quand même. J'ai été prise au dépourvu, et après avoir vécu en ville pendant des années, j'aurais dû savoir.

— Tu t'es défendue, et tu t'es enfuie. C'est ce qui compte. Tu le sais, non ?

— Je travaille toujours là-dessus, mais merci de m'avoir écoutée. Ça aide vraiment d'en avoir parlé à quelqu'un.

— Je suis bien content que tu me l'aies dit, et n'hésite pas à m'en parler quand tu en as besoin.

— Merci, dit-elle avec un profond soupir.

— Cœur qui soupire…

— J'ai franchi pas mal de limites et brouillé les lignes personnelles et professionnelles assez gravement dès ton deuxième jour avec nous.

— Merde à tout ça. Qui se soucie des limites ? Je vais faire un travail fantastique pour toi, que nous soyons amis ou pas. Nous allons vivre et travailler dans une grande proximité. Je préfère de loin être amis que ne pas l'être. Ce n'est pas une grande corporation américaine, Maggie, et nous savons tous les deux exactement ce qu'est notre travail.

— Quand tu le dis comme ça, dit-elle en riant, ça semble un peu stupide de s'en inquiéter. »

Il lui lança un sourire taquin qu'il espérait qu'elle pourrait voir dans l'obscurité. « C'est effectivement stupide. »

Elle rit. « Bah, merci. C'est juste que c'est la première fois que je suis complètement responsable de quelque chose, et j'essaie de le faire bien.

— Tu te soucies tellement des gens avec qui et pour qui tu travailles. C'est comme ça que tu fais bien les choses. Ne te laisse pas prendre à t'inquiéter pour des choses qui n'ont pas d'importance. Tu as assez de soucis à te faire juste pour survivre au quotidien.

— C'est vrai. Merci d'être si cool. J'apprécie ton soutien.

— Tu vas y arriver. Tu es une patronne exceptionnelle.

— Cela fait plaisir à entendre, mais je suis encore en train d'apprendre. J'ai un long chemin devant moi.

— Tu crois honnêtement que tu atteindras un jour le point dans ce travail où tu pourras dire, « Je sais tout. Plus rien ne me surprend. »

— Probablement pas, concéda-t-elle. Il y a quelque chose de nouveau tous les jours.

— Exactement. »

Le téléphone de Maggie sonna, et elle prit l'appel de Teresa sur le Bluetooth. « Salut. J'ai Brayden avec moi.

— Salut. Je viens d'apprendre que le bébé de Corey arrive ce soir par césarienne.

— Quelqu'un est avec elle ?

— L'infirmière a dit qu'une des amies de Corey était là.

— Ah, c'est bien. Tu penses que je devrais y aller ?

— Tu pourrais probablement passer la voir dans la matinée.

— D'accord, je le ferai. Ils ont dit à quoi s'attendre en ce qui concerne le bébé ?

— Juste qu'il sera emmené directement à la section néonatale des soins intensifs.

— Très bien, je serai bientôt de retour à la maison.

— À tout à l'heure.

— Est-ce que tu viens de lui dire que tu es allée quelque part avec moi?

— Merde, en effet. Elle fit une grimace. Mais bon. J'étais bien obligée car elle avait besoin de savoir que je n'étais pas seule. La confidentialité des clients et tout ça.

— Elle est enceinte de combien, Corey ?

— Trente semaines. Ils espéraient un peu plus.

— On peut faire tellement de choses pour les prématurés de nos jours.

— C'est vrai. C'est néanmoins incroyablement stressant.

— Je sais. »

La maison était en grande partie dans le noir quand Maggie conduisit jusqu'à sa place de parking derrière les écuries. « Merci d'être venu ce soir.

— Merci de m'avoir invité. Ils descendirent de la voiture et firent le tour des écuries, où ils allaient se séparer. Hé, Maggie ? Pourquoi tu as fait ça ? Me demander d'y aller, je veux dire.

— Je, euh, je ne sais pas exactement. J'ai pensé que tu aimerais les rencontrer, je suppose.

— J'ai aimé les rencontrer. J'ai aimé passer du temps avec toi, aussi, alors merci encore. Dors bien.

— Toi aussi. »

Maggie s'éloigna, et il attendit qu'elle soit à l'intérieur. Il resta là un long moment à penser à elle et aux choses qu'il avait apprises sur elle au cours de cette journée mémorable avant de rentrer chez lui.

CHAPITRE 11

À 7 h, après avoir passé une nuit agitée où son esprit avait marché à cent à l'heure comme aux premiers jours après l'attaque par Ethan, Maggie se traîna sous la douche. Elle se dit que le pic d'anxiété était dû au fait d'avoir raconté ce qui s'était passé à Brayden. Et pourquoi avait-elle fait cela, exactement ? Pourquoi l'avait-elle invité à venir chez Kate avec elle ? Pourquoi s'était-elle surprise à penser à lui de toutes sortes de façons qui pouvaient compliquer les choses pour tous les deux ? Avoir une relation avec quelqu'un au travail était toujours risqué, mais ça l'était encore plus quand on travaillait et vivait au même endroit.

Admettons qu'elle se permette de développer cet intérêt pour Brayden. Admettons que cela progresse et que ça tourne mal. Ce serait un désastre pour eux deux et pour tous ceux avec qui ils travaillaient, ce qui était la meilleure raison qu'elle pouvait trouver pour mettre en place un mur, afin de garder les choses amicales et cordiales, mais professionnelles. Elle pouvait le faire. Bien sûr qu'elle pouvait le faire. Avec ses deux sœurs à proximité, ce n'était pas comme si elle avait désespérément besoin d'amis ou de distractions dans sa nouvelle ville.

Ses sœurs faisaient partie de sa vie quotidienne, et pourtant... La première personne à qui elle avait parlé d'Ethan était Brayden.

Après s'être interrogée sur le pourquoi de la chose pendant qu'elle se séchait les cheveux et s'habillait, elle n'avait toujours pas d'autre réponse

94

que le fait qu'il avait été là après qu'elle avait reçu ce message troublant et qu'il l'avait réconfortée. Si elle avait été avec Jill et Kate quand Ethan lui avait envoyé le message, elle le leur aurait probablement dit. Mais elle s'était trouvée avec Brayden, quelqu'un qu'elle connaissait à peine, et pour une raison quelconque, il avait été plus facile de le lui raconter que de le dire à ses sœurs.

Maggie savait qu'elle devrait examiner de plus près la raison pour laquelle elle se sentait ainsi, mais elle avait trop à faire pour le moment, à commencer par aller voir Corey et le bébé. D'abord, elle devait contacter Teresa pour s'assurer que tout le monde était bien parti pour l'école.

Elle se rendit dans la cuisine, où Mitch avait préparé du café, et se servit une tasse en y versant assez de crème pour le rendre agréable.

« Qu'est-ce qui sera au menu pour le petit déjeuner aujourd'hui ? demanda Mitch.

— Pourquoi pas des flocons d'avoine ?

— Ça vient tout de suite.

— Je t'ai déjà dit que tu es l'un des meilleurs avantages de ce super boulot ?

— Tous les matins depuis que j'ai commencé », dit-il avec ce qui constituait un grand sourire pour lui, même si son visage bougeait à peine.

Pendant que Mitch préparait les flocons d'avoine, Maggie apporta un café à Teresa, qui était dans le bureau principal, tapant sur un ordinateur.

« Bonjour, dit Maggie en lui tendant la tasse qui fumait.

— Coucou. Elle prit le café avec gratitude. Que Dieu te bénisse.

— Comment vont les choses ?

— Une nuit calme, et tout le monde est arrivé à l'arrêt de bus à l'heure.

— Excellent. Des nouvelles de Corey ?

— Elle a passé une bonne nuit, et le petit tient le coup.

— Ah, alors c'est un garçon. Je vais passer ce matin.

— L'infirmière a dit qu'elle était très émotive, mais je suppose que c'était à prévoir. Les hormones ajoutées aux bouleversements qu'elle a subis et un accouchement précoce.

— C'est beaucoup.

— Elle sera heureuse de te voir.

— Les flocons d'avoine sont prêts, Maggie », appela Mitch de la cuisine.

À Teresa, elle dit : « Je repasserai plus tard.

— Très bien. Je suis de repos ce soir, donc Cecilia prendra la relève.

— Ah, d'accord. Profite bien de ta nuit de repos, alors.

— Je vais passer la plupart du temps à dormir, je suis sûre. »

En riant, Maggie alla prendre son petit déjeuner et était en route pour la ville quelques minutes plus tard. Un camion d'un des chantiers forestiers locaux la croisa en direction de la maison, livrant les fournitures que Brayden avait commandées pour construire une estrade pour son programme qui permettrait aux enfants de monter sur les chevaux en toute sécurité.

Il lui avait assuré qu'il pouvait construire la plateforme lui-même, ayant obtenu des plans en ligne et vu de nombreuses plateformes en usage au fil des ans.

Maggie avait laissé cela entre ses mains expertes. Elle allait également embaucher du personnel à temps partiel pour servir d'observateurs et d'accompagnateurs, ce qui était requis dans le cadre du programme. Elle espérait attirer des lycéens qui voulaient gagner un peu d'argent et acquérir une expérience professionnelle. L'annonce allait être publiée plus tard dans la journée, et elle s'attendait à recevoir un nombre important de réponses en raison de l'implication de Kate dans le programme.

Kate était une divinité pour les adolescentes.

Cette pensée fit rire Maggie. Cela l'amusait toujours, même si cela faisait des années que sa sœur était une grande star, de voir les gens se bousculaient pour lui parler, pour avoir un contact quelconque avec elle. La nouvelle de la naissance de Poppy avait probablement fait exploser l'Internet.

Elle arriva à l'hôpital à 9 h 30, et après un arrêt à la boutique de cadeaux pour acheter des fleurs et un ballon gonflable, elle prit l'ascenseur jusqu'à la maternité. Au bureau des infirmières, elle montra sa carte d'identité de Matthews House et demanda à voir Corey.

« Chambre 3-12, dit l'infirmière. Sur la gauche.

— Merci. »

Maggie entra dans la chambre, posa les fleurs sur une table et trouva Corey reposant sur son flanc, le visage mouillé de larmes. À en juger par ses yeux rouges et irrités, elle avait pleuré toute la nuit.

Quand Corey vit Maggie, elle essaya de se redresser et grimaça de douleur.

« Doucement. Maggie aida la jeune femme à s'installer avec des oreillers derrière elle. Comment on baisse la télé ? »

Corey appuya sur les boutons d'une télécommande qui ramena la télévision de plein tube à un volume normal.

« C'est mieux. Comment vous sentez-vous ?

— Horrible, comme si j'avais été poignardée. Je ne peux pas m'arrêter de pleurer, et mes seins me font souffrir.

— Ce sont les hormones.

— C'est ce qu'ont dit les infirmières. Elles sont si gentilles. De nouvelles larmes remplirent ses grands yeux. Elle avait l'air si jeune et effrayée.

— Et le bébé ? Comment va-t-il ?

— Ils ont dit qu'il va bien, mais qu'il en a pour un moment ici. Il est tellement petit. Un peu moins d'un kilo quatre. Elle essuya d'autres larmes.

— Qu'est-ce que je peux faire pour vous ?

— Les fleurs sont jolies. Merci.

— Elles sont de nous tous à Matthews House.

— Tout le monde est si gentil. Elle eut un hoquet en sanglotant. Je ne sais pas ce que j'aurais fait sans vous tous.

— Y a-t-il quelqu'un que je puisse appeler pour vous ? »

Elle tripotait la couverture. « J'ai essayé toute la matinée de me retenir d'appeler Trey.

— Le père du bébé ? »

Corey hocha la tête. « Je m'étais dit que j'allais au moins lui dire que le bébé était arrivé, mais... Elle ferma les yeux et prit une profonde inspiration. Il ne mérite pas de savoir.

— Après qu'il vous ait fait du mal, vous voulez dire ?

— Oui. C'est à cause de lui que le bébé est arrivé plus tôt que prévu. Je sais que c'est parce qu'il m'a poussée dans les escaliers. »

Maggie lui tendit un mouchoir en papier. Elle n'avait pas entendu dire auparavant qu'il l'avait poussée dans les escaliers, et cette information la rendit furieuse.

Corey essuya ses larmes et se moucha. « Même en sachant ça, pourquoi est-ce que je le veux auprès de moi plus que quiconque en ce moment ?

— Parce que vous l'aimiez avant de découvrir qui il était vraiment.

— J'ai toujours su qui il était, et je l'aimais quand même. C'est de ma faute.

— Quoi donc ?

— Que le bébé est né en avance. J'aurais dû quitter Trey la première fois qu'il m'a frappée. »

Maggie prit un autre mouchoir et le donna à Corey. « Ce n'est pas de votre faute, Corey. Vous n'avez rien fait pour mettre votre fils en danger.

— Si, c'est de ma faute. Je suis restée avec lui.

— Parce que vous pensiez que vous n'aviez nulle part ailleurs où aller.

— Je serais encore avec lui si l'urgentiste ne m'avait pas parlé de Matthews House.

— Vous êtes partie dès que vous avez pu. Vous avez pris soin de vous et de votre enfant en partant quand vous l'avez fait. »

Corey éclata en sanglots désespérés. « C'était trop tard. Le bébé... Il est si petit.

— Il est dans le meilleur endroit possible, et je suis sûre qu'ils font tout ce qu'ils peuvent pour lui. Vous êtes sûre qu'il n'y a personne d'autre que je puisse appeler pour vous ? Et vos parents ?

— C'est juste ma mère, et elle m'avait dit de rester loin de Trey. Je ne l'ai pas écoutée. Je ne peux pas l'appeler et lui dire qu'elle avait raison.

— Elle serait peut-être heureuse de recevoir de vos nouvelles.

— Je ne l'appellerai pas. Elle leva les yeux vers Maggie. Comment vais-je m'occuper d'un bébé prématuré alors que je ne peux même pas m'occuper de moi-même ? »

Maggie lui prit la main et réfléchit longuement à quoi répondre. « Avez-vous parlé aux travailleurs sociaux de l'hôpital ?

— Quelqu'un est venu plus tôt, mais je ne lui ai pas parlé de ça.

— Pourquoi pas ?

— J'avais peur de le dire à voix haute.

— Eh bien, maintenant vous l'avez fait, et c'est bien. Si vous ne vous sentez pas capable de vous occuper de votre bébé, vous avez des options. »

Le menton de Corey trembla violemment alors que les larmes ruisse-laient sur son visage. « Je l'aime tellement. Je n'ai eu que quelques secondes avec lui, et je l'aime déjà.

— Vous avez eu des mois avec lui. »

Elle hocha la tête.

« Personne ne peut vous dire ce qu'il faut faire, Corey. Vous seule pouvez savoir ce qui est le mieux pour vous. »

Elle enfouit son visage dans ses mains et sanglota.

Maggie se leva, s'assit sur le bord du lit et tint le corps tremblant de Corey. « La décision n'a pas besoin d'être prise aujourd'hui. Il va être ici pendant un certain temps, alors vous avez le temps d'y réfléchir …

— Non.

— Non ?

— Il a besoin de parents qui peuvent s'occuper de lui maintenant, et je... je ne peux pas le faire. »

Maggie balaya les cheveux blonds emmêlés du visage de Corey. « Que voulez-vous faire ?

— Je... Je pense que j'aimerais reparler à l'assistante sociale.

— Voulez-vous que je demande aux infirmières de l'appeler ?

— Oui, s'il vous plaît », dit Corey tout bas.

Maggie pleura tout le long du chemin du retour. Le chagrin de Corey avait été si profond que Maggie avait eu l'impression de prendre des mesures pour donner son propre enfant en adoption. Les choses étaient allées vite après l'arrivée de l'assistante sociale, accompagnée d'un membre de l'équipe de conseillers de l'hôpital, qui s'était assurée que Corey était pleinement consciente de ce qu'elle faisait avant de lui permettre de signer les formulaires nécessaires pour renoncer à ses droits parentaux. Lorsque l'assistante sociale lui avait posé des questions sur le père du bébé, Corey avait secoué la tête et refusé de dire un mot de plus. L'assistante sociale ne l'avait pas poussée, mais Maggie se demandait si, et à quel moment, Trey devait renoncer à ses droits.

Maggie avait promis de fournir un toit à Corey aussi longtemps qu'elle en aurait besoin pendant sa convalescence, était restée avec elle pendant tout le processus et deux heures après le départ des autres, massant le dos de la jeune femme jusqu'à ce qu'elle s'endorme, ses épaules encore voûtées après des heures de sanglots.

À bout de force, Maggie remonta l'allée de Matthews House et fit le tour des écuries, où elle rencontra Brayden torse nu en train de planter des clous dans une plateforme en bois et découvrit que sous les chemises Western qu'il affectionnait, il n'était fait que de muscles. Elle le regardait bouger, hypnotisée par le jeu de ces muscles et la coupe ajustée du jean délavé moulant ses fesses et ses jambes. Elle plaça ses lunettes de soleil sur le dessus de sa tête pour mieux le voir.

Mon Dieu, cet homme était la perfection absolue.

Elle cligna des yeux plusieurs fois, essayant de se rappeler ce qu'elle était en train de faire avant de tomber sur lui. Oh, c'est vrai, garer sa voiture, sortir, retourner au travail. Après s'être garée à sa place, elle coupa le moteur, attrapa son sac à main et sortit de la voiture pour découvrir que Brayden s'était retourné, lui offrant une vue complète de son torse et de son abdomen. Punaise... L'avant était encore mieux que l'arrière. Sa poitrine était recouverte de poils foncés – pas trop. Juste assez. Son abdomen était cisaillé, et il portait son jean bas et ...

« Tu as pleuré. »

Quand elle émergea de l'état d'absence induit par la luxure dans lequel elle avait glissé, Maggie réalisa qu'il se tenait maintenant droit devant elle, à moitié nu, la sueur faisant briller sa peau dorée sous le soleil d'un début d'après-midi.

« Maggie ?

— Comment ?

— J'ai dit : tu as pleuré. Pourquoi ?

— J'étais avec Corey à l'hôpital. Elle a pris la difficile décision de donner son fils en adoption.

— Oh, bon sang. C'est dur.

— C'était violent, mais elle pense vraiment que c'est la meilleure chose à faire. Elle dit qu'elle ne peut pas s'occuper d'elle-même, encore moins d'un enfant avec des besoins spécifiques.

— Qu'est-ce qu'elle va faire maintenant ?

— Nous la ramènerons ici pour qu'elle se remette de l'accouchement, puis nous verrons. Elle peut rester ici aussi longtemps qu'elle en aura besoin.

— Elle a tellement de chance de vous avoir, toi et tout le monde ici. Cet endroit va la sauver. »

Ses mots gentils provoquèrent une boule dans la gorge de Maggie, et craignant qu'elle ne s'effondre devant lui – encore une fois – elle déplaça son regard vers la plateforme qu'il avait construite. « Tu as bien avancé. »

Il jeta un coup d'œil sur son travail en cours. « C'est assez simple, et je suis pressé de le faire avant mon départ ce soir pour que nous puissions commencer lundi. Après une pause, il ajouta : Tu te souviens que j'ai mentionné des vacances déjà planifiées, n'est-ce pas ?

— Oui, je m'en souviens. Où vas-tu ?

— Key West avec mes amis de la fac pour pêcher.

— Ça va être sympa.

— Oui, c'est sûr. On y va tous les ans. Appelle-moi si tu as besoin de quelque chose pendant que je suis parti. »

Maggie, qui avait commencé à s'éloigner, se retourna vers lui. « De quoi aurais-je besoin ? »

Il haussa les épaules et ses lèvres esquissèrent un petit sourire. « Quelqu'un à qui parler ? Quelqu'un à qui se confier ? Quelqu'un pour écouter ? Quel que soit le besoin, je suis là. »

Il la rendait bouche-bée autant par sa gentillesse que par son sex appeal. « Je vais, euh, garder ça en tête. Merci.

— Passe une bonne semaine avec ta famille. »

Maggie avait presque oublié que ses parents arrivaient dans quelques heures. « Merci. Profite de ton temps libre.

— Oh, oui alors. On n'arrête pas de rire, de plaisanter, de boire de la bière, de pêcher et de bronzer.

— Une formule gagnante, c'est sûr.

— Tu devrais essayer un jour. Je parie que ça te plairait.

— Je sais que j'aimerais. J'allais tout le temps pêcher sur le bateau de mon père. J'étais la seule des enfants qui attrapait quelque chose.

— Quel genre de bateau a ton papa ?

— Un voilier nommé *Blueprint*[1] qu'il possède avec son partenaire commercial, son beau-frère. Ils sont architectes.

— Malin.

— Ils pensent l'être.

— Attends. J'ai entendu parler de ton père et de son cabinet. Ils sont plutôt connus, non ?

— Je suppose. Ils se sont bien débrouillés.

— C'était un article sur Kate qui le mentionnait, lui et son cabinet. J'ai lu quelque chose sur leur travail.

— Ma tante Frannie, qui est la sœur de mon père, et mon oncle Jamie, le beau-frère associé, viennent aussi avec leurs enfants pour rencontrer Poppy. Pourquoi lui disait-elle tout ça, de toute façon ?

— Vous allez être envahis d'invités. Où vont-ils tous rester ?

— Le dortoir dont je t'ai parlé chez Kate. Reid l'a construit avant leur mariage à Noël dernier. Toute la famille était venue pour ça.

— Excellente idée.

— C'est nécessaire puisque notre famille arrive par groupes de dix ou plus.

— Je ne peux pas imaginer ça. »

Maggie se dit qu'il fallait qu'elle s'en aille, qu'elle se remette au travail, qu'elle le laisse se remettre au travail. « Tu n'as pas beaucoup de famille ?

— Non, c'était juste moi et Maman après la mort de mon grand-père. Mais on a beaucoup de bons amis qui sont comme de la famille. C'est juste toi et tes sœurs ?

— Nous avons cinq frères plus jeunes, aussi.

— Putain de merde !

— Nous n'avons pas tous grandi ensemble. Il y avait moi, Jill et Kate jusqu'à ce qu'Andi et Eric rejoignent notre famille. C'est ma belle-mère. Elle et mon papa ont eu des jumeaux, John et Rob. Ma mère et mon beau-père, Aidan, ont adopté Nick et Max. C'est une grande famille recomposée.

— Ils s'entendent tous bien ?

— Oui, oui.

— Tes parents se sont séparés en bons termes, alors ? »

Maggie sourit. « C'est une histoire pour quand nous aurons tous les deux beaucoup plus de temps que maintenant.

— J'ai hâte de l'entendre.

— Je vais, euh, te laisser te remettre au travail. Bon voyage.

— Merci. Passe une bonne semaine.

— Toi aussi. Profite bien des plaisirs du soleil. »

Maggie se rendit dans la cuisine, où elle trouva plusieurs membres féminins de son personnel réunis à la fenêtre de la cuisine. « Qu'est-ce qui se passe, mesdames ? »

Tonya, l'une des assistantes du programme, se tenait à côté de LeAnn, qui nettoyait les parties communes, et de Cathleen, qui aidait Mitch à la cuisine.

« Il soulève un des gros morceaux de contreplaqué, dit Tonya.

— Regardez ces muscles superbes, mais superbes », dit Cathleen avec un soupir rêveur.

Toutes les trois avaient le nez collé à la fenêtre.

Amusée, Maggie dit : « Bon allez, ça suffit. »

Tonya regarda Maggie par-dessus son épaule. « Tu vas me dire que tu ne bavais pas quand tu étais là-bas en train de lui parler ?

— Non, pas de bave.

— Et tu n'as pas remarqué par hasard qu'il est *l'homme le plus sexy depuis Chris Hemsworth* ? demanda LeAnn, sa voix s'élevant avec chaque syllabe.

— Il l'est ? Je n'avais pas remarqué.

— Toi, ma petite, dit Tonya, tu es une sacrée menteuse. »

Maggie rit. « Retournez toutes au travail. Le spectacle est terminé.

— *J'adore* travailler ici, dit LeAnn en quittant la cuisine. La vue est *exceptionnelle*. »

Amusée, Maggie retourna à son bureau et s'assit, submergée de pensées et d'émotions après la matinée difficile avec Corey et sa réaction devant Brayden Thomas à moitié nu. Les autres femmes avaient raison – c'était l'homme le plus sexy depuis Chris Hemsworth – et en quelques jours seulement, il était devenu un ami.

Appelle-moi si tu as besoin de quelque chose.

Dans un moment de clarté surprenante, elle réalisa qu'il allait lui manquer pendant la semaine, ce qui était ridicule. Il n'était là que depuis quelques jours. Comment était-ce possible qu'il lui *manque* ?

« Tu es tellement stupide », murmura-t-elle à elle-même en allumant son ordinateur pour effectuer une partie du travail administratif qui n'en finissait pas. Rapports, statistiques, données, mises à jour du site web, coordination de la journée portes ouvertes que Reid avait suggéré d'organiser pour présenter le nouveau local à l'ensemble de la communauté et lancement d'une newsletter pour communiquer avec les donateurs et autres partenaires.

Lorsque Reid et Kate avaient annoncé la création de Matthews House et détaillé sa mission, ils avaient été inondés de dons de la part d'autres sommités du monde de la musique ainsi que d'anciens collègues de Reid dans la communauté locale des entrepreneurs qui souhaitaient soutenir le programme.

La gestion des dons était l'une des nombreuses tâches de Maggie. Elle consulta sa boîte vocale et trouva un message de la police locale, la mettant au courant de l'affaire en cours contre le petit ami de Corey, Trey. L'homme était détenu sans caution pour des mandats non exécutés et des accusations d'agression criminelle après l'incident qui avait amené Corey à Matthews House.

Maggie fut soulagée d'apprendre qu'il était toujours détenu, donc même si Corey cédait à la tentation et l'appelait au sujet du bébé, il ne serait pas en mesure de prendre l'appel. Corey était mieux avec lui sur la touche.

LeAnn se présenta à la porte de Maggie. « Il y a une Ruth Samuelson ici, des services de protection de l'enfance. Elle aimerait voir Trish Lawson. »

---

1. Comme les plans d'architecture, généralement bleus.

<h1 style="text-align:center">CHAPITRE 12</h1>

Mais qu'est-ce qui se passe bordel ? Maggie s'efforçait de rester calme pour pouvoir soutenir pleinement Trish. « Pourrais-tu demander à Trish de venir dans mon bureau et demander à Tonya de surveiller Chloé pendant que Trish et moi rencontrons les services sociaux de protection de l'enfance ?

— D'accord. »

Pendant qu'elle attendait, Maggie se demandait ce que voulaient les SSPE.

Trish se présenta à sa porte quelques minutes plus tard. « Vous vouliez me voir ?

— Entrez. Fermez la porte. »

Une fois Trish dans le bureau, la porte fermée, Maggie s'assit à côté d'elle. « Les services sociaux de protection de l'enfance sont là et demandent à vous voir. »

Trish recula. « *Quoi ?* Pourquoi ?

— Je ne sais pas. Avez-vous une idée de pourquoi ils voudraient vous parler ?

— Aucune.

— Alors allons le découvrir. »

Maggie se leva et se dirigea vers la porte.

Trish attrapa son bras et le serra fort. « Maggie, s'il vous plaît. Quoi qu'il arrive, il ne faut pas les laisser prendre mes enfants.

— Je ne vois pas pourquoi ils le feraient. Essayez de rester calme. C'est la meilleure chose que vous puissiez faire. »

Trish avala sa salive et hocha la tête. Maggie laissa à Trish une minute pour se ressaisir avant d'ouvrir la porte et de la conduire à la salle de conférence, où une femme les attendait, assise à la table. Maggie lui donnait une quarantaine d'années, et elle avait la peau brune et de doux yeux marron. Elle portait un tailleur gris impeccable et projetait une aura de professionnalisme et de compassion, ce qui était réconfortant.

« Bonjour, je suis Maggie Harrington, directrice de Matthews House, et voici Trish Lawson. »

Elle se leva pour leur serrer la main. « Ruth Stapleton. Ravie de vous rencontrer, mesdames. J'ai entendu des choses merveilleuses sur votre programme, Mme Harrington.

— Merci. Je vous en prie, appelez-moi Maggie.

— Très bien, et je suis Ruth. Mme Lawson, je crois savoir que vous avez été assez malade. »

Trish lança un regard à Maggie avant d'acquiescer avec hésitation. « On me soigne pour un cancer des ovaires.

— C'est ce qu'on m'a dit.

— Qui vous l'a dit ? demanda Maggie.

— Je ne suis pas autorisée à partager cette information avec vous.

— Quelqu'un m'a signalée auprès de vous ! Est-ce juste que je n'aie pas le droit de savoir qui ? »

Sous la table, Maggie posa sa main sur celle de Trish et la serra doucement. « Cela a été une bataille pour Mme Lawson de conserver son emploi pendant sa maladie, et c'est ce qui a fini par l'amener chez nous. Ses enfants sont bien pris en charge. Ce sont des enfants propres, bien habillés, bien nourris, intelligents, éloquents et heureux. Leurs dossiers médicaux et de vaccination sont à jour, et les deux plus âgés ont une assiduité parfaite à l'école. Mme Lawson nous a fait savoir que l'aînée des enfants, Lily, souffre d'anxiété en raison de la maladie de sa mère. Elle est assez âgée pour comprendre la bataille que mène sa mère. L'anxiété est gérée par des médicaments. Vous êtes tout à fait la bienvenue pour rendre visite aux enfants et voir par vous-même qu'ils n'ont pas besoin des services de votre agence.

— J'aimerais les voir. »

Trish trembla violemment.

Maggie serra sa main à nouveau, en essayant de garder son calme. Ça promettait d'être une sacrée journée. « Les deux enfants les plus âgés seront de retour dans une demi-heure. En attendant, vous pouvez rencontrer Mlle Chloé. » Elle fit un signe de tête à Trish, qui se leva et quitta la pièce pour aller chercher sa fille.

Lorsqu'elles furent seules, Maggie s'adressa franchement à Ruth. « Mme Lawson est une mère merveilleuse.

— C'est bon à savoir.

— Elle s'est admirablement occupée de ses enfants pendant sa maladie.

— Et vous êtes certaine qu'on s'est toujours bien occupé d'eux ?

— Non, je ne le suis pas. Je sais seulement ce que moi et mon équipe avons observé depuis leur arrivée ici, et nous n'avons rien vu d'inquiétant.

— Alors il ne devrait pas y avoir de quoi s'inquiéter. Je suis sûre que vous savez que lorsque nous recevons un signalement, nous sommes obligés d'y donner suite.

— J'en suis consciente, et je suis consciente que Mme Lawson et ses enfants ont aussi des droits, parmi lesquels le droit à l'information sur la source de la plainte ainsi que la possibilité d'y répondre.

— Si nous déterminons qu'il y a un problème, elle aura l'opportunité d'y répondre. »

Maggie avait mal au ventre. Elle ne pouvait qu'imaginer ce que Trish devait ressentir. La pauvre femme avait assez souffert.

Trish entra dans la pièce en portant Chloé dans ses bras. « Elle faisait la sieste, elle n'est peut-être pas dans son assiette. »

Les joues de l'enfant étaient roses de sommeil, et son pouce était dans sa bouche.

« Chloé, ma puce, voici Mme Stapleton. Tu peux lui dire bonjour ? »

Chloé secoua la tête et se blottit encore plus contre sa mère.

« Elle met toujours du temps à se réveiller après une sieste, surtout quand elle est dérangée. »

Maggie dissimula un sourire derrière sa main. Bravo à Trish pour avoir souligné le dérangement que l'autre femme avait causé dans l'emploi du temps de l'enfant.

« Comment a-t-elle obtenu cette bosse à la tête ? demanda Mme Stapleton.

— Elle a trébuché sur un des camions de son frère et s'est cognée sur une table.

— Les enfants s'entendent-ils bien entre eux ?

— Oui. Avant que je sois malade, ils se disputaient beaucoup. Mais maintenant, ils savent mieux résoudre les problèmes et jouer gentiment ensemble. Ils se sont comportés en véritables battants au cours de cette épreuve, Mme Stapleton. »

La demi-heure suivante passa lentement pendant que Mme Stapleton observait Trish et Chloé et attendait le retour de Lily et Jimmy. Maggie se rendit utile en allant chercher une collation et une boisson pour Chloé, qui devint plus animée à mesure que le temps passait et qu'elle se réveillait complètement de sa sieste.

À précisément 15 h 20, le minibus déposa les enfants d'âge scolaire devant la porte de la cuisine, et ils entrèrent avec le fracas habituel des éclats de voix et des sacs à dos qui tombaient à terre. La voix de Mitch était douce alors qu'il les accueillait avec des collations après l'école et leur demandait de mettre leurs sacs à dos à leur place.

Les enfants adoraient Mitch et ses goûters, alors ils se pliaient volontiers à ses instructions. La surveillance du périscolaire ne faisait pas partie de sa fiche de poste, mais après qu'il ait mentionné à Maggie à quel point il aimait être celui qui accueillait les enfants, elle lui avait confié ce rôle.

« Je vais chercher Lily et Jimmy », dit Maggie.

Elle se rendit dans la cuisine, où les enfants dégustaient des bâtonnets de fromage, des carottes, du raisin et un biscuit chacun. « Tout le monde a passé une bonne journée ? »

Ils répondirent : « Oui, Mme Maggie » et racontèrent tout ce qui s'était passé depuis qu'ils avaient quitté la maison ce matin-là.

« J'ai besoin de Lily et Jimmy pour une minute. »

Maggie détestait le regard méfiant que lui lança Lily, comme si l'anticipation du désastre était devenue le mode de fonctionnement par défaut de l'enfant. « Tout va bien. » Du moins elle l'espérait.

Mitch tendit à chacun des deux enfants un sachet avec leur goûter et leur fit un clin d'œil.

« Merci, M. Mitch », dit Jimmy.

Ils suivirent docilement Maggie jusqu'à la salle de conférence et se précipitèrent pour faire un câlin à leur mère et à leur sœur.

« Les gars, dit Trish, voici Mme Stapleton. Elle est venue nous dire bonjour et voir comment nous nous débrouillons dans notre nouvelle maison.

— On *adore* cet endroit, dit Jimmy. Il y a des chevaux ! M. Derek et M. Brayden ont dit qu'on pouvait apprendre à s'en occuper, et hier, j'ai pu aider à remplir leur eau. Ils boivent *beaucoup* d'eau ! Nous allons même apprendre à les *monter* ! »

Mme Stapleton sourit devant l'enthousiasme du garçon. « Et toi, Lily ? Est-ce que tu te plais ici, à Matthews House ?

— C'est très bien, dit Lily à voix basse.

— Les enfants se sont bien adaptés à leur nouvel environnement, dit Trish. C'est un soulagement pour nous tous d'avoir le soutien de Matthews House et de son merveilleux personnel pendant cette période difficile.

— Trish et les enfants sont les bienvenus chez nous aussi longtemps qu'ils en auront besoin. »

Mme Stapleton resta encore une demi-heure avec Trish et les enfants avant de demander une minute seule avec Trish et Maggie, qui pria Mitch de surveiller les enfants pendant un moment. « Je suis très heureuse que vous soyez bien installés à Matthews et que vous ayez le soutien dont vous avez besoin pendant votre maladie. »

Trish la regarde fixement. « Alors c'est tout ?

— C'est tout.

— Vous ne pouvez pas me dire qui m'a signalée ?

— Je peux seulement dire que le rapport venait de l'école des enfants et était lié à l'anxiété de votre fille. On se demandait si elle était correctement soutenue. »

Maggie savait que cette information ne réjouissait pas Trish, mais elle se garda bien de le dire.

« Vous pouvez assurer la partie concernée que Lily est entièrement soutenue par des médicaments et des visites régulières chez le psychologue, qui l'aide à développer ses capacités d'adaptation. Elle a toujours été perspicace, et elle comprend les implications d'avoir son seul parent qui combat une maladie grave.

— Je comprends. Je prierai pour que vous retrouviez votre pleine santé. Mme Stapleton se leva, rassembla ses affaires et leur serra la main à toutes les deux. Pas besoin de me raccompagner. »

Après que ses pas se soient estompés, Trish se tourna vers Maggie.

« Pourquoi l'école m'aurait-elle signalée aux SSPE avant de me demander à moi comment je m'occupais de Lily ?

— Je ne le sais pas, mais je suppose que comme ils ont une obligation de déclarer toute situation potentiellement à risque, ils ont estimé que c'était quelque chose qu'ils devaient faire pour protéger Lily. Je sais que c'est difficile de ne pas le prendre pour soi.

— Ça, c'est sûr. Comme si nous n'avions pas déjà assez de tracas.

— La bonne nouvelle est que les gens de son école se soucient de Lily, et Mlle Stapleton n'a rien trouvé d'inquiétant. C'est terminé.

— Non, ce n'est pas fini. Maintenant on est dans le radar des services sociaux, et si quelque chose tourne mal, ils reviendront.

— Essayez de ne pas vous inquiéter. Pour l'instant, tout va bien. Vous et les enfants êtes en sécurité et soutenus. Vous pouvez vous concentrer sur votre traitement et ne pas avoir à vous soucier du loyer ni de quoi que ce soit d'autre aussi longtemps que nécessaire.

— Je n'aurai jamais les mots pour vous remercier, vous et votre sœur, pour ce que vous faites ici. Vous me sauvez la vie à bien des égards.

— Nous sommes heureux d'aider. »

Elles quittèrent la salle de conférence, et Trish alla voir les enfants dans la salle de jeux.

Maggie se réfugia dans son bureau et ferma la porte, prenant une minute bien nécessaire pour se regrouper. Son téléphone sonna avec un message de Brayden.

Je suis à l'aéroport. Comment s'est passé le reste de ta journée ?

Stressante. Elle le mit au courant de la visite des SSPE, sans donner de détails qu'il n'avait pas besoin de connaître.

Va profiter de ta famille. Prends un verre. Tu le mérites.

Merci. Bon voyage.

Il répondit avec l'émoji du pouce levé.

Maggie appréciait qu'il prenne de ses nouvelles et qu'il semble déjà se soucier de ce qui se passait avec elle et ses résidents. La compassion était une qualité tellement importante dans leur domaine, et réaliser qu'il en avait à revendre était rassurant.

Elle passa deux heures de plus à traiter des courriels et des messages téléphoniques, puis rencontra Arnelle pour passer en revue plusieurs questions de santé. Corey et Trish étaient en tête de sa liste pour Arnelle.

« Trish m'a donné la permission de m'entretenir avec son équipe médicale, ce qui est très utile, indiqua Arnelle. J'ai une bonne idée de ce qui se passe et de la façon dont nous pouvons la soutenir. »

Maggie lui parla de la visite des SSPE. « Je veux m'assurer que nous faisons tout ce que nous pouvons pour Lily, aussi.

— Je vais consulter Trish et voir ce que je peux faire à ce sujet.

— Nous devons organiser le transport pour les rendez-vous avec le psychologue pour que Lily puisse continuer sa thérapie.

— Je vais m'en occuper. »

Ils envoyaient souvent les résidents à leurs rendez-vous en taxi ou Uber, et les frais sortaient du budget du programme.

« Maintenant à propos de Corey, dit Arnelle. Nous devons la faire suivre par un psychologue dès que possible.

— D'accord. Maggie lui passa une liste que l'assistante sociale de l'hô-pital lui avait fournie. Voici quelques ressources.

— Nous pourrions envisager d'embaucher un psychologue à temps partiel afin de pouvoir offrir ce service ici même plutôt que d'envoyer des gens en ville pour cela. Il y a fort à parier que la plupart de nos résidents bénéficieraient d'une thérapie régulière.

— Je vais en parler aux patrons. Je suis sûre qu'ils n'auront pas de problème avec ça. »

Reid et Kate avaient pratiquement fait un chèque en blanc pour donner aux résidents tout ce dont ils avaient besoin. Bien que Maggie ait créé un budget pour le programme, ils étaient prêts à débloquer des fonds supplémentaires en cas de besoin. Ils avaient prévu qu'il y aurait des extras, surtout la première année.

« Corey sortira demain ou après-demain, dit Maggie. Je leur ai donné mon numéro pour qu'ils m'appellent lorsqu'elle sera prête à partir. Je te tiens au courant.

— Très bien. Félicitations pour ta nouvelle nièce, au fait.

— Merci. Maggie lui montra de nouvelles photos que Kate avait envoyées plus tôt.

— Elle est superbe.

— Oui, elle l'est. Ses grands-parents sont en train d'arriver à cet instant même pour la rencontrer.

— Tu devrais aller rejoindre ta famille.

— C'est prévu. Je vous verrai tous demain. »

Maggie ferma son bureau et se rendit à son appartement pour se doucher et se changer avant de partir chez Kate. Elle resta longtemps sous l'eau chaude, la laissant évacuer le stress de la journée pour qu'elle puisse se concentrer sur sa sœur et le reste de la famille.

Maggie voulait leur montrer une femme forte, compétente, qui s'adaptait bien à sa nouvelle vie, et non pas un cas désespéré qui était toujours au bord de la crise de nerfs.

Elle se brossa les cheveux, se maquilla suffisamment pour dissimuler les cernes sous ses yeux et enfila un jean, des bottes et un pull léger. Son sac à main, ses clés et son téléphone en main, elle quitta son appartement et se retrouva au milieu du bavardage et des voix des résidents qui dînaient dans la salle de conférence, qui redevenait une salle à manger à l'heure du dîner.

Elle avait tendance à faire le point avec tout le monde avant de partir, mais ce soir, elle laissa les choses entre les mains de son personnel compétent et s'en alla pendant qu'elle le pouvait. La prochaine crise, avait-elle découvert, était toujours imminente.

Elle avait reçu un message de Jill deux heures plus tôt, l'informant que la famille avait atterri à l'aéroport international de Nashville. Ils devaient être en train de s'installer chez Kate maintenant. Lorsqu'elle avait posé la question, Reid lui avait dit que la piste de Matthews House était trop courte pour accueillir le jet privé que son papa avait affrété pour amener toute la bande.

En conduisant la courte distance jusqu'à la maison de sa sœur, Maggie garda la fenêtre baissée et la musique à fond, espérant se remettre de la journée difficile pour pouvoir profiter du temps avec sa famille. Dans l'allée de Kate se trouvaient deux grands SUV noirs qui avaient été loués pour transporter la famille depuis l'aéroport. Connaissant leur papa, il avait dû se donner beaucoup de mal pour s'assurer que leur visite ne serait pas un fardeau pour les nouveaux parents.

Maggie passa par le vestibule et déposa son sac et ses clés sur un banc avant de continuer vers la cuisine, où la mère de Buddy, Miss Martha, remuait le contenu d'une grande casserole sur le feu.

« *Maintenant* la bande est au complet », dit Martha, ouvrant ses bras pour serrer Maggie.

Martha, qui avait les cheveux blancs et de sages yeux marron, était l'une des femmes les plus douces que Maggie ait jamais rencontrées. Elle avait immédiatement fait en sorte que Maggie se sente comme une petite-fille adorée et était une mère supplémentaire pour Reid, après avoir travaillé comme gouvernante de sa famille. Elle devait avoir quatre-vingt-cinq ans maintenant, mais elle ne les faisait certainement pas.

« Qu'est-ce que tu prépares ? Ça sent bon.

— J'ai fait une grande marmite de chili et du pain de maïs pour nourrir les troupes ce soir, pour que personne n'ait à cuisiner après le voyage.

— C'est très gentil de ta part.

— À vrai dire, je voulais aussi avoir l'opportunité de voir ma nouvelle petite-fille. Elle est superbe.

— Elle l'est assurément.

— Ta première nièce ou neveu, c'est ça ?

— C'est exact.

— Un moment si spécial pour vous tous. Comment ça se passe au refuge ?

— C'est génial. Quelque chose de différent chaque jour.

— C'est une chose merveilleuse que vous faites là, vous tous. Je ne pourrais pas imaginer une meilleure façon de redonner vie à cette vieille maison.

— Elle est pleine de vie, c'est sûr. »

Martha sourit. « Va voir ta famille. Ils demandaient après toi. »

Maggie serra affectueusement dans ses bras Martha. « Toujours un plaisir de te voir, Mlle Martha.

— De même, ma chérie. »

Alors qu'elle suivait le brouhaha des voix qui venaient de la grande salle, elle fut presque fauchée par quatre jeunes frères qui se précipitèrent vers elle en groupe.

« *Hé*, doucement. » Maggie rit en les enveloppant dans ses bras.

Ils parlaient tous en même temps, la bombardant de nouvelles, de rires et d'exubérance enfantine.

Son père vint à sa rescousse. « Les garçons ! Laissez votre sœur respirer. »

Les garçons reculèrent, et Maggie se blottit dans les bras tendus de son papa. Pour elle, il sentait bon la maison, et il la tint serrée pendant un long moment parfait.

« Salut, Papa.

— Salut, Mags. C'est si bon de te voir.

— Toi aussi. » Elle recula pour le regarder. À part quelques cheveux gris de plus autour des tempes dans sa chevelure brune, il n'avait pas changé. Pendant qu'elle grandissait, ses amis lui avaient toujours fait remarquer à quel point son père était beau, et à l'époque, Maggie en avait été révoltée. Mais maintenant, elle comprenait. C'était un bel homme qui ne faisait que s'améliorer avec l'âge.

Andi vint les rejoindre et serra Maggie dans ses bras. Sa mère et Aidan suivirent, puis Frannie, Jamie, Owen et Olivia.

« Où est Eric ? demanda Maggie.

— Il ne pouvait pas manquer l'école, malheureusement, dit Jack. Il était très déçu, mais c'était la meilleure chose à faire avec les examens la semaine prochaine.

— Oh, je suis tellement triste de ne pas pouvoir le voir.

— Nous aussi, dit Andi en attachant ses longs cheveux noirs bouclés en un chignon déstructuré, mais tu le verras pour la remise des diplômes et ensuite au mariage.

— Tu as l'air en forme, Mags, dit Clare. La vie dans le Tennessee te convient-elle ?

— Très bien, comme tu le sais bien, parce que je te parle tous les jours. »

Clare rit. « On ne peut pas reprocher à une maman de poser la question.

— Aujourd'hui a été une horreur. J'ai besoin d'un verre. Quelqu'un d'autre en veut un ?

— Je suis pour, dit Jack. Montre le chemin. »

Maggie et lui allèrent dans la cuisine, où elle se servit un verre de vin de l'une des bouteilles qui avaient été posées sur le comptoir, et Jack prit des bières pour Jamie et lui.

« Comment c'est d'être grand-père ? » lui demanda Maggie.

Martha ricana doucement.

« Je m'adapte, dit Jack. Petit à petit.

— Ça sort de nulle part, dit Martha. Une minute, tu t'occupes de tes affaires, tu élèves ta famille. La minute suivante, paf. Tu es grand-parent.

— C'est exactement comme ça que ça s'est passé pour moi, sauf que j'ai des garçons âgés de dix ans qui sont toujours à la maison.

— Eh bien, ça, c'est de ta faute, mon ami », dit Martha.

Jack rit. « En effet. Ils me gardent jeune, quand même, donc c'est déjà ça.

— *Ça*, c'est ce qu'il y a de plus important », dit Martha.

CHAPITRE 13

La famille passa une soirée charmante à manger, boire et rire. Tout le monde se relaya pour prendre Poppy, la star du jour, qui avait dormi pendant la majeure partie de l'action. Quand elle était éveillée, elle semblait tout comprendre avec ses yeux gris et sages. Kate disait qu'elle ne voyait pas encore grand-chose, mais Maggie avait envie de protester. Il était clair que l'enfant allait être exceptionnelle, vu la façon dont elle se comportait avec sa famille turbulente sans faire d'histoires.

Maggie aida sa mère, Andi et Jill à nettoyer la cuisine après le dîner. Le fait d'être avec elles l'aidait à se calmer après une journée difficile, mais ses émotions continuaient à bouillonner, surtout quand elle vérifia son téléphone et vit un message de Corey lui annonçant qu'elle serait autorisée à sortir dans la matinée.

Je viendrai te chercher, répondit Maggie.

« Tout va bien, Mags ? demanda Clare.

— J'ai eu une journée difficile au bureau aujourd'hui. J'ai eu une maman, victime d'une agression domestique, qui a décidé de donner son bébé prématuré en adoption, et une autre maman, qui se bat contre un cancer des ovaires, qui a reçu la visite des services sociaux de l'enfance.

— Oh waouh, c'est beaucoup.

— C'est toujours comme ça ? » demanda Andi en remplissant son verre à vin et celui de Clare. Jill était partie chercher Ashton, et Martha était assise, les pieds surélevés, sur les ordres de Kate. Reid allait raccompagner la femme âgée chez elle, sur la propriété de Buddy, une fois qu'elle serait prête à partir.

Maggie refusa un autre verre puisqu'elle devait conduire. « Non, heureusement. Aujourd'hui était une journée particulièrement dingue. Et très émotionnelle. Aider Corey dans le processus avec les travailleurs sociaux a été violent.

— Je ne peux qu'imaginer. Clare passa un bras autour de Maggie. Elle a de la chance de vous avoir, toi et l'équipe de Matthews. »

Maggie se blottit contre sa mère. « On va lui permettre de traverser cette épreuve. J'espère.

— Vous y arriverez, dit Andi. À coup sûr.

— On a entendu dire qu'il y a un homme qui murmure à l'oreille des chevaux, dit Clare.

— Et qu'il est sexy AF », ajouta Andi, son expression pleine d'humour.

Maggie leva les yeux au ciel. « Que vous ont-elles dit d'autre ?

— Que tu l'as amené ici hier soir pour rencontrer tes sœurs et le bébé, dit Clare.

— Elles se demandent donc ce qui se passe avec vous deux », dit Andi. Il était intéressant de noter comment sa mère et sa belle-mère finissaient les phrases l'une de l'autre ces jours-ci. Il fut un temps où Maggie se demandait si leur famille se remettrait jamais de la façon dont le mariage de ses parents s'était terminé. Maintenant, ils étaient tous amis et avaient mis le passé à sa place derrière eux afin de pouvoir soutenir pleinement tous leurs enfants.

Clare agita une main devant le visage de Maggie. « Allô ? Maggie ?

— Je voulais m'assurer que vous aviez fini avant de répondre.

— Crache le morceau, dit Clare.

— Il travaille avec moi à Matthews. C'est un gars sympa et un grand fan de Kate. Je me suis dit qu'il aimerait la rencontrer. Le fait qu'il ait pu rencontrer Buddy, Taylor et tous les autres était un plus.

— C'est gentil de ta part, mais tu l'as amené ici le soir où ta sœur a eu un bébé, ce qui me fait penser qu'il représente plus pour toi que tu ne l'avoues, dit Clare O'Malley, rusée comme toujours. À part un léger boîtement quand elle en faisait trop, elle n'avait pas d'effets persistants de l'accident et du long coma.

— Je l'ai rencontré il y a trois jours quand il est venu travailler pour moi. C'est un gars sympa avec qui je vais travailler en étroite collaboration dans le cadre du programme d'équithérapie. C'est tout ce qu'il y a à dire. Rien à signaler à ce sujet. »

Clare lança un regard à Andi, son expression et le ton de sa voix pleins de scepticisme. « En tant que mère expérimentée, j'ai tendance à trouver que lorsqu'on me dit qu'il n'y a « rien à signaler », il y a presque toujours quelque chose à découvrir. »

Andi se couvrit la bouche pour étouffer un rire.

« Elle n'est pas drôle, dit Maggie.

— Elle est plutôt drôle, dit Andi.

— Même pas un peu.

— Je suis connue pour être drôle, alors laisse tomber.

— Que te dit ma charmante épouse ? demanda Aidan en entrant dans la cuisine. Grand et beau, avec des cheveux bruns ondulés et des yeux noisette, Aidan avait environ trois cheveux gris, ce qui rendait Clare folle, car elle avait sept ans de plus que lui et comptait sur son coiffeur pour rester blonde ces jours-ci.

— Elle essaie de me convaincre qu'elle est drôle. »

Aidan lança un regard à Clare, souriant chaleureusement comme il le faisait toujours avec elle. « Elle est plutôt drôle.

— Tu ne vas pas t'y mettre, toi aussi ! »

Clare fit un sourire complaisant à Maggie. « Je te l'avais dit. Je ne parlerai pas de l'homme sexy qui murmure à l'oreille des chevaux...

— Son nom est *Brayden*, et c'est mon *employé*.

— Comme je disais, je n'en rajouterai pas. Je dirai simplement que je suis contente que tu te fasses de nouveaux amis ici.

— Ça te fait mal de montrer ce genre de retenue ? demanda Maggie à sa mère.

— Profondément.

— Ne te fais pas avoir, dit Aidan. Elle pense qu'elle obtiendra tous les détails de Kate et Jill, alors elle te laisse tranquille et n'insiste pas. »

Clare lança un regard outré à son mari. « Veux-tu bien fermer ta bouche ? »

Andi fut prise de fou rire.

« Vous êtes tous fêlés, dit Maggie, mais elle les aimait démesurément, et les avoir en ville lui faisait réaliser à quel point ils lui manquaient.

— Tu dis ça comme si on ne savait pas qu'on était déséquilibrés », dit

Aidan.

Son beau-père était l'une des personnes que Maggie préférait au monde. Il avait été le premier à la traiter comme une vraie adulte, et elle ne l'oublierait jamais. Lorsque le reste de la famille s'était effondré au sujet de la relation entre Kate et Reid, Aidan avait été le premier à dire à Maggie qu'il était parfois préférable de ne pas être au courant des détails qui regardaient les adultes. Depuis, elle avait constaté à quel point il avait raison.

« Sinon, comment va Mamie ? demanda Maggie à Aidan. Sa mère faisait partie des personnes préférées de Maggie. Elle traitait Maggie et ses sœurs comme ses petits-enfants, et elles l'adoraient.

— Elle s'accroche. L'arthrite est une saleté. Je ne la souhaiterais pas à mon pire ennemi, mais elle ne se laisse pas abattre. Elle compte les jours jusqu'au mariage et est bien décidée à y assister.

— J'ai hâte de la voir, elle et tous les O'Malley.

— Tu vas voir toute la tribu. Tout le monde vient.

— C'est ce que Jill voulait, toute la famille.

— Elle va regretter avec les O'Malley », dit Aidan.

Maggie resta jusqu'à ce que tout le monde commence à remballer pour la nuit. « Je vous verrai demain après le travail.

— Ça te va si on passe voir Matthews House ? demanda Jack. J'adorerais voir où tu vis et travailles.

— Bien sûr. Envoyez-moi vite fait un SMS pour me dire à quelle heure. En pensant au temps qu'il lui fallait pour ramener Corey à la maison et à l'installer, Maggie ajouta : l'après-midi serait le mieux.

— Parfait. On se voit dans l'après-midi. Il la serra dans ses bras et l'embrassa sur la joue. Conduis prudemment.

— Toujours. Mon papa m'a appris à le faire. »

Son sourire éclaira son beau visage. « C'est vrai. Certaines des disputes les plus spectaculaires que j'ai eues avec mes enfants portaient sur l'apprentissage de la conduite. Ah, c'était le bon temps. »

Maggie rit de la tête qu'il faisait. « Le meilleur des moments.

— Pour toi, peut-être. Je vivais dans une peur bleue d'une mort imminente.

— Quelle diva, alors. »

Andi enroula ses mains autour du bras de Jack. « C'est mon mari. L'ultime Reine du mélo. Mais c'est pour ça qu'on l'aime.

— Eh, je suis là », dit Jack sèchement.

Maggie rentra chez elle le sourire aux lèvres, en pensant à chacun des membres de sa famille et à l'agréable soirée qu'ils avaient passée ensemble. Au milieu de tout cela, Kate avait régné depuis sa place sur le canapé, partageant son bébé avec la famille et rayonnant d'un bonheur durement gagné. Elle s'était démenée pour obtenir cette pause bien méritée. Maggie ne pouvait pas être plus heureuse de savoir qu'elle aurait ses sœurs à ses côtés l'année prochaine avant qu'elles ne repartent éventuellement en tournée.

Elle se gara sur sa place de parking derrière les écuries, ressentant une étrange tristesse de savoir que Brayden n'était pas là. *Putain de merde,* pensa-t-elle en traversant l'allée jusqu'à la porte de la cuisine. *Arrête avec ça, Maggie.*

Matthews House était merveilleusement calme quand elle entra dans la cuisine. Elle se rendit dans son appartement et ferma la porte, épuisée par cette longue journée. Après avoir mis son pyjama, s'être brossée les dents et s'être mise au lit, elle regarda son téléphone pour la première fois depuis qu'elle avait reçu le message de Corey.

Un sentiment d'allégresse la saisit lorsqu'elle vit que Brayden lui avait envoyé une photo du coucher de soleil en Floride. *Salutations de la Floride ensoleillée. J'espère que tu as passé un bon moment avec ta famille.*

C'était un super moment. C'est bon de les voir tous.

Il répondit de suite. *Heureux de l'entendre. Tu en avais besoin après la journée que tu as passée.*

Elle soupira avec plaisir, sachant qu'il comprenait qu'une journée comme celle d'aujourd'hui lui avait botté le cul. C'était tellement réconfortant d'avoir quelqu'un autour d'elle qui la voyait se battre pour jongler avec les nombreux besoins concurrents qui se présentaient dans une seule journée et qui comprenait à quel point cela pouvait être difficile. Elle n'avait pas besoin de faire semblant d'être super compétente avec lui, ce qui était un énorme soulagement. *Ouais, c'était un jour à entrer dans le livre des records, c'est sûr. Heureusement, ils ne sont pas tous comme ça.*

L'une des expressions préférées de mon grand-père, après une dure journée, était que l'on avait été « monté rudement et remis à sa place encore mouillé ». Applicable à un certain nombre de scénarios. Brayden ajouta l'émoji qui rit.

La phrase suggestive se mêlait aux images du torse nu et du beau visage de Brayden. Heureusement qu'il n'était pas là pour voir à quel point il l'avait perturbée avec ses insinuations. L'idée d'être montée dur par lui, la laissant mouillée... *Arrête, Maggie !* Elle se força à trouver une réponse qui ne laissait rien transparaître. *Ça résume bien ma journée. Corey sort demain matin.*

Tu passes la prendre ?

Ouais.

Euh, j'espère que ça se passera bien. Elle a tellement de chance de vous avoir, toi et l'équipe de Matthews. Vous l'aiderez à traverser cette épreuve.

Nous ferons de notre mieux pour elle. Tu es à Key West ?

Je traverse Alligator Alley[1] à cet instant même. On y sera vers minuit.

Tu n'envoies pas de SMS en conduisant, non ?

Non, madame, c'est mon pote Josh qui conduit.

Ne m'appelle pas comme ça.

Oui, madame. Il ajouta une rangée d'émojis rieurs.

Maggie répliqua avec un émoji renfrogné.

Il renvoya d'autres émojis rieurs. *Envoie-moi un SMS demain pour me dire comment ça se passe avec Corey.*

Elle répondit par un pouce levé, touchée qu'il s'intéresse à elle au point de vouloir savoir comment ça se passait alors qu'il n'avait même pas encore rencontré Corey. Pour elle, il commençait à se sentir comme un complice et c'était plutôt agréable d'avoir quelqu'un à qui parler de tout ce qui se passait. Alors qu'elle continuait à se dire qu'il était déconseillé de développer des sentiments pour un homme avec qui elle travaillait, les sentiments surgissaient sans tenir compte de ces avertissements intérieurs.

C'était un type sympa, un type décent, quelqu'un qui comprenait le monde dans lequel elle vivait et travaillait, et qui lui avait offert son soutien à de multiples occasions depuis le peu de temps qu'elle le connaissait. Bien sûr, elle pouvait compter sur Teresa, Arnelle et le reste du personnel, ainsi que sur ses sœurs et sa famille, mais pour une raison quelconque, parler de tout cela avec Brayden lui donnait l'impression d'avoir son propre confident.

C'était si déroutant. D'un côté, elle voulait être aussi professionnelle que possible. De l'autre, elle luttait quotidiennement contre des problèmes de vie ou de mort, et le fait d'avoir quelqu'un comme lui sur qui s'appuyer rendait le fardeau plus léger qu'il ne l'avait été avant son arrivée.

Elle se mit au lit en se sentant confuse à propos du conflit entre sa vie personnelle et sa vie professionnelle et en espérant qu'elle n'était pas en train de créer un désastre pour elle-même – et pour le programme – en s'appuyant sur le très sexy Brayden Thomas.

Maggie se réveilla devant une photo du lever du soleil à Key West et un message qui disait : *Je me meurs à Margaritaville.* Il avait inclus des émojis de soleil, lunettes de soleil, palmier, ballon de plage et cocktail.

Elle sourit et tapa sa réponse. *C'est une vie difficile, mais quelqu'un doit le faire.*

Les bulles de réponse apparurent immédiatement, et elle attendit, le souffle coupé, de voir ce qu'il allait dire. *On est bien d'accord ! Bonne chance pour tout aujourd'hui. Je penserai à toi pendant que je pêcherai, que je prendrai le soleil et que je boirai de la bière.*

Là, tu es tout simplement méchant. Haha ! Mais merci pour la chance. J'en ai besoin aujourd'hui.

Tu vas y arriver. Fais-moi savoir comment ça se passe.

Oui, oui. Amusez-vous bien à la pêche. Envoie des photos. Je vis par procuration !

Je t'en enverrai.

Maggie appréciait le dynamisme que lui donnait l'échange avec lui pour ce qui allait être une matinée difficile. Le fait d'avoir hâte de partager les détails avec lui plus tard rendait tout cela plus supportable. Elle enfila un jean confortable et un haut léger, car la température devait dépasser les 25 °C. On l'avait prévenue qu'elle devait s'attendre à un été humide, à côté duquel l'humidité de Rhode Island paraîtrait insignifiante.

En attendant, elle profitait de la chaleur, du soleil et des quelques jours de pluie qui permettaient à l'herbe de rester verte et luxuriante. Bien que la vie sur la côte lui manque, elle avait appris à apprécier des panoramas d'un autre genre depuis qu'elle avait déménagé dans le Tennessee.

Après avoir pris des nouvelles de tout le monde à Matthews et aidé les enfants à partir à l'école, Maggie se rendit à l'hôpital pour récupérer Corey. En chemin, elle se prépara au choc émotionnel qu'elle allait subir, afin d'être prête à soutenir Corey de toutes les manières nécessaires.

Lorsque Maggie arriva à la chambre de Corey peu après 10 h, elle trouva la jeune femme presque exactement là où elle l'avait laissée la veille

– sur le flanc dans le lit, dos à la porte – mais elle était habillée en vêtements de ville, et son sac était posé sur la table de nuit.

« Bonjour, Corey.

— Bonjour.

— Vous êtes prête à partir ? »

Corey ne répondait pas, alors Maggie fit le tour du lit et s'assit sur la chaise pour visiteurs, ce qui la plaçait au niveau des yeux de l'autre femme. « Vous voulez en parler ?

— Rien à dire.

— Y a-t-il quelque chose que je puisse faire pour vous ? »

Corey secoua légèrement la tête.

Elles restèrent assises ensemble en silence jusqu'à ce qu'une infirmière nommée Eleanor arrive avec des papiers de sortie et un fauteuil roulant. La femme avait la cinquantaine, les cheveux noirs et les yeux doux. « Vous voilà prête à partir, Mme Corey. Puis-je vous aider à vous lever ? »

Corey s'agrippa à la couverture et se mit à pleurer. « Je ne veux pas le quitter. »

Maggie se sentait impuissante face au déchirement de cette femme. Elle aurait aimé pouvoir faire quelque chose pour elle.

« Voulez-vous lui rendre visite avant de partir ? » demanda Eleanor.

Corey s'égaya visiblement à l'idée de voir son bébé. « Je peux le faire ?

— Je suis sûre que nous pouvons organiser cela. »

Corey se tourna vers Maggie. « Vous pensez que je devrais ? »

Oh mon Dieu, que dire ? « Si vous le voyez, cela rendra-t-il votre départ plus difficile ?

— Je ne sais pas. Corey s'assit, se déplaçant prudemment et lentement. Elle lança un regard à Eleanor. Que font les gens habituellement ?

— Certaines veulent voir les bébés tandis que d'autres préfèrent ne pas le faire. Eleanor s'assit à côté de Corey et lui prit la main. Personnellement, je pense que cela pourrait vous aider de le voir une fois, afin que vous ayez une image de lui à emporter avec vous lorsque vous partirez. »

Maggie n'était pas sûre d'être d'accord avec cela, mais ce n'était pas à elle de décider.

« Je... je pense que j'aimerais le faire. Le voir. Juste une fois. À Maggie, elle dit : Voulez-vous bien venir avec moi ?

— Bien sûr. » Maggie se disait qu'elle pouvait gérer cela, mais en fait, elle n'était pas du tout sûre de pouvoir le faire. Nulle part dans la description de poste que Kate et Reid lui avaient donnée, il n'y avait la phrase « aller avec une maman au cœur brisé voir pour la dernière fois l'enfant donné en adoption. » Elle attrapa le sac de Corey et les papiers de sortie et quitta la pièce après elles.

Dieu merci, il y avait Eleanor, qui avait manifestement déjà fait cela auparavant, et qui poussait Corey dans le fauteuil roulant jusqu'à l'USIRN[2]. En arrêtant le fauteuil devant la porte, Eleanor s'accroupit devant Corey et posa sa main sur celle de la jeune femme. « Il va être relié à de nombreux tubes et machines. Ce sera effrayant à voir, mais il est stable et se porte aussi bien que possible. »

Corey fixait les doubles portes de l'USIRN, son expression indéchiffrable.

« Vous êtes sûre de vouloir faire ça, ma chérie ? » demanda Eleanor.

Corey hocha la tête.

Eleanor se leva et appuya sur un bouton sur le mur qui fit venir une autre infirmière à la porte. Les deux femmes se concertèrent avant que celle qui se trouvait dans l'unité de soins intensifs néonataux ne s'écarte pour tenir la porte et laisser entrer le fauteuil roulant.

Maggie resta en retrait, le cœur serré en voyant les lumières vives, les minuscules incubateurs, les machines, les tubes, l'urgence silencieuse des combats pour la survie. Elle avala sa salive, se battant pour garder son calme pour Corey, pour l'aider à traverser cette épreuve. C'était le seul objectif qu'avait Maggie.

Eleanor arrêta le fauteuil roulant à côté d'une des couveuses.

Maggie remarqua l'étiquette : garçon Gellar.

Corey avait dit à Maggie la veille qu'elle ne lui avait pas donné de prénom, choisissant de laisser ses parents adoptifs le faire.

Levant la main, Corey toucha l'extérieur de la couveuse et se pencha pour voir le bébé de plus près.

La poitrine du bébé se soulevait et s'abaissait en succession rapide.

Maggie n'avait jamais vu de bébé prématuré, sauf à la télévision, et n'était pas préparée à voir un être humain aussi petit. Elle cligna des yeux pour retenir ses larmes, tout en regardant Corey qui fixait le bébé.

« Avez-vous des questions ? demanda l'infirmière de l'USIRN.

— Est-ce qu'il va s'en sortir ?

— Je ne peux pas encore le dire avec certitude, mais il est stable, ce qui est très bon signe. »

Corey semblait satisfaite de cette réponse. « Quelqu'un voudra de lui, n'est-ce pas ?

— Absolument, dit Eleanor. Les travailleurs sociaux ont déjà contacté plusieurs agences. Je pense qu'ils auront quelqu'un d'ici un jour ou deux.

— Serai-je prévenue ?

— Si vous le souhaitez.

— J'aimerais bien. Je veux savoir qu'il a quelqu'un.

— Je vais faire en sorte qu'on vous le dise. »

Cela semblait apaiser Corey. « Je pense que je suis prête à partir maintenant. » Elle garda son regard fixé sur le bébé jusqu'à ce qu'Eleanor déplace la chaise roulante vers la porte et qu'elle n'ait d'autre choix que de détourner le regard.

Dans l'ascenseur, Maggie remarqua que des larmes coulaient sur les joues de Corey, mais la jeune femme ne bronchait pas et regardait droit devant elle. Eleanor resta avec Corey pendant que Maggie alla chercher la voiture.

Une fois Corey installée sur le siège passager, Eleanor se pencha pour saisir la main de la jeune femme. « Je vais prier pour vous et pour votre bébé.

— Merci pour tout.

— Vous êtes une maman formidable pour avoir fait ce qui est le mieux pour lui, même si cela vous brise le cœur. »

Corey hocha la tête. « Merci », murmura-t-elle.

Eleanor recula et ferma la porte. Elle tendit une carte de visite à Maggie. « Appelez-moi si vous avez besoin de quoi que ce soit.

— Merci, Eleanor. Vous êtes très douée pour votre travail.

— Certains cas sont plus difficiles que d'autres, je suis certaine que vous le voyez dans votre travail.

— C'est sûr.

— Elle va s'en sortir. Ça prendra du temps, mais elle s'en remettra.

— On s'occupera bien d'elle.

— Elle a de la chance de vous avoir tous à Matthews. Je pense bien vous voir dans les parages avant longtemps.

— Sans doute. À la prochaine. »

---

1. Route traversant le sud de la Floride, les Everglades, d'est en ouest.
2. Unité de Soins Intensifs et Réanimation Néonatal

CHAPITRE 14

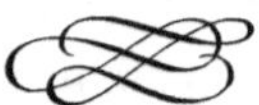

aggie monta à la place du conducteur et passa la vitesse, se dirigeant vers la maison avec la fenêtre ouverte pour laisser entrer l'air chaud du printemps. Elle baissa le volume de la radio pour ne pas déranger Corey, qui ne souffla pas un mot pendant les trente minutes de trajet. Elle n'émit que le son d'un reniflement occasionnel.

Maggie la laissa tranquille, décidant de suivre l'exemple de Corey. De retour à la maison, Arnelle les attendait pour les accueillir et emmena Corey à l'étage dans sa chambre pour l'installer dans son lit. Maggie se dirigea vers son bureau et s'affala sur sa chaise, relâchant une profonde inspiration.

Teresa entra une minute plus tard. « Comment ça s'est passé ?

— Que fais-tu encore ici, toi ?

— J'ai traîné jusqu'à votre retour pour savoir comment vous vous en êtes sorties.

— Elle a demandé à voir le bébé avant qu'on parte.

— Pouah ! Teresa s'installa sur l'autre chaise. Comment c'était ?

— Dur, dur, mais elle a mieux résisté que je ne l'aurais fait.

— Elle sait qu'elle fait ce qu'il faut. Ça aide.

— Je suppose. Qui sait quelle est la meilleure chose à faire dans cette situation ?

— Elle, elle le sait. Elle sait qu'elle n'est pas équipée pour s'occuper

126

d'un bébé avec les problèmes de santé qu'il va avoir pendant un certain temps. C'était la meilleure chose à faire pour tous les deux dans ces circonstances.

— Je suppose.

— Ça va, toi ?

— Oui, bien sûr. Il ne s'agit pas de moi.

— Maggie... C'est difficile. C'est normal de se sentir perdue.

— C'est bon à savoir, parce que c'était violent, et j'ai juste essayé de tenir le coup pour elle.

— Tu as fait du bon boulot. Elle avait besoin de quelqu'un à ses côtés, et tu lui as fourni cette épaule sur laquelle elle pouvait s'appuyer. Tu as fait ton travail et plus encore.

— Merci pour ton soutien. Je l'apprécie. Maintenant rentre chez toi et dors un peu.

— Je te verrai ce soir.

— Je ne serai peut-être pas là. La famille est en ville pour rencontrer Poppy.

— Oh, c'est vrai. Profites-en bien.

— Je n'y manquerai pas. Merci d'être restée.

— Pas de problème. »

Quelques minutes après le départ de Teresa, Mitch se présenta à la porte avec un bol et un verre qu'il posa sur le bureau de Maggie. « Un yaourt grec avec du muesli fait maison, des myrtilles cultivées localement et du thé sucré.

— Merci, Mitch.

— Je me suis dit que tu pourrais avoir besoin d'un snack.

— Tu as bien fait. »

Il jeta un coup d'œil vers les escaliers puis regarda à nouveau Maggie. « Est-ce qu'elle va bien ?

— Pas pour le moment, mais j'espère que ça ira mieux. Avec le temps.

— Est-ce que je peux lui apporter un encas ?

— Ce serait très gentil, Mitch. Je suis sûre qu'elle apprécierait.

— Super. Il semblait soulagé de pouvoir faire quelque chose pour la jeune femme. On va l'aider à s'en sortir, Maggie. Un jour à la fois. »

Maggie était presque émue aux larmes par le sentiment venant de l'homme habituellement bourru. « Oui, on va y arriver. Merci. »

Il acquiesça et quitta la pièce.

Maggie mangea le yaourt et le délicieux muesli, puis libéra ses cheveux de sa queue de cheval, passant ses doigts dans les longues mèches et massant son cuir chevelu alors qu'elle essayait de faire face à la surabondance d'émotions. Elle devait se répéter qu'elle n'avait pas abandonné un bébé. C'était Corey qui l'avait fait, pas elle. En tant que spectatrice, elle avait absorbé le chagrin de Corey si complètement qu'elle avait l'impression d'avoir perdu quelque chose qui lui était cher. Elle avait besoin de se débarrasser de ces sentiments pour pouvoir se remettre au travail au nom des autres résidents, qui comptaient sur elle pour garder son calme afin de les aider à en faire autant.

Ce n'était pas le moment de s'effondrer.

Elle pouvait se le répéter cent fois, mais craignant que la crise ne se matérialise de toute façon, elle quitta le bureau et sortit par la porte de la cuisine pour aller voir Thunder dans les écuries.

Comme d'habitude, Thunder était heureux de la voir et il se blottit contre son cou alors qu'elle versait quelques larmes dans son pelage. « Dure journée, mon pote. »

Il hennit en réponse, ce qui la fit sourire.

« Bonjour, Mme Maggie, dit Derek derrière elle.

— Bonjour. Maggie s'empressa d'essuyer ses larmes avant de se tourner vers l'homme plus âgé. Vous sentez-vous mieux ?

— Beaucoup mieux, merci.

— Heureuse de l'entendre.

— Est-ce que tout va bien ? » demanda Derek.

Maggie y réfléchit pendant une seconde. « Ça va aller. Un de ces jours.

— Faites-moi savoir si je peux faire quelque chose pour vous.

— C'est très gentil de votre part. Merci. »

Il poursuivit son chemin, s'occupant des chevaux pendant que Maggie passait encore quelques minutes avec Thunder tout en remerciant le ciel pour les personnes formidables qui la soutenaient dans ce périple. « Je vais essayer de revenir pour te faire faire un tour plus tard. »

Le cheval lui fit un câlin, lui donnant exactement ce dont elle avait besoin pour continuer sa journée.

Elle embrassa son museau et retourna à la maison, se sentant plus forte grâce au temps passé avec lui. Les chevaux avaient toujours eu cet effet sur elle, ils la calmaient et la soutenaient dans les moments les plus difficiles de sa vie. Après l'accident de sa mère, l'équitation lui avait donné un exutoire pour faire face à la douleur.

Arnelle était dans la cuisine en train de préparer une tasse de café quand Maggie entra.

« Comment va-t-elle ? demanda Maggie.

— Elle se repose.

— C'est bien. Elle doit être épuisée.

— Nous avons un autre problème. »

Maggie se prépara pour le prochain défi. « Qu'est-ce que c'est ?

— Debbie McBride a fait descendre les enfants ce matin mais n'est pas descendue prendre le petit-déjeuner avec eux ni les accompagner à l'école, comme elle le fait toujours. J'ai frappé à sa porte tout à l'heure et encore à l'instant. Elle n'a pas répondu les deux fois. Je sais que la politique est de respecter leur vie privée, mais nous l'avons fait. Il est peut-être temps de passer au stade suivant. »

Maggie digéra l'information avant de se rendre à son bureau pour récupérer le passe-partout dans un tiroir verrouillé de son bureau. À son arrivée, chacun des résidents signait un formulaire reconnaissant que le personnel de Matthews House pouvait entrer dans leur chambre à tout moment, pour n'importe quelle raison, sans préavis. Cependant, c'était la première fois qu'elle devait utiliser cette clé.

Elle suivit Arnelle jusqu'au deuxième étage, où elles frappèrent à nouveau à la porte de Debbie.

En l'absence de réponse, Maggie introduisit sa clé dans la serrure et ouvrit la porte.

La chambre comprenait quatre lits jumeaux, une grande armoire et une boite pleine de jouets dans un coin. Debbie semblait endormie sur l'un des lits jumeaux.

Arnelle s'approcha d'elle et essaya de réveiller la femme, qui ne remua pas. Elle plaça ses doigts sur le cou de Debbie, puis regarda Maggie en secouant la tête.

Le cœur de Maggie se serra. *Mon Dieu.* La femme était *morte* ? Elle prit une profonde inspiration et la relâcha. « Je vais appeler le médecin légiste. » Elle descendit le couloir, et alla se réfugier dans la salle de bains, fermant la porte et sortant son téléphone portable de sa poche arrière. Elle chercha sur Google le numéro du coroner du comté de Davidson et passa l'appel.

« Je dois signaler un décès à Matthews House, dit-elle en donnant l'adresse.

— Y a-t-il eu un accident ?

— Pas à notre connaissance. Une de nos résidentes a été retrouvée décédée dans son lit à l'instant.

— Nous allons envoyer quelqu'un tout de suite. S'il vous plaît, ne touchez pas le corps et laissez tout comme c'était quand vous l'avez trouvée.

— Entendu. Merci. Maggie sortit de la salle de bains et retourna à la chambre. Arnelle, sors de là, s'il te plaît. »

Arnelle la rejoignit dans le couloir.

Maggie tira la porte. « Nous devons la laisser, ainsi que tout ce qui se trouve dans la chambre, comme nous l'avons trouvé. »

Trish Lawson apparut dans le couloir, portant un verre de thé glacé préparé par Mitch dans une main et tenant Chloé dans son autre bras. « Qu'est-ce qui ne va pas ? »

Maggie hésita, mais seulement pendant une seconde. « Debbie McBride est décédée. »

Le visage de Trish devint blême de stupeur. « *Quoi* ? Que s'est-il passé?

— Nous ne le savons pas. Après que les enfants sont descendus seuls ce matin, Arnelle est allée la voir. Comme elle ne répondait pas à la porte, nous sommes entrées dans la chambre et l'avons trouvée morte.

— Mon Dieu, chuchota Trish. Cette pauvre femme. Et ses bébés...

— Que savons-nous de la famille élargie ? demanda Arnelle à Maggie.

— Elle a de la famille en Arizona.

— Tu devrais les appeler. Si on peut les faire venir pour s'occuper des enfants, les services sociaux ne les prendront peut-être pas. »

Maggie fit oui de la tête. « Je vais aller faire ça maintenant. » Elle dévala les escaliers et entra dans son bureau, fermant la porte, démarra son ordinateur, tapa son code d'accès et consulta son dossier sur la famille McBride. Elle trouva que le parent le plus proche de Debbie McBride était sa mère, Karen Truver, à Phoenix. Avant qu'elle ne puisse se donner la chance de paniquer à propos de ce qu'elle avait à faire, elle passa l'appel du téléphone sur son bureau.

« Allô ?

— C'est bien Mme Truver ?

— Oui. Qui est à l'appareil ?

— C'est Maggie Harrington de Matthews House à Nashville, Tennessee. »

La femme poussa un petit cri. « Que se passe-t-il ? Qu'est-ce qui ne va pas ? »

Maggie ferma les yeux et s'efforça de dire les mots. « Je suis désolée de devoir vous annoncer que Debbie est décédée. »

La femme hurla. « Oh, mon Dieu, non ! Oh, Seigneur. Karen éclata en sanglots. Que s'est-il passé ?

— Nous ne sommes pas encore sûrs. Le médecin légiste est en route.

— Et les enfants ? Ils sont là ?

— Ils sont à l'école en ce moment, mais ils seront à la maison vers 15 h 30.

— Je viendrai les chercher. J'ai des documents qui prouvent que Debbie m'a donné leur garde légale en cas de besoin. Je vais me renseigner pour trouver un vol et j'arrive dès que possible. Je peux vous rappeler sur ce numéro ?

— Bien sûr. Maggie donna également à la femme son numéro de portable. On fera tout ce qu'on pourra pour vous aider.

— Merci beaucoup. Debbie était si heureuse depuis qu'elle était dans votre établissement. Elle a dit qu'elle pouvait souffler pour la première fois depuis des années.

— Nous avons apprécié de les avoir avec nous.

— Si vous voulez bien... attendre que j'arrive avant de le dire à Mandy et Patrick. »

Maggie se demandait ce qu'ils allaient dire aux enfants en attendant. « Nous ferons de notre mieux. »

Elles mirent fin à l'appel, et Maggie prit une seconde pour jeter un coup d'œil sur ses textos, notant un nouveau de Brayden qu'elle lirait plus tard et un autre de son papa demandant quand serait le bon moment pour venir lui rendre visite.

Ça va devoir être demain, répondit Maggie. *Je suis désolée.*

Il répondit immédiatement. *Pas de problème.*

Maggie passa un appel à Kate, qui répondit à la deuxième sonnerie. « Désolée de te déranger.

— Pas de problème. J'étais juste en train d'admirer le bébé.

— Comment va-t-elle ?

— Très bien. Elle est charmante et parfaite.

— Alors, Kate, je t'appelle en tant que chef et propriétaire de Matthews House pour te dire que Debbie McBride, une des mères, est décédée dans sa chambre.

— Oh mon Dieu. Maggie !

— Je ne sais pas ce qui s'est passé, juste que les enfants sont descendus seuls ce matin, ont pris leur petit-déjeuner et sont allés à l'école. Quand Arnelle est allée voir Debbie, elle n'a pas répondu à la porte, alors j'ai utilisé mon passe-partout pour y accéder. C'est là que nous l'avons trouvée. Le médecin légiste a été appelé, et j'ai contacté la mère de Debbie en Arizona. Elle est en route pour être avec les enfants. Je dois aussi signaler la mort de Debbie aux services de protection de l'enfance.

— Ça va, toi ? demanda doucement Kate.

— J'ai connu des jours meilleurs.

— Je peux demander à Reid de venir t'aider.

— J'apprécie, mais je ne pense pas qu'il puisse faire quoi que ce soit.

— Il pourrait être là pour toi.

— Je vais bien. Le personnel est là, et nous faisons ce qu'il faut.

— Peux-tu me rappeler quand tu auras le temps et me dire comment ça se passe ?

— D'accord.

— Je te fais un gros câlin et je t'envoie tout mon amour. C'est bien au-delà de ton devoir.

— On fera tout ce qu'il faudra. Je t'appelle dans un petit moment.

— J'attendrai de tes nouvelles. »

Maggie mit fin à l'appel, et comme elle ne pouvait rien faire d'autre avant l'arrivée du médecin légiste, elle prit une seconde pour jeter un coup d'œil au texto de Brayden. C'était une photo de lui tenant un gros poisson et souriant jusqu'aux oreilles.

Elle répondit par un pouce levé, puis alla dans la cuisine pour dire à Mitch ce qui s'était passé. « Cette pauvre femme, dit Mitch. Elle a essayé si fort. Elle m'a parlé de sa lutte contre la drogue. Je me demande si elle ne s'était pas remise à consommer.

— Je suis sûre que sa famille va demander une autopsie.

— Je pense que c'est obligatoire chaque fois qu'il y a une mort inexpliquée.

— J'apprends beaucoup de choses que je ne pensais pas avoir à connaître.

— Telle est la vie dans le secteur des services sociaux, du moins c'est ce qu'on me dit. J'ai des amis qui sont dans ce domaine depuis des années, et les histoires qu'ils pourraient raconter...

— J'en suis sûre.

— Ça va être nous maintenant. Nous serons ceux qui auront des histoires à raconter.

— Je suppose. »

Mitch et le reste du personnel étaient bien conscients de la nécessité de protéger l'intimité et la dignité de leurs résidents. Chacun d'entre eux avait signé des accords de non-divulgation en béton avant de commencer leur travail.

Peu de temps après, le bruit des sirènes au loin avertit Maggie de l'arrivée de la police et du médecin légiste. Les heures suivantes passèrent dans un flou de conversations, de détails et de déchirements. Maggie s'entretint avec Ruth Stapleton des services sociaux et lui fit savoir que la grand-mère des enfants était en route avec des documents prouvant que sa fille avait fait d'elle la gardienne légale d'urgence des enfants en cas de besoin. Lorsque les enfants rentrèrent à la maison, on leur dit que leur mère n'était pas là et que la police faisait une inspection. Les autres mamans se relayèrent pour surveiller Mandy et Patrick dans la salle de jeux, pendant les devoirs et le dîner, jusqu'à l'arrivée de leur grand-mère à 20 h.

Maggie mit la salle de conférence à la disposition de Karen et des enfants afin qu'elle puisse annoncer en privé la terrible nouvelle aux enfants. Maggie était reconnaissante qu'on ne lui ait pas demandé d'être dans la pièce pour cela.

Entre-temps, elle aida le personnel à préparer une autre chambre pour que Karen et les enfants puissent y dormir cette nuit-là, puisque la chambre des McBride n'avait pas encore été libérée par la police, qui travaillait toujours sur les lieux.

Il était bien après 22 h lorsque Karen finit par faire dormir les enfants désemparés dans leur nouvelle chambre.

Maggie monta à l'étage pour voir comment ils allaient et rencontra Karen qui sortait de la salle de bains. Elle était petite, mais de forte corpulence, avec des cheveux bruns courts et un joli visage rond. « Avez-vous tout ce dont vous avez besoin ?

— Nous avons tout. Merci beaucoup pour tout ce que vous et votre équipe avez fait aujourd'hui et au cours des deux derniers mois. Vous avez contribué à rendre les dernières semaines de Debbie beaucoup plus paisibles qu'elles ne l'auraient été autrement.

— C'était une personne adorable. Nous étions heureux de l'avoir avec les enfants. Toutes mes condoléances.

— Merci.

— Je vais vous laisser. Essayez de vous reposer. Vous avez mon numéro si vous avez besoin de quoi que ce soit pendant la nuit.

— Vous êtes un don du ciel, Maggie. Merci encore pour tout.

— Je vous en prie. »

En se dirigeant vers les escaliers, Maggie entendit des voix venant du salon des résidents et alla voir. Toutes les autres mères étaient là, et Maggie était heureuse de voir que Corey était parmi elles. « Comment allez-vous toutes ?

— Nous sommes sous le choc, dit Niki Ross. Debbie était ici avec nous la nuit dernière.

— Je sais. C'est difficile de se faire à l'idée quand quelque chose arrive soudainement comme ça. »

Zara, une autre des jeunes mamans, tenait un moniteur pour bébé entre ses mains. « Je pense sans arrêt à comment sa mère est venue et à ce qui arriverait à Marcus si je mourais. Ma mère ne viendrait pas.

— Je le prendrais », dit Trish.

Zara la regarda d'un air incrédule. « Tu ferais *ça* ?

— Bien sûr que je le ferais.

— Moi aussi », dit Kelsey. À trente-six ans, elle était la plus âgée des mères de la résidence.

Après la journée qu'elle avait passée, Maggie avait besoin de voir les mères se soutenir mutuellement, former une communauté sur laquelle elles pourraient s'appuyer longtemps après avoir quitté Matthews House. C'était l'un des objectifs centraux du programme, et le voir se réaliser sous ses yeux était vraiment valorisant. « J'espère que vous allez pouvoir vous reposer, mesdames.

— Vous aussi, Maggie, dit Trish. Bonne nuit. »

En descendant les escaliers, Maggie prit un appel de Jill. « Salut, quoi de neuf ?

— Ashton et moi sommes dehors. On peut entrer une minute ? »

Maggie n'était pas du tout surprise qu'ils soient venus voir comment elle allait. « Bien sûr. Venez à la porte de la cuisine. » Elle alluma la lumière et les y rejoignit une minute plus tard.

Jill franchit la porte et serra férocement Maggie dans ses bras.

« Euh, je peux entrer moi aussi ? » demanda Ashton.

Gardant Maggie dans son étreinte, Jill avança avec elle à petits pas jusque dans la cuisine.

Ashton suivit, fermant la porte derrière lui.

« Comment vas-tu ? » demanda Jill.

Maggie ferma les yeux et se laissa aller au réconfort de sa sœur alors qu'elle aurait normalement été irritée à l'idée que l'une de ses sœurs pense qu'elle ait besoin d'être dorlotée. « Je m'accroche. Ça a été une sacrée journée.

— Bah ma minette, tu es la reine de l'euphémisme.

— Que pouvons-nous faire pour toi ? demanda Ashton.

— C'est déjà gentil à vous de passer. C'est Kate qui vous envoie ?

— Elle nous a peut-être demandé de venir te voir puisqu'elle est coincée à la maison.

— Et que je n'ai pas eu le temps de l'appeler pour lui donner de mes nouvelles. »

Ashton pressa l'épaule de Maggie. « Mon papa voulait venir en courant quand il a entendu la nouvelle, mais Poppy était difficile, et Kate a beaucoup souffert aujourd'hui. »

Jill lâcha finalement Maggie et fit un pas en arrière pour s'appuyer sur l'îlot gigantesque au milieu de la cuisine.

« Kate va bien ?

— Elle va bien, elle est juste endolorie. »

Le téléphone de Maggie sonna, et elle déclina l'appel de Brayden, même si elle avait très envie de lui parler. Elle le rappellerait après le départ de Jill et Ashton.

« Je ne peux m'empêcher de penser à cette pauvre femme et à ses adorables enfants, dit Jill. Ils ont dû être tellement choqués.

— C'était affreux.

— Quelqu'un a une idée de ce qui a pu se passer ?

— Rien de précis. Elle a eu des problèmes de drogue dans le passé. On n'est pas sûrs si elle en prenait à nouveau. Les flics n'ont trouvé aucun signe de drogue dans sa chambre. On va devoir attendre voir ce que l'autopsie va révéler.

— Dieu merci, leur grand-mère a pu arriver rapidement, dit Ashton.

— Oui, alors. C'était si difficile de les occuper jusqu'à ce qu'elle arrive. Mandy savait que quelque chose se passait et posait beaucoup de questions. »

Jill soupira. « Ces pauvres bébés. La vie telle qu'ils la connaissent ne sera plus jamais la même. »

Après avoir vu leur propre mère soudainement arrachée à leur vie, Maggie et ses sœurs comprenaient très bien ce que ressentaient les enfants de Debbie. Bien que Clare ne soit pas morte, c'était tout comme pendant les trois années où elle était perdue pour eux.

« Nous allons te laisser dormir, dit Jill. Tu dois être épuisée.

— Je suis assez fatiguée.

— Mags, est ce que c'est trop ? Sérieusement, tu le dirais si ça l'était, hein ? Nous nous inquiétons tous pour toi.

— Je vais vraiment bien, secouée après aujourd'hui, mais globalement, je vais bien. J'aime ce travail, aider les gens et apprendre tellement de choses chaque jour. Je vous le ferai savoir si vous avez besoin de vous inquiéter. Je te le promets. »

Jill la serra à nouveau dans ses bras, aussi longtemps et aussi fort qu'à son arrivée. « Nous sommes là si tu as besoin de nous.

— Je le sais, et ça m'aide. »

Ashton embrassa son front. « Tiens bon, ma petite. Tu fais du bon travail. »

Maggie appréciait qu'il le dise. La mort de quelqu'un sous sa surveillance avait ébranlé sa confiance. Elle les accompagna jusqu'à la sortie, éteignit la lumière et activa l'alarme avant de rentrer dans son appartement, de fermer la porte et de relâcher une profonde inspiration. Si elle avait survécu à cette journée, elle était pratiquement sûre de pouvoir surmonter n'importe quoi.

CHAPITRE 15

Après s'être mise en pyjama, brossée les dents et mise au lit, Maggie se souvint de l'appel de Brayden qu'elle avait manqué.

Il avait laissé un message vocal. « Hé, c'est moi. Mitch m'a raconté ce qui s'est passé aujourd'hui, et je voulais prendre de tes nouvelles. J'aurais aimé être là pour t'aider. Appelle-moi quand tu peux. »

C'était si gentil de sa part de tendre la main alors qu'il était censé être en vacances. Maggie n'hésita pas à le rappeler, car elle savait qu'il était impatient d'avoir de ses nouvelles.

« Hé, je suis tellement content que tu appelles. Bon sang, Maggie. Tu vas bien ?

— Oui, je vais bien maintenant. Mais ça a été une sacrée journée.

— Si tu ne veux pas en parler, je comprendrai parfaitement.

— Ça ne me dérange pas. »

Elle raconta l'histoire – une nouvelle fois – en commençant par Arnelle qui lui avait signalé l'absence de Debbie au petit déjeuner.

« Les enfants ont-ils dit si elle s'est levée avec eux ?

— Mandy a dit qu'ils ont essayé de la réveiller, mais qu'ils ont pensé qu'elle faisait la grasse matinée. Ils se sont préparés pour l'école et sont descendus pour le petit-déjeuner.

— Mon Dieu, alors elle était probablement déjà partie.

— Je pense que oui.

137

« — Tu veux que je rentre à la maison ?

— Brayden ! Non, bien sûr que non. Tu es en vacances.

— J'aimerais être là pour t'aider. »

Elle voulait lui demander pourquoi il souhaitait cela, mais ne trouva pas le courage de poser la question. « C'est vraiment gentil de ta part d'appeler alors que tu devrais être en train de te détendre et de t'amuser.

— Difficile de faire ça au vu de ce qui se passe là-bas. Les autres gars sont sortis dans les bars ce soir, mais je n'en avais pas envie.

— Tu es trop gentil.

— Tais-toi, va. Je ne le suis pas. »

Maggie éclata de rire. « Mais si, tu l'es.

— Arrête avec ça. »

Elle réalisa que pour la première fois depuis qu'Arnelle et elle avaient trouvé Debbie morte dans son lit, elle pouvait à nouveau respirer normalement. Il avait fait cela pour elle juste en se souciant d'elle. Ses sœurs se souciaient d'elle aussi, mais pour une raison quelconque, c'était lui qui lui permettait de se sentir mieux. « Ce qu'on fait là m'aide. Merci.

— Si je peux faire quoi que ce soit.

— Combien de poissons as-tu attrapé aujourd'hui ?

— Une trentaine en tout. Il y a un restaurant en bas de la ville à qui on les donne. Ils les cuisinent pour nous et leurs autres clients. On fait ça tous les ans.

— C'est génial. Depuis combien de temps vous y allez ?

— Depuis notre première année de fac, donc douze ans, je crois ?

— Quelle tradition amusante.

— Ce sont mes meilleurs amis.

— Je suis contente que tu les aies dans ta vie.

— Moi aussi. Ils sont venus de partout pour être avec moi quand ma mère est morte. Ils sont très curieux à propos de cette femme de Nashville à qui j'envoie des SMS.

— Oh. Ils le sont ? Tu leur as dit que c'était juste pour le travail ? »

Après une longue pause, il dit, « C'est tout ce que c'est, Maggie ? Juste une histoire de boulot ? »

Comme elle comprenait ce qu'il voulait dire, Maggie tenta de formuler une réponse qui lui permettrait au moins de maintenir une distance professionnelle. Mais elle ne pouvait pas lui mentir, surtout quand il avait été si gentil de prendre de ses nouvelles. « Non, ce n'est pas tout.

— Ouf. C'était une pause terriblement longue.

— Tu sais que je suis partagée.

— Oui, et je comprends pourquoi, mais je te promets que je ne vais pas te causer de problèmes au travail.

— Et si...

— Et si quoi ?

— Disons qu'il se passe quelque chose entre nous et que ça se termine. Elle n'arrivait pas à croire qu'elle était en train d'avoir cette conversation avec lui. La faute aux émotions de la journée. Ses défenses avaient été démolies. On devra toujours vivre et travailler au même endroit, et...

— Si ça arrive, je partirai.

— Ça ne semble pas juste.

— Pourquoi pas ? Tu étais là la première. C'est ton programme.

— Je veux que tu te sentes chez toi ici, pas sur le point d'être expulsé et exilé.

— Chérie, tu m'expulses déjà, et je ne t'ai même pas encore invitée à un vrai rencard. »

C'était une bonne chose qu'elle soit allongée sur le lit, parce que cette phrase lui coupa le souffle, et il le savait, à en juger par le grondement profond du rire qui émanait de lui.

Maggie se mit sur le flanc, serrant contre elle ce qu'il restait de sa peluche déchirée et usée qu'elle adorait, Froggie. Ils avaient tout traversé ensemble.

« Tu es toujours là ? demanda Brayden.

— Je suis là.

— Tu vas me laisser te sortir comme il faut quand je serai de retour en ville ?

— Je ne suis pas sûre que ce soit une bonne idée.

— Je pense que c'est une excellente idée, peut-être la meilleure idée de toutes les bonnes idées que le monde ait jamais connu. »

Maggie sourit. « Tu te vantes peut-être un peu trop, cow-boy.

— Non, pas du tout. Tu seras si heureuse de m'avoir dit oui que tu ne sauras plus comment tu t'appelles.

— C'est de ça dont j'ai peur.

— Tu n'as pas sérieusement peur de moi, quand même ?

— Pas tant de toi que de tous les membres de l'espèce masculine.

— Maggie, ce qui t'est arrivé est horrible, mais je jure sur la tombe de ma mère que tu n'as rien de tel à craindre de moi. Je te traiterai comme une reine.

— Je sais.

— Tu le sais ? Vraiment ?

— Oui, je le sais. Tu l'as déjà fait. »

Il gémit. « Ces vacances sont le voyage le plus inopportun que j'aie jamais fait. »

Maggie rit. « Peut-être que c'est le voyage le plus opportun.

— Non, certainement pas.

— Si.

— Non.

— Mais *si* ! »

Le grondement profond du rire de Brayden lui fit penser à son beau visage et à l'air qu'il avait quand il souriait. « Je devrais te laisser dormir un peu. Tu dois être épuisée.

— Ne pars pas tout de suite.

— Je resterai là aussi longtemps que tu voudras.

— Raconte-moi une histoire.

— Quel genre d'histoire ?

— Quelque chose sur toi.

— Hm... laisse-moi réfléchir à ce que je pourrais te dire qui ne t'endormirait pas. Je t'ai raconté que je montais à cheval avant de savoir marcher?

— Pourquoi ne suis-je pas surprise ?

— Mon grand-père m'a fait monter sur son cheval quand j'avais trois mois. Il a même fait fabriquer un casque spécial pour moi parce que ma mère avait dit que je ne pouvais pas en faire sans, et ils ne font pas de casques d'équitation aussi petits.

— J'adore. Je peux tout à fait l'imaginer.

— Je suis devenu accro dès la première fois. D'après ce qu'on m'a dit, je faisais une crise tous les jours vers 16 h jusqu'à ce qu'il me mette sur ce cheval. C'était la seule chose qui me calmait. Il m'a emmené tous les jours jusqu'à mes trois ans, quand il m'a laissé monter tout seul pour la première fois.

— C'est une belle histoire.

— Les chevaux ont toujours été mon truc. Je rentrais en courant de l'arrêt de bus, je larguais toutes mes affaires devant la porte de derrière et je fonçais vers les écuries. Ma mère me criait de revenir et d'accrocher mon sac à dos, et qu'*après* je pouvais aller voir les chevaux.

— Je parie que tu étais trop mignon.

— J'étais un énorme casse-pieds. Je n'avais qu'une idée en tête. Tous les dessins que je faisais à l'école représentaient des chevaux, toutes les histoires que j'écrivais parlaient de chevaux. Mon professeur de CE1 a suggéré à ma mère que j'écrive sur autre chose. Elle a dit : Bonne chance avec ça. »

Maggie rit. « Donc la bataille était perdue d'avance, et elle le savait.

— Exact.

— Tu as de la chance, quand même. Combien de personnes savent exactement ce qu'elles veulent faire de leur vie dès l'âge de trois mois ?

— Pas beaucoup. Ma mère a vraiment insisté pour que j'aille à l'université, ce que je ne voulais absolument pas faire. Mais une fois que j'y étais et que j'ai commencé à suivre les cours, j'ai fini par adorer.

— Ça a dû lui faire très plaisir.

— Elle était contente d'elle-même et se sentait justifiée.

— Elle n'avait pas tort.

— Elle avait même raison, et je le lui ai dit. Je suis heureux d'avoir les deux diplômes et de pouvoir les utiliser en cas de besoin. Tu veux entendre de vrais aveux ?

— Absolument.

— Si ce travail avec toi n'avait pas marché, j'aurais été obligé de chercher quelque chose de différent ou de quitter mon État, ce que je ne voulais pas faire non plus.

— Comment est-ce possible alors que tous ceux à qui j'ai parlé de l'équithérapie t'ont recommandé ?

— J'ai une très bonne réputation, mais il n'y a pas des tonnes d'emplois dans ce domaine. Ou plutôt, je devrais dire, pas des tonnes d'emplois qui paient suffisamment pour que quelqu'un puisse réellement vivre de ses revenus. Le fait que vous fournissiez le logement et la pension pour Sunday est un énorme avantage.

— Je suis vraiment ravie pour nous deux que ça ait marché.

— Moi aussi. Tu essaies de dormir là-bas ?

— Non.

— Tu devrais. Les enfants vont te faire lever de bonne heure.

« — Et toi, alors ? Tu n'as pas besoin de te reposer pour une autre journée épuisante de pêche, de soleil et de bière ?

— C'est assez éprouvant de pêcher et de boire de la bière au soleil toute la journée.

— Je ne bois *jamais* le jour. Ça m'endort pendant douze heures et me donne un énorme mal de tête le lendemain.

— Je peux t'apprendre à contourner le problème.

— Merci, mais ça va. »

Il rit. « Comment va Poppy aujourd'hui ?

— J'ai entendu dire qu'elle était un peu difficile tout à l'heure et que sa maman était endolorie, mais sinon, tout va bien.

— Et Corey ? Comment va-t-elle ? »

Maggie ne pouvait pas croire que l'histoire de Corey ne faisait plus la Une, écartée par des nouvelles beaucoup plus importantes. « Elle semble tenir le coup. Elle voulait voir le bébé avant de quitter l'hôpital et m'a demandé de l'accompagner.

— Merde. Comment c'était ?

— Comme tu peux l'imaginer. Triste et un peu effrayant. Le bébé est si petit et relié à tellement de tubes et de fils. C'était bouleversant pour moi. Je ne peux pas imaginer ce qu'elle a dû ressentir. Elle m'a dit que son petit ami l'avait poussée dans les escaliers.

— Il a besoin qu'on le pende par les couilles. »

Maggie postillonna en riant. « Dis-moi ce que tu ressens vraiment.

— Je viens de le faire et je le pense vraiment. Un type qui pousse une femme enceinte dans les escaliers mérite d'être pendu.

— Il se trouve que je suis d'accord avec toi. Mais je pense qu'elle va s'en sortir. Elle était avec les autres mamans dans le salon du haut quand je suis allée les voir tout à l'heure.

— C'est bien qu'elles soient ensemble.

— C'est l'un des principaux objectifs de notre programme : donner aux mères un réseau sur lequel elles peuvent compter lorsqu'elles quittent l'établissement. L'une d'entre elles disait à quel point les enfants de Debbie avaient de la chance d'avoir une grand-mère qui vient à la rescousse et qu'elle n'avait personne comme ça. Deux d'entre elles ont dit qu'elles accueilleraient son enfant si quelque chose lui arrivait.

— C'est vraiment génial. Je suis très impressionné par ce que vous tous faites là-bas.

— Il faut tout un village pour élever un enfant, c'est sûr.

— Et tu es la chef du village.

— Parfois, j'ai l'impression d'être l'idiote du village.

— Arrêt, dit-il en riant. Tu es bien trop dure avec toi-même. Tu fais un excellent travail. Chaque jour, tu leur donnes des choses qu'ils n'ont pas eues depuis longtemps, voire jamais. La sûreté, la sécurité, un sentiment d'appartenance, un foyer, une communauté de soutien. Pour eux, tu fais des miracles.

— Ma sœur et mon beau-frère sont les faiseurs de miracles.

— Vous l'êtes tous les trois.

— Si tu le dis.

— Je le dis, et beaucoup d'autres personnes le disent aussi. Ce travail est encore un peu nouveau pour toi. Il te faudra du temps pour que tu aies vraiment confiance en toi.

— Si les gens vont mourir ici, ça pourrait ne jamais arriver.

— Vous allez découvrir que soit elle avait un problème de santé, soit elle avait pris quelque chose qu'elle n'aurait pas dû prendre. Sa mort n'est pas de votre faute. Remercie le ciel qu'elle était là quand c'est arrivé pour que ses enfants soient bien soutenus.

— Tu es du genre à voir le verre à moitié plein, n'est-ce pas ?

— J'essaie de trouver le positif dans chaque situation.

— Merci pour le soutien et les encouragements. Ça m'aide beaucoup.

— J'aimerais pouvoir faire plus.

— C'était exactement ce dont j'avais besoin. »

CHAPITRE 16

*L*es quatre parents, la tante et l'oncle de Maggie vinrent visiter Matthews House le lendemain à l'heure du déjeuner. Ils saluèrent Maggie en l'embrassant et en lui présentant leurs condoléances pour la perte de Debbie, et exprimèrent leur inquiétude pour les enfants de cette dernière. Les enfants McBride étaient allés avec Karen à leur école pour récupérer leurs affaires, leurs relevés de notes et pour dire au revoir. Ils partaient pour l'Arizona dans l'après-midi.

Mitch avait préparé un festin pour les invités spéciaux de Maggie, qui avaient un million de questions sur l'établissement, les services et le quotidien de Maggie, si l'on pouvait l'appeler ainsi.

« C'est différent chaque jour, leur dit-elle alors qu'ils déjeunaient dans la salle de conférence après qu'elle leur eut présenté le personnel et fait visiter les lieux. Cela dépend de ce dont les résidents ont besoin.

— Tu fais un travail tellement important ici, ma puce, dit Clare. Je ne pourrais pas être plus fière.

— Moi aussi, ajouta Jack. Vous faites une telle différence pour les gens que vous servez.

— On essaie, dit Maggie. Certains jours, j'ai l'impression qu'on tourne en rond, et puis quelque chose de merveilleux se produit, comme hier soir, quand les autres mamans se sont réunies pour se soutenir mutuellement. C'était vraiment spécial. J'aime savoir qu'elles pourront compter les unes sur les autres après leur départ d'ici.

— Je ne sais pas pour vous les gars, dit Andi, mais mon travail semble plutôt superficiel à la lumière de ce que notre fille fait ici.

— Je suis d'accord, dit Aidan. J'aime ce que je fais, mais ça... ça a tellement de sens. Bravo à toi, Mags. » Charpentier doué, spécialisé dans la restauration historique, Aidan était également cardiologue, mais il avait cessé de pratiquer après la perte de sa première femme, emportée par un cancer, et de leur fils, mort-né.

Maggie savourait les louanges de ses parents. « Vous faites du bien à l'ego fragile d'une jeune fille.

— Combien de familles pouvez-vous accueillir en même temps ? demanda Jamie.

— Nous avons des chambres aménagées pour dix familles, mais en poussant nous pourrions caser en plus quelques mères avec un enfant ou un bébé. Nous n'avons pas encore été obligés de faire cela.

— Quand commence votre programme de thérapie équine ? Jack se servit une autre moitié de sandwich du plateau que Mitch avait préparé. Maggie avait invité ce dernier à se joindre à eux pour le déjeuner, mais il lui avait dit de profiter du temps avec sa famille.

— Lundi, quand Brayden rentrera des vacances qu'il avait déjà prévues avant d'être embauché. Il commencera à familiariser les enfants avec les écuries et les chevaux et à leur apprendre à s'en occuper, en mettant l'accent sur la sécurité, bien sûr. Cette semaine, je rencontre les mères pour créer un profil pour chaque enfant afin que nous puissions travailler pour répondre à leurs différents besoins.

— Tu mets vraiment la main à la pâte, alors ? demanda Andi.

— Brayden doit travailler en concertation avec un conseiller qualifié pour adapter le programme aux besoins individuels des enfants. Je suis le soi-disant conseiller qualifié dans le cas présent.

— Kate et Jill ont dit qu'il avait l'air vraiment bien, mentionna Clare.

— Il l'est. Il a été hautement recommandé, et il a déjà construit la plateforme dont nous avons besoin pour aider les enfants à monter les chevaux. Maggie essayait de ne pas penser à lui, torse nu, balançant un marteau sous un soleil radieux, mais l'image était gravée de façon indélébile dans sa mémoire. Elle repenserait probablement à cette image de lui dans ses derniers moments de sa vie.

— Travailler sur ce programme te correspond parfaitement, à toi aussi, dit Frannie.

— À combien de leçons d'équitation m'as-tu emmenée ? Maggie sourit à sa tante adorée. Frannie était venue vivre avec eux après l'accident de Clare et avait été absolument essentielle à Maggie et ses sœurs pour faire face à la vie sans leur mère.

— Trop pour les compter. C'était le bon temps. Olivia commence à parler de prendre des leçons.

— Elle va adorer. C'était la meilleure partie de l'enfance pour moi. Alors, quoi d'autre de neuf à la maison ?

— Pour nous, du baseball, du baseball et *encore* du baseball, dit Jack. Qui se prolongera pendant l'été car les deux garçons vont probablement devenir des All-Stars.

— Ils aiment tellement ça, dit Andi, mais il *gèle* à Rhode Island à cette époque de l'année, surtout sur le terrain de baseball – du moins c'est mon impression.

— Tu devrais la voir dans une doudoune d'hiver, enveloppée dans deux couvertures », dit Jack.

Andi rit. « Et j'ai encore froid !

— Je suis impatiente de les voir jouer, dit Maggie.

— Ils sont vraiment doués, dit Clare. Nous sommes allés à un de leurs matchs la semaine dernière, et ils étaient de loin les meilleurs joueurs des deux équipes. »

Maggie aimait que sa mère et Aidan aillent aux matchs des fils de son père, et elle savait que l'inverse était vrai aussi. Jack, Andi et les garçons allaient aux matchs de hockey de Max et Nick. Les quatre garçons se considéraient comme des cousins. Ils n'avaient aucune idée qu'il y avait quelque chose de différent dans cet arrangement. Il fut un temps où Maggie aurait parié sur sa vie que rien de tout cela ne serait jamais arrivé, mais il fallait les voir maintenant. Ils étaient les couples modèles en matière de comment divorcer à l'amiable pour leurs enfants.

Peu de temps après ils étaient retournés chez Kate pour libérer Reid de Rob, John, Owen et Olivia, qu'ils avaient tous laissés avec lui pour faire une balade sur la propriété de Kate.

« Ils l'ont probablement attaché à un arbre à l'heure qu'il est », avait plaisanté Jack.

Chacun d'entre eux avait pris Maggie dans ses bras et lui avait répété combien ils étaient fiers d'elle. Ils allaient rentrer tôt le lendemain matin pour que les enfants puissent retourner à l'école.

« Des gens sympas, dit Mitch après que Maggie soit rentrée après leur avoir dit au revoir.

— Les meilleurs du monde.

— Alors le brun, Jack, est ton papa, et la blonde, Clare, est ta maman, c'est ça ?

— C'est exact. Jack est marié à Andi, la brune, et Clare à Aidan. Le blond, Jamie, est marié à ma tante Frannie, la rousse.

— Et tes parents, ils traînent ensemble régulièrement avec leurs nouveaux conjoints ? »

Maggie hocha la tête. « Ils sont tous amis.

— Waouh, on n'entend pas ça tous les jours.

— Ils ont fait de gros efforts pour notre bien, mais ça n'a pas toujours été comme ça.

— C'est plutôt cool !

— Oui, ça l'est. Merci d'avoir préparé le déjeuner. Ils ont adoré.

— Tout le plaisir est pour moi. Content que tu aies pu leur montrer ce qu'on fait ici.

— Ils étaient très impressionnés.

— Comme il se doit. Nous faisons le travail de Dieu. »

Maggie n'y avait pas pensé de cette façon, mais elle supposait que c'était vrai. Le reste de sa journée fut consacré à aider les enfants McBride à emballer leurs affaires et à s'assurer qu'ils avaient tout ce dont ils avaient besoin pour déménager dans la maison de leur grand-mère en Arizona. Les enfants la serrèrent dans leurs bras et la remercièrent, faisant pleurer Maggie par leur courage face à une perte aussi énorme.

« Je penserai à vous, alors n'oubliez pas de m'écrire, dit-elle à Mandy et Patrick.

— On le fera », dit Mandy.

Derek avait proposé de les conduire à l'aéroport dans le van avant de récupérer les autres enfants à l'arrêt de bus.

Maggie aida Karen à installer les enfants et à mettre leur ceinture de sécurité avant de serrer leur grand-mère dans ses bras. « Prenez bien soin de vous, et faites-nous savoir si nous pouvons faire quelque chose pour vous et les enfants.

— Nous allons nous en sortir ensemble, dit Karen. Merci encore pour tout ce que vous avez fait pour Debbie et les petits.

— Ce fut un plaisir de les connaître.

— Elle disait beaucoup de bien de vous et de tout le monde ici. Vous avez rendu ses derniers jours très spéciaux, et je ne l'oublierai jamais.

— Merci de me le dire », murmura Maggie, émue jusqu'aux larmes qu'elle luttait pour retenir en les saluant.

Après leur départ elle alla voir Thunder et, comme toujours, il semblait savoir exactement ce dont elle avait besoin. « Je serai de retour dans un petit moment pour aller faire une balade. »

Il répondit avec un hennissement, ce qui la fit sourire.

Elle tint sa promesse plus tard dans l'après-midi avec une promenade d'une heure sur Thunder qui l'aida à se calmer et à se recentrer après les deux jours émotionnels. Quand ils rentrèrent aux écuries, elle passa une heure supplémentaire à le brosser et à le toiletter avant de retourner à la maison pour voir ce que Mitch avait préparé pour le dîner.

Maggie se coucha à 22 h et vérifia son téléphone pour la première fois depuis des heures, à la recherche d'un message de Brayden.

Il ne la déçut pas. Il avait envoyé plus de photos de poissons, quelques selfies idiots à bord du bateau et un autre coucher de soleil de Key West.

Je suis verte de jalousie, répondit-elle, ravie de le voir répondre tout de suite.

Tu es déjà venue ici ?

Non.

Oh, il faut qu'on s'arrange pour que tu viennes ici. C'est comme Disney World pour les adultes. Plages, bars, bateaux et balades.

Ça, c'est une phrase volée à Jimmy Buffett.

Je plaide coupable.

Ç'a l'air super.

Le téléphone sonna avec un appel de lui sur FaceTime.

Maggie paniqua une seconde, car une fille a besoin d'une minute pour se préparer à un tel coup de fil, mais elle se dit d'arrêter d'être stupide et répondit. « Salut.

— Salut. Pendant un moment j'ai cru que tu allais refuser mon appel.

— Je pensais à l'état ébouriffé de mes cheveux.

— Tes cheveux sont superbes, tout comme le reste de ta personne.

— Tu fais des compliments sympas.

— Je ne dis que la vérité.

— Pourquoi tu me FaceTimes alors qu'il y a des bars à visiter ?

— Je préfère FaceTimer avec toi.

— Ça ne peut pas être vrai.

— Eh bien, si. Je ne dis que la vérité, tu te souviens ?

— Tes amis vont te charrier sans pitié.

— Trop tard, ils l'ont déjà fait. Je m'en suis pris plein la gueule à propos de toi ces derniers jours. Tu ne vas pas me laisser tomber, non ?

— Qu'est-ce que tu veux dire ?

— Quand je te demanderai de sortir avec moi, ce que je ferai très bientôt, dès que je rentrerai chez moi, tu ne me diras pas non, hein ? Parce que ce serait une énorme déception après toutes les merdes que je me suis ramassé en ton nom avec ces gars-là. »

Maggie ne put contenir le gloussement de rire qui lui échappa. « C'est la demande de rendez-vous la plus romantique qu'on m'ait jamais faite.

— C'est de parler de merde, la goutte qui a fait déborder le vase, hein ?

— C'était très spécial.

— À la lumière de ma demande très spéciale et super romantique, j'espère que tu ne me laisseras pas tomber quand je t'inviterai à sortir à l'instant même où je rentrerai.

— Je vais devoir y réfléchir.

— Maggie ! *Sérieux ?* »

Elle rit encore. Elle le faisait souvent quand elle lui parlait. « Oui, sérieusement. Tu sais que je suis partagée à propos de la situation professionnelle.

— Et tu sais que je suis sérieux quand je dis que si ça ne marche pas entre nous, je partirai, si c'est ce que tu veux.

— J'ai juste... Je ne sais pas, Brayden.

— Qu'est-ce que tu ne sais pas, ma chérie ? »

Oh merde, quand il l'appelait comme ça, elle fondait à l'intérieur. « Si je suis prête à sortir avec quelqu'un.

— Je comprends pourquoi tu peux te sentir comme ça, mais je le pensais vraiment quand j'ai dit que tu n'avais pas à t'inquiéter en ce qui me concerne. Tu me crois, non ?

— Je veux te croire.

— Mais ?

— Il y a des choses dont tu ne veux pas parler.

— Mon casier judiciaire, tu veux dire.

— Oui.

— Je ne parle de ça avec personne.

— C'est ta prérogative, tout comme c'est la mienne d'hésiter à sortir avec quelqu'un qui ne veut pas parler de ce qui lui a valu des ennuis dans le passé.

— C'était une chose isolée, quelque chose qui est arrivé et que je ne regrette pas parce que je défendais quelque chose qui ne pouvait pas se défendre. Dans les mêmes circonstances, je le referais, même en connaissant le résultat. »

Maggie était plus intriguée que jamais après avoir entendu cela. Son utilisation des mots *quelque chose* qui ne pouvait pas se défendre la poussait à croire que l'incident avait concerné un cheval.

« Je pense que tu aurais probablement fait la même chose que moi dans cette situation.

— Comprends-tu que je sois réticente à m'engager avec toi sans en savoir plus ?

— Oui, je comprends, mais j'espère que tu vas mettre dans la balance ce que j'ai fait de ma vie depuis et *une* chose qui s'est produite quand j'étais gamin et qui valait bien l'enfer que j'ai vécu par la suite. »

Il était extrêmement convaincant. Elle lui accordait cela.

« Vas-tu y réfléchir ?

— Je ne suis pas sûre de pouvoir penser à quoi que ce soit d'autre.

— Maggie...

— Brayden... »

Il prit une profonde inspiration et la relâcha lentement. « Parlons d'autre chose. Comment s'est passée ta journée ?

— C'était bien. Mes parents, ma tante et mon oncle sont venus déjeuner et faire le tour de la propriété.

— Comment ç'a été ?

— Super. Ils ont adoré l'endroit et tout ce qu'on fait ici.

— Tu as dit que tes parents étaient divorcés, non ?

— Ouais, et tous deux se sont remariés à des gens qu'on adore.

— Ça n'arrive pas tous les jours.

— On a eu beaucoup de chance et on le sait.

— Tu as dit que tu me raconterais comment tes parents ont fini par divorcer.

— C'est vrai, j'ai dit ça, hein ?

— Oui, oui.

— Et tu veux vraiment l'entendre ?

— Je veux tout savoir, Maggie Harrington. Chaque fichue chose. »

Aucun homme n'avait jamais été aussi direct dans son intérêt pour elle. Elle avait eu sa part d'attention de mecs au lycée et à l'université, mais celui-ci était dans une catégorie à part, et elle aimait plutôt bien sa catégorie. « Je t'ai parlé de l'accident de ma mère, non ?

— En effet.

— Eh bien, après ça, mon papa... Il était dans un sale état pendant longtemps, à tel point que ma tante Frannie, qui est sa sœur, a emménagé chez nous pour aider à prendre soin de nous. Il a fait tout ce qu'il pouvait pour ma mère, mais au bout d'un moment, nous avons dû accepter qu'elle ne se remettrait probablement pas, et nous avons dû continuer à vivre. Il l'a transférée de notre salle à manger dans un endroit à elle, avec des infirmières vingt-quatre heures sur vingt-quatre.

— Ça a dû être une chose très difficile pour vous.

— Dire que c'était dur est un euphémisme. Ma mère... Elle était le ciment qui nous maintenait tous ensemble. Nous étions un désastre sans elle. Alors, après un an et l'installation de ma mère dans son nouvel appartement, mon papa a fait un réel effort pour remettre les choses sur la bonne voie avec nous et au travail. Il a pris une année entière de congé, ce qui est amusant car avant l'accident, c'était très difficile de lui faire prendre ne serait-ce qu'une semaine.

« Lui et Jamie avaient été engagés pour construire un hôtel Infinity à Newport, et c'est là que Papa a rencontré Andi, qui était leur directrice de la décoration intérieure. Elle était basée à Chicago, mais les choses entre eux sont devenues assez intenses. Son fils Eric et elle ont fini par déménager à Rhode Island pour vivre avec nous.

— Ton papa était toujours marié à ta maman ?

— Oh oui, il était catégorique sur le fait qu'il ne la quitterait jamais, mais il avait quarante-quatre ans et il lui restait beaucoup de temps à vivre. Tout le monde l'encourageait à aller de l'avant. Même ma grand-mère, la mère de ma mère, le soutenait après la façon dont il avait souffert après l'accident de ma mère. Observer ça a été presque aussi dur que de voir ma mère se blesser.

— Vous avez tous enduré tellement de choses.

— C'est vrai, mais nous avons été très bien soutenus. En plus de mon papa, de Frannie, de Jamie et de notre grand-mère, il y avait les parents de mon papa et ceux de Jamie, qui sont comme des grands-parents supplémentaires pour nous. Tout le monde s'est mobilisé pour nous. On s'en est sortis, grâce à mon papa et Frannie. Et Andi... Elle était juste... On l'aime beaucoup. Elle a réussi à bien faire les choses en venant chez notre mère, en se liant d'amitié avec nous et en nous soutenant du mieux qu'elle pouvait sans donner l'impression de vouloir « remplacer » notre mère, ce qui n'était pas possible.

— Waouh, quel défi cela a dû être pour elle.

— Ça l'était, mais c'est la personne la plus gentille que tu puisses rencontrer, et nous adorions Eric. Je t'ai dit qu'il était sourd de naissance, non ?

— Oui, et quand il est entré dans votre vie, vous avez appris le langage des signes.

— C'est ça. Lui et moi avons eu un lien instantané. Je ne peux même pas l'expliquer, mais dès qu'on s'est rencontrés, on était copains, c'est tout. On l'est toujours. C'est l'un de mes amis les plus proches, et vice versa.

— Tu me tiens en haleine, parce que tu m'as dit que ta mère s'était rétablie, alors maintenant je me demande comment c'était.

— C'était incroyable et dingue en même temps. Il se passe beaucoup de choses en trois ans... On ne réalise pas que la vie suit son cours, mais Andi est tombée enceinte.

— Oh mon Dieu. *Waouh.*

— Ouais, c'était assez fou. Puis on a découvert qu'elle attendait des jumeaux, ce qui était super excitant. Je n'arrivais pas à croire que nous allions être six. Mon papa était à en mourir de rire par rapport à ça. Je voyais bien qu'il en avait le tournis, mais il était ravi. Lui et Andi étaient fous l'un de l'autre, et c'était si bon de le voir heureux à nouveau après tout ce qu'il avait vécu. Et Andi aussi. Le père d'Eric a quitté Andi et abandonné leur enfant quand ils ont découvert que le gamin était malentendant.

— Ce n'est pas vrai ! Qui fait ça ?

— Je ne pouvais pas le croire non plus. Tant pis pour lui. Eric est incroyable.

— Waouh, quand on pense qu'on a tout entendu...

— Je sais. Donc Andi est enceinte et doit accoucher en septembre, et en avril, ma mère tombe vraiment malade avec une forte fièvre qui dure plusieurs jours. Elle était à l'hôpital, et nous avons vraiment pensé que c'était la fin, que nous allions la perdre pour de bon cette fois. Mon papa était auprès d'elle vingt-quatre heures sur vingt-quatre, et Jamie le nourrissait pendant que nous autres, nous essayions de nous concentrer sur l'école et tout ça.

— Ç'a dû être dur.

— Ça l'était. Toutes nos notes ont souffert pendant cette période. Papa était avec elle deux semaines après son admission à l'hôpital quand elle a ouvert les yeux et l'a regardé.

— Il a dû paniquer.

— Oui, il a paniqué. On a tous paniqué. C'était incroyable. Un vrai miracle.

— Qu'est-ce qu'il a fait ? Qu'a fait Andi ?

— Andi a déménagé.

— Oh la vache. J'ai le cœur brisé pour des gens que je n'ai jamais rencontrés.

— C'était violent pour nous tous. Quand elle est venue vivre avec nous, sa société l'a engagée pour gérer l'hôtel Newport, alors elle a pris Eric et s'est installée dans la suite du directeur. Elle a dit à Papa et à nous autres de nous concentrer sur notre mère et de ne pas nous inquiéter pour eux, mais mon pauvre papa était une loque à cause de tout ça.

— Qui ne le serait pas ?

— C'est un homme bien, il essaie toujours de faire ce qui est juste, et il avait promis à Andi de ne jamais l'abandonner avec leurs bébés, et là...

— Je ne peux même pas m'imaginer ce dilemme. Et ta mère ! Se réveiller après tout ce temps pour découvrir que son mari avait quelqu'un d'autre et que des jumeaux étaient en route. Seigneur, pitié. Quelqu'un devrait en faire un film. »

Maggie rit. « Parfois la vraie vie est trop douloureuse pour être divertissante.

— C'est vrai. Alors, que s'est-il passé ?

— Mon père a essayé de dire à ma mère, aussi gentiment que possible, tout ce qui s'était passé. Il a commencé par nous, comment Jill avait obtenu son diplôme et était à Brown et comment Kate voulait aller à Nashville après avoir obtenu son diplôme et que moi, j'avais presque treize ans. Elle n'arrivait pas à croire qu'elle était « partie » pendant trois ans. Et quand il lui a dit pour Andi et les bébés, elle lui a demandé de s'en aller. »

Brayden prit une gorgée d'une bouteille de bière. « Il est parti ?

— Il l'a fait, mais il n'arrêtait pas de revenir, pour essayer de faire en sorte qu'elle lui parle.

— Et Andi ? Il la voyait ?

— Non. Elle ne voulait pas le voir, mais elle s'arrangeait pour qu'Eric le voie chaque semaine. Il était devenu un père pour Eric, et elle s'assurait qu'ils se voyaient.

— Il devait en crever, de la savoir enceinte de jumeaux et vivant séparée de lui.

— Oui, en effet. C'était tellement dur pour lui. Puis ma mère a fait un rêve qui lui a rappelé qu'elle avait été attaquée par un client à qui elle faisait visiter une maison. Elle était agent immobilier avant tout ça, et le type avait menacé de tuer l'une d'entre nous si elle en parlait à quelqu'un. Alors elle ne l'a dit à personne. Quand elle a vu cette voiture arriver sur elle ce jour-là, elle n'a vu qu'un moyen de s'en sortir.

— Ma chérie... Mon Dieu. Je ne sais même pas quoi dire. »

Maggie réalisa qu'elle aurait dû parler d'Ethan à sa mère, car elle aurait compris mieux que quiconque.

« À quoi tu penses ? Ton expression a complètement changé. »

Elle partagea cette pensée avec lui. « Tout cela avec ma mère s'est passé il y a tellement longtemps que je n'ai même pas pensé à le lui dire. Je n'ai raconté cette histoire à personne depuis des années. »

Un sourire chaleureux illumina son visage divinement beau. « Je suis très honoré que tu me le racontes. Alors que s'est-il passé après qu'elle a fait ce rêve ?

— Je te raconterai le reste la prochaine fois qu'on se parle. Il faut que je dorme un peu.

— Oh, allez ! Tu ne peux pas me laisser en plan ! Je vais devenir cinglé à attendre la suite.

— Mais non... Tu as du poisson à attraper et des plages, des bateaux, des bars et des balades pour t'occuper.

— Je n'aurais jamais soupçonné que tu étais assez cruelle pour me laisser en suspens comme ça. »

Maggie rit de l'expression outrée sur son visage. « Tu vas vouloir suivre le prochain épisode.

— Aucun doute, j'y serai. Même heure demain ?

— Sors et va te saouler, Brayden. Tu es en vacances.

— Je préfère de loin te parler et entendre la suite de cette histoire captivante que d'aller me saouler. Je peux faire ça n'importe quand.

— Si tu le dis.

— Je le dis. Demain, même heure ?

— Je serai là. »

CHAPITRE 17

Brayden avait pensé à Maggie et à l'histoire qu'elle lui avait racontée toute la journée pendant qu'il pêchait avec ses amis, qu'il dînait et essayait de passer le temps jusqu'à 22 h.

« Tu ne vas pas encore rester à la maison ce soir, quand même, mon pote ? demanda Josh alors qu'il se préparait à sortir. Tous deux avaient été colocataires à l'université et partageaient toujours une chambre lorsqu'ils voyageaient avec les gars.

— J'ai bien peur que oui.

— Je ne te reconnais même pas. »

Brayden rit. « Mais si. Et c'est qui le mec qui ne peut plus sortir à la maison parce qu'il est *marié* ?

— C'est différent ! C'est à la maison. Ici, c'est les vacances.

— Qu'est-ce que tu veux que je te dise ? Je préfère lui parler plutôt que de sortir boire avec vous, les losers.

— C'est blessant, Brayden. »

Les efforts de Josh pour faire une tête blessée ne firent qu'amuser davantage Brayden.

« Allez passer un bon moment. C'est de ça qu'il s'agit, non ? Chacun fait ce qu'il veut.

— C'est vrai, et ce qu'on veut tous c'est sortir et faire la fête – avec toi – comme on le fait d'habitude.

— Tu te souviens comment c'était au début que tu as rencontré Ashley? »

Josh, qui utilisait le miroir au-dessus de la commode pour mettre de l'ordre dans ses cheveux blonds mouillés, se tourna vers Brayden, son visage bronzé plus sérieux que Brayden ne l'avait vu depuis longtemps. « Tu compares cette nana à *Ashley* ? »

Josh et Ashley étaient ensemble depuis la fac et étaient fous l'un de l'autre, depuis le début.

« Et si c'était le cas ?

— Tu l'as rencontrée il n'y a que quelques semaines ? »

Même pas aussi longtemps que ça. « Et alors ?

— Tu la mets au même niveau qu'Ashley ? C'est plus sérieux que je ne le pensais. Il ouvrit la porte de la chambre et convoqua les quatre autres gars, tous en short et T-shirt après avoir pris une douche. Les mecs, on a un problème. »

Brayden leva les yeux au ciel et se laissa retomber sur son lit comme un poisson sur un ponton, résigné à son sort.

« Qu'est-ce qu'il y a ? » demanda Max. Il avait toujours le corps du linebacker[1] qu'il avait été à l'UT[2], ainsi que les cheveux noirs et les yeux bleus qui avaient fait de lui un aimant à filles par excellence à l'université.

Josh était ravi de les mettre au courant de ce qui se passait. « Notre petit Brayden vient de comparer la nana qui l'a fait rêvasser toute la semaine à *Ashley*.

— Ferme-la, putain ! Le visage de Taylor devint blême sous le choc. C'est ton *Ashley* à toi ?

— Je n'ai pas dit ça. J'ai simplement demandé à Josh s'il se rappelait comment c'était quand il a rencontré Ashley.

— C'est énorme, dit Isaac. Grand, la peau foncée et les mêmes muscles qu'il avait quand il jouait au football à l'université de Toronto, Isaac travaillait comme comptable ces jours-ci. Il faut qu'on rencontre cette fille.

— *Non*, alors.

— Tu as honte de nous, mon frère ? demanda Max.

— Oui, putain. Il faut que vous restiez loin, très, *très* loin d'elle.

— Je suis blessé, dit Taylor. Il faisait des études de médecine depuis si longtemps qu'il disait avoir oublié ce que c'était que de ne pas être dans une fac. Une année de plus, et il aurait terminé.

— Il faut être capable d'éprouver des sentiments pour être blessé, dit Brayden. Maintenant, allez tous vous faire foutre et dégagez d'ici pour que je puisse l'appeler.

— On a vraiment le cœur brisé », dit Josh.

Cela eut pour résultat une cacophonie de bruits de choses qui se brisaient, qu'ils firent tous. Heureusement, l'appel des bars était plus attrayant pour eux que de continuer à emmerder Brayden. Mais ils n'avaient pas fini avec lui. C'était certain. Il avait fait une erreur critique en posant la question sur Ashley. Elle était le point de référence, et évoquer son nom avait fait monter les enjeux dans sa relation naissante avec Maggie, du moins dans les esprits peu évolués de ses amis.

Il attendit vingt minutes après leur départ, pour s'assurer qu'ils ne revenaient pas, avant de contacter Maggie par FaceTime, dix minutes plus tard que prévu.

Elle décrocha à la troisième sonnerie, l'air essoufflé. Ses joues étaient roses, ses cheveux relevés, et ses yeux, comme toujours, étaient magnifiques.

« D'où est-ce que je te fais courir ?

— J'étais dans la cuisine, j'ai entendu mon téléphone sonner et j'ai réalisé que je l'avais oublié dans la chambre.

— Et moi qui pensais que tu comptais les secondes jusqu'à ce que j'appelle. Après ce que je viens de subir pour toi, ça me fait mal, Maggie. »

Ses sourcils se froncèrent de confusion. « Qu'est-ce que tu as enduré pour moi ?

— Encore un coup de pied au cul de mes amis qui se demandent qui est cette nana qui me fait quitter les bars pour rester à la maison et lui parler pendant des heures.

— Oh. Qu'est-ce que tu leur as dit ?

— J'ai dit qu'elle s'appelle Maggie, qu'elle est la plus belle femme que j'aie jamais rencontrée et qu'elle a un cœur d'or, aussi.

— Tu ne leur as pas dit ça !

— Non, dit-il en riant, mais chaque mot est vrai.

— Arrête.

— Arrête quoi ?

— Je ne suis pas la plus belle femme que tu aies jamais rencontrée.

— Si, tu l'es, et en plus tu aimes les chevaux. Gagnant sur toute la ligne, baby.

— Brayden...

— Finis l'histoire, Maggie. Toute la journée, je mourrais d'envie d'entendre la suite.

— Où en étions-nous ?

— Tu sais exactement où on s'est arrêtés. Ta mère se réveille, Andi déménage, elle est enceinte de jumeaux, ton père flippe, et ta mère se souvient de ce qui lui est arrivé. »

Maggie sourit de sa récapitulation fulgurante. « Exact, donc quand ma mère a fait ce rêve qui lui a rappelé tous ces souvenirs, elle a demandé aux infirmières d'appeler mon père. Après qu'il lui a parlé d'Andi et des bébés, elle n'a plus rien voulu savoir de lui pendant des semaines, même s'il continuait à passer à l'hôpital pour prendre de ses nouvelles et voir si elle avait besoin de quelque chose.

— Le pauvre gars était pris dans un cauchemar.

— Il n'arrêtait pas de dire à quel point il était reconnaissant que ma mère se soit rétablie, peu importe les complications que cela entraînait pour Andi et lui. Il était heureux qu'elle soit de retour, que nous ayons à nouveau notre mère. Il n'a jamais rien dit d'autre que ça, du moins pas à nous.

— Tu crois qu'il le pensait ? Qu'il était heureux qu'elle soit de retour ?

— Oui, je crois qu'il le pensait. Mais c'était un défi pour nous tous de réintégrer dans nos vies quelqu'un qui avait été absent pendant si longtemps.

— J'en suis sûr.

— Tu penses, oh, ma mère est de retour, et j'en remercie Dieu, mais dois-je lui demander si je peux aller chez Sophie comme avant, ou dois-je encore demander ça à mon père ? On ne sait plus sur quel pied danser, tu sais ?

— Ouais, c'est un peu délirant.

— Ça l'était, et j'étais anxieuse de ce qu'il adviendrait d'Andi, d'Eric et des bébés. À ce moment-là, je les aimais autant que j'aimais ma mère, et je ne voulais pas que quelqu'un soit blessé.

— Je peux tout à fait le comprendre.

— C'était très déroutant. Je n'ai appris les détails de tout cela que des années plus tard, mais quand ma mère a dit à mon père ce dont elle se souvenait, ils ont décidé ensemble d'appeler les flics et de porter plainte.

— Tant mieux pour elle.

— Ils ont découvert que le type qui l'avait attaquée avait été condamné pour presque le même crime en Californie, et que c'était sa troisième fois. Comme il était déjà en prison et qu'il allait y rester très longtemps, ils ont décidé de ne pas engager de nouvelles poursuites. Peu de temps après, ma mère a demandé à Andi de venir la voir à l'hôpital.

— Ce n'est pas possible !

— Si ! Je ne pouvais pas le croire quand je l'ai appris, mais elle voulait rencontrer la femme dont son mari était tombé amoureux.

— Oh mon Dieu. Andi y est allée ?

— Elle y est allée.

— Waouh. Que s'est-il passé ?

— D'après ce qu'on m'a dit bien plus tard, elles ont eu une conversation très agréable, après quoi ma mère a demandé à voir mon père. Elle lui a dit qu'elle voulait ce qu'elle avait auparavant, mais qu'après avoir rencontré Andi et entendu parler d'elle et de leur couple par nous, elle savait qu'elle ne pourrait plus jamais l'avoir, parce qu'il était amoureux de quelqu'un d'autre. Elle a dit qu'elle le laissait partir parce qu'elle ne voulait pas avoir à toujours se demander s'il préférait être ailleurs.

— Putain de merde, Maggie. Ta mère est incroyable.

— Elle l'est vraiment. Ils étaient mariés depuis plus de vingt ans, toutes de bonnes années, mais elle était si sage qu'elle a vu que tout avait changé, et qu'ils ne pouvaient pas revenir à ce qu'ils étaient avant que tout cela n'arrive.

— Il faut un sacré courage pour être capable de voir ça et faire ce qui est le mieux pour les autres.

— J'étais trop jeune pour m'en rendre compte à l'époque, mais j'ai compris depuis qu'elle avait fait une chose énorme pour mon papa et notre famille.

— Donc il a dû aller directement vers Andi.

— Pas tout à fait. Il a pris le temps de divorcer et est allé la voir le jour des deux ans de leur rencontre après avoir organisé un mariage à l'hôtel qui les avait fait se rencontrer. Tout le monde a raconté tellement de bobards à Andi pour que ça reste un secret pour elle. Après tout, elle était la directrice de l'hôtel et vivait dans la propriété. Mais il a réussi. Je n'oublierai jamais ce qu'elle a dit.

— Je meurs d'envie de l'entendre. C'est mieux que n'importe quel film que j'ai vu. »

Maggie lui fit un sourire, et il aurait voulu figer ce moment pour garder pour toujours cette image d'elle. « Elle a dit : Je pensais que tu ne viendrais pas.

— Oh *putain* !

— Kate travaillait à l'hôtel cet été-là, elle se produisait au bar en plein air, et elle avait dit à Andi ce que ma mère avait fait des semaines auparavant.

— Et puis il n'est jamais venu pour elle ! C'est ce qu'elle a dû penser.

— Je sais, hein ?

— Qu'est-ce que ton papa a répondu à ça ?

— Il a dit : Je n'allais pas venir avant de pouvoir tout t'offrir.

— Je suis foutu. Il plaça une main sur son cœur et se laissa retomber sur le lit. Ton papa est l'homme le plus romantique qui ait jamais existé.

— Berk, c'est *dégoûtant*.

— Maggie, cette réplique est *épique*.

— Peut-être un peu.

— Totalement épique. C'est le mec qui gâche tout pour nous autres simples mortels. »

Maggie rit. « Je ne peux pas penser à mon père en tant qu'homme romantique ou je vais vomir.

— Alors ils se sont mariés ?

— Ils se sont mariés, et Andi a commencé à accoucher *pendant* la réception. Mes frères, John et Rob, de vrais jumeaux, sont nés une heure plus tard à l'hôtel. Ils ont découvert après coup que le travail avait duré deux jours, mais comme elle ressentait toute la douleur dans son dos, elle n'a réalisé qu'elle accouchait que lorsqu'il était trop tard pour aller à l'hôpital.

— Meilleure histoire de tous les temps. Merci de l'avoir partagée avec moi.

— De rien, mais il y a plus encore. Je dois te raconter comment ma mère est allée dans le Vermont pour aider à rénover la maison de ski de son frère et qu'elle a craqué pour l'entrepreneur qui est maintenant mon merveilleux beau-père, Aidan, et comment Kate est venue à Nashville et a craqué pour Reid, et comment la famille O'Malley, la famille formidable d'Aidan, est devenue notre famille.

— J'ai hâte d'entendre tout ça. Tu racontes les meilleures histoires.

— Je suppose qu'elles sont plutôt bonnes. Quand tu le vis, parfois ça ne semble pas si génial, mais avec le recul, je comprends que quelqu'un d'autre puisse trouver ça plutôt cool.

— Vous avez beaucoup souffert au cours de la meilleure histoire qui soit.

— C'est vrai. L'accident de ma mère et les trois années sans elle... C'étaient des moments difficiles, même si cela nous a permis d'aimer beaucoup de nouvelles personnes. Je ne peux pas imaginer ma vie sans Andi, sa mère, Eric, John, Rob, Aidan, leurs fils Max et Nick et l'incroyable famille d'Aidan.

— C'est bien que tu le voies comme ça.

— Mon verre est bien plus qu'à moitié plein, c'est sûr. C'est l'un des dictons préférés de ma grand-mère O'Malley. Elle est presque handicapée par l'arthrite, mais son verre est toujours plus qu'à moitié plein.

— J'aimerais beaucoup rencontrer les stars de cette histoire incroyable un jour.

— Tu le voudrais ? Vraiment ?

— Oui, Maggie, j'aimerais bien. Vas-tu me délivrer de ma souffrance et accepter de sortir avec moi ?

— Tu es à Key West en train de te dorer au soleil. Tu n'es pas en train de souffrir.

— Je vis un enfer total en attendant de savoir si tu vas me rejeter parce que tu t'inquiètes qu'on travaille ensemble ou pour une autre raison bidon.

— Ce n'est pas une raison bidon ! C'est une vraie préoccupation.

— Que je t'ai dit ne sera pas un problème. Si on sort ensemble et que ça tourne mal, je partirai. Je sais que Matthews House est ton projet, pas le mien.

— Le programme d'équithérapie est important pour moi.

— Pour moi aussi.

— Je suis aussi inquiète à propos de la chose dont tu ne veux pas parler.

— Je t'ai dit qu'il n'y avait pas de quoi s'inquiéter. C'est arrivé il y a une éternité. Ça n'a pas d'importance.

— Quand même... Tu veux que je sorte avec toi, mais tu ne veux pas me dire pourquoi tu étais en détention pour mineurs.

— Si je ne travaillais pas avec toi, tu ne l'aurais jamais su.

— Si tu ne travaillais pas avec moi, je ne t'aurais jamais rencontré.

— Je pense que nous nous serions rencontrés de toute façon.

— Pourquoi tu dis ça ?

— Certaines choses semblent simplement relever du destin, tu sais ?

— Tu penses que ça, là, c'est le destin ?

— Peut-être.

— Je ne sais même pas quoi te répondre. »

Il l'avait troublée, et en regardant son visage refléter une gamme étonnante d'émotions, Brayden découvrit qu'il aimait la savoir troublée, surtout quand c'était lui qui en était la cause. « Je sais que ça donne l'impression d'être des conneries, mais tout ce que je peux te dire, c'est que je pense constamment à toi depuis la dernière fois que je t'ai vue et j'ai hâte de rentrer. Je n'ai jamais dit ça une seule fois depuis que je viens ici. D'habitude, je n'ai pas envie de rentrer à la maison parce que je sais qu'il se passera un an avant qu'on ne revienne ici. »

Maggie mordillait sa lèvre inférieure, ce qui était incroyablement sexy. Ses superbes yeux bleus étaient plus grands et plus bleus que jamais. Il la touchait, et toucher quelqu'un n'avait jamais été aussi agréable. « Dis quelque chose. Tu me laisses en plan.

— Je ne sais que faire de toi.

— Je peux te donner quelques conseils si ça peut t'aider. »

Elle laissa échapper un adorable grognement en riant. « Arrête.

— Je ne veux pas.

— Quand est-ce que tu rentres ?

— Dimanche.

— On parlera alors.

— Tu ne vas pas couper les ponts en attendant, non ?

— Tu devrais profiter du temps avec tes amis.

— Je profite du temps avec mes amis. Mais je profite encore plus du temps avec toi. Il rit de son expression perplexe. Tu es très mignonne quand tu es troublée.

— Je ne suis pas mignonne et je ne suis pas troublée.

— Oh, ma chérie, si, tu es les deux. Tu es plus que mignonne, et j'ai développé un sérieux béguin pour toi.

— Tu ne devrais pas faire ça. Je suis ta patronne.

— Ce qui me convient parfaitement. Tu es la patronne au travail. Je serai le patron le reste du temps. Tu verras. Ça va bien se passer.

— Calme-toi, cow-boy. Je n'ai même pas encore accepté de sortir avec toi.

— Non, mais je pense que tu vas le faire. »

---

1. Défenseur dans une équipe de football américain.
2. Université du Texas à Austin.

CHAPITRE 18

Maggie pensait à Brayden et aux choses qu'il avait dites pendant qu'elle tournait et virait alors qu'elle aurait dû dormir et tout le jour suivant pendant qu'elle marchait en dormant au travail. Kate l'avait invitée à dîner, mais elle avait refusé parce qu'elle était trop fatiguée. Au cours de cette nuit agitée, elle avait revécu l'épisode avec Ethan et elle se demandait si ce qui se passait avec Brayden avait en quelque sorte déclenché ce souvenir.

Elle savait qu'elle devrait parler à un professionnel de l'incident avec Ethan, mais la dernière chose au monde qu'elle voulait faire était de le revivre, même si en parler pourrait peut-être l'aider à le surmonter. Elle l'avait surmonté. Depuis que c'était arrivé, elle s'était installée dans le Tennessee, avait participé à la création de Matthews House et faisait de son mieux pour faire la différence dans la communauté qu'elle servait chaque jour.

Les choses allaient bien jusqu'à ce que Brayden Thomas arrive et mette sa vie sens dessus dessous. Était-il juste de le blâmer pour son état actuel d'agitation ? Probablement pas, mais il avait allumé le feu entre eux, et elle était mal dans sa peau depuis.

Quand il appela ce soir-là, elle refusa le FaceTime et lui envoya un texto. *Je ne me sens pas très bien. Je vais me coucher tôt.*

Il lui répondit tout de suite. *Remets-toi bien.*

Le soir suivant, il ne l'appela pas.

Maggie ne reçut plus de nouvelles de lui pendant son absence, et elle était furieuse contre elle-même parce que lui parler lui manquait vraiment. Comment était-ce possible ?

Thunder et elle faisaient un tour tous les après-midi, ce qui était le seul répit qu'elle trouvait à son esprit qui allait à cent à l'heure. Pour une raison quelconque, sa tête se vidait quand elle faisait du cheval. Heureusement, après le cauchemar de la mort soudaine de Debbie, les choses à la maison avaient été relativement calmes pour le reste de la semaine, comme si l'univers savait que Maggie avait besoin d'une pause.

Elle avait passé du temps seule avec Corey ainsi qu'avec les autres mères, étudiant avec chacune d'entre elles, comme elle le faisait chaque semaine, comment passer à une vie indépendante au cours des prochains mois. Elles avaient toutes des besoins et des préoccupations différents, et Maggie faisait de son mieux pour les soutenir.

Le samedi soir, elle alla chez Kate pour le dîner que Jill était en train de préparer pour les nouveaux parents. Si cela n'avait tenu qu'à elle, Maggie aurait décliné l'invitation aussi, mais ses sœurs viendraient à elle si elle continuait à les tenir à distance. Alors elle prit une douche, se sécha les cheveux, enfila un jean propre et un haut léger et se rendit chez Kate.

D'ailleurs, elle n'avait pas vu Poppy depuis des jours, sauf sur les photos que Kate envoyait quotidiennement sur le groupe de discussion familial, alors elle avait besoin d'une dose de bébé.

En conduisant, elle espérait que ses sœurs ne se rendraient pas immédiatement compte de l'agitation qui avait anéanti sa concentration ces derniers jours. Elle ne comprenait pas pourquoi elle était si perturbée. Un gars sympa et sexy lui avait demandé de sortir avec lui. Pourquoi flippait-elle, putain ?

Peut-être parce qu'elle se doutait que cela, avec lui, pourrait être une grosse affaire si elle le permettait. Avec tout ce qu'elle jonglait, avait-elle la capacité émotionnelle pour lui aussi ?

Elle n'en était pas sûre, et à cause de cela elle devrait probablement lui dire que ce n'était pas le bon moment pour eux deux. Mais alors ils devraient travailler ensemble, ce qui serait gênant, et *pouah*.

« Je suis un vrai désastre et il ne s'est encore rien passé. » Mais était-ce le cas ? Dans les textos, les appels téléphoniques et les chats FaceTime, sans parler du temps qu'elle avait passé avec lui avant son départ, il s'était passé *quelque chose*. Il lui avait clairement fait comprendre qu'il voulait aller plus loin. Et c'est là que se trouvait son problème.

Elle était sacrément en conflit.

Après s'être garée à côté de la Jaguar d'Ashton, Maggie franchit la porte du garage et enleva d'un coup de pied ses chaussures. Elle entra dans la cuisine, où Jill surveillait les fourneaux. Maggie y jeta un coup d'œil pour voir ce qu'ils allaient manger. Des spaghettis et des boulettes de viande. « Il y a du pain à l'ail ?

— Bah bonjour, quand-même. Et oui, bien sûr, il y a du pain à l'ail. Tu me prends pour qui ? Une débutante ?

— Désolée de douter de toi. Je devrais savoir. Après l'accident de leur mère, Kate et Jill s'étaient occupées de faire la cuisine et avaient appris à nourrir une famille bien plus tôt qu'elles ne l'auraient fait autrement.

— Comment ça se passe au travail ?

— Quelques jours tranquilles, heureusement. »

Jill prit son verre de vin blanc et s'adossa à l'îlot qui abritait la cuisinière. « Je suis sûre que tout le monde essaie encore de comprendre ce qui s'est passé. As-tu des nouvelles des enfants en Arizona ?

— Karen m'a envoyé un mail hier pour dire qu'ils étaient arrivés et que les enfants se portent aussi bien qu'on puisse l'espérer. Les funérailles ont lieu la semaine prochaine. Debbie a été élevée là-bas et y a encore beaucoup d'amis.

— Je me demande pourquoi elle n'est pas rentrée chez elle quand les choses ont mal tourné pour elle ici.

— Karen a dit que c'était probablement parce qu'elle ne voulait pas qu'ils sachent qu'elle avait des difficultés. Debbie était toujours très fière et après le départ de son mari les choses ont vraiment mal tourné pour elle.

— C'est tellement triste. Je ne peux pas m'empêcher de penser à elle et à ses enfants.

— Je sais. Moi aussi. Karen a dit qu'ils ont reçu les résultats préliminaires de l'autopsie, et que Debbie souffrait de cardiomégalie. Je suppose que ce n'était pas diagnostiqué. Ils sont presque sûrs que c'est ce qui l'a tuée.

— Waouh, la pauvre. Jill lâcha un profond soupir. Tu t'en sors avec tout ça ?

« — Ça va. Cet endroit m'occupe tellement que je n'ai pas beaucoup de temps pour penser à ce qui s'est passé.

— Tu as l'air fatigué. »

Maggie savait qu'au premier coup d'œil ses sœurs comprendraient que quelque chose n'allait pas. « Peut-être un peu.

— Comment va l'homme qui murmure à l'oreille des chevaux ?

— Bien. Il est toujours en vacances.

— Quand est-ce qu'il revient ? »

Maggie se servit une carotte dans la salade sur le comptoir. « Demain.

— Hm.

— Quoi ?

— Je me demande si tu as hâte qu'il rentre.

— J'ai hâte que le programme d'équitation commence lundi.

— Ne sois pas obtuse, Maggie. Je te demande si *toi*, Maggie, tu as hâte de le voir, *lui*, Brayden. »

Maggie ne s'était jamais sentie aussi torturée par ce qu'elle devait faire et ce qu'elle voulait faire, chose que, bien sûr, sa sœur percevait.

« Qu'est-ce qui se passe, Mags ?

— Je peux vous parler à toi et Kate après le dîner ? Juste nous ?

— Bien sûr. »

Maggie avala le nœud qu'elle avait dans la gorge et hocha la tête. Elles sauraient ce qu'elle devait faire. Elles savaient toujours. « Où est tout le monde ?

— Kate est dans la chambre du bébé avec la petite. Reid a emmené Ashton au dortoir pour lui montrer quelque chose.

— Je vais aller voir Poppy avant le dîner. »

Maggie avait hâte d'échapper au regard inquisiteur de Jill et espérait ne pas faire d'erreur en se confiant à ses sœurs. Mais elle avait besoin de parler à quelqu'un de cette situation, et il n'y avait personne d'autre à qui elle aurait préféré le dire. Elle allait devoir tout leur dire – ce qui s'était passé à New York avec Ethan et le refus de Brayden de partager ce qui l'avait mis en détention juvénile à l'adolescence. Elles avaient besoin d'être au courant de tous les faits avant de pouvoir la conseiller correctement.

« Toc, toc », chuchota Maggie depuis la porte de l'adorable chambre d'enfant que Kate et Reid avaient aménagée pour Poppy.

Ne connaissant pas le sexe du bébé avant sa naissance, ils avaient opté pour des tons de terre et une nuance chaude d'orange sur un mur qui affichait également une fresque murale représentant des animaux réalisée par une amie de Kate. Kate était assise dans le fauteuil à bascule, le bébé dans ses bras.

« Entre, dit-elle. Nous sommes réveillées, n'est-ce pas, mon ange ? »

Le pied de Poppy, qui s'était échappé de la couverture dans laquelle elle était enveloppée, réagit au son de la voix de sa mère par un petit mouvement de danse.

Maggie se rapprocha pour la voir de plus près. « Comment va-t-elle ?

— Elle est incroyable. Elle est debout toute la nuit et elle dort toute la journée, mais on nous a dit que c'était tout à fait normal au début.

— Vous devez être crevés.

— Je tiens le coup. J'essaie de dormir en même temps qu'elle. C'est ce que les livres disent de faire. »

Poppy les regardait avec de grands yeux gris.

« Est-ce qu'on dirait qu'elle sait déjà tout, ou est-ce que je me fais des idées à propos de la façon dont elle nous regarde ? demanda Maggie.

— Je pense que c'est une vieille âme.

— Je le vois bien. Elle a un air de sagesse en quelque sorte.

— Je sais ! J'ai dit ça à Reid hier soir, et il m'a répondu, *Chérie, toutes les mamans pensent que leurs bébés sont des génies.* »

L'imitation que Kate fit de son mari était si fidèle que Maggie éclata de rire. « Est-ce qu'il sait que tu sais faire ça ?

— Oh oui. Je le fais devant lui tout le temps.

— C'est génial.

— Pas sûre qu'il soit d'accord.

— Tu rigoles ? Il pense que tu es sortie de la cuisse de Jupiter. Maggie n'avait jamais vu un homme regarder une femme comme Reid regardait Kate. Au début, Maggie ne comprenait pas comment Kate pouvait être attirée par un homme de l'âge de leur père. Mais après avoir passé beaucoup de temps avec eux, elle comprenait maintenant. Il n'y avait aucun doute que ces deux-là étaient follement amoureux. Jill et Ashton étaient pareils.

— Je suis une fille qui a de la chance, c'est sûr. Encore plus maintenant que ma douce Poppy est là.

— Comment te sens-tu, à part le manque de sommeil ?

— Bien. J'ai mal et mes seins me tuent, mais ça ira mieux dans une semaine ou deux. Tout ça valait vraiment la peine pour l'avoir. »

Le cœur de Maggie se serra. Elle voulait ce qu'avait Kate, ce qu'avait Jill. Rien de tout cela n'avait été facile pour elles. Elle le savait, mais quand même... Elle voulait son propre happy end. Ce qui lui fit penser à Brayden qui lui avait demandé de sortir avec lui. « J'ai demandé à Jill si on pouvait parler, juste nous, après le dîner.

— Qu'est-ce qu'il y a ?

— J'ai besoin d'un moment entre filles.

— Et tu l'auras. Poppy est invitée ?

— Bien sûr. Elle fait partie des filles maintenant. »

Jill vint les chercher pour le dîner, qui était délicieux, surtout le pain à l'ail dont Maggie abusa. Elle aida Jill à nettoyer la cuisine pendant que les gars emmenèrent Poppy prendre un bain. Reid insista sur le fait qu'il pouvait s'occuper du bain du bébé tout seul, et Ashton dit qu'il surveillerait son père pour qu'il ne le foire pas.

« Je ne suis pas sûre de comment je me sens par rapport à ça », dit Kate lorsque les sœurs furent installées dans le salon avec un verre de vin pour Maggie et Jill et du thé glacé pour Kate, qui ne buvait pas pendant l'allaitement.

Maggie s'assit près de Kate sur le canapé, tandis que Jill prit place dans un fauteuil à côté du canapé.

« Il a élevé Ashton tout seul depuis qu'il a deux ans, rappela Jill à Kate.

— C'était il y a plus de trente ans.

— Il y a des choses qu'on n'oublie jamais, dit Jill.

— Ta petite ira très bien, Maggie assura Kate. Ils sont tous deux fous d'elle.

— Oui, ils le sont, dit Kate. Ils la regardent pendant des heures.

— Je m'attendais à ça de la part de Reid, dit Jill. Je veux dire, c'est son père. Mais Ashton est absolument gaga d'elle.

— Il a attendu presque trente-six ans pour avoir une sœur, dit Maggie.

— C'est vrai.

— Assez parlé de nous, dit Jill. Tu voulais discuter. Qu'est-ce qui se passe ? »

Maggie avait mal au ventre pendant qu'elle essayait de trouver les mots pour parler à ses sœurs d'Ethan et de ce qui s'était passé. « Je dois vous dire quelque chose qui va vous mettre en colère.

— C'est à propos du travail ? demanda Kate. Nous pensons que tu fais un travail tellement incroyable.

— Il faut que tu saches que tu fais du bon travail.

— Il faut que tu saches que tu fais du bon travail.

— C'est bien de l'entendre, mais non, vous allez être en colère parce que quelque chose est arrivé en décembre dont j'aurais dû vous parler bien avant. »

Jill se pencha vers Maggie et lui pressa doucement la main. « Quoi que ce soit, nous sommes toujours là pour toi. Tu le sais bien. »

Les mots gentils de Jill firent fondre Maggie en larmes. « Je sais, et je savais alors que j'aurais dû dire quelque chose, mais Kate allait se marier, et tu t'es fiancée, et tout le monde était ensemble pour Noël pour la première fois depuis des années.

— Je savais que quelque chose n'allait pas avec toi, dit Kate. J'ai dit à Maman que tu n'étais pas toi-même, mais avec le mariage et une maison pleine d'invités, j'ai laissé tomber.

— Je n'aurais pas voulu en parler à l'époque. Je ne le veux toujours pas, mais j'en ai vraiment besoin. Elle prit une profonde inspiration pour calmer ses émotions avant de se jeter à l'eau. Il y avait un type au travail, un avocat que je voyais tout le temps au palais de justice. Ethan. »

Dire son nom la rendait malade, mais elle se força à raconter l'histoire, et quand elle eut fini, ses sœurs étaient en larmes. « Je ne vous dis pas ça pour vous bouleverser.

— Tu aurais dû m'appeler, dit Jill avec douceur. J'aurais été dans le premier avion. On l'aurait été toutes les deux.

— Je le sais, et je le savais à l'époque. Je ne voulais pas en parler. C'est arrivé. Et j'ai fait face.

— Tu as porté plainte ? » demanda Jill.

Maggie secoua la tête. « Je me suis dit que ce serait ma parole contre celle d'un avocat de la défense expérimenté. Je voulais mettre ça derrière moi, et je ne pouvais pas le faire en portant plainte. Elle lança un regard à Jill. Je sais ce que tu vas dire.

— En fait, je comprends. Tu t'es dit qu'il allait t'écraser encore plus qu'il n'avait déjà essayé de le faire.

— Ouais, exactement.

— Je suis vraiment, vraiment désolée que cela te soit arrivé, dit Kate, et que tu aies ressenti que tu ne pouvais pas nous en parler au mois de décembre. Je sais que Jill serait d'accord pour dire que rien n'aurait été plus important pour nous que de nous assurer que tu allais bien. Cela a toujours été important pour nous.

— Vous étiez si heureuses. Je ne pouvais tout simplement pas tout gâcher avec cette histoire.

— Je suis vraiment contente que tu nous le dises maintenant, dit Jill. Mais il s'est passé quelque chose qui t'a fait éprouver le besoin d'en parler?

— Brayden est arrivé.

— Je le savais, dit Kate en souriant.

— Je suis la pire patronne de l'histoire des mauvaises patronnes.

— Pourquoi est-ce que tu dis ça ? demanda Jill. Tout le monde au refuge t'adore.

— Et P. S., ajouta Kate, *tes* patrons sont ravis du travail que tu fais. »

Maggie fit un sourire reconnaissant à Kate. « Après que tu aies eu le bébé, Ethan m'a envoyé un message. »

Les yeux de Jill s'écarquillèrent. « Quoi ? Comment a-t-il pu faire ça ?

— Je pensais l'avoir bloqué, mais j'ai découvert à mes dépens que ce n'était pas le cas. Ça m'a beaucoup perturbée de recevoir ce texto, me félicitant de la naissance de ma nièce.

— Ce fils de pute, dit Jill. Il savait que ça te bouleverserait et il l'a fait quand même. Enfoiré.

— Brayden est venu au bureau juste après, il a compris que quelque chose se passait et m'a demandé si je voulais faire du cheval. J'ai accepté, donc on y est allés, et pendant qu'on était dehors, je lui ai tout raconté. C'est la première personne à qui je l'ai dit.

— Je suis si heureuse que tu l'aies dit à quelqu'un, dit Kate.

— Mon nouvel employé ? Maggie se cacha le visage dans ses mains, encore mortifiée d'avoir vidé son sac avec lui, parmi tous ceux à qui elle aurait pu le dire.

— Il doit y avoir quelque chose chez lui qui fait que tu t'es sentie à l'aise pour lui en parler, dit Kate.

— C'est le problème. *Tout* en lui me met à l'aise. Trop à l'aise. Nous travaillons ensemble. Je n'arrête pas de me dire de garder mes distances, et puis je finis par l'inviter ici et lui parler pendant des heures sur FaceTime alors qu'il est parti avec ses amis à Key West. »

Maggie surprit ses sœurs en train d'échanger des regards et des sourires satisfaits. « Quoi ?

— Nous avons fait un pari, dit Kate d'un air penaud.

— Quel genre de pari ? demanda Maggie, agacée.

— Le genre où on parie sur le temps qu'il vous faudra à tous les deux pour finir ensemble, dit Jill. Au fait, je vais gagner. J'avais dit moins d'un mois. Kate pensait qu'il en faudrait au moins deux.

— Au cas où j'oublie de vous le dire plus tard, vous êtes nulles à chier. »

Elles éclatèrent de rire.

« Nous sommes vraiment désolées, dit Kate.

— Tais-toi, va. Vous n'êtes pas désolées.

— Nous ne sommes pas désolées que tu aies peut-être trouvé quelqu'un de spécial, Mags, dit Jill. Nous l'avons vraiment apprécié, et nous voyons que tu l'aimes bien aussi.

— C'est vrai que je l'aime bien. En tant qu'employé. Et peut-être comme ami. Mais c'est tout ce qu'il peut être.

— Pourquoi ? demanda Kate, les sourcils froncés.

— Parce que ! Si je sors avec lui et que ça tourne au désastre, il a dit qu'il partirait, et je ne veux pas qu'il parte. C'est le meilleur dans ce qu'il fait, et j'ai beaucoup de chance de l'avoir.

— Attends une minute, dit Jill. Reviens en arrière. Il a dit qu'il partirait si ça ne marchait pas ? Ça veut dire que vous avez parlé d'être plus que de simples collègues ?

— Peut-être, dit Maggie.

— Raconte-nous tout, dit Kate. Qu'est-ce qu'il a dit ? Qu'est-ce que tu as dit, toi ? »

Maggie leva les yeux au ciel et soupira. Trop tard pour faire marche arrière maintenant. « Il m'a demandé de sortir avec lui à son retour.

— Qu'est-ce que tu as dit ? demanda Jill.

— Je ne lui ai pas donné de réponse.

— Pourquoi ? demanda Kate. Tu as dit que tu l'aimais bien. Tu as passé des heures à lui parler pendant qu'il était absent. Et ne dis pas que c'est parce que vous travaillez ensemble. Vous êtes tous deux adultes et professionnels, et il a déjà dit qu'il partirait si les choses ne marchaient pas. Où est le problème ?

— Quand Ashton a vérifié ses antécédents, il a découvert que Brayden avait un casier judiciaire scellé.

— *Quoi ?* Jill resta bouche bée sous le choc. *Et il t'a incitée à l'engager et à travailler avec des enfants et ...*

— Doucement, Maître. Maggie leva une main pour arrêter la tirade de sa sœur. Nous en avons discuté et nous avons convenu que les douze années qu'il avait passées en tant qu'adulte comptaient plus que ce qui s'était passé quand il était enfant. Sa réputation, ses compétences, son éducation et ses références sont toutes impeccables. »

Jill se cala dans son fauteuil, l'air toujours incrédule. « Je veux savoir ce qu'il a fait. Est-ce qu'il sait que toi, tu es au courant de son casier ? »

Maggie hocha la tête. « Je lui ai posé la question avant de l'engager. Il ne veut pas en parler. Il a dit qu'il n'en parlait jamais.

— C'est rédhibitoire pour moi », dit Jill, cherchant du regard l'accord de Kate.

Kate semblait hésiter.

« Kate ! Kate ! Allez. Elle ne peut pas sortir avec un gars qui a un casier !

— Son casier judiciaire d'adulte est vierge ? demanda Kate.

— Complètement, sinon je ne l'aurais pas embauché. Les témoignages de parents reconnaissants sur son site web sont incroyables. Ils disent qu'il a changé la vie de leurs enfants grâce à ses compétences, sa passion et son dévouement. J'ai appelé toutes ses références, et elles ont dit la même chose, qu'il était magique avec les enfants. Je l'ai vu de mes propres yeux en quelques jours seulement. Il n'était disponible que parce que son précédent employeur a perdu le financement de son programme, et il attendait de trouver quelque chose par ici pour pouvoir retourner chez lui dans la région de Nashville. Il a des amis ici. »

Jill et Kate étaient silencieuses pendant qu'elles absorbaient l'information.

« Je dis que ce n'est pas rédhibitoire, dit Kate.

— Kate ! Sois sérieuse ! *Si*, c'est rédhibitoire, surtout parce qu'il ne veut pas lui dire ce qu'il a fait.

— Nous avons tous fait des erreurs quand nous étions enfants. J'en ai fait, tu en as fait, Maggie en a fait. Personne n'est parfait.

— Aucune d'entre nous a fini en maison de correction !

— Qu'est-ce que Mamie disait déjà ? *Cela aurait tout aussi bien pu être moi sans la grâce de Dieu pour m'aider ?* On a eu de la chance. On ne s'est jamais fait prendre.

— Je n'ai jamais rien fait qui aurait pu m'atterrir en maison de correction, dit Jill.

— Moi si », dit Kate.

Maggie leva la main. « Moi aussi. »

Jill les regarda d'un air sceptique. « Qu'est-ce que vous avez fait ?

— Je vais invoquer le cinquième amendement, Maître », dit Kate.

Maggie lui fit tope-là dans la main. « Je suis avec toi là, ma sœur. Il y a prescription.

— Plaisantez tant que vous voudrez, dit Jill. Je n'aime pas ça, et je ne *peux pas croire* qu'Ashton ne m'en ait pas parlé.

— Je suis sa cliente, pas toi, dit Maggie. Il n'avait aucune obligation de te le dire.

— Tu es ma petite sœur. »

Maggie lui lança un regard noir. « Je ne suis plus un bébé, au cas où tu ne l'aurais pas remarqué. »

Jill pouffa de rire. « Tu seras *toujours* ma petite sœur. Il aurait dû me dire qu'un criminel vivait parmi vous là-bas. »

Maggie se hérissa en l'entendant, se sentant étrangement sur la défensive pour lui. « Ce n'est pas un criminel, Jill. Ne dis pas ça.

— Que crois-tu que Papa dirait s'il l'apprenait ? »

Maggie lui lança un regard sévère. « Il ne va pas l'apprendre, tu m'entends ?

— Pas de moi, mais je ne peux pas promettre qu'il ne l'apprendra pas de quelqu'un d'autre.

— Comment pourrait-il en entendre parler ? Personne d'autre qu'il connaît n'est au courant.

— Ashton l'est.

— Et il a un peu la réputation d'être bavard », dit Kate.

Jill se retourna contre Kate. « Tu lui reproches vraiment ça ? Bien sûr qu'il allait dire à Papa que tu sortais avec son père ! Papa lui a demandé de *garder un œil sur toi.*

— Je ne lui en veux pas, dit Kate. Je fais simplement remarquer qu'il a des antécédents.

— Il te dirait qu'il a beaucoup appris de cet incident et qu'il ne se mêlera plus jamais de la relation de quelqu'un d'autre comme ça. Ne sois pas injuste, Kate. C'était il y a plus de dix ans.

— Ce voyage dans le passé est très amusant, dit Maggie avec sarcasme, mais ça ne m'aide pas à résoudre mon dilemme.

— Je dis que tu ne dois pas sortir avec lui jusqu'à ce qu'il te dise ce qu'il a fait, dit Jill. Ce serait un obstacle insurmontable pour moi. »

Maggie se tourna vers Kate. « Qu'est-ce que tu en penses ?

— Je pense que le fait qu'il ne veuille pas te dire ce qui s'est passé est significatif, mais je ne pense pas que tu aies quelque chose à craindre de lui. Si tu étais inquiète à ce sujet, tu ne l'aurais jamais embauché pour travailler avec les enfants.

— C'est vrai.

— Alors sors avec lui et préviens-le que s'il semble que cette histoire entre vous va devenir quelque chose d'important, il devra tout te dire.

— Je, euh, je pense que ça pourrait déjà être quelque chose d'important, et moi, je ne suis pas sûre d'être prête pour ça. Elle enroula ses bras autour de ses jambes, se blottissant contre le coin du confortable canapé de Kate. Nous avons eu des conversations incroyables pendant son absence. Nous parlons pendant des heures de tant de choses. Je lui ai parlé de notre famille, de ce qui s'est passé après l'accident de Maman et tout ça.

— Waouh, tu n'aimes pas parler de ces choses-là, dit Kate.

— Je sais. C'était bizarre. Je me suis surprise à le lui raconter comme si ce n'était rien alors que je n'en ai parlé à personne.

— Tu ressens une connexion avec lui, dit Kate.

— Oui, c'est ça. Je le ressens depuis le début, avant même de le rencontrer, pour être tout à fait honnête.

— Comment ça ? demanda Jill.

— Je l'ai ressenti la première fois que je lui ai parlé au téléphone, cet étrange sentiment de familiarité avec quelqu'un que je n'avais jamais rencontré.

— Sors avec lui, passe du temps avec lui, apprends à le connaître, dit Kate. Suis ton instinct.

— Mon instinct m'a vraiment laissée tomber avec Ethan, lui rappela Maggie.

— Il y avait une raison pour laquelle tu ne l'avais pas invité à venir chez toi, dit Kate. C'était ton instinct qui te disait de ne pas le faire. Tu suivais ton instinct. Ce qu'il a fait n'a absolument rien à voir avec ça.

— Tu le penses vraiment ? »

Kate hocha la tête. « Je le pense, Maggie. Tu es une femme avisée, qui a le sens des dangers de la rue après avoir vécu à New York pendant six ans. Tu ne peux pas laisser ce qu'un type a fait miner ta confiance en toi. Regarde la façon dont tu t'es battue contre lui et dont tu l'as laissé en vrac sur le sol.

— Je suis d'accord avec ça, dit Jill. Tu ne devrais pas laisser ce qui s'est passé avec ce connard ruiner ton estime de toi. Tu as survécu à cela, et c'est lui qui a été blessé.

— Ça m'a fait peur de voir à quelle vitesse ça s'est passé.

— Bien sûr. Kate tendit la main à Maggie et la serra dans ses bras. Ça a dû être complètement terrifiant. Mais au lieu de te concentrer sur la façon dont ça s'est passé, pense à la façon dont ça s'est *terminé*.

— Je l'ai méchamment blessé. »

Kate rit. « Oui, tu l'as fait. »

Maggie continuait à s'appuyer contre Kate. « Tu penses vraiment que je devrais dire oui à Brayden ?

— Je le pense, dit Kate.

— Jill ?

— Je veux savoir ce qu'il a fait et je veux le savoir le plus tôt possible. Je pense que tu dois rendre cela non négociable.

— Je comprends, et je suis d'accord qu'il va devoir me le dire à un moment donné.

— Tu te sens mieux, Mags ? demanda Kate.

— Oui, oui. Merci d'avoir écouté, les filles.

— On est toujours là pour toi, quoi qu'il arrive, dit Jill. Ne pense jamais que nous sommes trop occupées pour toi. Nous trois, nous formons une équipe depuis longtemps. Peu importe ce qui change, cela ne changera jamais. »

Kate embrassa Maggie sur le sommet de la tête. « Je t'aime. »

Maggie sourit. « Je t'aime aussi. »

CHAPITRE 19

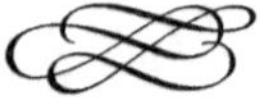

« Je ne peux pas croire que tu ne m'aies pas dit qu'il avait un *casier judiciaire*, putain, dit Jill à Ashton l'instant même où les portes de la voiture se sont fermées pour qu'ils rentrent à la maison. Ils étaient sortis faire des courses avant le dîner, sinon ils seraient allés à pied chez Kate.

— Qui a un casier ?

— Brayden ! Tu le savais et tu ne me l'as pas dit !

— C'est un casier judiciaire de mineur. Son dossier d'adulte est vierge.

— Quand même, tu aurais dû me le dire ! Il travaille et vit aux côtés de ma sœur, sans parler des résidents. Je n'arrive pas à croire qu'elle l'ait *embauché* en sachant tout cela sur lui. »

Ashton démarra la voiture mais la laissa au point mort quand il se tourna vers Jill. « Tout d'abord, Maggie était ma cliente, et à ce titre, je n'avais aucune obligation de partager avec toi les résultats de la vérification de ses antécédents. »

Quand elle commença à objecter, il leva une main pour l'arrêter. « Deuxièmement, Maggie et moi en avons discuté longuement, et elle a pris une décision raisonnable basée sur les informations que nous avions sur son dossier d'adulte, qui montrait douze ans de références impeccables. Il n'y a pas de sujet ici, Jill.

178

— Si, il y en a un. Elle lui a demandé ce qu'il avait fait, et il a refusé de le lui dire.

— Ce qui est entièrement son droit. Les dossiers de délinquance juvénile sont scellés pour une bonne raison. Tu le sais bien. À quel point suis-je reconnaissant, le sommes-nous tous, que toutes nos erreurs stupides d'adolescents ne soient pas retenues contre nous maintenant ?

— Tu n'as jamais rien fait pour finir en maison de correction.

— Allez, Jill. Je ne me suis jamais fait prendre. C'est la seule différence entre lui et moi.

— Tu ne le sais pas, parce que nous n'avons aucune idée de ce qu'il a fait.

— Je sais ce qu'il a fait en tant qu'adulte. Il a obtenu un diplôme de premier cycle et un diplôme supérieur en sciences animales. Fais un peu de rechercher pour voir ce qu'implique cette spécialité. Je n'aurais pas tenu un semestre avant d'être recalé. Ses antécédents professionnels sont solides, tout comme ses références, que Maggie et moi avons vérifiées avant de l'embaucher. Les gens étaient ravis de son travail avec les chevaux et les enfants. Il n'y a pas de quoi s'inquiéter en ce qui le concerne.

— Elle est intéressée par lui. Romantiquement.

— Oh.

— Et tu es d'accord pour que ma petite sœur sorte potentiellement avec un homme qui lui cache un ancien casier judiciaire ? »

Ashton y réfléchit pendant une seconde. « Je dirais que Maggie est une adulte à part entière qui peut décider d'elle-même si elle est prête à sortir avec lui tout en sachant qu'il garde cette information privée.

— Et s'il avait tué quelqu'un ?

— Il serait probablement encore en prison ou, au moins, en conditionnelle. Ils ne laissent pas les jeunes meurtriers en liberté une fois adultes.

— Je vais le googler et trouver ce qu'il a fait.

— J'ai déjà fait une recherche complète. Il n'y a aucune trace de cela nulle part. J'ai dû vraiment creuser pour découvrir que le dossier de mineur existait. »

Jill souffla un grand coup. « Je n'aime pas ça.

— Oui, je vois ça. » Ashton mit la voiture en marche et se dirigea vers la maison.

Sur le court trajet, Jill repensait à ce qu'Ashton avait dit à propos de l'impeccable casier judiciaire d'adulte de Brayden et essayait d'apaiser le sentiment tenace qu'elle avait qu'il cachait son casier de mineur pour d'autres raisons que la protection de sa vie privée.

« Tu aurais dû m'en parler.

— Non, je n'aurais pas dû. Maggie va être ma belle-sœur. Elle m'a demandé de faire un travail pour elle, et je l'ai fait. Si je me précipite vers toi pour la moindre broutille entre elle et moi, elle ne me fera jamais confiance pour défendre ses intérêts quand je travaille pour elle.

— Il fut un temps où tu n'aurais pas gardé une telle chose pour toi. »

Il se gara devant leur maison, coupa le moteur et la regarda. « Qu'est-ce que ça veut dire ?

— Kate m'a rappelé le rôle que tu as joué dans la rupture entre elle et Reid la première fois.

— C'est plutôt un coup bas, Jill. C'est arrivé il y a plus de dix ans, et j'ai dit plus d'une fois que je ne le referais pas si c'était à refaire. Je ne sais pas combien de temps je vais devoir payer pour cette erreur. »

Il sortit de la voiture, claqua la porte et se dirigea vers la maison, sans l'attendre comme il le faisait habituellement.

Jill le suivit à l'intérieur, verrouilla la porte, éteignit la lumière du porche et entra dans la chambre principale. Elle enfila une chemise de nuit et une robe de chambre, glissa ses pieds dans des pantoufles et alla le trouver.

Il était dans le salon en train de regarder l'émission *SportsCenter*, ce qui était une entorse à leur routine habituelle d'aller directement au lit quand ils rentraient le soir. Il disait toujours qu'il avait hâte d'être au lit avec elle, mais apparemment, ce n'était pas le cas ce soir.

Jill s'assit à côté de lui sur le canapé, ne sachant pas trop quoi lui dire pour une fois.

Il fixait la télé devant lui.

« Je n'aurais pas dû parler de ce qui est arrivé dans le passé. J'en suis désolée.

— Ce n'est pas grave. C'est ce qui est arrivé. Je sais que j'ai eu tort d'appeler ton père pour lui dire que Kate était avec mon père. J'ai foutu en l'air leurs vies pendant des années. Je le sais.

— Ils te diraient qu'un ensemble de choses les ont fichues en l'air, pas que toi.

— Ce que j'ai fait était la pire des choses. »

Jill s'approcha de lui, passa un bras autour de sa taille et posa sa tête contre son torse. Elle fut soulagée quand il enroula son bras autour d'elle. « Je suis désolée d'avoir parlé de cela. Je sais que c'est un sujet sensible, et je n'aurais pas dû dire ça.

— Ce n'est vraiment pas grave.

— Je suis inquiète pour Maggie.

— Je ne pense pas que tu aies à t'inquiéter. C'est une femme très capable qui a survécu toute seule à New York pendant des années.

— Elle nous a dit ce soir qu'un type qu'elle fréquentait là-bas l'a attaquée en décembre dernier. Elle l'a repoussé, mais tout cela l'a profondément bouleversée.

— Merde. Elle ne te le dit que maintenant ?

— Ouais, c'est arrivé juste avant qu'elle vienne ici pour le mariage et pour Noël, et elle ne voulait pas gâcher le moment agréable pour tout le monde.

— Pauvre Maggie. C'est affreux. Il fit courir sa main le long du bras de Jill. Pour ce que ça vaut, je ne pense pas que tu devrais t'inquiéter à propos de Brayden. Ce qui s'est passé a eu lieu il y a des années, et sa vie depuis lors a été consacrée aux chevaux et aux enfants. Les gens l'aiment, ils lui font confiance avec leurs enfants, et plus important encore, les chevaux l'aiment. Les animaux sont les meilleurs juges de caractère. Ils fonctionnent à l'instinct pur.

— C'est vrai.

— Je sais que tu penses que j'aurais dû te parler de son casier judiciaire, mais je ne suis toujours pas d'accord. J'étais dans une position difficile à ce sujet, puisque Maggie est ma cliente. Son casier judiciaire d'adulte était vierge. C'est ce qui comptait pour moi – et pour elle.

— Je comprends pourquoi tu ne m'as rien dit, je suppose.

— Je lui ai parlé l'autre soir. Je lui ai dit que je connaissais son passé et que je le surveillais.

— Tu as fait ça ? Vraiment ?

— Oui, je l'ai fait. Je comprends ce que Maggie représente pour toi, pour vous tous. Je lui ai fait savoir que quelqu'un d'autre était au courant de son casier. Je me suis dit que ça pourrait aider. »

Jill leva la tête et embrassa sa joue. « Merci d'avoir fait ça.

— Tu es toujours en colère contre moi ?

— Non. Es-tu toujours en colère contre moi ?

— Un peu, dit-il, affichant un sourire sexy qui la faisait fondre. Mais je peux penser à un certain nombre de façons dont vous pouvez vous rattraper, Maître. »

Quand il se pencha pour l'embrasser, Jill le rejoignit à mi-chemin, soulagée du retour à la normale avec lui, même si elle était toujours inquiète de ce dans quoi s'embarquait peut-être Maggie avec Brayden Thomas.

Maggie n'avait pas eu de nouvelles de Brayden depuis quelques jours, alors elle n'avait aucune idée de l'heure à laquelle il devait rentrer le dimanche. Elle s'occupa toute la journée à faire la lessive, à répondre aux mails de ses amis et à lire des magazines. En fin d'après-midi, elle partit faire un tour sur Thunder, ce qui la soulagea d'attendre de savoir si elle verrait Brayden à son retour, ou si elle avait gâché les choses avec lui avant même qu'elles aient commencé.

Pour la première fois depuis qu'elle vivait sur le domaine des Matthews, elle s'aventura dans le fourré d'arbres à l'extrémité sud de la propriété, suivant un sentier bien tracé à travers les chênes et les pins imposants. Les rayons du soleil passaient entre les arbres, créant un spectacle magique, et elle avançait lentement pour tout voir.

Pourquoi n'était-elle pas passée par là plus tôt ? se demanda-t-elle.

Elle suivit le chemin pendant plus d'un kilomètre, respirant le parfum des pins, de la terre et de la végétation en décomposition. Après un autre virage dans le sentier, elle fut stupéfaite par la vue d'une immense prairie pleine de fleurs sauvages avec un étang au milieu. Thunder semblait savoir où il allait, alors elle le laissa l'emmener là où il voulait : directement à l'étang pour boire une gorgée d'eau.

Maggie descendit de cheval et attendit avec lui pendant qu'il buvait. Une fois qu'il eut fini, elle attacha sa bride à un arbre voisin. Elle s'étendit sur l'herbe et leva son visage vers le soleil, se sentant plus détendue et en paix qu'elle ne l'avait été depuis des mois. Elle finit même par s'assoupir et se réveilla lorsqu'elle entendit des sabots se diriger vers elle. Immédiatement en alerte, elle se leva d'un bond et se tourna vers la ligne des arbres à temps pour voir Brayden sur Sunday qui en émergeait.

Il arrêta le magnifique palomino à quelques mètres de Maggie.

« Quelle surprise de te rencontrer ici. Je pensais que tu n'allais pas dans la forêt. » Il portait une chemise en jean de style western, de vieilles bottes et un jean foncé.

Maggie remarqua immédiatement à quel point il était bronzé. « Je ne l'ai jamais fait avant, mais Thunder et moi nous nous sentions d'humeur aventureuse aujourd'hui.

— Derek m'a dit que tu faisais du cheval, et je t'ai cherchée partout. Je commençais à m'inquiéter un peu.

— Désolée. Je ne voulais pas t'inquiéter. J'ai laissé Thunder aller où il voulait aujourd'hui, et il m'a amenée ici. »

Brayden descendit de cheval et emmena Sunday boire avant de l'attacher à un arbre à l'ombre près de Thunder. « C'est un sacré endroit.

— C'est génial. »

Les nerfs de Maggie se mirent en boule maintenant qu'il était descendu de cheval et se tenait devant elle, encore plus beau qu'avant qu'il ne passe une semaine au soleil. « Comment était le voyage de retour ?

— Long. Il ôta son chapeau et s'approcha d'elle. J'avais l'impression que ça prenait une éternité pour revenir ici. Je ne suis parti qu'une semaine ? On aurait dit un mois. »

Elle avala sa salive quand il s'approcha encore plus.

« Je veux te prendre dans mes bras, mais seulement si tu me dis que c'est d'accord. »

Comme un spectateur regardant ce moment se dérouler pour deux autres personnes, Maggie était parfaitement consciente que si elle le laissait la toucher, elle irait de l'avant et ne pourrait jamais revenir en arrière. Même en sachant cela, elle avait envie de le serrer dans ses bras. « C'est d'accord. »

Il fit deux pas pour combler la distance qui les séparait et l'enlaça.

Dès qu'elle fut submergée par l'odeur de savon, de lessive, de cheval et de cuir, elle était fichue. Il la tenait juste comme il fallait, lui donnant l'impression d'être rentrée chez elle après un long et périlleux voyage. Ses mains trouvèrent le dos de Brayden, et ils restèrent ainsi pendant un long moment. Des jours ou des semaines auraient pu passer pour peu qu'elle le sache.

« Je suis désolé de ne pas avoir été là pour t'aider quand tu as perdu Debbie.

— Tu m'as aidée.

— J'aurais aimé être là avec toi. »

Maggie recula un peu dans le seul but de voir son visage. « Brayden... » Elle oublia ce qu'elle s'apprêtait à dire quand elle remarqua la façon affamée, presque désespérée, dont il regardait sa bouche, comme s'il pensait à mille façons différentes de l'embrasser et essayait de décider laquelle choisir. Elle se lécha les lèvres.

Il dût prendre sa décision, car il leva les mains vers son visage et commença en douceur, attendant qu'elle se ressaisisse.

Au début, Maggie était trop abasourdie par la façon dont ses jambes faillirent se dérober sous son poids pour répondre de manière appropriée, mais elle se pressa contre lui et ouvrit sa bouche à sa langue. Bien sûr, cet homme pouvait embrasser comme personne. Quelque part, elle savait déjà que ce serait comme cela avec lui, comme cela ne l'avait jamais été auparavant. Peut-être était-ce pourquoi elle avait tant hésité à se laisser séduire, parce qu'elle savait instinctivement qu'il changerait sa vie si elle le laissait faire.

Il l'embrassa à lui en faire perdre la raison. Il n'y avait tout simplement pas d'autres mots pour le décrire.

Maggie se cramponna à lui pour ne pas s'embarrasser en s'effondrant sur le sol en un gros tas amorphe.

Quand il cessa de l'embrasser, elle se mit sur la pointe des pieds pour l'empêcher de s'éloigner.

« Doucement, mon cœur. Attends là une seconde. » Il la relâcha petit à petit, tandis que Maggie cligna des yeux à plusieurs reprises pour faire le vide dans sa tête et reprendre ses esprits.

On l'avait embrassée de nombreuses fois, mais jamais un baiser ne lui avait donné l'impression d'avoir survécu à un tremblement de terre. En prenant une profonde inspiration et en la relâchant, elle regarda ses pas impatients dévorer le sol entre lui et Sunday.

Brayden sortit un tapis de pique-nique de la sacoche, et alors qu'il revenait vers elle, Maggie remarqua la façon dont le Denim de son jean épousait la bosse caractéristique, lui indiquant que leur baiser l'avait affecté autant qu'elle. Il étendit le tapis sur le sol et lui tendit la main, l'invitant à le rejoindre.

Maggie prit sa main et s'assit avec lui.

Il passa son bras autour d'elle et l'embrassa sur la tête. « J'avais hâte de rentrer à la maison pour te voir. Les plus longues vacances de tous les temps.

— Tu es bête. Tu étais à Key West avec tes potes.

— Et tout ce que je voulais, c'était être ici avec toi. »

Le cœur de Maggie battait si fort qu'elle pouvait l'entendre et le sentir dans tous ses pouls. Chaque partie de son corps était à l'écoute de lui et de ce qu'il lui faisait ressentir. « Brayden...

— Hm ? » Il s'enfouit dans ses cheveux jusqu'à obtenir l'accès à son cou.

Avant qu'elle ait le temps de s'y préparer, elle tombait en arrière alors qu'il planait au-dessus d'elle, la regardant avec des yeux bruns intenses qui semblaient voir jusque dans son cœur.

« Est-ce que ça te va ? » demanda-t-il.

Elle acquiesça et tendit les bras vers lui, profitant de l'occasion pour passer ses doigts dans les mèches soyeuses de son épaisse chevelure.

Un gémissement surgit du plus profond de son être. « Je savais que ce serait comme ça avec toi.

— Comme quoi ? »

Il fit glisser ses lèvres délicatement sur les siennes. « Comme un feu de forêt qui brûle hors de contrôle.

— Comment le savais-tu ?

— Parce que je n'ai jamais voulu quitter Key West avant même d'y être arrivé.

— Tu m'as manqué. »

Il haussa les sourcils. « C'est vrai ?

— Oui, c'est vrai. Et je n'arrêtais pas de me demander comment c'était possible alors que tu n'étais là que depuis quelques jours quand tu es parti.

— Je sais ce que tu veux dire. Il passa un doigt sur sa joue jusqu'à sa bouche, où il traça la forme de ses lèvres. Mon attirance pour toi a été instantanée. Même si je pensais que ce n'était pas une bonne idée d'être attiré par ma patronne potentielle, je ne pouvais pas m'en empêcher. Ma nouvelle patronne est tout simplement incroyablement intelligente, compétente, dévouée à son travail et belle. Tellement, tellement belle. Et sexy. »

Maggie sentait la chaleur monter dans ses joues. Elle n'avait jamais été avec un homme qui était aussi direct à propos de ce qu'il ressentait. La plupart du temps, elle avait dû arracher les mots aux mecs avec qui elle était sortie. Avec Brayden, il n'y aurait jamais le moindre doute, ce qui était plutôt rafraîchissant.

Les doigts de Brayden glissaient légèrement sur sa gorge et sur sa poitrine.

Elle réalisa qu'il déboutonnait son chemisier, et bien que sachant qu'elle devrait l'arrêter, elle ne pouvait pas se résoudre à le faire.

Effleurant du bout des doigts sa peau sensible, il déclencha une vague de réactions qu'elle ressentit partout, en particulier dans les extrémités tendues de ses tétons et dans les battements palpitants entre ses jambes.

« Respire, ma chérie. Respire, c'est tout. »

Il embrassa son cou et sa gorge, traçant un chemin jusqu'à sa poitrine, où il embrassa le haut de ses seins dodus qui débordaient des bonnets de son soutien-gorge. Son doigt toucha le fermoir avant. « Oui ou non ? »

Elle devrait dire non et mettre un terme à tout cela avant que ça n'aille plus loin. Ils étaient dehors, là où tout le monde pouvait les voir, même si elle était certaine qu'il n'y avait personne à des kilomètres à la ronde.

Alors qu'il attendait qu'elle réponde, il fit glisser le bout de ses doigts sur son ventre tout en continuant à laisser des baisers humides sur le haut de ses seins. Il caressa son téton à travers son soutien-gorge, et Maggie faillit léviter du sol, alors il le fit encore et encore jusqu'à ce qu'elle dise, « Oui, Brayden. Oui. »

Il plia ses doigts et ouvrit son soutien-gorge en un instant. « Oh putain, tu es tellement, tellement jolie. » Et puis il baissa la tête pour prendre son téton dans la chaleur de sa bouche, le léchant, le suçant et la rendant tout à fait folle.

Les hanches de Maggie se soulevèrent du sol, cherchant à assouvir son désir d'aller plus loin.

Brayden se déplaça de manière à être entièrement sur elle, appuyant sa bite dure entre ses jambes tandis qu'il passait d'un téton à l'autre en tenant ses seins dans des mains calleuses qui ajoutaient au tsunami de sensations qui la traversait.

Mon Dieu, elle avait déjà fait l'amour avec d'autres hommes et n'avait jamais éprouvé quelque chose d'aussi intense que ce qu'il lui faisait ressentir simplement en touchant ses seins. C'était trop et pas assez à la fois.

Elle tira sur le devant de sa chemise jusqu'à ce que les boutons-pression cèdent pour révéler son magnifique torse, qu'il abattit sur le sien, se

balançant d'avant en arrière, alimentant le feu qui brûlait si fort
entre eux.

Quand elle sentit ses doigts tirer sur le bouton de son jean, Maggie
sortit du brouillard de la luxure pour réaliser ce qui allait se passer si l'un
d'eux ne retrouvait pas la raison.

« Brayden. Elle couvrit sa main avec la sienne. Pas ici. »

Il exhala brutalement et s'affaissa contre elle.

Maggie l'enlaça et caressa son dos sous sa chemise.

« Je n'ai pas fait exprès de m'emballer, dit-il après un long silence.

— On s'est emballés tous les deux. »

Il leva la tête pour la regarder, ses lèvres sexy se recourbant en un
sourire suffisant. « Ça veut dire que tu vas sortir avec moi ?

— Je ne suis toujours pas sûre. »

Ses lèvres s'écartèrent, et ses yeux s'agrandirent de surprise.

Maggie rit. « Ferme ta bouche avant que les mouches n'y entrent. »

Brayden ferma la bouche et se déplaça de manière à être sur son flanc
à côté d'elle, la tête appuyée sur une main retournée. « Tu as l'intention de
me torturer ? C'est ça le plan ? »

Maggie tira les pans de son chemisier et manipula les deux extrémités
de son soutien-gorge jusqu'à les rattacher. Elle s'assit et coiffa ses cheveux
avec ses doigts. « J'aimerais passer du temps avec toi.

— Mais ?

— Malgré les baisers et tout ça, qui étaient fort agréables d'ailleurs, je
continue à être préoccupée par la chose dont tu ne veux pas parler. »

Son expression se durcit immédiatement. Il n'aimait pas cela.

Maggie reboutonna son chemisier, se leva et balaya l'herbe de son
pantalon.

Brayden se leva, rabattit les pans de sa chemise avec brusquerie et
attrapa le tapis, le secouant avant de le plier et de le glisser sous son bras.

Elle leva les yeux vers lui et elle s'obligea à dire les choses qui devaient
être dites. « J'ai partagé avec toi des choses que je n'avais dites à personne
d'autre. Je t'ai dit ce qui est arrivé avec Ethan avant de le dire à mes *sœurs*.
Je ne parle *jamais* de ce qui est arrivé à ma famille. Je n'ai pas raconté cette
histoire à des amis que je connais depuis des années. Je t'ai fait confiance,
Brayden. Tout ce que je demande, c'est que tu fasses de même avec moi.
Après ce qui m'est arrivé à New York, je suis plus prudente qu'avant. J'espère que tu comprends. »

Comme il n'avait rien à y redire, Maggie s'efforça de s'éloigner. Elle enfourcha Thunder et se dirigea vers le chemin sous les arbres, en gardant son regard fixé sur la route devant elle. Si elle se retournait vers lui, elle pourrait se souvenir de comment c'était d'être dans ses bras, embrassée par lui, et vaciller dans sa détermination à obtenir la vérité avant que cela n'aille plus loin.

CHAPITRE 20

rayden parvint à éviter de croiser Maggie jusqu'à midi le lundi, quand ils devaient se rencontrer pour parler du programme d'équitation thérapeutique et des besoins particuliers de chaque enfant. Il avait passé une nuit blanche à regarder le plafond, torturé par le fait de vouloir aller plus loin avec elle et d'essayer de décider s'il pouvait lui faire confiance avec quelque chose qu'il n'avait dit à personne depuis qu'il avait quitté la détention pour mineurs.

Il entra dans la maison par la cuisine et s'arrêta pour parler à Mitch, qui remuait le contenu d'une casserole sur la cuisinière. « Quelque chose sent bon.

— La sauce des pâtes pour la soirée spaghetti. La préférée des enfants après les tacos et la pizza.

— Ils seront excités pour le dîner.

— C'est le but. Comment s'est passé ton voyage ?

— Un bon moment avec les mecs. Key West est toujours fantastique.

— On dirait que tu as pris le soleil, aussi.

— Oui. Maggie est là ?

— Dans son bureau, je crois.

— OK, merci. »

Brayden avait essayé de se préparer à la voir, mais rien n'aurait pu le préparer au choc viscéral qui se produisait chaque fois qu'elle tournait

189

vers lui ses yeux bleus saisissants. Et quand elle souriait... Mon Dieu, elle était magnifique. Alors qu'elle était aussi belle que d'habitude, avec ses longs cheveux noirs tirés en queue de cheval, il distinguait chez elle un soupçon de réserve qui n'avait pas été là avant leur rencontre d'hier. Il détestait lui avoir donné une raison de s'éloigner de lui, mais il comprenait certainement pourquoi elle pensait que c'était nécessaire.

« Hé, on doit toujours se voir à propos des enfants ?

— Bien sûr. Entre. »

Il s'assit sur le siège en face de son bureau, sortit un stylo de la poche de sa chemise et installa un bloc-notes sur ses genoux tout en essayant de ne pas penser à ses magnifiques seins. Comme s'il allait jamais les oublier, ou ce que cela avait été d'embrasser ses douces lèvres et de mouler son corps sexy au sien.

Sentant un frémissement dans son aine, il croisa les jambes et refoula ses pensées pour se concentrer sur le travail.

Au cours de l'heure suivante, ils discutèrent de chaque enfant, de ce qui avait amené sa famille au refuge, des problèmes et des besoins particuliers que sa mère avait identifiés lors de l'accueil et de ce que Maggie avait observé pendant leur séjour.

« Le dernier mais non le moindre est Travis, que tu as déjà rencontré. Lui et sa mère sont venus nous voir après une situation de violence domestique dans leur maison. Travis est intervenu pendant que le petit ami de sa mère agressait celle-ci et a fini par être agressé lui-même. »

Brayden prenait des notes tout en fulminant intérieurement à l'idée qu'un homme adulte lève la main sur un enfant de quatre ans.

« Quand nous l'avons rencontré, son visage, ses bras et son torse étaient couverts de bleus. Sa mère a eu un tympan perforé et une commotion cérébrale dans l'altercation.

— Dis-moi que le gars est en prison.

— Il l'est – pour le moment, mais seulement à cause de mandats non exécutés. Sinon, il aurait déjà été libéré sous caution. »

Brayden secoua la tête avec dégoût.

« Crois-moi, je le sais, dit Maggie. Je fais partie d'un groupe de soutien en ligne avec d'autres directeurs de refuge, et le manque de justice dans notre système pénal est un sujet de discussion fréquent. Ce n'est pas seulement un problème ici. C'est partout.

— Je suis d'accord. Que peux-tu me dire d'autre sur Travis ?

— Je crois que tu trouveras que c'est le plus enthousiaste de tous à l'idée de travailler avec les chevaux. Il ne parle que de ça depuis qu'il est arrivé et qu'il a réalisé qu'il pouvait voir les chevaux tous les jours. Sa mère hésite un peu à propos du programme parce qu'elle a peur qu'il ne devienne accro et qu'elle ne puisse pas se permettre des leçons d'équitation après leur départ.

— Je le ferai gratuitement par la suite si ça peut la rassurer. »

Maggie le fixa pendant un long moment avant de cligner des yeux. Elle baissa les yeux sur ses notes et puis le regarda à nouveau. « C'est très gentil de ta part.

— Je ne vais pas abandonner ces enfants juste parce qu'ils ne vivent plus ici. Je les verrai pendant mon temps libre par la suite.

— Tu n'as pas besoin de le faire sur ton temps libre. Kate et Reid croient en l'engagement indéfini à soutenir nos familles aussi longtemps qu'elles auront besoin de nous.

— Mon programme pourrait également en faire autant.

— Je l'espérais, mais je ne savais pas comment tu le prendrais.

— Eh bien, maintenant tu sais. Je suis là à long terme avec ces enfants, aussi longtemps qu'ils voudront en faire partie.

— Je te remercie vivement. »

Il haussa les épaules. « Je sais ce que les chevaux et l'équitation représentaient pour moi quand j'étais enfant. Je n'en priverais jamais un enfant qui aime ça. Il ferma le stylo en cliquant dessus et le remit dans la poche de sa chemise. Où en sommes-nous avec l'embauche de personnel de soutien supplémentaire ? »

Elle lui remit deux feuilles de papier. « J'ai engagé deux lycéens locaux la semaine dernière, et ils seront là à 15 h. Les deux sont vivement recommandés par des écuries locales. Ils souhaitent étudier l'équitation thérapeutique et la thérapie familiale à l'université.

— Excellent. Je suppose que je te verrai dehors quand les enfants rentreront. »

Après une seconde d'hésitation, comme si elle avait quelque chose d'autre à dire, elle se contenta de hocher la tête. « À plus tard alors. »

Brayden sortit, ayant l'impression de laisser quelque chose d'important derrière lui alors qu'il se rendait aux écuries pour préparer la première leçon avec les enfants. Tout ce qu'il voulait, c'était retourner à l'intérieur, trouver Maggie et lui dire tout ce qu'elle voulait savoir si cela voulait dire qu'elle lui donnerait une chance d'être quelque chose de plus pour elle qu'un collègue amical qu'elle gardait à distance.

Il savait déjà qu'il ne supporterait pas de l'avoir si proche et pourtant éternellement hors de portée, surtout après l'avoir tenue dans ses bras et l'avoir embrassée. Elle voulait qu'il lui dise quelque chose que même ses amis les plus proches ne savaient pas.

Sur les conseils de son avocat de l'époque, il n'avait parlé à personne dans sa vie d'adulte des choses qui s'étaient passées avant son dix-huitième anniversaire. « Si personne ne le sait, avait dit l'avocat, l'information ne pourra jamais être utilisée contre toi. Si tu en parles, ne serait-ce qu'à une seule personne, tu risques tout ce que nous avons mis tant d'efforts à protéger. »

Brayden avait religieusement suivi les conseils de l'avocat pendant douze ans. Son casier judiciaire scellé ainsi que le GED, le diplôme externe de fin d'études secondaires qu'il avait obtenu en prison, avaient été évoqués lors d'autres entretiens d'embauche, mais il avait toujours refusé d'en parler. Sa réponse passe-partout était : « Les dossiers des mineurs sont scellés pour une bonne raison. » Heureusement, ses compétences professionnelles étaient suffisamment recherchées pour que cette information ne l'ait empêché d'avoir une carrière épanouissante.

Les femmes avec qui il sortait n'avaient jamais eu de problème à ce sujet, car elles ne le savaient pas. Quand elles lui demandaient où il était allé au lycée, il disait une école privée à Nashville. Personne ne lui avait jamais demandé d'élaborer, et il s'était dit que ce n'était pas un mensonge s'il suivait le conseil de son avocat de rester vague sur son enfance et sur le fait qu'il avait obtenu un GED lorsqu'il était en prison pour mineurs.

Sa conscience n'avait jamais été dérangée par ce mensonge parce qu'aucune des autres femmes avec lesquelles il était sorti n'avait vraiment compté pour lui. Ces relations – si on pouvait les appeler ainsi – n'avaient été que plaisir, sexe et divertissement léger. Il était loin d'avoir eu une relation sérieuse, et c'était ce qu'il aimait. Jusqu'à ce qu'il rencontre Maggie et sache presque tout de suite qu'elle pourrait être différente.

Elle pourrait tout changer.

Il était sérieusement déchiré par ce dilemme, et plus que jamais depuis qu'il avait perdu sa mère, il rêvait d'en parler avec elle. Elle était la seule personne de son enfance avec laquelle il avait gardé le contact et donc la seule à connaître toute son histoire. Elle aurait su ce qu'il devait faire par rapport à Maggie.

Brayden prépara machinalement la leçon du jour sur les principes fondamentaux des écuries, comment prendre soin des chevaux, les parties et les pièces de la sellerie. Demain, ils apprendraient à seller un cheval et à le diriger dans le paddock. Il avait demandé à Derek de laisser deux stalles pour que les enfants puissent travailler au nettoyage, et il utiliserait Sunday pour leur apprendre à toiletter et à prendre soin d'un cheval après l'avoir monté.

D'habitude, il se sentait excité à l'idée de faire découvrir à un nouveau groupe d'enfants la joie d'interagir avec les chevaux et de s'en occuper, mais aujourd'hui, il n'arrivait à trouver rien qui ressemble à de la joie à cause du tourment permanent au sujet de Maggie.

Après ce qu'elle avait vécu avec ce connard d'Ethan, il ne lui en voulait pas d'avoir défini une limite avec lui. Elle avait tout à fait le droit de se sentir comme elle se sentait, même si sa ligne de démarcation le plongeait dans l'incertitude. Il voulait tellement lui faire confiance comme elle lui avait fait confiance, mais l'avocat lui avait fait peur. L'idée de se confier à quelqu'un, même Maggie, le rendait malade.

Brayden savait qu'il avait eu de la chance d'avoir une compétence qui le rendait très employable malgré le mauvais point dans son dossier. Il avait passé toute sa vie d'adulte à travailler dur pour surmonter son passé, se créer une réputation irréprochable de professionnalisme et de résultats pour les enfants avec lesquels il travaillait. Il y avait eu tellement de belles réussites, beaucoup plus de succès que d'échecs. Mais rien de tout cela ne comptait pour Maggie quand il s'agissait de poursuivre une relation avec lui.

Son esprit tournait en rond, passant de la compréhension de son point de vue à la colère qu'elle l'ait mis dans cette position intenable, pour revenir à la compréhension sans trouver de solution avec laquelle il pourrait vivre et qui satisferait le besoin qu'elle avait de connaître ses secrets.

Il n'était pas plus près de trouver une solution à son dilemme lorsque les enfants rentrèrent au refuge et se rendirent aux écuries, pleins d'énergie refoulée et excités de commencer leurs leçons d'équitation — c'était comme cela que le programme leur avait été présenté.

Il y avait dix enfants en tout, âgés de quatre à onze ans. Ils venaient d'horizons divers et avaient tous subi une forme de traumatisme.

Brayden les fit s'asseoir en cercle sur de la paille propre à l'intérieur d'un box qu'il avait préparé pour leur première séance. Il s'assit en cercle avec eux, dos à la porte ouverte de la stalle, conscient de la présence de Maggie derrière lui. Il garda son attention sur les enfants, là où elle devait être.

« Bonjour tout le monde, je suis Brayden, et je vais enseigner votre cours d'équitation tous les jours après l'école. Je veux faire le tour du cercle et demander à chacun de se présenter en me disant son nom, son âge et sa classe à l'école. »

Au fur et à mesure que les enfants répondaient à sa demande, il mémorisait l'information. Il tenait à appeler les enfants par leur prénom, à établir un contact visuel avec eux, à les traiter avec le même respect qu'il espérait obtenir d'eux en retour.

« La première leçon à retenir au sujet des chevaux est la sécurité. Les chevaux sont généralement des animaux amicaux, mais comme les humains, ils n'aiment pas être surpris. Ils n'aiment pas les bruits forts, les flashs des appareils photo ou les mouvements brusques. Il est très important que vous vous approchiez toujours d'eux lentement et avec respect. Tendez la main pour les laisser vous renifler afin qu'ils puissent décider s'ils veulent être amis avec vous.

— Comme les chiens ? demanda Maisy, huit ans.

— Comme les chiens, sauf que les chevaux sont beaucoup plus grands. La taille des chevaux est mesurée en mains, chaque main faisant quatre pouces, mais comme vous pouvez le constater, ils sont assez grands et pèsent souvent environ quatre cent cinquante kilos. Ils peuvent vous blesser gravement sans le vouloir si vous ne faites pas attention à eux. Une autre règle est de ne jamais approcher un cheval par derrière. Quand ils se sentent menacés, ils se déchaînent en donnant des coups de pattes arrière, et croyez-moi, vous n'avez pas envie de vous faire botter par un cheval. Il montra une ligne blanche sur son front. Vous voyez cette cicatrice ? »

Les enfants se penchèrent pour regarder de plus près, chacun d'entre eux hochant la tête.

« C'est arrivé parce que je n'ai pas écouté mon grand-père quand il m'a dit de ne pas m'approcher de l'arrière d'un cheval à moins qu'il ne soit avec moi. Je n'ai pas voulu l'attendre et je me suis retrouvé avec un sabot sur le front. Il a fallu quinze points de suture pour fermer la plaie, et comme j'avais une commotion cérébrale, je n'ai pas pu monter à cheval pendant des semaines, ce qui était bien pire que les points de suture pour moi. J'ai eu beaucoup de chance que le cheval ne m'ait pas donné un coup de pied assez fort pour me tuer. Il m'a vraiment appris à écouter et à faire ce qu'on me disait. »

Les enfants étaient suspendus à ses lèvres. Il racontait toujours l'histoire de sa blessure pour leur faire savoir qu'il avait été à leur place, désireux d'apprendre et de monter à cheval. Leur faire comprendre qu'ils pouvaient se blesser gravement était la partie la plus importante de ce premier jour.

« Vous nous avez peut-être vus, Mme Maggie, M. Derek ou moi, donner des carottes ou des pommes aux chevaux avec nos mains. Mais je ne veux pas que vous fassiez cela parce que vous pouvez vous faire mordre même s'ils ne le font pas exprès. Ils sont excités par les friandises tout comme vous, et parfois ils attrapent accidentellement un morceau de main avec la friandise, ce qui n'est pas agréable. Chacun d'entre eux a son propre seau de nourriture, et ils ne doivent être nourris qu'avec la permission et sous la surveillance de M. Derek, Mme Maggie ou moi-même, et uniquement à partir de leur propre seau de nourriture. Est-ce que c'est clair ?

— Oui, Monsieur.

— Oui, M. Brayden.

— Il est très important de suivre les règles dans les écuries, pas seulement pour votre sécurité, mais aussi pour celle des chevaux.

— Parce qu'on veut qu'ils nous aiment, dit Jimmy.

— C'est exact, dit Brayden. Et nous voulons qu'ils se sentent en sécurité avec vous et que vous vous sentiez en sécurité avec eux. Les chevaux sont des animaux très intelligents. Si vous êtes nerveux, ils le savent, alors il est très important que vous restiez calmes, tranquilles et respectueux avec eux pour qu'ils fassent de même avec vous. »

Thunder poussa un grand hennissement qui fit rire les enfants.

« Est-ce qu'ils sont en train de nous écouter ? demanda Lily.

— Thunder écoute toujours. C'est le cheval de Mme Kate.

— C'est la célèbre chanteuse, dit Travis.

— C'est vrai. La prochaine chose est que vous ne devez jamais passer sous les longes, ou les laisses d'un cheval, quand ils sont attachés à deux longes. Brayden utilisa deux laisses pour leur montrer ce qu'il voulait dire.

Il avait appris à parler en termes simples que les enfants pouvaient comprendre facilement. Tenez-vous à l'écart d'un cheval attaché jusqu'à ce qu'un des adultes soit avec vous. »

Brayden prit un casque parmi les objets qu'il avait rangés dans la stalle plus tôt. « C'est un casque, et chacun d'entre vous doit en porter un quand il monte à cheval. Mme Maggie a acheté des casques pour vous tous. Quand nous aurons fini ici, je vous montrerai où vous pourrez les trouver. »

Un garçon de neuf ans nommé Dante leva la main.

« Oui, Dante ?

— Je vous ai vus, vous et Mme Maggie, faire du cheval sans casque l'autre jour. Vous portiez votre chapeau de cow-boy. Comment ça se fait que vous n'êtes pas obligés de porter un casque ? »

Brayden sourit devant la question culottée. « C'est une très bonne question. Mme Maggie et moi faisons de l'équitation depuis des années et nous savons ce que nous faisons avec les chevaux. Quand nous étions jeunes comme vous, nous devions aussi porter des casques. Quand vous serez plus âgés, vous pourrez décider par vous-mêmes si vous voulez en porter ou non. Mais tant que vous êtes dans ma classe, les casques ne sont pas négociables. »

Travis leva la main.

« Oui, Travis ?

— Qu'est-ce que ça veut dire ? Pas né... négo... »

Brayden sourit à l'adorable enfant. « Pas négociable signifie que c'est une règle, et que nous n'allons pas débattre si elle doit l'être ou non.

— Comme l'heure du coucher ? demanda Travis.

— Comme l'heure du coucher. »

Brayden leur parla des bottes d'équitation que Maggie avait achetées pour chacun d'entre eux et de leur importance pour protéger leurs pieds autour des chevaux et pour garder leurs pieds dans les étriers. Il leur montra une botte et un étrier pour leur faire comprendre ce qu'il voulait dire. « Vos pieds sont placés dans les étriers lorsque vous montez à cheval, et les bottes empêchent vos pieds de glisser partout. Les bottes ne sont pas non plus négociables, tout comme les pantalons longs. »

Cela suscita de forts gémissements.

« Même quand il fait chaud ? demanda Lily.

— Même quand il fait chaud. Désolé. Les pantalons protègent vos jambes des plaies, des irritations, des égratignures et des blessures causées par les broussailles lorsque vous êtes sur le sentier. C'est pourquoi nous disons pas de shorts. »

Il leur expliqua l'importance de ranger les choses à leur place dans les écuries et de faire exactement ce qu'on leur disait à tout moment. « Je veux que vous profitiez de tout cela et que vous vous amusiez beaucoup, mais ceux qui ne peuvent pas suivre les règles ne seront pas autorisés à s'approcher des chevaux jusqu'à ce qu'ils soient capables de se comporter correctement. OK ? »

Ils hochèrent la tête en signe d'accord.

« Super, maintenant on se lève et on fait le tour des écuries. » Pendant la demi-heure suivante, il leur fit visiter la sellerie et leur montra comment chaque cheval avait son propre équipement qui était étiqueté avec son nom au-dessus de son crochet.

De même, chaque cheval avait son propre bac de nourriture, également marqué à son nom. Il les familiarisa avec les différentes pièces de sellerie, des rênes aux laisses en passant par les selles et les étriers. « On s'occupera plus de la sellerie quand on commencera à monter la semaine prochaine.

— On doit attendre toute une semaine ? demanda Jimmy avec tristesse.

— Il faudra ce temps-là pour vous préparer. »

Brayden les conduisit dans le paddock où il avait laissé Sunday plus tôt. Il siffla, et elle vint à lui, se frottant à son flanc avec son museau comme à son habitude. « C'est mon cheval, Sunday Morning.

— Elle est tellement jolie, dit Lily.

— Oui, elle l'est, et elle aime les enfants. Je veux que chacun de vous, à tour de rôle, dise bonjour à Sunday et caresse son museau.

— Est-ce qu'elle va mordre ? demanda Travis.

— Non. Elle est douce et gentille tant que vous êtes doux et gentils avec elle. Quand vous aurez fini, retournez à la clôture près de Mme Maggie. » Brayden tenait la bride de Sunday pendant que chacun des enfants saluait et touchait le cheval à tour de rôle. Il corrigea quelques-uns d'entre eux, montrant la bonne façon de placer leur main sur le museau de la jument.

Habituée à être entourée d'enfants, Sunday restait à ses côtés et permettait à chacun des enfants de l'approcher et de la toucher.

Quand ils eurent terminé, il embrassa Sunday et la laissa repartir.
« Vous avez été super, dit Brayden aux enfants. Sunday pense que vous
serez tous très bons en équitation.

— Comment tu sais ? demanda Jayden, sept ans. Il avait le teint mat, de
grands yeux sombres et les cheveux bruns et bouclés.

— Cela fait longtemps que j'ai Sunday. Je sais ce qu'elle aime et ce
qu'elle n'aime pas, et elle vous a beaucoup appréciés. Demain, nous
verrons comment la toiletter et comment la préparer pour la monter. »

Il les fit sortir du paddock et rentrer dans les écuries, où ils reprirent
leur place initiale. « Qui peut me dire ce que nous avons appris
aujourd'hui sur la sécurité avec les chevaux ? »

Toutes les mains se levèrent.

« Faisons le tour de la pièce et chacun pourra dire une chose que nous
avons apprise. » Il les libéra dix minutes plus tard, convaincu qu'ils
avaient assimilé les leçons de la journée et compris les règles.

Il avait été tellement pris par les enfants qu'il n'avait pas remarqué que
leurs mères surveillaient la classe avec Maggie et deux jeunes gens
nommés Wyatt et Jessica, qu'elle présenta aux enfants et à lui.

« Désolés d'être arrivés en retard. »

Wyatt serra la main de Brayden alors que les enfants rentraient avec
leurs mères.

« Il y a eu un accident qui a bloqué une des routes de la ville.

— Pas de soucis. C'est un plaisir de vous rencontrer. Donnez-moi juste
une seconde, et nous pourrons discuter. »

Il se dirigea vers Maggie pour lui parler.

« Il me semble que ça s'est bien passé.

— Tu as été super avec eux. Ils ont adoré. »

Ses compliments étaient primordiaux pour lui. Il voulait qu'elle soit
heureuse d'avoir décidé de lui donner une chance. « Une bande sympa de
gamins.

— Merci, Brayden. Elle semblait presque émue, ce qu'il attribua au fait
de voir le programme qu'elle avait imaginé prendre vie.

— Tout le plaisir est pour moi. »

Elle commença à s'éloigner, et le regard de Brayden fut immédiatement attiré par la coupe ajustée de son jean. « Hé, Maggie ? »

Elle se retourna vers lui, les sourcils levés en signe d'interrogation.

« On peut parler plus tard ? »

Elle l'étudia pendant ce qui lui sembla être une minute entière avant de faire un bref signe de tête et de se diriger vers la maison.

Heureux de savoir qu'il la reverrait plus tard, il la regarda partir avant d'aller trouver Wyatt et Jessica pour les mettre au courant de ce qu'il attendait d'eux.

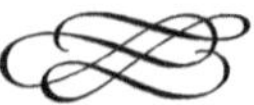

CHAPITRE 21

Maggie était perturbée depuis des heures, depuis qu'elle avait regardé Brayden opérer sa magie avec les enfants. Bien sûr, elle savait qu'il serait génial avec eux, mais le voir en action était quelque chose qu'elle n'était pas près d'oublier. Pendant si longtemps, elle avait rêvé de faire partie d'un programme de thérapie équine, et maintenant que le sien était opérationnel, elle ressentait un énorme sentiment d'accomplissement. Et la seule personne avec qui elle voulait partager ce sentiment était l'homme qui le rendait possible.

Après le dîner, elle monta à l'étage pour prendre des nouvelles de Corey, qui n'était pas descendue manger avec les autres. Elle frappa doucement à la porte de Corey et écouta les sons provenant de l'intérieur. « Corey ? »

La porte s'ouvrit, et Maggie fut surprise par le visage ravagé de la jeune femme. Ses yeux étaient rouges, gonflés et pleins de chagrin.

« Puis-je entrer une minute ? »

Corey acquiesça et recula pour laisser entrer Maggie, qui avait apporté une assiette de lasagnes de Mitch cachées sous un couvercle.

« Je me suis dit que vous auriez peut-être faim. »

Corey haussa les épaules et retourna à son lit défait. « Pas vraiment. »

Maggie posa l'assiette sur une table et tira une chaise jusqu'au chevet de Corey. « Il faut manger pour garder ses forces.

— Pourquoi ? À quoi bon ? Le bébé est parti, Trey est parti... Qu'est-ce que ça peut faire si je garde mes forces ?

— Vous êtes importante, Corey. Je sais que tout semble si terrible en ce moment, mais ce ne sera pas toujours comme cela.

— Comment le savez-vous ? »

Maggie se remémora la façon dont Brayden avait raconté aux enfants comment il avait obtenu la cicatrice sur son front et décida de prendre exemple sur lui. « J'ai déjà traversé une période très difficile lorsque ma mère a eu un grave accident qui l'a mise dans le coma. Corey semblait intéressée, alors Maggie continua. Les médecins nous ont dit qu'elle ne se remettrait jamais.

— Quel âge aviez-vous ?

— Presque dix ans.

— C'est vraiment jeune pour perdre sa mère.

— Ça a été très dur pendant longtemps, même si mes sœurs et moi avions beaucoup de gens pour nous soutenir.

— Personne ne peut prendre la place de sa mère.

— Exactement. Même si je me sentais mal, ça s'est amélioré avec le temps. Ma mère me manquait tout le temps, mais ce n'était pas aussi douloureux qu'au début. On s'habitue à la nouvelle normalité. En quelque sorte. C'est ce que c'est pour vous, Corey. Votre nouvelle normalité, et même si c'est douloureux pour l'instant, avec le temps, il vous sera plus facile de faire face à ce qui est arrivé. Le bébé vous manquera toujours, et peut-être que Trey vous manquera toujours, mais vous avez une grande et longue vie devant vous, et tout est possible.

— C'est difficile à croire. Comment est-ce que je peux encore désirer Trey alors qu'il a causé tout ça ? Des larmes coulaient sur les joues de Corey. C'est à cause de lui que notre bébé est né trop tôt et que j'ai dû l'abandonner. Tout est de sa faute, et je le veux quand même. Je me déteste pour ça.

— Le Dr Wright vient de la ville demain, dit Maggie, en faisant référence à la thérapeute à qui elle avait demandé de rencontrer Corey. J'aimerais que vous la rencontriez et que vous lui parliez de ce que vous ressentez. Est-ce que vous voulez bien faire ça ?

— Je suppose. Elle lança un regard furtif à Maggie. Ils ont trouvé des parents pour lui. Un couple qui essaie d'avoir des enfants depuis des années. L'assistante sociale m'a dit qu'ils étaient ravis et qu'ils ne l'ont pas quitté d'une semelle.

— C'est une bonne nouvelle qu'il ait des parents qui l'aiment. Est-ce que ça vous rassure ? »

Corey hocha la tête. « Ça me rassure. Je suis heureuse pour eux – et pour lui.

— Voulez-vous dîner ?

— Ça sent bon en fait.

— Les lasagnes de Mitch sont les meilleures. » Maggie se leva pour prendre l'assiette et les couverts qu'elle avait apportés et remit le repas à Corey.

Elle s'assit sur la chaise pour tenir compagnie à Corey pendant qu'elle mangeait.

« Vous n'êtes pas obligée de rester si vous avez des choses à faire. C'était gentil de votre part de venir me voir.

— Ça ne me dérange pas de rester. » Maggie préférait de loin être assise avec Corey plutôt que de fixer son téléphone en se demandant quand ou si Brayden allait lui envoyer un texto.

Elle passa une demi-heure avec Corey et s'arrêta pour parler aux autres mamans dans le salon avant de descendre.

« Les enfants n'ont pas arrêté de parler de Brayden et des chevaux, dit Trish. Merci beaucoup d'avoir rendu ça possible pour eux.

— Je suis si heureuse qu'ils aient aimé.

— Ça, ils ont aimé, dit Kelsey. Brayden a été incroyable avec eux. Je suis très contente que Travis prenne des leçons avec lui.

— Cela fait plaisir à entendre, dit Maggie. Brayden est très enthousiaste à l'idée de travailler avec eux.

— Avez-vous parlé à Corey ? demanda Niki.

— Oui, et je l'ai fait manger un peu.

— Oh, c'est bien, dit Trish. Nous étions inquiètes pour elle.

— Je vous verrai toutes demain matin. Dormez bien.

— Bonne nuit, Maggie. »

Elle descendit, mit le plat de Corey dans le lave-vaisselle et entra dans son appartement pour vérifier son téléphone. Son cœur bondit lorsqu'elle vit un nouveau texto de Kate avec les photos du jour de Poppy, qu'elle fit défiler avant d'y répondre. *Elle a tellement grandi !*

Je sais ! répondit Kate. *Je vais devoir acheter ce qu'il lui faut pour l'université bientôt.*

Maggie envoya l'émoji qui rit et posa son téléphone, ne se sentant pas dans son assiette et ne sachant pas si elle devait contacter Brayden ou le laisser faire le prochain pas. Elle l'attendrait puisque c'était lui qui avait demandé s'ils pouvaient parler, et c'était lui qui devait décider s'il allait lui faire confiance.

Elle se mit en pyjama et se brossa les dents, épuisée après une autre journée difficile qui avait été rendue encore plus difficile par l'incertitude avec lui. Résignée à ne pas avoir de nouvelles de lui, Maggie se mit au lit avec un livre sur son application de lecture et essaya de se concentrer sur l'histoire. Elle lut la même ligne trois fois avant de réaliser qu'elle n'avait pas la concentration nécessaire pour lire. Alors elle alluma la télévision et essaya de trouver quelque chose à regarder jusqu'à ce que lui vienne le sommeil.

Quand son téléphone sonna une heure plus tard, elle émergea en sursaut de sa torpeur. Elle aperçut le téléphone enveloppé dans sa couverture et prit l'appel de Brayden.

« Je t'ai réveillée ?

— Non, je regardais la télé. En sommeillant, mais il n'avait pas besoin de le savoir.

— Je peux passer ?

— Bien sûr. Je te retrouve à la porte de la cuisine ?

— J'arrive dans une minute. »

Maggie se leva, enfila un peignoir, passa ses doigts dans ses cheveux, puis alla désactiver l'alarme et allumer la lumière au-dessus de la porte de la cuisine.

Brayden traversa la cour en courant et monta les escaliers jusqu'à la porte de la cuisine.

Maggie lui ouvrit, puis ferma la porte et la verrouilla derrière lui. Elle réactiverait l'alarme quand il serait parti. « Entre. » Elle le mena à son appartement.

Il ferma la porte et la suivit jusqu'au petit salon qui jouxtait la minuscule cuisine qu'elle utilisait rarement grâce à Mitch.

« Tu veux quelque chose à boire ? »

Brayden secoua la tête et s'assit dans le fauteuil d'à côté plutôt que de la rejoindre sur le canapé. Les coudes sur ses jambes et la tête baissée, il semblait désemparé.

« Est-ce que ça va ?

— Je suis vraiment partagé.

— Tu veux en parler ?

— Non, je ne le veux vraiment pas. Il leva les yeux vers elle, son regard plus chargé d'émotion qu'elle ne l'avait jamais vu. Mais je vais le faire. Pour toi. »

Maggie lui tendit la main. « Viens ici. »

Il fixa sa main pendant un long moment avant de la saisir et de rejoindre Maggie sur le canapé.

Elle se tourna vers lui et l'enlaça.

Brayden posa sa tête contre elle.

« Tu n'es pas *obligé* de faire ça. Je comprends parfaitement le besoin de garder certaines choses privées, et je ne voudrais jamais que tu te sentes obligé de partager avec moi quelque chose dont tu ne veux pas me parler. Nous pouvons aller de l'avant en tant que bons amis et collègues.

— Je me suis dit la même chose toute la journée, que je ne pouvais pas te le dire, et que nous n'irions tout simplement pas plus loin. Mais ensuite, j'ai pensé aux choses que tu as partagées avec moi, à tout ton courage, et je sens que je te dois la même chose en retour.

— Tu ne me dois rien, Brayden. Je t'ai dit les choses que je t'ai dites parce que je le voulais, pas parce que j'attendais quelque chose en retour.

— Je sais, mais le truc c'est que... Il leva la tête pour pouvoir voir son visage et caressa sa joue de sa main gauche. Je veux être plus qu'un ami pour toi, Maggie. Je te regarde et je veux juste... eh bien... je veux tout avec toi. Je n'ai jamais voulu me lier à quelqu'un d'autre, alors je suis prêt à prendre le risque, à te faire confiance. »

Maggie se pencha pour l'embrasser. « Merci.

— Mais c'est super important pour moi que ça reste entre nous. Tu ne peux même pas le dire à tes sœurs.

— Je comprends et tu as ma parole que ça ne sortira pas d'ici.

— Quand j'ai quitté la détention, mon avocat a été très clair avec moi. Si tu n'en parles pas, ton passé ne pourra pas être utilisé contre toi. J'ai pris ce conseil très au sérieux et je n'en ai parlé à personne. Lorsque je suis allé à l'université, j'ai laissé tout le reste derrière moi, je me suis fait de nouveaux amis et j'ai pris un nouveau départ dont je vis depuis lors. Seule ma mère connaissait ma vie avant l'université.

— Et puis tu l'as perdue.

— Oui. J'avais tellement envie de lui parler ces derniers jours.

— Je suis vraiment désolée que tu n'aies pas pu et que tu aies été si torturé par tout ça. Peut-être que je n'aurais pas dû en faire toute une histoire...

— Non, tu as eu raison de prendre soin de toi, surtout après ce qui t'est arrivé.

— Je suis bien consciente du fait que si tu ne travaillais pas avec moi, je n'aurais jamais su qu'il y avait quelque chose que je devais demander.

— Oui, et je veux être clair, peu importe le genre de relation entre nous, si tu n'avais pas découvert que j'avais un casier judiciaire en vérifiant mes antécédents, je ne te l'aurais jamais dit. J'ai fixé une limite il y a des années qui divise ma vie entre l'avant et l'après et je ne franchis jamais, jamais cette ligne. »

Maggie prit une profonde inspiration et expira lentement. « J'ai mal au ventre.

— Moi aussi. Il prit sa main et la porta à ses lèvres. J'ai le sentiment que ça vaut la peine de franchir la ligne pour toi.

— Tu as ma parole absolue que, quoi qu'il arrive entre nous, je ne répéterai jamais ce que tu me diras. Jamais. Je l'emporterai avec moi dans la tombe. »

Ses lèvres délicieusement sexy se courbèrent en un petit sourire, mais elle vit encore du tourment dans ses chaleureux yeux bruns. « Je n'ai jamais connu mon père. Ma mère a dit que c'était une histoire sans lendemain, et qu'il ne valait pas la peine d'être connu. Pendant la majeure partie de mon enfance, il n'y avait que moi, ma mère et mon grand-père. Il dirigeait un petit ranch à environ quatre-vingts kilomètres d'ici, et ma mère l'aidait à tenir les comptes, à faire le ménage et à accomplir les tâches ménagères. Quand j'étais assez grand, on attendait de moi que je l'aide aussi, ce qui me convenait tout à fait. J'adorais être avec mon grand-père. Je le suivais partout comme un petit chien embêtant, et il était toujours d'une patience infinie avec moi. C'est lui qui m'a appris tout ce que je sais sur les chevaux. Les gens me disent que j'ai un don avec eux. Si c'est vrai, ça vient de lui. »

Ses yeux devenaient doux et affectueux lorsqu'il parlait de son grand-père. « Il est mort subitement quand j'avais treize ans. Nous l'avons trouvé dans la grange où il s'était effondré. Ils ont dit que c'était probablement une crise cardiaque massive et qu'il n'avait pas souffert. Mais j'ai souffert de le perdre. Oh, comme j'en ai souffert ! D'une certaine manière, je n'ai jamais été le même.

— Je peux tout à fait comprendre. C'est la chose la plus difficile qui soit de découvrir que les gens qu'on aime le plus peuvent nous être enlevés sans avertissement.

— Oui, exactement.

— Je suis désolée que cela te soit arrivé.

— Merci. Il me manque encore tous les jours. Je pense tout le temps à ce qui aurait été différent s'il avait vécu.

— C'est incroyable comme un incident peut déclencher une chaîne d'évènements qui change tout. »

Il lui jeta un coup d'œil, semblant moins torturé que quelques instants auparavant. « C'est tellement, tellement vrai. Environ un an après la mort de mon grand-père, ma mère a décidé de commencer à sortir avec des hommes pour la première fois depuis des années. Quel spectacle de merde ça a été. Elle a vite appris à ne pas leur parler du ranch dont elle avait hérité ni de son fils adolescent, deux choses qui s'avéraient des avantages ou des inconvénients, selon le mec. Puis elle a rencontré Clive. »

Son corps entier se raidit, la tension émanant de lui. « C'était une star du rodéo à la retraite. Il s'était fait un nom en tant que monteur de taureaux. Il avait remporté beaucoup de prix, gagné beaucoup d'argent et d'éloges. Tout l'argent était parti au moment où il a rencontré ma mère, et il avait les yeux sur le tiroir-caisse quand il a découvert le ranch. Ma mère était folle de lui pour des raisons que je n'ai jamais vraiment comprises. Il ne voulait rien avoir à faire avec son fils adolescent, mais il me supportait pour mettre la main sur ses terres. Je l'ai détesté dès que je l'ai rencontré, et mon opinion sur lui n'a jamais changé.

— Mon Dieu, Brayden. C'est affreux. Maggie ne pensait qu'à la chance que ses sœurs et elle avaient eue quand Andi et Aidan étaient entrés dans leur vie. Brayden avait eu l'expérience inverse.

— Ça l'était. Il savait que je le détestais et il prenait plaisir à me pousser à bout.

— Que disait ta maman ?

— Elle me suppliait de l'aider à faire en sorte que ça marche parce qu'on avait besoin d'aide pour faire fonctionner la ferme, et elle se croyait amoureuse de lui pendant un moment. Ça n'a pas duré long- temps, mais le temps qu'elle se rende compte de qui il était vraiment, elle l'avait épousé, il était responsable du ranch de mon grand-père et ne voulait rien avoir à faire avec moi. Et vice versa. J'ai commencé à avoir beaucoup de problèmes à cette époque. Je séchais les cours, je buvais, je fumais de l'herbe, je me rebellais de toutes les façons possibles, ce qui, je le vois maintenant, ne faisait que justifier son aver- sion pour moi. »

Il prit sa main entre les deux siennes, caressant sa peau avec ses mains calleuses et cicatrisées par une vie de dur labeur. « Je ne rentrais à la maison que pour m'occuper des chevaux et voir ma mère. Sinon, je me réfugiais chez mes amis et je restais généralement à l'écart. J'avais quinze ans et je me déplaçais sur une moto qui avait appartenu à mon grand- père. La moto me permettait d'aller au ranch pour m'occuper des chevaux. J'essayais de planifier mes allées et venues pour les moments où je savais qu'il ne serait pas là. Mais ce jour-là, je suis rentré à la maison après l'école. Il... il avait tous les chevaux dans le paddock et... »

Maggie berçait sa tête contre sa poitrine comme elle l'aurait fait pour un enfant qui avait fait un mauvais rêve. Mais ce n'était pas un mauvais rêve. C'était la vie de Brayden, et son cœur se brisait pour lui alors qu'elle attendait d'entendre la suite de son histoire.

« Il avait un grand fouet et les battait. »

Maggie poussa un cri. « Oh, mon Dieu.

— Ils n'avaient nulle part où aller. » Il parlait d'un ton plat, dépourvu d'inflexion. « Ils ne pouvaient pas s'éloigner de lui, et visiblement, ça faisait un moment que ça durait, car ils saignaient tous, surtout Dancer, le cheval de mon grand-père, celui sur lequel j'avais appris à monter. Il s'était concentré sur lui parce qu'il savait que je l'aimais le plus. »

Maggie reniflait alors que des larmes coulaient librement sur son visage. « Brayden...

— Je ne me souviens pas vraiment de ce qui s'est passé ensuite. Mais je me souviens très clairement d'avoir escaladé la clôture du paddock et de m'en être pris à lui et à son fouet. D'après ce qu'on m'a dit, je l'ai battu jusqu'à ce qu'il soit méconnaissable. Ma mère est rentrée à la maison au milieu de tout ça, m'a tiré de là, a appelé le 911 pour lui et le vétérinaire d'urgence pour les chevaux. Tout ce qui s'est passé après ça reste flou. Les flics sont arrivés, ils m'ont emmené. Plus tard, j'ai appris que Clive était sous assistance respiratoire. Je m'en fichais. »

Brayden leva les yeux vers elle, son regard féroce. « Je veux que tu saches que si c'était à refaire, même en sachant comment ça foutrait ma vie en l'air, je ne changerais rien.

— Je ne voudrais pas que tu changes quoi que ce soit. Ces pauvres chevaux. Est-ce qu'ils se sont remis ?

— De leurs blessures, oui, mais je pense qu'ils n'ont plus jamais été les mêmes.

— Tu ne le sais pas ? »

Il secoua la tête. « Ma mère a placé les chevaux et vendu le ranch pour payer mes avocats.

— Oh, Brayden... Mon Dieu, je suis tellement désolée.

— Elle a fait ce qu'il fallait. Elle ne pouvait pas gérer tout ça toute seule de toute façon, et les chevaux avaient besoin de soins que nous ne pouvions pas leur donner.

— Mais quand même... Ç'a dû te briser le cœur de perdre ta maison et les chevaux.

— C'est vrai, mais j'avais de plus gros problèmes à ce moment-là. J'ai été accusé de tentative de meurtre et il était question de me juger en tant qu'adulte. Ma mère m'a trouvé les meilleurs avocats qui existent et ils ont fini par faire réduire les charges à un délit d'agression et à garder l'affaire au tribunal pour mineurs, ce qui a été une grande chance. J'ai passé trois ans en maison de correction et cinq ans en conditionnelle après ma libération et j'ai essayé depuis d'obtenir la radiation de mon casier judiciaire, mais ce n'est pas encore arrivé. Ma mère a réussi à garder l'histoire secrète. Elle a dit aux gens que j'étais allé vivre avec mon oncle dans le Colorado, et personne n'a mis en doute son histoire parce que mes amis savaient à quel point je détestais Clive.

— Et lui ?

— Il a survécu. On m'a dit que j'aurais dû m'en réjouir. S'il était mort, j'aurais probablement été poursuivi comme adulte et je serais toujours en prison.

— Dis-moi qu'il a été accusé de quelque chose.

— Délit mineur de maltraitance animale avec une clause stipulant qu'il devait signer les papiers du divorce, déménager et ne plus jamais parler à ma mère ou moi, ni parler de ma mère ou de moi. »

Elle essuya les larmes de son visage. « Je suis tellement, tellement désolée, Brayden. Je suis désolée de ce qui s'est passé, de t'avoir forcé à parler de quelque chose de si douloureux, que...

— Hé. Brayden leva son menton pour la regarder dans les yeux. Ce n'est pas grave. Je suis content que tu le saches. Je sens que c'est la chose à faire, d'en parler avec toi. » Il soutint son regard pendant un long moment avant de se pencher pour embrasser les larmes sur ses joues.

Maggie inclina son visage très légèrement et ses lèvres rencontrèrent les siennes dans un baiser doux et tendre qui devint rapidement brûlant et désespéré. Après avoir entendu son histoire, elle n'avait plus peur de tomber amoureuse de lui, car il était bien trop tard pour de telles préoccupations. Elle était déjà folle de lui.

Les bras de Brayden l'enlaçaient, sa langue se frottait contre la sienne, et Maggie gémissait en essayant de se rapprocher de lui. « Brayden, dit-elle, haletante, en rompant le baiser. Attends. »

Il laissa tomber sa tête sur sa poitrine en luttant pour reprendre son souffle.

« Laisse-moi me lever. »

Brayden recula, passant ses mains dans ses cheveux alors qu'il semblait chercher à se calmer.

Maggie se mit debout et lui tendit la main.

L'air surpris, il leva les yeux vers elle et saisit sa main.

Elle le tira doucement, l'aidant à se lever.

« Qu'est-ce que tu fais ? demanda-t-il en souriant.

— Je nous installe dans un endroit plus confortable. »

CHAPITRE 22

Maggie le conduisit dans sa chambre, absolument certaine d'avoir pris la bonne décision, malgré leur situation professionnelle qui - elle se devait de le croire - fonctionnerait même si cela ne marchait pas entre eux. En le regardant détacher la ceinture de son peignoir, le travail était la dernière chose à laquelle elle pensait.

« Tu es sûre de vouloir, Maggie ? »

Elle lui sourit. « Oui, Brayden. J'en suis sûre. Et toi ?

— Oh oui, putain. J'étais sûr environ dix minutes après t'avoir rencontrée, et quand je t'ai surprise en train de dormir au travail...

— Je ne dormais pas ! »

Un rire grave retentit en lui. « Si tu le dis.

— Je le dis. »

Il tenait son visage dans ses mains et la regardait fixement. « Tu es tellement, tellement jolie. Je ne pouvais pas m'empêcher de penser à toi pendant mon absence. J'aurais aimé avoir une photo de toi tellement tu me manquais.

— Tu m'as manqué aussi, et ça me semblait idiot que quelqu'un que je venais de rencontrer me manque.

— Ce n'est pas idiot. »

Il n'y avait rien d'idiot dans ce qu'elle ressentait en défaisant la chemise de Brayden et en la faisant glisser de ses épaules. « Le jour où tu as construit la plateforme dans la cour... Elle passa ses mains sur ses épaules, ses bras et sa poitrine musclés.

— Quoi, à propos de ce jour-là ?

— Toutes les femmes du personnel t'admiraient par la fenêtre de la cuisine.

— Pas possible !

— Carrément possible. Maggie fit un pas vers lui pour embrasser ses muscles pectoraux bien définis et les poils sombres de sa poitrine qui lui chatouillaient le nez. Tu nous as fait un sacré spectacle ce jour-là.

— Désolé, dit-il, l'air gêné.

— Ne le sois pas. Depuis, je n'ai pas pu me défaire de l'image de toi, torse nu et en sueur.

— C'est vrai ?

— Mm. Elle continuait à couvrir sa poitrine de baisers et de petits mordillements qui le faisaient haleter. Quelle chance ai-je de pouvoir faire ça ? » Elle lui lécha le téton et il sursauta, enfouissant ses mains dans ses cheveux pour l'ancrer à lui. Maggie triturait sa ceinture, essayant de trouver comment la défaire.

Heureusement, il l'aida, et lorsque les deux bouts se séparèrent, elle écarta les mains de Brayden pour pouvoir libérer le bouton et la ferme-ture Eclair elle-même. Il gémit quand sa main effleura son gland qui avait franchi la bande élastique de son caleçon. « Maggie...

— Oui, Brayden ? »

Il grogna de rire, ce qui la fit sourire.

Il ôta la robe de chambre de Maggie et trouva l'ourlet de son T-shirt, le faisant passer par-dessus sa tête si rapidement qu'elle n'eut pas le temps de se préparer à être complètement nue, à l'exception d'un slip mini.

Brayden la regardait avec des yeux bruns sexy qui s'enflammaient à mesure qu'il l'examinait. « Si belle, putain. » L'enlaçant, il recula jusqu'au lit et la plaça sur lui, puis les retourna rapidement pour qu'il soit sur elle, la regardant de toute sa hauteur. Il tourna son attention vers Froggie.

« Qui avons-nous là ? »

Maggie jeta un coup d'œil à son animal en peluche bien-aimé. « Mon plus vieil et plus cher ami. Froggie, voici Brayden. »

Brayden la charma pour la vie quand il tendit la main pour serrer celle de Froggie – ou sa vieille patte ou nageoire râpée, si on voulait l'appeler comme ça. « Ravi de te rencontrer, Froggie. »

Maggie tourna Froggie afin qu'il ne puisse pas voir ce qui allait se passer. « Bon, où en étions-nous ? »

Avec un sourire, Brayden poussa sa bite dure contre son entrejambe sensible. « À peu près là.

— Ah oui, ça me revient.

— Dis-moi si ça va trop loin pour toi, hein ? »

Elle appréciait son respect pour ce qu'elle avait vécu, mais c'était la dernière chose à laquelle elle pensait avec le sexy Brayden Thomas dans son lit. « Je vais bien, mais merci d'avoir vérifié.

— Pas de problème. »

Il posa ses lèvres sur les siennes dans une caresse taquine qui la fit se cambrer contre lui, cherchant à en obtenir plus. « Doucement, ma chérie. Nous avons toute la nuit, et je ne suis pas pressé. Nous n'aurons plus jamais l'occasion de faire ça pour la première fois, et j'ai l'intention d'en profiter pleinement. »

Maggie expira et essaya de se détendre pendant qu'il embrassait son cou et sa poitrine tout en tenant ses seins et en faisant courir ses pouces d'avant en arrière sur ses tétons qui frémissaient.

« Je n'ai cessé de penser à ces beautés depuis l'autre jour. Il baissa la tête et prit son mamelon gauche dans sa bouche. J'avais tellement envie d'y goûter à nouveau quand on était dans ton bureau. À en crever. »

Elle avait l'impression de flotter hors d'elle-même, de regarder quelqu'un d'autre se faire embrasser, caresser et transporter par le désir pour la première fois de sa vie. Rien n'avait jamais été comme cela, comme lui. Il couvrit son abdomen de baisers et descendit jusqu'à ce que son visage soit pressé contre son aine, la chaleur de sa bouche brûlant sa chair sensible.

Il passa ses deux mains sous elle et la souleva pour la rapprocher et les jambes de Maggie s'ouvrirent pour l'accueillir.

Mon Dieu...

Puis il se mit à tirer sur sa culotte, essayant de l'enlever, et Maggie pouvait à peine bouger pour l'aider. Il se trouva qu'il n'avait pas besoin d'aide, et quand il reprit sa place entre ses jambes, il entreprit de la ravager avec ses lèvres, sa langue et ses doigts. Elle jouit deux fois en succession rapide, ce qui n'était jamais arrivé. Avant qu'elle ne puisse commencer à redescendre de cet incroyable état d'euphorie, il s'enfonçait en elle, l'étirant et la remplissant.

« Brayden... »

Il se blottit contre son cou et embrassa ses lèvres. « Quoi, ma chérie?

— Préservatif.

— C'est fait. »

D'une manière ou d'une autre, elle avait raté cela dans la frénésie orgasmique dans laquelle il l'avait plongée, et maintenant elle avait besoin de toutes ses facultés pour faire face à la pression chaude et pleine de Brayden en elle. Cet homme était grand de partout. Elle éleva ses genoux tout contre ses hanches et aplatit ses mains sur son dos, ses doigts s'enfonçant dans les muscles denses qui se contractaient lorsqu'il bougeait en elle. Maggie ne pouvait pas se rapprocher suffisamment, ne pouvait pas le prendre assez profondément...

Se soulevant sur ses coudes, il appuya en elle et s'immobilisa en la regardant. « Hé », chuchota-t-il, ses lèvres effleurant les siennes dans une légère caresse.

Maggie ouvrit les yeux et les leva vers lui pour le trouver en train de l'examiner.

« Salut. »

Elle sourit. « Salut à toi.

— Tu vas bien ?

— Euh, ouais. Et toi ?

— Je n'ai jamais été aussi bien. » Il fléchit ses hanches, peut-être pour lui rappeler ce qu'ils étaient en train de faire avant qu'il ne prenne une pause – comme si elle avait besoin qu'on le lui rappelle.

Maggie baissa la main pour attraper son cul et le garder enfoui au plus profond d'elle alors qu'elle se frottait sans vergogne contre lui.

Il gémit et recommença à bouger, accélérant le rythme jusqu'à ce qu'ils soient tous les deux tendus l'un contre l'autre dans une course vers l'orgasme. Brayden se figea au-dessus d'elle, ses doigts s'enfonçant dans ses épaules jusqu'à ce qu'il s'effondre sur elle, respirant difficilement alors que des tremblements de plaisir les secouaient tous les deux.

Il resta silencieux pendant un long moment, si long que Maggie se demanda s'il s'était assoupi. Cela n'avait pas d'importance si c'était le cas. Elle aimait son poids sur elle ainsi que l'odeur de sa peau chaude et masculine, du savon et du déodorant épicé.

Elle comprit qu'il ne dormait pas lorsque sa langue effleura son téton, la faisant sursauter comme s'il avait craqué une allumette contre sa chair sensible.

Un rire gronda en lui et résonna en elle. « Quelqu'un est un peu sensible ?

— Plus qu'un peu. »

Il leva les yeux vers elle, les sourcils froncés en signe d'inquiétude. « Tu vas bien, cependant ?

— Mieux que bien. Beaucoup mieux que bien.

— Je suis content de l'entendre. Posant son menton sur la poitrine de Maggie, il étudia son visage. Est-ce que je t'écrase ?

— Non. » Elle resserra ses bras autour de lui pour le garder un peu plus longtemps exactement là où il était. Comme il l'avait dit, ils ne feraient plus jamais cela pour la première fois, et elle n'était pas encore prête à le laisser partir.

Il posa sa tête sur son l'épaule.

Maggie flottait, somnolait et se délectait d'un sentiment de relaxation totale qui avait été si rare ces derniers temps.

Finalement, Brayden se retira d'elle, se leva pour aller à la salle de bains, puis revint s'allonger près d'elle sur le lit.

Maggie le regarda, appuyé sur une main retournée, l'air incroyablement sexy et confiant alors qu'il était complètement nu. Cela dit, quelqu'un qui avait ce corps avait toutes les raisons d'être incroyablement confiant. Cette pensée la fit glousser.

« Quoi ? demanda-t-il, l'air indigné.

— Je me disais juste que tu étais plutôt sûr de toi en tenue d'Adam, mais avec de bonnes raisons de l'être. Elle fit glisser un doigt sur les collines et les vallées de son abdomen bien défini, ses lèvres frémissant d'amusement en voyant sa bite revenir à la vie.

— Ma mère dit que je courais partout à poil jusqu'à l'âge de cinq ans et qu'elle m'obligeait à mettre un pantalon avant d'aller voir les chevaux. »

Le cœur de Maggie se serra quand elle réalisa qu'il avait parlé de sa mère au présent. « Alors tu as toujours été un exhibitionniste éhonté.

— C'est à peu près ça. Mon grand-père avait l'habitude de dire que j'étais sauvage. »

Maggie rit. « Laisse-moi deviner, tu prenais ça comme un compliment, pas vrai ?

— Y a-t-il une autre façon de le prendre ?

— Pour toi, probablement pas.

— J'ai toujours été plus heureux dehors avec les chevaux.

— Ça a dû être de la torture pour toi d'être enfermé.

— En effet. J'ai presque perdu la tête la première année. Maman venait chaque semaine et me suppliait de ne pas baisser les bras, me disait qu'elle travaillait de son côté pour me sortir de là.

— Je me demandais... Maggie se ravisa. Elle lui avait déjà demandé d'ouvrir une vieille blessure. Elle ne voulait pas rendre la perte récente de sa mère encore pire qu'elle ne l'était déjà.

— Qu'est-ce que tu te demandais ? Tu peux me demander tout ce que tu veux. »

Elle se mit sur son flanc pour mieux le voir. « À propos de ta mère et comment les choses se passaient entre vous après ce qui était arrivé.

— Il nous a fallu du temps pour nous en remettre. J'ai été très en colère contre elle pendant longtemps, parce qu'elle savait que ce type n'était pas quelqu'un de bien et qu'elle n'avait pas fait quelque chose plus tôt.

— Qu'est-ce qu'elle répondait à ça ?

— Que j'avais raison à cent pour cent, et qu'elle aurait dû me choisir plutôt que lui, même quand il la charmait et lui faisait la cour. Elle a dit que mon aversion immédiate et viscérale pour lui – et réciproque – aurait dû être un avertissement, parce que j'aimais bien tout le monde et tout le monde m'aimait bien. Le fait qu'elle ait complètement reconnu son rôle dans ce qui s'était passé a aidé. Personne n'avait plus le cœur brisé qu'elle de me voir incarcéré, surtout en sachant qu'elle avait fait entrer cet homme dans nos vies et qu'elle l'y avait gardé alors qu'elle n'aurait pas dû. Elle l'a toujours admis, et c'est comme ça que nous avons pu réparer les choses entre nous. Le fait qu'elle n'ait jamais cessé de se battre pour moi tout le temps que j'étais là-bas a aussi aidé. »

Maggie fit courir sa main le long de son bras. « Tu as travaillé dur pour recoller les morceaux avec elle, ce qui a dû rendre sa perte encore plus atroce.

— C'est vrai, dit-il avec un long soupir. La merde qui est arrivée il y a des années ne m'a pas brisé, mais perdre ma mère a été presque trop dur. Il balaya les cheveux du visage de Maggie et effleura du bout des doigts sa joue. Je devrais filer avant qu'on se fasse prendre. »

Avec le personnel de nuit travaillant à l'étage où se trouvaient les résidents, le risque de le faire rester dans son appartement était minime. « Pas tout de suite. Mitch ne sera pas là avant 6 h. Mais je dois réinitialiser l'alarme. » Elle se leva, trouva sa robe de chambre sur le sol, l'enfila, utilisa la salle de bains et sortit pour s'occuper de l'alarme avant de se remettre au lit avec lui.

« Euh, tu as oublié quelque chose.

— Qu'est-ce que j'ai oublié ?

— D'enlever ton peignoir. » Il tira dessus avec impatience, comme un enfant essayant de d'atteindre un cadeau de Noël tant attendu.

Maggie rit de son impatience et l'aida à enlever la robe de chambre.

Il l'attira dans son étreinte chaleureuse, avec une grande main qui prenait complètement son cul pour la positionner où il voulait. « Voilà. C'est beaucoup mieux.

— Ça fait longtemps que je n'ai pas dormi avec quelqu'un.

— Comment est-ce possible ? Tu as dû avoir un tas de petits copains.

— Pas un tas. Quelques-uns. Un au lycée, deux à l'université. Rien de spécial depuis.

— J'en ai de la chance que tous ces autres gars aient raté la leur. Que s'est-il passé avec eux ?

— Avec celui du lycée ça s'est terminé quand je suis allée à la fac à New York et lui en Californie. On a tenu jusqu'au Noël de la première année avant d'admettre tous les deux qu'une relation à distance ne nous intéressait pas.

— Tu as eu le cœur brisé ?

— Pour quelques jours. »

Brayden rit. « Sans cœur.

— Je sais que ça peut paraître comme ça, mais j'ai rencontré quelqu'un d'autre quelques mois plus tard, et ça a duré un moment. Jusqu'à ce qu'il me trompe avec une de mes amies.

— Pouah. C'est affreux.

— C'était assez horrible. Je ne suis sortie avec personne pendant un long moment après ça. En dernière année, je suis sortie avec quelqu'un que j'aimais beaucoup, mais on était tous les deux tellement occupés par l'école et le travail, la flamme a fini par s'éteindre.

— Il a été idiot de te laisser partir.

— Je sais ! C'est ce que j'ai dit, moi aussi. Maggie aimait le son riche et profond de son rire. Et toi et toutes tes petites amies ?

— Il n'y en a eu qu'une qui a vraiment compté, il y a cent ans, avant les ennuis. C'est encore une chose qui s'est perdue dans la folie.

— Tu n'as jamais essayé de la retrouver après être sorti de détention ?

— Je l'ai cherchée sur Facebook et j'ai vu qu'elle voyait quelqu'un. Elle avait l'air heureuse, alors j'ai laissé tomber.

— Je suis vraiment désolée.

— Ce n'est pas grave. Ce qui devait arriver est arrivé. Depuis que je suis sorti, je me suis concentré sur l'école, ma carrière et la reconstruction de ma vie. Je suis sorti avec des filles ici et là, mais ça n'a jamais duré.

— Comment fais-tu pour être toujours aussi formidable après tout ce que tu as vécu ? Tu devrais être amer et plein de ressentiment, et tu es juste... Tu n'es pas du tout comme ça.

— C'est dû à de nombreuses heures de thérapie que ma mère a fait en sorte que je suive pendant que j'étais à l'ombre et après. Elle s'est acharnée à réparer les dégâts de toutes les façons possibles.

— Merci, mon Dieu pour cela. »

La main de Brayden se déplaçait paresseusement sur le dos de Maggie. « Elle est aussi devenue une avocate infatigable pour les autres enfants qui avaient des ennuis. En fait, quand j'étais à Key West, j'ai reçu un mail d'un des groupes avec lesquels elle travaillait. Ils prévoient de l'honorer en tant que bénévole de l'année lors de leur collecte de fonds annuelle, et ils veulent que j'y aille.

— Tu vas y aller ?

— Je n'ai pas encore répondu. Ce n'est pas avant la semaine prochaine.

— Tu devrais y aller.

— Tu viendrais avec moi ?

— Si tu le voulais.

— Je le veux. Je veux que tu viennes.

— D'accord.

— Vraiment ? »

Elle hocha la tête. « Je vais t'échanger une collecte de fonds contre une autre. Jill et moi représentons Kate à la collecte de fonds annuelle de Buddy, Little Buddy, la semaine prochaine.

— Ce n'est pas très équitable comme échange. Je vais pouvoir côtoyer des célébrités à ton truc.

— C'est moi la gagnante. Je vais pouvoir te côtoyer toi au tien. »

CHAPITRE 23

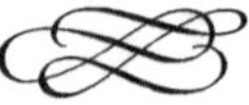

*L*e lendemain matin, Maggie envoya un message à ses sœurs. *J'ai parlé à Brayden, et il m'a raconté toute l'histoire. Je suis à 1 000 % d'accord pour continuer à l'employer et à le voir en dehors du travail. En fait, je pense que je vais le faire aussi souvent que possible à l'avenir. Tout va bien. Il n'y a pas lieu de s'inquiéter, mais merci de vous être souciées de moi.*

Jill répondit la première : *On dirait qu'il y a eu plus qu'une simple conversation entre vous !*

Kate dit : *J'allais dire la même chose ! Des détails ! J'ai besoin de détails !*

Maggie répondit avec l'émoji du singe de la sagesse « je n'entends pas le mal. »

Brayden et elle suivaient une routine faite d'après-midis avec les enfants, de consultations régulières sur les progrès de chaque enfant, de promenades en fin d'après-midi avec Sunday et Thunder, de dîners avec les résidents et de nuits sexy et passionnées dans le lit de Maggie. Ils avaient eu de la chance jusqu'à présent et ne pensaient pas que quelqu'un s'était aperçu qu'il passait toutes les nuits avec elle.

Si elle avait jamais été plus heureuse, Maggie ne s'en souvenait pas. Travailler avec Brayden, parler à Brayden, faire du cheval avec Brayden, rire avec Brayden, aimer Brayden... Son monde tournait autour de lui et le sien autour d'elle, et elle ne voulait pas qu'il en soit autrement.

Elle se précipita sous la douche le soir de la campagne de collecte de fonds à laquelle la mère de Brayden serait honorée et s'habilla d'une combinaison noire élégante qu'Andi avait envoyée après l'avoir vue dans un magasin et avoir pensé à elle. Heureusement que les parents qui avaient le sens de la mode, ça existait, parce que l'idée que Maggie se faisait de la mode – surtout ces derniers temps – était un jean, une chemise en flanelle et un T-shirt.

La combinaison lui allait comme si elle avait été faite sur mesure, pensa Maggie en étudiant son reflet dans un grand miroir après avoir enfilé la seule paire de chaussures à talons noires à lanières qu'elle avait apportée de sa vie en ville. Elle avait utilisé le fer à friser que Kate lui avait prêté pour façonner des boucles en spirale dans ses longs cheveux et avait recouvert ses taches de rousseur avec suffisamment de maquillage pour être présentable.

Une giclée du parfum Dolce & Gabbana Light Blue que Jill lui avait offert pour Noël complétait le look. Elle prit un sac à main noir qu'elle avait également emprunté à Kate, qui lui avait dit de ne pas hésiter à fouiller dans son immense dressing pour trouver ce dont elle avait besoin, ainsi qu'un pull avant d'aller retrouver Brayden.

Mitch laissa échapper un petit sifflement quand elle entra dans la cuisine. « Tu es magnifique, Maggie.

— Oh, merci. Je suis capable de bien m'habiller de temps en temps.

— Passe un bon moment ce soir. Je suis content que tu y ailles avec lui. »

Maggie savait que Mitch et Brayden étaient devenus amis, mais elle ignorait qu'on avait dit à Mitch où ils allaient et pourquoi. « Moi aussi. » Elle sortit et se dirigea vers le parking derrière les écuries, où Brayden lui avait demandé de le rencontrer. Lorsqu'elle s'approcha de son pick-up, elle le vit à moitié dedans et à moitié dehors du siège passager et elle s'avança derrière lui pour mouler son corps au sien.

« Maggie ?

— Qui d'autre ça pourrait être ? » Elle lui donna une petite tape sur les fesses et se recula pour le laisser sortir du camion.

Il se redressa et se retourna, commençant à dire quelque chose qui mourut sur ses lèvres quand il la vit. « Waouh... Tu es... *Waouh*. »

Maggie adorait la façon affamée dont il la regardait. « Alors Monsieur aime la combinaison que ma belle-mère m'a envoyée ?

— Monsieur aime. Il passa un bras autour de sa taille et l'embrassa. Monsieur t'apprécie, toi.

— Madame t'apprécie aussi, dit-elle en jetant un regard admiratif au blazer en tweed qu'il portait avec une chemise habillée et un pantalon chino. Tu es très beau.

— J'ai hésité à mettre une cravate.

— Tu es très bien sans.

— Oh, tant mieux. Je les déteste. Il lui tendit la main pour l'aider à monter du côté passager de son pick-up. Je pense que ce sera assez propre pour toi. Mais tout juste.

— C'est parfait. Ça sent bon, même. »

Brayden désigna le désodorisant posé sur le tableau de bord. « Acheté à la station-service en l'honneur de notre premier vrai rendez-vous. »

Toute excitée à l'idée de leur première vraie sortie, Maggie boucla sa ceinture et attendit qu'il monte.

En faisant le tour de l'écurie jusqu'à l'allée avec le pick-up, il dit : « Euh, bah ça alors ... »

Maggie le quitta du regard pour voir ce qui avait attiré son attention.

Les résidents et le personnel étaient rassemblés dans l'allée et attendaient de les saluer. Même Derek, le responsable de l'écurie, était là.

« OK, eh bien, je suis mortifiée. »

Brayden rit, klaxonna et salua en passant devant le groupe rassemblé.

« Et dire que je pensais qu'on passait inaperçus.

— On peut dire sans trop s'avancer qu'on a été découverts, mon cœur. Je pense que c'est cool qu'ils soient tous venus pour nous voir partir.

— Je maintiens que c'est mortifiant. »

Il prit sa main et la tint pendant qu'il les conduisait en ville.

« Comment te sens-tu par rapport à ce soir ? demanda Maggie alors que Nashville se profilait à l'horizon.

— Je vais mieux que si tu n'étais pas avec moi. On restera pour le truc de ma mère, puis on ira trouver quelque chose de plus amusant à faire.

— S'il te plaît, ne te sens pas obligé de me divertir. C'est la soirée de ta maman, et tu devrais prendre tout le temps dont tu as besoin. C'est génial qu'ils l'honorent de cette façon. Maggie s'était renseignée sur l'organisation en ligne. Et d'ailleurs, je suis impatiente de rencontrer les personnes responsables du groupe et d'élargir mon réseau professionnel.

— Je vois ce qu'il en est, dit-il sur un ton taquin. Tu te sers de moi pour passer la porte de l'organisation.

— Exactement. »

Il rit et porta sa main à ses lèvres. « Merci encore de venir.

— Tout le plaisir est pour moi.

— Ça le sera plus tard. Il remua les sourcils à son intention. Tu as apporté une brosse à dents, non ?

— J'en ai une. Mais tu ne vas toujours pas me dire pourquoi j'en ai besoin ?

— Tout sera révélé en temps voulu.

— Je ne pensais pas que tu étais un homme de mystère. »

Son sourire sexy lui donnait envie de détacher sa ceinture et de se glisser sur ses genoux, même s'il était au volant. « Tu n'as encore rien vu de moi, baby. »

Ce genre de bonheur, Maggie le découvrait, la gardait en haleine : elle en voulait plus, tout en redoutant la possibilité de perdre ce qu'elle avait mis une éternité à trouver. Elle serra sa main autour de celle de Brayden, désireuse de s'accrocher à lui et à tout ce qu'il était.

Il lui jeta un coup d'œil. « Ça va ?

— Très bien. »

Ils écoutaient une des stations locales de musique country, et quand elle joua le tube numéro un de Kate, *I Thought I Knew*, Maggie tendit la main pour monter le son.

« J'adore cette chanson.

— Moi aussi. Elle l'a écrite pour Reid au début qu'ils étaient ensemble.

— Je n'arrive pas à croire que je l'ai vraiment rencontrée, que je sors avec sa sœur.

— Dis-moi la vérité, c'est vraiment pour ça que tu me fréquentes ?

— Tu m'as démasqué. C'est une question d'accès à ta célèbre sœur et à ses célèbres amis.

— Je le savais. »

Il lui fit un grand sourire, et ils chantèrent les paroles que Maggie connaissait par cœur depuis des années. Elles prenaient un nouveau sens maintenant qu'elle avait rencontré Brayden, la faisant se sentir à la fois effrayée et ravie.

· · ·

Je croyais savoir
   Ce qu'était l'amour
   Et puis t'es venu...
   Je croyais savoir
   Comment ce serait,
   Mais maintenant je vois,
   Et maintenant c'est vrai...
   Que je ne savais pas
   Jusqu'à toi...
   Jusqu'à toi...
   Jusqu'à toi...
   Je croyais savoir
   Et maintenant c'est vrai...
   Ce qu'était la paix
   Et puis t'es venu...
   Je croyais savoir
   Comment rêver
   Et puis t'es venu...
   Je croyais savoir
   Comment ce serait
   Mais maintenant je vois...
   Je croyais savoir
   Ce qu'était l'amour
   Et puis t'es venu
   Puis t'es venu...

« Sa voix est tout simplement magique, dit Brayden. Je l'ai toujours pensé, depuis sa première apparition sur scène. Je n'aime même pas tellement la country, mais je fais une exception pour elle, Buddy et Taylor. Ils me font tout simplement vibrer.

— Je suis d'accord. Moi non plus, je ne suis pas très country, mais j'aime certains chanteurs. J'aime beaucoup Martina McBride ainsi que Faith Hill.

— Elles sont géniales, tout comme Rascal Flatts et Tim McGraw.

— Je les aime bien, mais je suis plutôt du genre Coldplay en fin de compte.

— Je les ai vus en concert il y a quelques années.

— Arrête ! Je rêve de les voir.

— Ils viennent ici de temps en temps. Tu auras probablement l'occasion. Quelle est ta chanson préférée d'eux ?

— Entre *Fix You*, *Yellow* et *Viva La Vida*, mon cœur balance. Je les adore toutes.

— Ce doit être aussi mes trois préférées. »

Après un trajet de quarante minutes jusqu'à la ville, rendu plus long par la circulation à l'heure de pointe, Brayden se gara devant l'hôtel Hermitage, sur la 6e Avenue Nord.

« J'ai lu sur cet endroit en ligne, dit Maggie. Tous les grands de ce monde ont séjourné ici – Patsy Cline, le président Kennedy, Johnny Cash, Babe Ruth – et l'hôtel a joué un rôle important dans le mouvement pour le droit de vote des femmes. Mes sœurs adorent cet hôtel.

— J'ai hâte de le découvrir. »

Un voiturier les accueillit et tendit un ticket à Brayden.

Brayden lui donna un billet de cinq dollars. « Merci.

— Appelez le service voiturier trente minutes avant de vouloir la récupérer.

— D'accord.

— Passez une bonne soirée. »

Brayden prit la main de Maggie et entra dans l'hôtel, où ils s'arrêtèrent pour admirer le magnifique hall d'entrée.

En contemplant le superbe haut plafond avec ses mosaïques et ses détails en verre, elle dit : « Il faut que j'amène mon papa et ma belle-mère ici. Ils en seraient fous.

— C'est comme remonter le temps.

— C'est vraiment ça. »

Maggie regarda encore une fois autour d'elle, voulant mémoriser tous les détails. À l'entrée de la salle de bal, Brayden donna son nom à la table de réception installée devant.

« Oh, Brayden ! Je suis Justine. On s'est parlés au téléphone. » La jeune femme étendit son bras par-dessus la table pour lui serrer la main, son regard le parcourant de haut en bas d'une manière qui donnait à Maggie l'envie de lui rappeler qu'il *tenait la main* d'une autre femme pendant qu'elle le matait.

Heureusement, Justine se ressaisit rapidement. « Nous sommes très honorés de vous avoir avec nous ce soir. Elle lui remit des badges sur lesquels figuraient son nom et celui de Maggie. Votre mère était un ange. Nous l'aimions tous tellement.

— Merci.

— Vous êtes assis à la table d'honneur à l'avant. Il y a un signe « réservé » sur la table et des cartes de placement pour vous deux. Avez-vous besoin d'aide pour la trouver ?

— Je pense qu'on va se débrouiller, dit Brayden. Merci encore de nous recevoir. »

Elle lui fit un sourire charmeur. « Tout le plaisir est pour moi. »

Maggie avait envie de lui faire remarquer qu'elle ne manquait pas d'air, mais elle se tut jusqu'à ce qu'ils soient assez loin de la table d'enregistrement. « Elle voulait passer par-dessus la table et te sauter dessus.

— J'ai en quelque sorte capté des ondes dans ce sens… »

Maggie rit. « Il y avait des ondes, c'est sûr. Elle va probablement te glisser la clé de sa chambre avant la fin de la soirée.

— Je ne suis pas intéressé.

— Bonne réponse. »

Il baissa la tête vers elle et lui sourit. Dans une immense pièce remplie de gens, il lui faisait savoir d'un simple regard qu'elle était la seule qui comptait. Chaque fois qu'elle était avec lui, elle vivait quelque chose de nouveau, et ce soir n'était pas différent. Il lui tint la chaise et attendit qu'elle soit installée avant de s'asseoir à côté d'elle. « Tu veux prendre un verre ? Il observait le bar installé de l'autre côté de la pièce.

— Peut-être plus tard. Elle remarqua que la jambe de Brayden gigotait sous la table et elle posa sa main à plat sur sa cuisse.

— Désolé.

— Tu es nerveux à propos de tout ça ?

— Un peu.

— Tu sais qu'ils vont chanter ses louanges.

— Ouais. Il jeta un coup d'œil à la scène, puis se retourna vers elle. Je suis venu avec elle l'année dernière. C'est juste bizarre d'être ici sans elle.

— J'imagine.

— Je t'ai dit merci d'être venue ? »

Maggie sourit. « Je suis vraiment heureuse d'être là. »

CHAPITRE 24

*B*rayden passa son bras autour d'elle, l'embrassa sur la tempe et ne retira son bras que lorsque le personnel de service commença à servir le dîner.

« C'est vraiment chic pour une soirée de charité, dit Maggie en coupant le délicieux steak accompagné d'asperges.

— Apparemment, l'hôtel Hermitage fait don de la salle et leur fait un prix très avantageux sur la nourriture et les boissons. Ils offrent également des forfaits week-end pour les enchères silencieuses. Maman me disait tout le temps qu'ils étaient formidables. »

Après le dîner et le cheese-cake au chocolat pour le dessert, le programme démarra par un mot de bienvenue de la présidente du conseil d'administration, qui présenta les réalisations de l'année écoulée. Celles-ci comprenaient le parrainage de programmes parascolaires qui occupaient les enfants dans ce qu'elle appelait les « heures à risque » et le rapprochement de jeunes récemment sortis du système de placement familial avec des mentors adultes.

« Ma mère avait quelque chose comme dix enfants dont elle était le mentor et elle restait en contact avec chacun d'entre eux, chuchota Brayden. Ils venaient chez nous pour les vacances et tout ça.

— J'aurais aimé pouvoir la rencontrer.

— Moi aussi. Tu lui aurais plu. »

Maggie lui sourit et aurait voulu pouvoir l'embrasser.

« Nous aimerions maintenant honorer notre bénévole de l'année, Kathy Thomas. Comme vous le savez tous, nous avons récemment perdu Kathy dans un accident tragique. Je suis sûre que je parle au nom de beaucoup de personnes ici présentes quand je dis que la perte de cette grande dame ne peut être mesurée par de simples mots. J'aimerais partager ce diaporama qui ne donne qu'un petit aperçu de l'impact que Kathy a eu sur notre organisation. »

Tout en tenant la main de Brayden, Maggie gardait un œil sur le diaporama et l'autre sur lui, notant la façon dont sa mâchoire se crispait au fur et à mesure que les images de sa mère avec un grand nombre de jeunes et d'autres adultes s'affichaient sur l'écran géant. Sur chacune d'entre elles, Kathy souriait, riait, s'engageait pleinement à redonner aux enfants dans le besoin. Pour Maggie, il était évident que Kathy avait cherché à racheter les erreurs qu'elle avait commises avec son propre fils en aidant d'autres enfants. Maggie se surprit à pardonner une femme qu'elle n'avait jamais rencontrée de n'avoir pas su protéger Brayden.

Le diaporama se termina par un tonnerre d'applaudissements chaleureux.

On passa ensuite une vidéo dans laquelle plusieurs enfants et jeunes adultes avec lesquels Kathy avait travaillé parlaient de ce qu'elle représentait pour eux et de la différence qu'elle avait faite dans leur vie.

« Nous sommes honorés d'avoir le fils de Kathy, Brayden, avec nous ce soir pour accepter le prix du bénévole de l'année au nom de sa mère, l'infatigable et irremplaçable Kathy Thomas. »

Brayden pressa la main de Maggie et se dirigea vers la scène alors que la salle entière se levait pour applaudir sa mère.

Maggie avait un énorme nœud dans la gorge lorsqu'elle se mit debout avec les autres pour le regarder monter sur scène, serrer la main du président du programme et regarder longuement le trophée en cristal qui lui avait été remis.

Les applaudissements durèrent plusieurs minutes.

« Merci beaucoup, dit Brayden. C'est un honneur d'être ici avec vous ce soir et d'accepter ce prix au nom de ma mère. Elle avait énormément d'affection pour cette organisation et pour les personnes extraordinaires qu'elle a rencontrées dans le cadre de son travail avec vous tous. Si elle était là, elle vous dirait qu'elle n'a pas besoin de distinctions.

« En fait, elle a refusé celle-ci à plusieurs reprises parce qu'elle disait que les enfants lui donnaient la seule récompense dont elle avait besoin lorsqu'ils terminaient leurs études, trouvaient un bon emploi ou fondaient leur propre famille. Elle était tellement fière de chacun des jeunes avec lesquels elle travaillait, et c'est avec gratitude que j'accepte ce prix en son nom. Merci de vous souvenir d'elle de cette façon. Je vous en suis très reconnaissant. »

Le cœur de Maggie se gonfla de fierté en même temps qu'un élan d'affection et d'amour pour lui la prit au dépourvu. C'était trop tôt pour l'aimer. Elle ne pouvait pas... Pas encore... Mais alors qu'il se dirigeait vers elle, s'arrêtant pour accepter les condoléances de nombreuses personnes, le cœur de Maggie se mit à battre la chamade, et le sentiment qui l'envahit ne pouvait être que de l'amour.

Elle l'aimait.

Comment était-ce possible ?

De toute évidence, elle se montrait ridicule, prise par l'émotion du moment et ne pensant pas clairement. Mais alors son regard croisa le sien, et...

Tout le reste disparut. Dans une pièce pleine de gens, elle ne voyait que lui.

Elle l'aimait.

Il revint finalement à leur table et immédiatement lui tendit les bras.

Maggie ferma les yeux et se blottit contre lui tandis que son esprit cavalait pour rattraper son cœur qui avait choisi Brayden.

Finalement, ils reprirent leurs places, mais Brayden garda le bras autour d'elle, ce qui convenait parfaitement à Maggie. Elle ne voulait rien de plus qu'être près de lui.

À la fin de la cérémonie, il dit qu'il devait utiliser les toilettes et qu'il reviendrait tout de suite. Maggie profita de son absence pour parler de Matthews House à certains dirigeants de l'organisation et échanger leurs cartes de visite.

« Nous nous réunissons pour déjeuner avec d'autres directeurs de programmes le premier mercredi de chaque mois, lui dit l'une des femmes. Vous êtes tout à fait la bienvenue si vous voulez vous joindre à nous.

— J'en serais ravie.

— Parfait. Je vous enverrai l'information par courriel.

— Oui, s'il vous plaît.

— Je travaille avec un enfant qui adorerait votre programme de thérapie équine et je pense que cela ferait des merveilles pour sa confiance en lui. Acceptez-vous de travailler avec des enfants en dehors de votre programme ? »

Brayden revint à temps pour entendre la question. « Je le suis si Maggie est d'accord. C'est elle la patronne.

— Cela me conviendrait parfaitement. Appelez-moi pour organiser cela. »

Maggie savait que Brayden avait envie de partir, mais elle appréciait sa patience pendant qu'elle parlait aux autres des possibilités de networking.

« Nous avons entendu des choses tellement extraordinaires sur votre programme, dit une autre femme. Nous aimerions voir vos installations un jour, si possible.

— Quand vous voudrez. Nous pouvons organiser l'un des déjeuners mensuels chez nous, si vous le souhaitez.

— Ce serait formidable. »

Maggie quitta l'évènement avec le sentiment de s'être fait des amis et d'avoir commencé à mettre en place le réseau professionnel qui lui serait si utile à l'avenir. « C'était génial, dit-elle à Brayden quand ils eurent quitté la salle de bal. C'est exactement le genre de relations dont j'ai besoin.

— Je suis content que tu aies pu rencontrer des gens. Ma mère adorait travailler avec eux. Elle disait que c'était l'équipe parfaite parce qu'ils aiment tous tellement les enfants qu'ils servent. Ce n'est pas juste un travail pour eux, mais une mission.

— Je peux comprendre qu'ils le voient de cette façon. Matthews House n'a jamais été pour moi un « travail ordinaire » et ce n'est pas seulement parce que je travaille pour ma sœur et mon beau-frère. C'est parce que je sais que même dans les pires jours, nous faisons quelque chose d'important pour aider des gens qui en ont vraiment besoin.

— C'est vrai, mais ce soir, tu ne travailles pas.

— Jusqu'à ce qu'on retourne au refuge, tu veux dire.

— Non. Je veux dire jusqu'à demain après-midi, quand les enfants rentreront de l'école.

— De quoi tu parles ? »

Il sortit une clé d'hôtel de sa poche et la lui montra. « Tu te souviens de la brosse à dents que je t'ai dit d'apporter ? »

Maggie poussa un cri. « On *reste ici* ?

— Ouais.

— Mais le foyer, je dois... Ils vont se demander...

— Teresa est prévenue que tu ne reviendras pas ce soir.

— Oh. Maggie ne savait pas trop ce qu'elle ressentait à l'idée qu'il annonce à une de leurs collègues qu'ils allaient passer la nuit ensemble.

— Elle a dit qu'elle pensait que c'était génial parce que tu n'as pas eu une nuit complète à toi depuis que tu as commencé il y a des mois, et elle a dit de te dire de ne pas t'inquiéter. Elle te remplace.

— C'est plutôt cachottier de ta part, Brayden.

— Je le sais bien, Maggie, mais j'ai pensé que tu aimerais passer la nuit ailleurs. »

Il la conduisit dans une petite alcôve donnant sur le couloir, et bloquant la vue avec son dos à quiconque passerait par là, il embrassa son cou, sa mâchoire et ses lèvres.

« Nous ne sommes pas obligés de rester si tu ne veux pas, mais avant de te décider, il faut que tu saches qu'il y a une énorme baignoire dans la chambre, que j'ai commandé du champagne et qu'il y aura le service de chambre demain matin... »

Maggie passa ses bras autour de son cou et l'attira dans un baiser. « Adjugé vendu.

— Qu'est-ce qui t'a fait craquer ? Le room service ? »

Elle secoua la tête. « C'est que je vais pouvoir profiter de toutes ces choses avec toi.

— Alors c'est une bonne surprise ?

— Une très bonne surprise. Tu nous as réservé une chambre dans un hôtel de luxe sans bagages ?

— Peut-être ? »

Maggie rit. « C'est la définition même d'un plan cul. »

Il plaqua sa main contre son cul et le serra. « Je peux m'y faire du moment que c'est un plan cul avec toi.

— On peut aller voir la chambre maintenant ?

— Absolument. Il l'embrassa à nouveau avant de poser son front contre le sien. Maggie...

— Hmmm ?

— Est-ce réel ? Es-tu bien réelle ?

— Je me suis demandé la même chose à ton sujet.

— C'est la chose la plus réelle que j'aie jamais vécue, et tout ce que je veux c'est plus de moments comme ça – et plus encore avec toi.

— Moi aussi. »

Il prit sa main. « Montons à l'étage. »

Brayden s'était attendu à ce que ce soir soit brutal, et à bien des égards, ça l'avait été. Voir les photos de sa mère en vie et bien portante, riant avec les enfants qu'elle aimait tant, avait été un rappel violent de ce qu'il avait perdu. Mais être là avec Maggie l'avait rendu bien plus supportable que ça ne l'aurait été autrement.

Être avec Maggie rendait tout meilleur. Il la trouvait toujours belle, mais ce soir, sa beauté l'avait époustouflé. Quand il l'avait vue debout près du camion, il avait cru pendant une seconde qu'il rêvait. Tout en elle lui plaisait, de la façon dont elle s'occupait des résidents et du personnel à leur amour commun des chevaux et à son investissement dans le programme qu'ils construisaient ensemble.

Elle lui faisait de l'effet comme aucune autre femme ne l'avait jamais fait. Elle était la fille de ses rêves, et il voulait que leur première vraie sortie en couple soit mémorable pour tous les deux. C'est pourquoi il avait atteint le plafond de sa carte de crédit pour réserver une chambre à l'Hermitage afin de rendre cette soirée spéciale pour elle.

Il allait recevoir son premier salaire de Matthews House la semaine prochaine, ce qui lui permettrait de respirer un peu. En attendant, ce soir il allait dépenser une fortune mais cela en valait la peine pour la rendre heureuse et lui permettre une pause bien nécessaire dans ses responsabilités au refuge.

Ils prirent l'ascenseur jusqu'au cinquième étage et suivirent les panneaux jusqu'à la suite 525.

Brayden utilisa la carte-clé et tint la porte ouverte pour qu'elle entre avant lui dans l'élégante chambre avec un lit King-size, un coin salon et une salle de bains en marbre.

« C'est magnifique, Brayden, dit Maggie en admirant tout cela.

— Ton papa construit des hôtels incroyables. Tu les as probablement tous vus. »

Maggie s'approcha de lui, posa ses mains sur ses hanches et leva les yeux vers lui. « Celui-ci est spécial, le plus bel hôtel dans lequel je sois jamais allée parce que j'y suis avec toi. »

Elle était tellement douce, tellement adorable, tellement tout.

Brayden porta ses mains à son visage et l'inclina pour y déposer un baiser. Il pouvait l'embrasser pendant des heures et ne jamais en avoir assez. Et c'était exactement ce qu'il voulait faire maintenant qu'ils avaient toute la nuit pour eux.

On frappa à la porte, ce qui interrompit brièvement ses plans. « Ne bouge pas de là.

— Je ne bouge pas. »

Brayden alla à la porte et fit entrer le serveur de chambre, qui avait apporté du champagne et du chocolat. Il signa le bordereau et y ajouta un pourboire. « Merci beaucoup.

— Passez une bonne soirée. »

Il accompagna l'homme jusqu'à la porte, la ferma et la verrouilla puisqu'ils ne sortiraient plus de la nuit. Quand il se tourna vers la chambre, il vit que Maggie avait enlevé ses chaussures et regardait la vue depuis la fenêtre. De derrière elle, il posa ses mains sur ses épaules. « À quoi penses-tu, là ?

— Je me dis que je peux presque voir le foyer d'ici.

— J'aurais dû t'emmener plus loin que Nashville.

— Non, c'est parfait. Elle s'appuya contre lui. Merci de m'avoir donné la meilleure raison de prendre une pause.

— Est-ce la meilleure raison ? »

Se tournant vers lui, elle dit : « Tu es la meilleure raison que j'aie jamais eue.

— De même. »

Fixant ses magnifiques yeux bleus, il se demanda si elle ressentait la même chose que lui, parce que si c'était le cas... Bon Dieu, il n'osait même pas l'espérer. « Que dirais-tu d'un peu de champagne ?

— Je ne dis jamais non au champagne. »

Il fit sauter le bouchon et remplit des flûtes pour tous les deux. « Ils ont aussi apporté du chocolat.

— Miam. »

Elle regardait la sélection de chocolats en buvant son champagne. « Tu en veux un ? »

Il posa son verre sur une table, enleva sa veste et l'adossa à une chaise, s'assit sur le lit et ôta ses chaussures d'un coup de pied. « D'accord. Choisis-en un pour moi. »

Maggie se glissa entre ses jambes et lui fit avaler un chocolat.

« Mm, c'est bon.

— Oh, oui. »

Ils partagèrent la flûte de champagne de Maggie, puis jetèrent le verre sur la moquette et se laissèrent tomber sur le lit dans un baiser qui avait le goût de chocolat et de champagne. Leurs têtes se heurtèrent, ils rirent et s'embrassèrent encore en arrachant leurs vêtements.

« Comment je fais pour enlever ce truc ? demanda-t-il, frustré par la combinaison.

— Il faut que je me lève. »

Brayden la laissa se lever et quand il essaya de l'aider avec les boutons, elle repoussa ses mains. Il gémit de façon dramatique, ce qui la fit rire.

« Enlève cette chemise, dit-elle. Et le pantalon peut partir aussi. Tu n'en auras plus besoin pendant un moment. »

Les doigts de Brayden étaient bien maladroits pendant qu'il essayait de se dépêcher. Toute la journée, il avait attendu avec impatience le moment où ils auraient des heures à passer ensemble. Au lit. Nus. Cela prenait bien trop de temps pendant qu'il tirait une bande de préservatifs de sa poche, les jetait sur le lit, enlevait son pantalon et ses sous-vêtements, tombant presque à la renverse dans sa hâte.

Maggie se couvrit la bouche, mais ses yeux riaient.

« Ce n'est pas drôle.

— Si, c'est drôle. »

Il s'assit sur le lit, courbant son doigt pour lui faire signe d'approcher, et elle s'installa dans l'espace entre ses jambes. « Tu as oublié quelques trucs, dit-il en désignant du menton le soutien-gorge et la culotte qu'elle avait laissés. Tu veux de l'aide avec ça ?

— D'accord. » Elle se retourna, et c'est alors qu'il s'aperçut qu'elle portait un string.

Il prit une bouffée d'air à la vue du tissu noir qui disparaissait entre ses fesses souples. « Maggie...

— Hm ?

— Est-ce que tu essaies de me donner une crise cardiaque ?

— Non. »

Il enroula ses mains autour de ses fesses et les serra. « Eh bien, tu y as presque réussi.

— Je ne pouvais pas tolérer de marque de culotte visible.

— Je suis entièrement d'accord. Les marques de culotte, c'est l'enfer. »

Brayden adorait la faire rire. Il dégrafa son soutien-gorge noir et fit glisser les bretelles sur ses bras jusqu'à ce que le vêtement tombe sur le sol. Maggie commença à se retourner, mais il l'arrêta. « Attends une minute. » Il se leva, enfonça sa queue dans la douceur entre ses fesses et passa les mains autour d'elle pour prendre ses seins et en taquiner les bouts.

Elle s'appuya contre lui et lui fit voir trente-six chandelles.

Pitié Seigneur, il la désirait comme il n'avait jamais désiré rien ni personne – jamais. Ce genre de désir était tout nouveau pour lui, il avait entendu dire que cela arrivait à d'autres, mais il n'en avait jamais fait l'expérience jusqu'à ce qu'il rencontre Maggie et qu'il comprenne soudain. Il avait pratiquement gâché la majeure partie de ses vacances à Key West pour pouvoir lui parler, et si cela n'était pas un signe que sa vie avait pris un tournant inattendu, il ne savait pas ce qui le serait.

Il embrassa sa nuque et caressa ses seins jusqu'à ce que les jambes de Maggie tremblent. Serrant un bras autour de ses côtes, il plaça l'autre main sur son ventre et la fit glisser entre ses jambes.

Haletante, elle se pencha vers lui quand il se mit à jouer avec elle à travers la soie de sa culotte. Il continua jusqu'à ce qu'elle respire fort et bouge avec lui, puis il s'arrêta, enfonça sa main dans sa culotte et l'acheva en deux coups. Il fit glisser la culotte le long de ses jambes et tint Maggie pendant qu'elle l'enlevait. Quand elle se retourna vers lui, il attrapa un préservatif et l'enfila.

Il la guida sur ses genoux pour qu'elle le chevauche, ses bras enroulés autour de son cou et ses seins pressés contre son torse. « Est-ce que ça va comme ça ? »

Elle acquiesça, se souleva et le prit, descendant lentement sur lui jusqu'à ce qu'il soit complètement enfoui en elle.

Ses mains prirent ses fesses et s'accrochèrent alors qu'elle donnait le rythme, le forçant à la suivre. Il était plus qu'heureux de la suivre partout où elle voulait l'emmener.

$\mathcal{M}$aggie dormit comme un loir. Elle n'avait pas dormi comme cela depuis des mois, depuis qu'elle avait déménagé au Tennessee. Peut-être même avant qu'Ethan ne l'attaque. Quand elle se réveilla, le soleil perçait à travers les rideaux, et elle n'avait aucune idée de l'heure. Avec un peu de chance, les enfants étaient partis à l'école sans problème et tout allait bien au refuge. Il fallait qu'elle se dise que Teresa l'appellerait s'il arrivait quelque chose qu'elle ne pouvait pas gérer.

En expirant profondément, elle se blottit plus encore dans les luxueux draps du lit et savoura son bonheur en pensant à la nuit passée avec Brayden. Elle somnola jusqu'à ce que l'odeur du café et du bacon la fasse se redresser dans le lit.

« Bonjour, ma Belle au bois dormant. »

Elle repoussa la masse de cheveux de son visage pour admirer la délicieuse vue de Brayden assis à la table, ne portant que ses sous-vêtements et lisant le journal. « Bonjour. Quelle heure est-il ?

— Bientôt 10 h.

— Ce n'est pas vrai !

— Si, c'est vrai.

— Waouh. J'étais persuadée ces derniers temps que je ne dormirai plus jamais après 6 h 30 du matin.

— Maintenant tu sais que tu peux encore le faire. »

Maggie trouva la chemise que Brayden avait portée et l'enfila avant de sortir du lit pour aller à la salle de bains et prendre la brosse à dents qu'il lui avait demandé d'apporter. Quel cachottier. Elle était ravie qu'il ait prévu pour elle cette incroyable nuit loin de tout. Après avoir utilisé la salle de bains, s'être brossé les dents et avoir essayé de lisser sa tignasse, elle alla à lui et, se tenant derrière sa chaise, l'enlaça.

« Merci beaucoup pour tout ça. Je n'avais aucune idée à quel point j'en avais besoin avant que tu ne l'organises. »

Il lui prit la main. « *Tout* le plaisir est pour moi. »

Maggie sourit en embrassant son cou. « Est-ce que je sens l'odeur du bacon ?

— Oui. Pas aussi bon que celui de Mitch, mais ça ira. Il lui versa une tasse de café, y ajouta la crème qu'elle aimait et la lui tendit.

— Merci. Elle prit place sur l'autre siège à la table et but la première gorgée de café, qui était l'un de ses moments préférés de la journée. Tu es debout depuis longtemps ? »

Maggie remarqua la dense barbe foncée sur sa mâchoire qui apparaissait tous les matins et lui donnait le look brut, sexy et sauvage qu'elle aimait chez lui – presque autant que la version rasée de près. Elle pourrait fixer son visage toute la journée, tous les jours, et ne jamais se lasser de la vue.

« Qu'est-ce que tu regardes, là ?

— Le Brayden mal rasé. »

Il frotta la barbe de sa mâchoire. « Ça me rend fou.

— J'aime ça.

— Ouais ?

— Oui, oui.

— Je vais peut-être la garder si tu aimes.

— Pas si ça te rend fou.

— On va y réfléchir. »

Maggie dévora l'omelette au bacon et au fromage qu'il avait commandée pour elle comme si elle n'avait pas mangé depuis un mois. « Tu as déjà déjeuné ? Elle ne pouvait s'empêcher de regarder son beau torse et ses abdos bien dessinés.

— Ouais, j'étais affamé. Tu m'as épuisé. »

Elle pouffa de rire. « Je dirais que c'était plutôt l'inverse. Je m'occupais de mes oignons à 3 h du matin quand j'ai été brusquement réveillée par un homme qui avait déjà consommé la marchandise deux fois.

— La marchandise est si bonne qu'il en voulait encore. »

Son petit sourire sexy allait causer la perte de Maggie. Tout ce qu'il avait à faire était de la regarder comme il le faisait à l'instant, et elle était fichue. Le moment fut interrompu quand le téléphone de Maggie sonna avec un texto.

« Je devrais regarder ce que c'est.

— Vas-y. »

Elle se leva et traversa la pièce jusqu'à la chaise où elle avait laissé son sac à main. Cela faisait des mois qu'elle était à la tête de Matthews House et elle n'avait jamais été sans nouvelles aussi longtemps. Maggie sortit le téléphone et se rendit compte qu'il y avait plusieurs textos de Teresa, et en les lisant son cœur se serra.

Désolée de te déranger pendant ton absence. J'ai pensé que tu voudrais savoir que Trey a été libéré de prison hier soir et que Corey a dû partir en douce avant que nous ayons mis l'alarme. J'ai réalisé qu'elle n'était plus là ce matin. La sécurité a signalé qu'un Uber est venu prendre quelqu'un vers 22 h. On a vérifié sa chambre, et ses affaires ne sont plus là.

« Pouah, dit Maggie.

— Qu'est-ce qui ne va pas ? »

Elle le mit au courant tout en envoyant un SMS à Teresa, la seule autre personne de l'équipe qui avait la clé du bureau. *Va dans mon bureau et sors son dossier. Trouve-moi la dernière adresse connue pour elle.*

Déjà fait. La voici. Elle envoya une photo contenant l'info.

Je m'en occupe.

Brayden est toujours avec toi ? Tu ne devrais pas y aller seule.

Oui, il est là.

Sois prudente.

Maggie posa le téléphone, ramassa ses vêtements sur le sol et alla prendre sa douche. Si seulement elle avait été là, elle aurait pu empêcher Corey de partir. Merde ! Elle aurait dû être là ! Se tenant sous l'eau chaude, Maggie s'accorda une minute pour formuler un plan. Corey ne devrait pas être en balade moins de deux semaines après une grosse opération. Et si Trey lui faisait encore du mal ?

Brayden entra dans la douche et posa ses mains sur ses épaules. « Je sais ce que tu penses, et tu dois arrêter de te dire que c'est de ta faute. Elle était décidée à le voir, et tu n'aurais pas pu l'en empêcher, même si tu avais été là.

— Tu ne peux pas le savoir.

— Si, je le sais, et quand tu prendras une minute pour respirer, tu le sauras aussi.

— Comment peut-elle courir le rejoindre après ce qu'il a fait à leur bébé et à elle ?

— Je ne sais pas, mais elle aurait trouvé un moyen de le retrouver, que tu aies été là ou non. Peut-être qu'elle ne serait pas partie hier soir, mais tu ne peux pas la forcer à rester si elle ne le veut pas. »

Maggie se blottit contre lui, s'abandonnant au réconfort chaleureux que lui offrait Brayden.

Il posa son menton sur son épaule. « Tu ne vas pas toutes les sauver, Maggie, peu importe combien tu essaies.

— Je veux les sauver toutes. Je veux qu'elles soient en sécurité et heureuses.

— Je sais, ma chérie, mais les gens font ce qu'ils font, et tu ne peux pas les empêcher de prendre de mauvaises décisions.

— Alors je ne devrais pas aller la chercher ?

— Je n'ai pas dit ça. On peut aller la voir, mais tu dois te préparer à la possibilité qu'elle ne veuille pas retourner à Matthews House, même si c'est ce qu'il y a de mieux pour elle en ce moment.

— Il n'y a même pas deux semaines qu'elle a subi une opération sérieuse.

— Je le sais. »

Ils terminèrent leur douche, s'habillèrent, appelèrent pour son pick-up et étaient en route pour retrouver Corey vingt minutes après que Maggie ait reçu le texto de Teresa, suivant le GPS jusqu'à une adresse au nord du centre de Nashville.

Plus ils se rapprochaient de l'adresse, plus Maggie devenait nerveuse quant à la sécurité de Corey. Elle était partie depuis plus de douze heures à ce stade. Beaucoup de choses pouvaient arriver en ce laps de temps. Brayden tourna à droite dans un immeuble d'appartements délabré, et le cœur de Maggie s'arrêta lorsqu'elle vit des véhicules de police et de pompiers sur le parking. « Oh, mon Dieu. »

Elle sauta du pick-up et courut vers la première voiture de police qu'elle pouvait atteindre. « Je cherche la femme qui vit au numéro 62.

— Nous l'avons transportée à l'hôpital général de Nashville, dit l'officier.

— Est-elle... Que s'est-il passé ?

— Vous êtes un membre de la famille ?

— Non, une amie.

— Je ne suis pas autorisé à le dire. »

Maggie fit demi-tour pour retourner au pick-up et faillit heurter Brayden, qui lui saisit les bras. « Elle est retournée à l'hôpital », lui dit-elle d'un ton plat qui était en contraste direct avec ce qu'elle ressentait à l'intérieur. Elle avait envie de fulminer et de crier à cause de la tournure des évènements. Mais cela n'aurait pas aidé Corey. « L'hôpital général de Nashville. »

Il lui prit la main. « Viens. » Brayden la ramena à son pick-up et l'aida à s'installer sur le siège passager.

« Respire », dit-il en conduisant plus vite qu'il n'aurait dû pour les emmener à l'hôpital.

Maggie forçait l'air dans ses poumons. Même si elle se disait que ce n'était pas de sa faute, qu'elle n'aurait rien pu faire pour empêcher Corey de retourner avec Trey si c'était ce qu'elle voulait vraiment faire, elle se sentait toujours responsable dans un sens.

Brayden s'arrêta devant l'entrée des urgences. « Vas-y. Je te retrouverai. »

Maggie bondit du pick-up et courut à l'intérieur, en regrettant de ne pas avoir d'ailes pour accomplir cette mission. « Je cherche Corey Gellar.

— Vous êtes un membre de la famille ? demanda l'infirmière qui travaillait à l'accueil.

— Non, je suis la directrice du foyer où elle est hébergée. Elle m'a nommée comme personne à contacter quand elle est venue ici récemment pour accoucher. Maggie montra sa carte d'identité de Matthews House, reconnaissante de l'avoir sur elle. À ma connaissance, il n'y a aucun membre de la famille de Corey dans la région.

— Asseyez-vous. Je vais voir ce que je peux faire. »

Maggie n'avait pas envie de s'asseoir, mais n'ayant pas d'autre choix, elle trouva deux places vides dans la salle d'attente bondée et fit signe à Brayden quand il arriva quelques minutes plus tard.

« Qu'est-ce qu'ils ont dit ?

— Que je dois attendre. »

Il lui prit la main. « Respire, Maggie. Continue à respirer et arrête de culpabiliser.

— J'essaie. »

Ils patientèrent longtemps, peut-être plus d'une heure, tandis que Maggie vibrait de tension et d'anxiété, ayant l'impression qu'elle allait exploser si elle n'avait pas rapidement des nouvelles. Finalement, une femme entra dans la salle d'attente et demanda la famille de Corey Gellar.

Maggie se leva et alla vers elle. « Je suis Maggie Harrington, la directrice de Matthews House où Mme Gellar séjournait jusqu'à la nuit dernière. Un membre de mon équipe est ici avec moi pour elle.

— Vous pouvez venir derrière. »

Maggie fit signe à Brayden de la rejoindre, et ils suivirent la femme à travers les doubles portes, où elle les conduisit dans une petite pièce comprenant une table entourée de quatre chaises et rien d'autre. Son cœur se serra quand un officier de police entra dans la pièce.

« Un médecin va arriver bientôt », dit l'infirmière en sortant.

Les mains de Brayden sur les épaules de Maggie aidèrent celle-ci à garder son calme alors qu'elle se préparait à ce qu'elle allait entendre.

« Que s'est-il passé ? demanda Maggie au policier.

— Nous avons reçu un appel à 8 h ce matin d'un voisin qui a entendu des cris provenant de l'appartement d'à côté. Lorsque nous sommes arrivés, nous avons trouvé la porte d'entrée ouverte et Mme Gellar en sang et inconsciente sur le sol. Nous pensons qu'elle était là depuis un certain temps avant notre arrivée. »

Maggie assimilait l'information avec un sentiment croissant d'effroi. « Et son petit ami...

— Nous sommes à sa recherche.

— Il... Il a déjà fait ça avant. Il vient juste de sortir de prison.

— Nous connaissons très bien M. Williams. Il a une longue relation avec nos services. »

Maggie avait envie de s'effondrer, mais elle se retenait parce que Corey avait besoin qu'elle soit forte.

Une femme en blouse blanche entra dans la pièce maintenant bondée et se présenta comme la doctoresse Halstead.

« Comment va-t-elle ? demanda Maggie.

— Installez-vous », dit la doctoresse en s'asseyant à la table.

Maggie s'assit en face d'elle.

« Je crois comprendre que Mme Gellar vous a mise sur sa liste de contacts quand elle est venue ici pour accoucher.

— Oui, elle n'a pas de famille dans la région. Elle séjournait dans notre établissement.

— Je suis désolée d'avoir à vous dire qu'elle a été sévèrement battue et qu'elle est dans un état très critique. »

Maggie gémit.

Brayden s'assit à côté d'elle et passa son bras autour d'elle.

« Nous l'avons emmenée en chirurgie pour gérer une hémorragie interne et la réouverture de sa plaie chirurgicale précédente. »

À cette nouvelle, Maggie laissa tomber sa tête dans ses mains. « Est-ce qu'elle va s'en sortir ?

— Nous ne le savons pas encore. Notre principale préoccupation est une blessure à la tête assez importante. »

Cela ne pouvait pas être en train d'arriver.

Les heures suivantes semblaient se dérouler au ralenti alors que Maggie et Brayden attendaient des nouvelles. À 14 h, elle suggéra à Brayden de rentrer à la maison pour continuer comme prévu avec les enfants et les cours d'équitation.

« Je ne me sentirais pas bien si je te laissais seule ici.

— Moi, ça va. Les enfants seront déçus si on annule.

— Je reviendrai tout de suite après.

— Demande à Teresa de m'envoyer un jean et des baskets, tu veux bien? »

Il déposa un baiser sur son front. « Je m'en occupe, et je reviens dès que possible.

— Merci encore pour la nuit merveilleuse.

— Je suis désolé qu'elle se soit terminée ici. »

Elle lui fit un sourire timide. « Une personne très sage m'a dit un jour qu'on ne pouvait pas contrôler ce que faisaient les autres.

— Continue de te le répéter. » Il embrassa sa joue et se leva pour partir.

Maggie le regarda partir, reconnaissante de l'avoir et du soutien qu'il offrait si facilement, comme si c'était la chose la plus naturelle du monde de vouloir être là pour elle. Elle se souvint de quelque chose que sa mère lui avait dit un jour, alors qu'elle pleurait la perte de la plus sérieuse de ses deux relations universitaires. Elle lui avait dit : *Il est là, quelque part, et quand tu le trouveras, tu le sauras, parce qu'il sera là pour toi, il t'écoutera, il te verra. Quand c'est le bon, il te donne l'impression d'être la chose la plus importante dans son monde. Attends cet homme, et quand il se montrera, sois sûre de ne pas le rater.*

Brayden était-il cet homme ? Celui qu'elle avait espéré trouver un jour ? Il cochait toutes les cases de la liste de sa mère, et soudain, plus que tout, elle voulait parler à sa mère de lui, de Corey et de Debbie. Elle trouva un coin isolé, loin de la salle d'attente principale, et passa le coup de fil.

Sa mère répondit à la troisième sonnerie, comme si elle s'était précipitée sur le téléphone. « Hé, c'est une bonne surprise.

— Tu es occupée ?

— Je fais un peu de yoga avant d'aller chercher les garçons.

— Je peux te rappeler plus tard.

— Tu ne me déranges pas, là. Qu'est-ce qu'il y a ? »

La gorge de Maggie se serra, et elle ne pouvait ni respirer ni parler.

« Maggie ? Est-ce que tu vas bien ?

— Ouais. Elle s'efforça de se calmer et de faire ce que Brayden lui avait dit de faire toute la matinée : respirer.

— Qu'est-ce qui ne va pas, Maggie ?

— Je... je pense que ce travail est peut-être trop dur pour moi. Les mots, une fois prononcés, ne pourraient jamais être remis dans la boîte où elle les avait gardés pendant des mois.

— Pourquoi dis-tu cela ? D'après ce que j'ai entendu, tu fais un excellent travail.

— Une des mères est morte la semaine dernière.

— Je le sais. On vous a dit ce qui s'est passé ?

— Sa maman m'a dit qu'elle avait une hypertrophie du cœur.

— Alors c'était probablement une bombe à retardement. Tu dois bien savoir que tu n'aurais rien pu faire pour empêcher sa mort, non ?

— Comment puis-je en être sûre ?

— Maggie ! Ce n'est pas de ta faute. »

Elle se réfugia dans le confort des paroles catégoriques de sa mère. « La nuit dernière, je suis restée en ville avec un ami.

— Je suppose que tu as droit à une nuit de repos de temps en temps.

— Oui, mais pendant que j'étais partie, une des résidentes est sortie pour retourner avec l'homme qui l'a tellement battue que leur bébé est né prématurément. Il a été libéré de prison hier, et aujourd'hui, je suis aux urgences pour savoir si elle va survivre à la blessure à la tête qu'il lui a occasionnée lorsqu'il l'a à nouveau battue – si violemment qu'elle est en salle d'opération. »

Sa voix se brisa.

« Ma chérie, je suis désolée que cela soit arrivé à quelqu'un que tu apprécies.

— Elle est si jeune et n'a personne.

— C'est pourquoi elle est retournée vers lui à la première occasion. C'est son homme, pour le meilleur et pour le pire.

— Pourquoi ça a autant de sens quand tu le présentes comme ça ?

— Ça n'aura jamais vraiment de sens pour toi parce que tu n'es pas dans sa relation. Peut-être qu'à un moment donné, avant que ça ne tourne mal, il était la première personne à s'intéresser véritablement à elle. Peut-être qu'elle espère toujours retrouver cet homme en lui.

— J'espère qu'elle ne le cherchera plus en lui après ça.

— Il faut te préparer à la possibilité qu'elle continue à retourner vers lui. Tu fais ce que tu peux, trésor. Tu ne peux pas vivre leur vie à leur place. Tu ne peux qu'essayer de leur rendre la vie plus facile et plus confortable pendant qu'ils apprennent tout seuls. »

Maggie absorba les paroles de sagesse de sa mère, laissant le son réconfortant de sa voix l'envahir. « Merci de m'avoir écoutée.

— Le travail n'est pas trop dur pour toi, Mags. C'est que ton cœur est trop grand pour supporter la douleur parfois. Cela a toujours été comme ça. Ton papa et moi étions très inquiets de savoir si le travail allait briser ton beau grand cœur.

— Vous l'étiez ? Vous avez parlé de ça ?

— Voici une nouvelle que tu peux partager avec tes sœurs. On parle de vous tout le temps. »

Maggie rit. « Pourquoi ne suis-je pas surprise ?

— Ça va aller, ma puce ?

— Je crois que ça ira. Je suis vraiment inquiète pour Corey.

— Je vais dire une prière pour elle ainsi que pour toi.

— Merci, Maman.

— Alors, à propos de cet « ami » avec qui tu es resté en ville... Tu veux me dire quelque chose sur elle ou *lui* ?

— Tu es toujours aussi nulle quand il s'agit de subtilité.

— C'est ce que me disent mes filles.

— Il s'appelle Brayden, ce que tu sais déjà parce que Jill et Kate ont des grandes gueules, et je pense que je l'aime. »

Clare poussa un cri. « Tu l'aimes ? Vraiment ?

— Je pense que oui. Il est incroyable, intelligent, gentil, talentueux et probablement l'homme le plus sexy que j'aie jamais rencontré.

— Rien que ça… »

Maggie rit à nouveau. « Tu me poses la question.

— C'est vraiment une excellente nouvelle. Comment se sent-il par rapport à tout cela ?

— Je ne sais pas. Ce n'est encore que le début, mais il a organisé la sortie pour moi, ce qui était vraiment gentil. »

Maggie lui parla de la collecte de fonds à laquelle ils avaient assisté et du fait qu'il avait accepté le prix au nom de sa mère décédée.

« Il l'a perdue il y a combien de temps ?

— Il y a deux mois, dans un accident de voiture.

— Le pauvre. C'est encore récent.

— Oui, et elle était sa seule famille.

— Oh là là. Eh bien, je suis contente qu'il t'ait trouvée et que tu l'aies dans ta vie.

— Ne t'emballe pas trop vite, et ne le dis pas à Papa.

— Je ne lui cache rien. Tu le sais bien.

— Vous êtes *divorcés*. Pourquoi ne pouvez-vous pas agir en tant que tels de temps en temps ? »

Clare éclata de rire. « Nous ne sommes pas divorcés en ce qui concerne nos filles adorées.

— Je le lui dirai quand je serai prête, Maman. Sérieusement, ne lui dis pas. Il va venir en avion pour faire subir un interrogatoire à Brayden.

— Tu as raison. Il le ferait probablement.

— Alors gardons ça entre nous pour le moment. Je promets que je lui dirai quand le moment sera venu.

— Très bien. Je vais garder ton secret. Pour le moment.

— Comment ça se passe pour le mariage ? Maggie posa la question, car elle voulait retenir sa mère au téléphone encore un peu.

— Tout est prêt, il ne reste plus qu'à attendre. Andi nous a rendu la tâche super facile. C'est tout un art pour elle après toutes ces années passées à superviser les mariages à l'hôtel. Bien qu'elle ait dit qu'elle n'a jamais aidé à organiser un mariage pour un de ses propres enfants.

— Est-ce que ça te dérange quand elle parle de nous de cette façon ?

— Non, ça m'est passé il y a des années. Quand j'ai réalisé la chance que nous avions que vous, les filles, ayez pu vous appuyer sur elle lorsque je ne pouvais pas être là pour vous.

— Parfois, tout ça semble être arrivé il y a un million d'années, et parfois, c'est comme si c'était arrivé la semaine dernière.

— Je sais ce que tu veux dire. Même après toutes ces années, quelque-fois je trouve encore cela bizarre d'être mariée à Aidan et pas à ton père.

— C'est parce que tu as raté le moment où ton premier mariage s'est terminé.

— C'est tout à fait ça. Je veux préciser que j'aime Aidan à la folie. Je ne voudrais pas que tu penses le contraire.

— Je sais que tu l'aimes.

— J'ai raté beaucoup de choses pendant ces années-là. »

Clare disait souvent qu'elle avait laissé trois petites filles derrière elle et s'était réveillée de son coma avec trois jeunes femmes qui avaient presque fini de grandir sans leur mère.

« Je ne veux pas réveiller des souvenirs difficiles. Désolée.

— Ce n'est pas grave. C'est notre histoire, et elle nous appartient. Et puis, tout s'est arrangé pour le mieux et c'était le destin. Je le crois sincèrement. »

Maggie se redressa quand elle vit le médecin de Corey franchir les doubles portes de la salle d'attente. « Maman, je dois y aller. Je t'envoie un message plus tard.

— Tiens bon, Mags. Je t'aime.

— Je t'aime aussi. »

CHAPITRE 26

Maggie rangea le téléphone dans sa poche et s'approcha de la doctoresse. « Y a-t-il des nouvelles de Corey ?

— Venez par là. »

L'estomac noué, Maggie la suivit dans la pièce où elles s'étaient rendues plus tôt.

La doctoresse ferma la porte. « Elle a survécu à l'opération et est en salle de réveil. Nous avons fait un scanner et n'avons vu aucun signe d'hémorragie cérébrale.

— C'est une bonne nouvelle, non ?

— Une très bonne nouvelle.

— Est-elle consciente ?

— Pas encore, mais nous sommes plus optimistes après avoir vu les scanners. Il faut attendre et l'observer pour l'instant. Elle n'est pas encore sortie d'affaire, mais elle se porte mieux qu'avant.

— Je peux la voir ?

— Quand on l'aura installée dans une chambre. Si vous me donnez votre numéro de portable, je demanderai à une des infirmières de vous appeler.

— Merci beaucoup. » Maggie donna son numéro de téléphone au médecin et retourna dans la salle d'attente pour envoyer des textos à Brayden, Teresa et Arnelle, les informant de l'état de Corey.

Chacun d'entre eux répondit avec soulagement et en demandant à Maggie de les tenir informés. Comme elle avait un peu de temps, elle se rendit à la cafétéria, acheta une tasse de café et l'apporta sur un banc à l'extérieur devant l'entrée des urgences, où elle inclina son visage vers le soleil chaud et pensa à ce que Brayden et sa mère avaient dit sur les choses qu'elle pouvait contrôler et celles qu'elle ne pouvait pas.

Avec le temps, elle espérait pouvoir ne pas prendre les échecs de ses résidents si mal. Ou peut-être qu'elle n'y arriverait pas. Peut-être prendrait-elle toujours leurs difficultés à cœur et se sentirait-elle responsable si leur programme ne parvenait pas à faire la différence pour quelqu'un qu'ils essayaient d'aider.

Son téléphone sonna, et elle prit l'appel de Kate. « Salut.

— J'ai appris pour Corey. Comment va-t-elle ? Est-ce que tu tiens le coup ? »

Maggie raconta à sa sœur ce qu'elle savait.

« Je vois que tu t'en veux, Maggie, et ce n'est pas de ta faute.

— J'aurais voulu être au foyer la nuit dernière. J'aurais peut-être pu l'empêcher de partir.

— Si elle était déterminée à aller le voir, rien n'aurait pu l'arrêter. Même pas toi. Lorsque nous t'avons engagée pour ce travail, nous ne nous attendions pas à ce que tu sois en service vingt-quatre heures sur vingt-quatre. Tout le monde a droit à du temps libre et à des congés, y compris toi.

— Merci. Je le sais. J'aurais juste aimé que ce ne soit pas arrivé.

— Je le sais, mais j'ai besoin que tu me dises que tu comprends que ce n'est pas de ta faute.

— Ce n'est pas de ma faute.

— Tout ce que nous pouvons faire, Mags, c'est fournir les moyens. Nous ne pouvons pas obliger nos résidents à les utiliser. Et c'est pourquoi ils signent la décharge qui nous dégage de toute responsabilité à leur égard. Parce qu'ils sont adultes et qu'ils peuvent faire ce qu'ils veulent, même si ce n'est pas ce que nous leur conseillons de faire. »

Maggie se rappela qu'Ashton avait impérativement insisté sur ce qu'il appelait le formulaire de décharge de responsabilité. Tous ceux qui entraient dans l'établissement le signaient pour protéger les propriétaires et le personnel de toute responsabilité dans des situations comme celle-ci et celle qui était arrivée à Debbie.

« Merci de m'avoir contactée pour me rappeler ce qu'est mon travail et ce qu'il n'est pas.

— Tu fais un travail formidable. Le fait que tu te sentes concernée comme cela est la chose la plus importante pour les résidents. C'est ce dont ils ont le plus besoin. Quelqu'un qui se soucie d'eux.

— C'est vrai. On leur donne ça.

— Oui, c'est ce que vous faites. Alors comment s'est passé ton escapade avec Brayden ?

— C'était vraiment génial. Il s'est arrangé pour que nous puissions rester en ville après la collecte de fonds.

— C'est très gentil. Je suis ravie qu'il ait fait ça. Et bien sûr, tu t'en veux d'avoir été là-bas plutôt qu'au refuge quand Corey est partie.

— Oui, c'est ça. Je vais mieux maintenant. J'ai parlé à Brayden, à Maman et maintenant à toi, et vous avez tous dit la même chose. Je suis encore en train d'apprendre à gérer les choses quand elles tournent mal. J'ai rencontré des gens à la collecte de fonds hier soir, et ils m'ont invitée à rejoindre leur groupe de réseautage. Je pense que cela m'aidera d'avoir un contact réel avec d'autres personnes dans ce domaine, plutôt que de compter uniquement sur un soutien en ligne.

— Je suis d'accord. Ce sera bien pour toi d'être en contact avec d'autres personnes dans ce secteur. Tu fais tout ce qu'il faut, Mags, malgré deux semaines vraiment difficiles. Pourquoi ne viendriez-vous pas dîner, Brayden et toi, pour passer un peu de temps avec Poppy ? Ça te remonterait le moral.

— J'en serais ravie. Laisse-moi voir à quelle heure je sors d'ici. Je te le ferai savoir.

— Que vous puissiez venir ou non, pas de problème – et c'est une invitation permanente. Tu le sais bien.

— Je le sais. Merci pour ton soutien.

— Je t'aime tellement, et je suis tellement, tellement fière de toi. »

Les mots gentils de Kate firent monter les larmes aux yeux de Maggie. « Merci. Ça me touche beaucoup. Je t'aime aussi.

— Texte-moi plus tard.

— D'accord. »

Deux heures après avoir vu le médecin, Maggie reçut un appel lui annonçant que Corey avait été transférée dans une chambre de soins intensifs. L'infirmière lui donna le numéro de la chambre. « Il faut vous préparer au fait qu'elle soit assez amochée, mais elle est stable et a été éveillée pendant un court moment, ce qui est une très bonne nouvelle.

— C'est formidable. Merci. Je monterai bientôt. »

Maggie envoya le numéro de la chambre à Brayden et lui demanda d'en informer les autres.

Bien reçu, répondit-il. *Je serai là bientôt.*

Maggie envoya également un message rapide à sa mère pour la tenir informée, pendant qu'elle prenait l'ascenseur jusqu'au troisième étage, où elle demanda à entrer dans l'unité de soins intensifs. L'infirmière qui la fit entrer lui montra la chambre de Corey.

Maggie franchit le seuil de la chambre et expira profondément en voyant les ecchymoses qui couvraient le visage, les bras et le cou de la jeune femme. Ses yeux se remplirent de larmes qui coulèrent sur ses joues. Elle ne comprendrait jamais comment quelqu'un pouvait faire une telle chose à un autre être humain, surtout à quelqu'un qu'il avait autrefois déclaré aimer.

Son cœur se brisait pour Corey. Elle avait subi tellement de choses. Maggie posa sa main sur l'épaule de Corey et balaya doucement les cheveux de son visage, qui était si enflé qu'elle n'aurait peut-être pas reconnu la jeune femme si on ne lui avait pas dit que c'était elle.

L'œil gauche de Corey était fermé par le gonflement.

Son œil droit s'ouvrit. Elle grimaça quand elle vit Maggie. « Désolée, dit-elle en léchant ses lèvres sèches.

— Doucement. N'essayez pas de parler.

— Je n'aurais pas dû...

— Chut. Vous allez vous en sortir.

— Ça fait mal.

— Je sais. »

Corey s'assoupit encore, et quand elle se réveilla à nouveau, elle parut surprise que Maggie soit encore là. L'infirmière était passée et avait dit qu'elle pouvait prendre un peu d'eau, alors Maggie lui tint la paille pendant qu'elle but entre des lèvres boursouflées et fendues.

Le petit effort déployé pour prendre une gorgée la laissa épuisée.

Maggie reposa la tasse sur la table, souhaitant pouvoir faire quelque chose d'autre que de rester là et d'être pratiquement impuissante.

« Maggie.

— Oui ? »

Corey prit une profonde inspiration, la relâcha et ferma les yeux. « Je crois que j'aimerais que vous appeliez ma mère.

— Je peux faire ça. Vous connaissez son numéro ? »

Corey fit un léger signe de tête qu'elle sembla regretter immédiatement et, les yeux fermés, elle récita le numéro.

« Que voulez-vous que je lui dise ? demanda Maggie.

— Tout.

— Je reviens tout de suite. »

Maggie se rendit dans la salle d'attente pour passer l'appel à la mère de Corey. La femme ne répondant pas, Maggie laissa un message. « C'est Maggie Harrington, une amie de Corey à Nashville. Pourriez-vous m'appeler ? » Elle donna son numéro de téléphone et mit fin à l'appel, espérant avoir des nouvelles de la femme le plus tôt possible.

Elle répondit à quelques autres textos, dont celui de Karen en Arizona, qui rapportait que les enfants de Debbie avaient bien intégré leur nouvelle école et se portaient aussi bien qu'on pouvait l'espérer.

Merci pour cette nouvelle. Transmettez notre amour aux enfants et restez en contact avec nous.

Elle vérifia également la messagerie de son téléphone et y trouva un message envoyé la nuit précédente par un sergent de la police de Nashville lui faisant savoir que Trey avait payé sa caution et serait libéré.

Maggie poussa un profond soupir. Si seulement elle avait vu ce message hier soir, Corey ne serait peut-être pas en soins intensifs. Elle était sur le point de retourner dans la chambre de Corey quand son téléphone sonna avec un appel de la mère de Corey.

« Maggie à l'appareil.

— C'est Brianne, la mère de Corey, qui vous rappelle. Avez-vous vu Corey ?

— Oui, je l'ai vue.

— Est-ce qu'elle va bien ? Je n'ai pas de ses nouvelles depuis des mois.

— Ça va, mais elle est à l'hôpital.

— Oh, mon Dieu. À cause de lui ? Je lui ai dit que ce type était un malfrat. Elle ne m'écoute jamais.

— Elle a enduré beaucoup de choses et je pense qu'elle ait besoin de votre soutien. Elle est tout à fait consciente qu'elle aurait dû vous écouter.

— Que s'est-il passé ? »

Maggie lui raconta tout ce qu'elle savait aussi délicatement qu'elle le put.

« Je n'avais aucune idée qu'elle était enceinte, dit Brianne, la voix larmoyante après avoir entendu toute l'histoire. Où est-elle maintenant ?

— Dans l'USI de l'hôpital général de Nashville.

— J'arrive. Je serai là dans moins de deux heures.

— Je vais rester jusqu'à ce que vous soyez là.

— Merci beaucoup d'avoir appelé.

— Pas de problème. Je vous verrai bientôt. » En terminant l'appel, Maggie reçut un message de Brayden.

Je suis devant l'USI.

Elle sortit pour le laisser entrer et le conduisit dans la salle d'attente.

Il tenait un sac à provisions en tissu. « Des vêtements de rechange.

— Que Dieu te bénisse. »

Après avoir posé le sac sur une chaise, il lui tendit les bras.

Maggie se blottit contre lui et le laissa l'entourer de sa force et de l'odeur de cuir, de chevaux et de soleil qu'elle associerait toujours à lui.

« Comment va-t-elle ?

— Réveillée, alerte et elle souffre beaucoup. Elle a l'air épouvantable. Tout son visage est meurtri, un œil est tellement gonflé qu'il est fermé, ses lèvres sont fendues.

— Enfoiré, murmura-t-il dans sa barbe en resserrant ses bras autour d'elle. Et toi, comment vas-tu ?

— Mieux qu'avant. J'ai parlé à ma mère et à Kate, et elles ont dit les mêmes choses que toi. Je réalise que ça va être un long processus pour accepter que je ne peux pas faire grand-chose pour elles. Elles doivent être prêtes à faire le reste.

— C'est exactement ça. »

Maggie recula pour le regarder. « Comment se sont passées les leçons d'équitation ?

— Bien, dit-il en souriant. Travis est doué. Il va devenir mon élève modèle. Il me rappelle beaucoup comment j'étais à son âge. Jimmy et Lily sont un peu trop enthousiastes. J'ai discuté avec eux pour m'assurer qu'ils respectent les règles de l'écurie et qu'ils ne fassent pas les fous avec les chevaux. Ce sont tous de bons enfants. Certains sont simplement plus naturellement à l'aise avec les chevaux que d'autres, ce qui est généralement le cas. »

Maggie posa son front contre son torse pendant une minute de plus.

« Je vais retourner avec Corey pour un petit moment. Sa mère sera là dans les deux prochaines heures. Je peux prendre un Uber pour rentrer si tu ne veux pas attendre. »

Il embrassa le sommet de sa tête. « Je vais attendre. »

Maggie leva les yeux vers lui et lui sourit. « Et je te récompenserai en t'invitant à dîner chez ma sœur si tu es d'accord.

— Ça me va. Ça te fera du bien de les voir après la journée que tu as eue. »

Attends un homme qui te verra vraiment, et quand il se montrera, sois sûre de ne pas le rater.

Elle se mit sur la pointe des pieds pour l'embrasser. « Tu me plais vraiment, *vraiment* beaucoup. »

Son sourire était la plus belle chose qui soit, tout comme son plaisir évident d'entendre cela. « C'est vrai ? »

Maggie hocha la tête.

« Tant mieux, parce que tu me plais vraiment, vraiment, *vraiment* beaucoup.

— C'est beaucoup de vraiment. »

Il l'embrassa. « Va t'occuper de Corey. Je serai là. »

La semaine suivante, Brayden répondit présent. À l'hôpital, à la maison, aux écuries, chez sa sœur, dans la voiture et au lit. Il semblait savoir ce dont elle avait besoin avant qu'elle n'en ait besoin. Maggie commençait à comprendre ce que c'était que d'avoir un vrai compagnon, quelqu'un sur qui elle pouvait s'appuyer dans les mauvais moments, avec qui elle pouvait rire dans les bons moments et sur qui elle pouvait compter pour la soutenir.

Maggie était totalement et résolument amoureuse de lui, mais elle ne savait pas s'il ressentait la même chose pour elle, alors elle gardait ses sentiments pour elle, même si les mots voulaient jaillir de ses lèvres chaque fois qu'elle était en sa présence. Elle était presque certaine qu'il l'aimait aussi.

Il devait la retrouver chez Kate d'une minute à l'autre, et elle était impatiente de le voir après avoir été séparée la plupart de la journée pendant que les déesses de la coiffure et du maquillage de Kate les préparaient, Jill et elle, pour la collecte de fonds de Buddy.

« Merci beaucoup de m'avoir épargné cela, Poppy », dit Kate au bébé dans ses bras alors qu'elle regardait la scène debout, en jeans et queue de cheval. Elle avait voulu être avec elles pendant qu'elles se préparaient, mais elle avait dit à plusieurs reprises combien elle était heureuse de ne pas avoir à y aller.

« Poppy dit : « *De rien, Maman* », répondit Jill.

— Elle sait que Maman en a assez des occasions officielles et qu'elle serait très heureuse de ne plus jamais en avoir.

— Maman est chiante, dit Jill avec un sourire taquin pour Kate.

— Heureuse d'être chiante si je peux rester à la maison avec ma douce Poppy.

— Et son papa, dit Reid en entrant dans la pièce pour voir comment elles allaient. Vous êtes superbes, mesdames.

— Nous sommes en effet assez impressionnantes », plaisanta Jill en posant à côté de Maggie.

Jill portait une robe bleu nuit, tandis que Maggie était en rouge. Elles avaient refusé l'offre de Kate de faire appel à un styliste et avaient acheté leurs robes elles-mêmes un samedi récemment.

« Sacrément sexy, dit Ashton quand il les eut rejointes, vêtu d'un smoking noir. Il montra Jill du doigt. Je vais prendre celle-là.

— Tant mieux, parce que l'autre est toute à moi. »

Maggie n'avait pas vu Brayden suivre Ashton dans la pièce, alors elle ne s'attendait ni à l'entendre prononcer ces mots, ni à le voir en smoking.

« Vous êtes tous plutôt pas mal comme ça », dit Reid.

Brayden s'approcha de Maggie, glissa son bras autour d'elle et l'embrassa sur la joue. « Tu es sublime.

— Je pourrais dire la même chose de toi. Le smoking est sexy. Elle leva la main pour toucher la barbe de sa mâchoire. L'ensemble est sexy.

— Idem. » Ils se dévorèrent des yeux pendant un long moment chargé de désir.

Du moins, c'était ce qu'elle ressentait. Les huit heures depuis qu'elle s'était réveillée avec lui avaient été interminables, et elle aurait voulu qu'ils n'aient nulle part où aller et rien d'autre à faire que d'être ensemble.

Elle jeta un coup d'œil à son téléphone et y trouva un message de Corey.

Merci beaucoup pour tout, Maggie. Je vais sortir demain, et je vais rentrer chez moi avec ma mère. Merci de m'avoir apporté mes affaires ici, d'avoir été là pour moi dans les pires moments. Je suis désolée de vous avoir tous déçus en retournant avec Trey. Je ne referai pas cette erreur. Je vous le promets. Un jour, quand je me serai reprise en main, j'aimerais revenir à Matthews et vous voir tous. Vous m'avez sauvé la vie. Je ne vous oublierai pas.

Maggie retint ses larmes en lisant le texte émouvant. *Je suis si heureuse que vous rentriez chez vous et que vous vous sentiez plus forte. Nous sommes toujours là pour vous. Envoyez-moi un message quand vous voudrez, et n'hésitez pas à nous rendre visite. Vous serez toujours la bienvenue à Matthews. Bisous.*

« Tu vas bien, Mags ? demanda Kate.

— Oui, je viens de recevoir un gentil texto de Corey. Elle sort de l'hôpital demain et rentre chez elle avec sa mère.

— Je suis si heureuse d'entendre qu'elle se porte assez bien pour rentrer à la maison.

— Je sais. Moi aussi. Et elle a dit qu'elle en avait fini avec Trey.

— Quel soulagement ! »

Maggie éteignit son téléphone et le rangea dans son sac, bien décidée à passer une vraie nuit de repos. Teresa était de service et tout à fait capable de gérer tout ce qui se présenterait.

« Tout le monde est prêt ? demanda Ashton. Il avait tiré la courte paille et était le capitaine de soirée qui les emmenait dans le SUV de Reid.

— Quand tu veux, dit Jill.

— Amusez-vous bien, les enfants, dit Kate. Ne rentrez pas trop tard.

— Et utilisez un préservatif, ajouta Reid, les faisant tous rire.

— Tais-toi, Papa, dit Ashton.

— Oui, tais-toi, Papa, » dit Brayden.

Maggie adorait la façon dont Brayden s'était intégré, les tutoyant et s'amusant avec tout le monde comme s'il avait toujours fait partie du groupe. C'était juste une parmi la longue liste de raisons pour lesquelles elle l'aimait. Son cœur débordait d'amour pour lui, ses sœurs à elle, sa nouvelle nièce et sa nouvelle vie. Malgré toutes ses complications et ses déchirements, ce travail était également gratifiant à bien des égards, comme elle le découvrait chaque jour. Comme tout à l'heure, quand Travis l'avait remerciée vivement pour les leçons d'équitation.

Je ne me suis jamais autant amusé. Jamais.

Ayant appris à prendre les victoires là où elle les trouvait, elle porta en elle la joie du petit garçon le temps qu'Ashton les conduisit en ville.

CHAPITRE 27

Maggie, Brayden, Jill et Ashton foulèrent le tapis rouge et posèrent pour les photographes, qui les reconnurent comme les sœurs de Kate, probablement en raison de la récente interview qu'elles avaient faite ensemble.

« Qui est votre compagnon, Maggie ?

— Oh, euh, c'est Brayden. »

La main qu'il avait posée sur son dos la rassurait et la faisait se sentir aimée et soutenue. Être avec lui rendait tout meilleur, plus amusant que cela ne l'aurait été sans lui, et ce soir n'était pas différent. Le gala de Buddy était synonyme d'amusement. Après le dîner et un spectacle de leurs célèbres hôtes, les portes d'une deuxième salle de bal s'ouvrirent sur une fête foraine, avec tous les jeux imaginables, ainsi que de la barbe à papa, des cacahuètes, du pop-corn, des beignets et une énorme fontaine de chocolat au milieu de l'immense salle.

« Putain de merde, dit Brayden, ses yeux s'illuminant. C'est génial.

— Buddy ne fait pas les choses à moitié, dit Ashton. L'année dernière, les jeux ont rapporté trois cent mille dollars.

— Arrête, dit Brayden. C'est dingue.

— Je sais. Allons faire notre devoir. »

Ils jouèrent à tous les jeux : la pêche aux canards, les pièces dans le gobelet, tirez sur les ballons, pêche à la ligne, le lancer de sacs et la roue de la chance. Maggie apprit que Brayden excellait dans les jeux de tir, atteignant toutes les cibles – même celles qui se déplaçaient – et gagnant trois énormes peluches.

« Froggie va être tellement jaloux quand je vais les ramener à la maison », dit Maggie, peinant sous le poids de ses prix.

Après quelques heures de jeux et beaucoup trop de barbe à papa, Jill vint vers eux, portant des animaux en peluche dans chaque bras. « Êtes-vous prêts à rentrer à la maison ?

— Encore un jeu. Brayden mena Maggie vers le lancer des anneaux. Je suis vraiment bon à ça.

— Tu es bon à tous les jeux !

— Tu n'as encore rien vu, baby. Regarde-moi faire ça. Mon grand-père m'a appris le lasso quand j'avais six ans, et je ne rate jamais mon coup. »

Maggie l'admira enfiler adroitement huit anneaux sur huit bouteilles, ce qui impressionna même le type à l'air fatigué qui animait le jeu.

« Vous pouvez choisir n'importe quel prix de l'étagère du haut, dit-il à Brayden.

— Je veux les bijoux. »

L'homme décrocha une parure voyante de bijoux fantaisie dorée avec d'énormes pierres roses et la lui tendit. « Beau travail. Personne ne réussit jamais à les avoir tous.

— Merci. » Brayden arracha une à une les différentes pièces du carton et en para Maggie : couronne, boucles d'oreilles pendantes, collier, bracelet et bague, qu'il fit glisser sur le majeur de sa main gauche avant d'embrasser le dos de sa main.

Elle eut le souffle coupé par l'intensité qu'il mettait à sa tâche.

Puis il la regarda droit dans les yeux et l'embrassa avant de murmurer : « Tu es ma reine. »

Maggie se pâma presque en laissant tomber les animaux en peluche, passant ses bras autour du cou de Brayden et l'embrassant sur les lèvres, au beau milieu de l'allée pleine de monde. Elle se fichait éperdument de qui les regardait. Qui avait le temps pour de tels soucis quand l'homme qu'elle aimait l'avait parée de bijoux et appelée sa reine ?

« Euh, les gars, dit Ashton en se raclant la gorge. Hé-oh ?

— Il va peut-être falloir appeler les secours pour qu'ils apportent les pinces de désincarcération pour les séparer », dit Jill.

Maggie les entendait, mais ne voulait pas mettre fin au meilleur baiser de sa vie. Pas déjà.

Brayden sourit contre ses lèvres et se retira lentement, l'air aussi émerveillé que Maggie l'était.

« Joli bling-bling, dit Jill.

— Tu veux que je t'en gagne, ma chérie ? » demanda Ashton.

Brayden railla. « Euh, ne le prends pas mal, l'avocat, mais tu n'arriverais pas à gagner un tel prix.

— Tu veux parier ?

— Absolument. »

Jill leva les yeux au ciel puis regarda Maggie et elles se mirent en retrait pour laisser les garçons vivre leur moment de testostérone.

Brayden passa en premier et encore une fois accrocha les huit anneaux.

Maggie applaudit sa performance. « Bien joué, baby !

— La barre est mise très haut, mon amour, dit Jill à Ashton. Ne me déçois pas.

— Embrasse-moi pour me porter chance », dit Ashton.

Jill déposa un long baiser sur ses lèvres. « Vas-y, mon tigre. »

Ashton réussit les sept premiers pendant que Jill se comportait comme une pom-pom girl à la fête de l'école. Il tint le dernier anneau et regarda les bouteilles d'un air intelligent avant de lâcher l'anneau et de rater son coup.

Brayden poussa un cri de victoire et tapa du poing dans l'air. « Nous prendrons un autre ensemble de bijoux pour la sœur de ma compagne, s'il vous plaît. »

Pendant que Maggie analysait le fait que Brayden l'avait appelée « sa compagne », Jill consolait Ashton.

« Tu étais si près, chéri.

— Je veux une deuxième chance, dit Ashton.

— L'année prochaine, répondit Brayden avec un sourire suffisant. Prends le temps dont tu as besoin pour t'entraîner. »

Ashton fit un sourire bon enfant. « Va te faire foutre. »

Brayden rit si fort qu'il en avait les larmes aux yeux, et Maggie savourait tout : l'amusement, les taquineries, l'amour, l'amitié et le bonheur intense comme elle n'en avait jamais connu. Il ramassa les animaux qu'elle avait abandonnés, en plaça un sous chaque bras et lui tendit le dernier, lui faisant un clin d'œil en suivant Jill et Ashton vers la sortie où Buddy et Taylor étaient le centre d'attention.

« Merci pour cette superbe soirée. Jill les embrassa tous les deux. La meilleure soirée de bienfaisance de tous les temps.

— Contente que ça vous ait plu, dit Taylor. Ta sœur est sponsor de la fête foraine, mais elle le fait dans les coulisses. Cette partie était son idée il y a quelques années et ça a été un énorme succès. »

Maggie se rappela la fête foraine qui avait lieu chaque printemps à First Beach, à Newport, et combien Kate l'attendait avec impatience. Elle était ravie que Kate ait apporté ce souvenir d'enfance adoré à la collecte de fonds de Buddy et Taylor, et qu'elle l'ait fait de manière anonyme.

« Merci beaucoup de nous avoir invités. Maggie embrassa Buddy et Taylor. On s'est éclatés.

— Je suis vraiment content que vous ayez pu venir, dit Buddy. Kate est tellement, tellement heureuse d'avoir ses sœurs avec elle. Et si elle est heureuse, on l'est aussi. »

Ashton serra la main de Buddy. « Il faut que tu vérifies à nouveau le jeu du lancer d'anneau. Je pense que c'est truqué. »

Brayden s'esclaffa. « Truqué, mon cul. Va te faire faire une autre manucure. Ça t'aidera peut-être à viser. »

Buddy éclata de rire. « Je *l'adore*, ce mec. Tu veux devenir membre de notre jeu de poker mensuel ? »

Brayden semblait sidéré par l'offre. « Oh, euh, bien sûr. Ce serait amusant.

— Je parie qu'il triche à ça aussi », dit Ashton.

Brayden lui donna un petit coup qui les fit tous avancer vers la porte.

Maggie adorait la façon dont Ashton et lui se chamaillaient en allant à la voiture, comme deux amis qui se connaissaient depuis toujours. Elle avait toujours accepté le fait qu'elle ne pourrait jamais avoir une relation sérieuse avec un homme que ses parents et ses sœurs n'aimaient pas, mais elle commençait également à réaliser à quel point il était important que Reid et Ashton aiment aussi son compagnon, puisqu'elle passait tant de temps avec eux.

Ashton aimait bien Brayden, sinon il ne l'emmerderait pas, et vice versa.

Ils remplirent l'arrière du SUV de Reid avec leurs énormes animaux en peluche et quittèrent la ville.

Dès qu'ils furent en voiture, Brayden attrapa Maggie et l'approcha suffisamment pour l'embrasser.

« Ils sont en train de batifoler dans la voiture de mon père ? demanda Ashton à Jill.

— On dirait bien.

— Range ça dans ton pantalon, là derrière.

— Va te faire voir, murmura Brayden. Conduis la voiture. J'ai besoin de rentrer à la maison. Et vite. »

Maggie gloussa et enroula sa main autour du cou de Brayden pour recommencer. L'embrasser était devenu son activité favorite.

« Arrêtez, les jeunes, dit Jill un peu plus tard. Nous sommes arrivés. »

Maggie s'écarta de Brayden, surprise de voir qu'ils étaient de retour chez Kate. « Merci d'avoir conduit, Ashton.

— J'allais dire que tout le plaisir était pour moi, mais je pense que c'était probablement plus le tien.

— C'est sûr. À plus tard ! »

Brayden récupéra les animaux de Maggie à l'arrière du SUV et les mit sur la banquette arrière de son pick-up. « On viendra chercher ta voiture demain. » Avec ses mains sur les hanches de Maggie, il la souleva et l'installa sur le siège passager, lui volant un autre baiser passionné avant d'attacher sa ceinture de sécurité et de fermer la porte.

La meilleure nuit de tous les temps. Elle joua avec l'épaisse chaîne autour de son cou et eut une idée amusante en attendant qu'il monte dans le pick-up.

Tout au long du chemin, il tint fermement sa main. « Cette soirée a été tellement géniale. J'ai passé un super moment. Merci de m'avoir demandé d'y aller.

— C'était le pied.

— Je n'arrive pas à croire que Buddy Longstreet m'ait demandé de participer à sa partie de poker.

— Tu lui plais. Ils t'aiment bien tous.

— Du moment que c'est le cas pour toi, ça me va.

— Je t'aime bien, Brayden. » *Je t'aime, Brayden. Je t'aime tellement que je me sens étourdie à force d'essayer de contenir mon amour débordant pour toi.*

Une fois arrivés, ils entrèrent dans la maison principale, et Maggie mit l'alarme avant de conduire Brayden à son appartement à elle, où ils passaient toutes les nuits ensemble. Comme tous ceux avec qui ils travaillaient semblaient ravis de les voir ensemble, Maggie avait décidé de suivre l'un des meilleurs conseils de sa mère : créer un pont et l'emprunter pour passer outre le fait qu'elle sorte avec un homme qui, techniquement, travaillait pour elle.

Elle avait la conviction qu'il était tout aussi professionnel qu'elle, et elle avait traversé son pont imaginaire vers le pays du « Je me fous de ce que pensent les autres ». Cette idée la fit glousser.

« Qu'est-ce qu'il y a de si drôle ?

— À quel point je m'en fiche si les autres savent que nous couchons ensemble. J'ai traversé le pont vers le pays du « Je m'en balance ».

Souriant, il posa ses mains sur ses hanches et l'embrassa. « J'adore ce pays. C'est le meilleur pays du monde. C'est comme le pays d'Oz.

— Oui, mais en mieux parce qu'il existe vraiment. »

Ses mains descendirent pour attraper ses fesses et la serrer contre son érection. « Mm, si vrai et si bon.

— Attends une seconde, d'accord ?

— Tant que ce n'est qu'une seconde.

— Il faut que tu me lâches.

— Je n'en ai pas envie. Il embrassa son cou et ses lèvres avant de la laisser partir. Fais vite, avant que je ne fasse une crise cardiaque due à la trique. »

Maggie rit en lui tournant le dos et en lui montrant sa fermeture éclair. « Ça n'existe pas. »

Il la défit et l'embrassa dans le dos, mordant doucement le haut de sa fesse gauche. « Ça va exister si tu ne me soulages pas rapidement. Ce n'est pas sain d'être aussi dur pendant autant de temps. »

Elle fit un sourire par-dessus son épaule en s'éloignant de lui. « Accroche-toi, mon cow-boy.

— Je ne tiens qu'à un fil. »

Maggie se rendit dans sa chambre, ferma la porte et enleva tout sauf ses nouveaux bijoux. Après un bref passage dans la salle de bains pour se brosser les dents, elle alluma deux bougies sur sa table de nuit et s'allongea sur le lit, prenant une pose provocante. « Viens. »

La porte s'ouvrit si vite qu'il devait être planté de l'autre côté à attendre le feu vert. Il s'était déshabillé jusqu'à son pantalon, qui était déboutonné.

« Oh oui, dit-il, les yeux brillants d'appréciation. Oui, oui, *oui*.

— Je crois que c'est ma réplique, ça.

— Tu es si mignonne, si drôle et si sexy, et je t'... »

Maggie retint son souffle.

Il se glissa sur le lit. « Je te trouve tellement merveilleuse. J'aime être avec toi. »

Elle reprit sa respiration et tendit les bras vers lui. « J'aime être avec toi, aussi. »

Il la serra contre lui, enfouissant son visage dans ses cheveux. « Je n'ai jamais aimé être avec quelqu'un comme j'aime être avec toi. »

Maggie poussa un profond soupir de soulagement. Il l'aimait aussi, mais il devait ressentir la même chose qu'elle à l'idée de dire ces mots si tôt. « Moi de même, mon cow-boy. On n'en fait plus des comme toi. »

Après ça, il n'y eut plus de mots, seulement des baisers intenses, de douces caresses, une passion ardente et de l'amour. Tellement d'amour.

Et le matin, quand ils se réveillèrent, le pire cauchemar de Brayden était devenu une réalité.

Brayden se réveilla lentement, se délectant pendant quelques minutes supplémentaires de la douceur du corps de Maggie blotti contre lui. Après des années de rencontres sans lendemain avec des femmes, il avait pris l'habitude de ramasser ses bottes et de rentrer chez lui après le sexe, préférant dormir seul. Mais comme tout le reste, cela avait changé depuis qu'il avait rencontré Maggie. Après seulement deux semaines avec elle, il lui était devenu inconcevable de vouloir dormir seul.

Elle dormait encore profondément, alors il embrassa son épaule et sortit du lit.

En attrapant son pantalon sur le sol et sa chemise sur la table basse, il pensa à la nuit dernière et à combien elle avait été parfaite. Entrer dans la chambre pour la trouver nue, à l'exception des bijoux voyants qu'il avait gagnés pour elle, avait été l'un des meilleurs moments de sa vie. Tellement bien qu'il avait failli lui dire qu'il l'aimait.

Ce qui était le cas. Bon sang, oui, il l'aimait. Comment ne le pourrait-il pas ?

Mais il était trop tôt pour balancer des grands mots comme ça, ou du moins c'était ce qu'il se disait. Comment était-il censé savoir quand le moment était venu de prononcer ces mots ? Il n'avait jamais été amoureux avant. Pas comme ça. Cela... Tout à propos de cela, à propos d'elle, était différent. Quand elle lui souriait, l'agitation qu'il avait portée en lui pendant si longtemps se calmait, et un sentiment de paix et de satisfaction l'envahissait, auquel il voulait s'accrocher de toutes ses forces.

Une fois habillé, il s'aventura dans la cuisine pour prendre le café de Mitch. Il aurait dû apporter des vêtements à l'appartement de Maggie pour ne pas avoir honte en rentrant dans son smoking d'hier soir. Mais, bon. Ce n'était que Mitch et il était heureux que Brayden et Maggie soient ensemble.

Mitch travaillait sept jours sur sept, même si Maggie lui disait qu'il devrait prendre un jour de congé. Il disait qu'il ne voulait pas, qu'il s'ennuyait à la maison et que le travail l'amusait. Il avait confié à Brayden que sa femme et lui n'avaient pas pu avoir d'enfants et qu'il aimait être entouré des enfants du foyer.

« Bonjour, dit Brayden quand il entra dans la cuisine, qui était plus calme que d'habitude puisque c'était dimanche.

— Bonjour. »

Brayden se précipita sur la cafetière.

« Comment s'est passé le truc d'hier soir ?

— C'était vraiment amusant. On a passé un bon moment.

— C'est bien. »

Brayden remplit une tasse, ajouta de la crème et prit la première gorgée revigorante avant de se tourner vers Mitch.

Celui-ci le regardait avec effroi dans son expression normalement stoïque.

« Quoi ?

— Il y a des conneries en ligne. »

Quelques mots qui véhiculaient un monde d'angoisse, et avant même de comprendre de quoi Mitch parlait, Brayden comprit que d'une certaine manière cette nouvelle allait tout changer pour lui – encore une fois. « Quel genre de conneries ?

— Un des sites de divertissement a publié une photo de vous quatre, et dit comment Maggie et sa sœur Jill représentaient Kate à la nouba annuelle de Buddy et Taylor.

— D'accord...

— Quelqu'un a commenté qu'il te connaissait depuis le centre de détention juvénile, que tu as failli tuer un gars tellement tu l'as frappé, et que maintenant tu fréquentes la sœur de Kate Harrington. Il a fait une interview... »

Brayden leva la main. Il en avait assez entendu. Il posa la tasse de café et sortit de la maison, se dirigeant vers les écuries d'un pas de plus en plus rapide. Il fallait qu'il se tire de là, mais il ne pouvait pas partir sans Sunday. Il la sella donc rapidement, efficacement, et la mena dehors.

Putain, il ne pouvait pas monter sans bottes.

Il la rattacha à deux longes et courut à l'étage, enfilant un jean, une chemise de travail et des bottes aussi vite que possible et dévala les escaliers une seconde plus tard.

Derek sortit de son appartement. « Brayden ? Qu'est-ce qu'il y a ?

— Rien. Il n'y a rien du tout. » Il se sentait mort à l'intérieur. Tout l'amour qu'il avait ressenti pour Maggie à son réveil s'était tari et avait péri avec tous les espoirs et les rêves qu'il avait eus pour lui-même. Les gens allaient savoir ce qu'il avait fait et ils ne laisseraient pas leurs enfants l'approcher. Sa carrière et son gagne-pain étaient fichus, ainsi que la réputation qu'il avait travaillé si dur à établir. La famille de Maggie flipperait à juste titre quand elle découvrirait ce qu'il avait fait et ne voudrait plus qu'elle le voie.

Il fallait qu'il parte, et il fallait qu'il parte immédiatement.

Brayden monta sur Sunday et lui indiqua le chemin qui menait à la route secondaire de la propriété des Matthews, lui ordonnant de le sortir de là aussi vite que possible. Il s'inquiéterait plus tard de faire venir son pick-up, sa remorque et ses autres biens. Pour l'instant, partir était sa seule priorité.

En quittant la cour, il entendit Mitch l'appeler, mais il ne s'arrêta pas et ne se retourna pas pour regarder l'endroit où il avait été si heureux.

Il n'y avait rien d'autre pour lui, là. Il ne restait que des souvenirs qu'il emporterait avec lui pour toujours.

CHAPITRE 28

Maggie se réveilla au son de Mitch criant le nom de Brayden. Elle se secoua pour émerger de la brume et se redressa, essayant de se repérer. Quelque chose n'allait pas. Mitch ne criait pas comme ça. Elle se précipita dans la salle de bains pour se laver et s'habiller aussi vite que possible et se rendit à la cuisine où elle trouva Mitch et Derek, l'air sombre.

« Qu'est-ce qui ne va pas ? Une partie d'elle ne voulait pas savoir. Elle ne voulait pas que quelque chose vienne ternir la lumière qui brûlait si fort en elle après la merveilleuse soirée passée avec l'homme qu'elle aimait.

— Brayden est parti.

— Parti où ? » demanda-t-elle, confuse.

Les deux hommes échangèrent un regard qui mit les nerfs de Maggie à vif. « Est-ce que l'un d'entre vous va me dire ce qu'il se passe, bordel ?

— Il y avait des trucs en ligne, dit Mitch d'un ton hésitant, semblant souffrir avec chaque mot qu'il prononçait. Quelqu'un avec qui il était en détention pour mineurs l'a reconnu sur une photo... »

En deux secondes, Maggie avait reconstitué le puzzle. « Où est-il allé ?

— Il est parti sur Sunday il y a environ dix minutes.

— Derek, aidez-moi à préparer Thunder. Vite. » Pendant que Derek se dirigeait vers la porte, Maggie courut à son appartement et enfila des bottes d'équitation, fourra son téléphone dans sa poche arrière et traversa la cuisine en courant trente secondes plus tard.

« Sois prudente, Maggie », cria Mitch après elle.

Elle lui fit signe qu'elle l'avait entendu. Derek, qu'il soit béni, avait préparé Thunder et attendait avec lui dans l'allée. Il tint les rênes lorsque Maggie se mit en selle.

« Il est parti par là, dit Derek en désignant le chemin derrière les écuries. Il va probablement vers la route secondaire de la propriété.

— Merci. » Elle dirigea Thunder et ouvrit la rêne intérieure pour le faire galoper, en espérant que le vieux gars avait encore la patate, parce qu'ils allaient avoir besoin de toute l'énergie qu'ils pouvaient trouver, sans parler de tout l'amour du monde pour aider Brayden à traverser cette épreuve. Et elle l'aiderait à traverser cette épreuve, parce qu'il était hors de question qu'elle le perde.

Jamais de la vie.

Elle faisait du cheval comme si sa vie en dépendait, car en fait c'était le cas. La vie sans Brayden était inimaginable après les semaines de bonheur qu'ils avaient passées ensemble.

Thunder fit pour elle son meilleur effort, lui donnant plus encore que ce qu'elle aurait pu imaginer, et en moins de quinze minutes elle aperçut Brayden devant elle, se dirigeant vers la limite de la propriété où un portail se trouvait entre lui et la liberté.

Heureusement, il dut descendre de cheval pour ouvrir la barrière, ce qui donna à Maggie l'opportunité de le rattraper. « Brayden, arrête. »

Il ne la regarda pas et ne montra aucunement qu'il avait conscience de sa présence ou qu'il l'avait entendue.

Maggie se pencha et attrapa les rênes de Sunday, un geste risqué qui faillit la désarçonner. Elle réussit à éviter une mauvaise chute de justesse et s'accrocha au cheval de Brayden, sachant qu'il ne partirait jamais sans Sunday.

Une heure auparavant, elle aurait parié sur sa vie qu'il ne partirait pas sans elle non plus. Elle aurait eu tort à ce sujet.

« Lâche-la, Maggie.

— Pas avant que tu me parles.

— Y'a rien à dire. Il ne la regarda pas, ne lui lança même pas un coup d'œil, et la dévastation et la douleur émanaient de lui.

— Brayden, s'il te plaît. On peut surmonter cela.

— Tu es complètement folle ? On ne peut pas surmonter ça. Ma vie est ruinée, et je préfère crever que de t'entraîner dans ma chute. Maintenant, donne-moi mon putain de cheval et rentre chez toi. Il n'y a plus rien à dire.

— Moi, j'ai autre chose à dire. Maggie s'efforça de réprimer la peine que lui causaient ses mots durs. Je t'aime. Je suis complètement et totalement amoureuse de toi, et il n'y a rien que tu puisses vouloir ou dont tu puisses avoir besoin que je n'essaierais pas d'obtenir pour toi. Ma sœur et Buddy sauront quoi faire. Ils s'occupent de ce genre de choses tout le temps. S'il te plaît, ne pars pas. Nous allons nous battre pour nous en sortir. Quand les gens entendront ta version de l'histoire...

— *Non*. Il dit ce simple mot avec tant d'insistance qu'il résonna en elle comme un coup de fusil.

— Non ? C'est tout ? »

Il la regarda enfin. « Que dira ton père quand il saura que tu couches avec un homme qui a failli tuer quelqu'un ?

— Quand il découvrira *pourquoi*, il comprendra. Tout le monde comprendra. »

Brayden secoua la tête et passa une main tremblante sur la barbe de sa mâchoire. « Ils ne comprendront pas, et tout ce que toi, ta sœur et ton beau-frère construisez ici sera ruiné, Maggie. »

Elle tenta sa chance et lâcha Sunday avant de descendre de Thunder, qui respirait encore fort et transpirait. Elle s'occuperait de lui dès qu'elle aurait réussi à convaincre Brayden. S'approchant de ce dernier comme elle l'aurait fait d'un cheval qui n'avait pas été apprivoisé, elle posa ses mains sur son torse et leva les yeux vers lui.

« Je t'aime. »

Il ferma les yeux, expira et posa son front contre le sien. « Laisse-moi partir, Maggie. C'est ce qu'il y a de mieux pour toi. »

Soulagée de voir qu'il ne se battait plus, elle dit : « Je t'aime. On va trouver une solution. Reste avec moi. »

Il ne dit pas oui, mais il ne bougea pas non plus pour partir.

Maggie s'accrocha à lui d'une main et de l'autre sortit son téléphone de sa poche et appela Kate.

« Dieu merci, tu as téléphoné. Mon attachée de presse m'a appelée il y a une heure. Je cherche à te joindre depuis.

— Mon téléphone devait être sur vibreur. Je ne l'ai pas entendu. On a besoin de ton aide, de celle de Buddy et de tous ceux que tu peux mobiliser.

— C'est vrai ? A-t-il failli tuer un homme ?

— Oui, mais quand tu entendras toute l'histoire, tu sauras pourquoi. S'il te plaît, fais-moi confiance sur ce point, Kate.

— Je te fais confiance et j'ai déjà demandé à mon attachée de presse et à celui de Buddy de venir ici immédiatement. Buddy et Taylor arrivent aussi. Dans combien de temps pouvez-vous être là ?

— Moins d'une heure.

— On vous attend. »

Maggie se rappela que sa voiture était chez Kate et ne pensait pas que Brayden était en état de conduire son pick-up. « Tu peux me rendre un service ? Envoie Ashton nous chercher et dis-lui de se dépêcher.

— D'accord. Et Maggie, il faut que tu saches. J'ai déjà eu des nouvelles de Papa. J'ai essayé de le dissuader de venir ici, mais tu sais comment il est. »

Maggie ferma les yeux, certaine que son papa était déjà en route. « Oui, je sais. Je te vois bientôt. »

« Ton papa vient ici, dit Brayden sur un ton morne. Parce qu'il flippe que ton nouveau petit ami soit un criminel violent. Tu n'as pas besoin de t'infliger ça, Maggie. Laisse-moi partir. Je t'avais promis que si ça devenait intenable entre nous, je partirais. Laisse-moi tenir ma promesse.

— Non.

— Non, c'est tout ? »

Elle leva les yeux vers lui, espérant qu'il puisse voir à quel point elle l'aimait. « Non, c'est tout. »

Prenant ses deux mains dans les siennes, elle observa le visage torturé de l'homme qui était devenu la personne la plus importante de sa vie. « *Bats-toi*, Brayden. Bats-toi pour toi, pour moi. Bats-toi pour *nous*. »

Il fit le plus subtil et réticent des hochements de tête, mais c'était tout ce dont elle avait besoin.

Consciente d'avoir gagné la première bataille d'une guerre qui ne faisait que commencer, elle dit : « Rentrons à la maison. »

· · ·

Après avoir confié les chevaux à Derek pour qu'il s'en occupe, ils commencèrent le trajet tendu et silencieux avec Ashton dans la Mercedes que Kate avait achetée pour Jill et qui, contrairement à la voiture d'Ashton, avait une banquette arrière. Il était difficile de croire que moins de douze heures auparavant Brayden et Ashton s'amusaient comme des amis de longue date. Maintenant, ils étaient tous deux rigidement silencieux alors que Maggie, assise à l'arrière, essayait de rester calme et concentrée pour son bien et celui de Brayden.

À en juger par les voitures supplémentaires dans l'allée, les personnes que Kate avait convoquées étaient déjà arrivées. Maggie reconnut aussi la Cadillac Escalade noire de Buddy.

L'estomac noué, elle prit la main de Brayden et suivit Ashton à l'intérieur.

Tout le monde était installé dans le grand salon, où Kate était assise sur le canapé avec Poppy tandis que Reid se tenait derrière elle, l'air aussi tendu que son fils. Ashton alla à Jill, qui faisait les cent pas dans la grande pièce, et l'enlaça pour l'arrêter de bouger.

Maggie comprit que son beau-frère et son futur beau-frère étaient passés en mode protecteur, veillant sur elle, même si elle n'avait pas besoin de leur protection. Elle était plus que sûre qu'elle n'avait rien à craindre de Brayden, que personne n'avait quoi que ce soit à craindre de lui. Maintenant, elle devait juste en convaincre tous les autres.

Sans sa dose matinale de caféine, elle carburait au désespoir et à la certitude que se battre pour Brayden, sa réputation et leur relation valait tous les sacrifices qu'elle devait faire.

« Je vais vous donner les grandes lignes. » Maggie parlait pour lui car elle sentait qu'il n'était pas en état de parler pour lui-même après avoir été si déstabilisé. « Brayden a toujours eu une affinité particulière pour les chevaux et une façon naturelle de les manier, depuis sa plus tendre enfance. Lui et sa mère vivaient dans le ranch de son grand-père. Son grand-père lui a appris tout ce qu'il sait sur les chevaux et lui a inculqué un amour et un grand respect pour eux. Il lui a appris à faire confiance à son instinct et à suivre son instinct qu'il s'agisse de chevaux ou de la vie en général. Son grand-père est mort quand Brayden avait treize ans. Peu de temps après, sa mère s'est éprise d'un homme, Clive, ancienne star du rodéo, l'a épousé et ramené à la maison pour vivre au ranch, pensant qu'il pourrait les aider à garder la tête hors de l'eau.

« Brayden a immédiatement pris Clive en grippe. Tous ses instincts lui disaient que son beau-père était un homme méchant, mais sa mère avait besoin d'aide et s'imaginait être amoureuse de ce type, alors Brayden s'est fait rare à la maison, ne rentrant que pour s'occuper des chevaux. Quand il avait quinze ans, il est rentré un jour après l'école et a trouvé Clive en train de battre les chevaux avec un grand fouet. Il accordait une attention particulière au cheval qui avait appartenu au grand-père de Brayden, parce qu'il savait que ce cheval était le préféré de Brayden. Il avait planifié son attaque en fonction de l'heure à laquelle il savait que Brayden allait rentrer pour s'occuper des chevaux et avait fait en sorte qu'il les voie souffrir. »

Kate essuya ses larmes tandis que Jill secoua la tête avec consternation.

Buddy marmonna sous sa barbe : « Fils de pute. »

« Brayden n'a pas réfléchi. Il a agi. Il a sauté la barrière et a battu l'homme qui avait fait de sa vie un enfer avant même qu'il n'attaque les chevaux adorés de Brayden. Heureusement, sa mère est rentrée à la maison avant qu'il ne tue Clive. Brayden a passé trois ans en détention juvénile, suivis de cinq ans de probation à sa sortie. Sa mère a vendu le ranch et les chevaux pour payer les avocats qui ont défendu Brayden et elle a divorcé de Clive. Elle est ensuite devenue une militante acharnée pour d'autres enfants et est récemment décédée dans un accident de voiture, laissant Brayden sans autre membre de sa famille. Je suis sa famille maintenant et je vais me battre pour lui de tout mon être. »

Elle se tourna vers les personnes qu'elle ne connaissait pas, qui étaient assises sur des canapés et des chaises. « Dites-moi ce que nous devons faire.

— Nous devons faire connaître sa version de l'histoire immédiatement, dit l'une des femmes.

— Nous allons le faire par le biais de mes médias sociaux, dit Kate.

— Et des miens, dit Buddy.

— Et des miens, ajouta Taylor.

— Vous n'avez pas à faire ça, dit Brayden, l'air peiné.

— C'est ce qu'on va faire. Kate lui lança un regard qui mit fin à ses objections. Lenore, vous avez entendu l'histoire. Écrivez-la. »

La femme qui tapait sur un laptop hocha la tête. « Je suis déjà sur le coup.

— Ajoutez ceci. Kate attendit que la femme lui fasse savoir qu'elle était prête : Brayden Thomas a mon soutien et celui de toute ma famille. Je suis honorée d'employer un homme avec ses compétences et son dévouement en charge du programme d'équithérapie à Matthews House et qu'un homme de son intégrité sorte avec ma sœur. Les dossiers des mineurs sont scellés pour une bonne raison et la violation de la vie privée de Brayden est scandaleuse. Je n'ai plus rien à dire sur cette situation et vous demande de respecter la vie privée de ma sœur. Ni elle, ni Brayden ne sont des personnages publics et doivent être traités comme les citoyens privés qu'ils sont. »

Maggie n'avait jamais aimé sa sœur plus qu'à ce moment-là. « Merci, Kate, dit-elle doucement, en clignant des yeux pour cacher ses larmes.

— Ne me remercie pas. Rien de tout cela ne serait arrivé si nous n'avions pas fait cette stupide interview. Ils n'auraient même pas su qui tu étais, et j'aurais dû faire en sorte que cela reste le cas. Je suis désolée, Maggie, et Brayden.

— Ce n'est pas de ta faute, Kate, dit Brayden. C'est arrivé, et je suis responsable de ce que j'ai fait. Si c'était à refaire, je ferais exactement la même chose. »

Lenore le regarda par-dessus des lunettes à monture couleur écaille de tortue. « Ne dites jamais cela à quiconque en dehors de cette pièce. »

Pour la première fois depuis que les choses avaient mal tourné, Brayden esquissa un petit sourire. « J'ai compris. »

Ce petit sourire donna à Maggie l'envie de pleurer à cause de l'espoir qu'il suscitait en elle.

Ils travaillèrent sur le communiqué pendant une heure, le peaufinant jusqu'à ce que tout le monde soit satisfait, en particulier Brayden. C'était son histoire et elle devait être racontée correctement.

« Vous en êtes sûrs ? demanda Brayden à Kate, son regard englobant Buddy et Taylor.

— Absolument, dit Kate, parlant pour eux trois. Envoyez-le à la presse, Lenore. À Brayden, Kate dit : Lenore travaille pour nous trois.

— Vous êtes tous incroyables, dit-il, clairement épaté par eux.

— Nous faisons bouger les choses, dit Taylor.

— Merci, dit-il doucement. Merci beaucoup à vous tous.

— Tu as une famille en nous, Brayden, dit Jill. Nous assurons tes arrières. »

Sentant qu'il était bouleversé, Maggie passa son bras autour de lui et amena sa tête à son épaule.

« Maintenant, il faut juste que tu arrives à convaincre Jack, dit Reid. Mon pauvre bougre. »

Une fois le communiqué publié et faisant exploser Instagram, les autres se mirent à préparer de la nourriture, du café et des Bloody Marys. Ils continuaient comme si tout était normal, alors que la vie de Brayden était devenue tellement hors de contrôle qu'il ne savait que penser de tout ce qui s'était passé ces deux dernières heures. Il ne savait plus ce qu'était « normal » désormais.

Les gens étaient au courant de ce qu'il avait fait. Avant la fin de la journée, *tout le monde* allait savoir ce qu'il avait fait. La famille de Maggie le savait et elle s'était battue pour lui, risquant sa propre réputation pour restaurer la sienne.

Personne n'avait jamais fait quelque chose comme cela pour lui.

Et Maggie, mon Dieu, Maggie... Dire qu'elle était une reine ne lui accordait pas assez de mérite. C'était une impératrice, et il l'aimait à la folie. Il réalisa qu'il avait oublié de le lui dire plus tôt, alors qu'elle lui ouvrait son cœur. Dès qu'il aurait un instant seul avec elle, il réparerait cela.

L'arrivée imminente de son père, qui était apparemment connu pour tout laisser tomber et sauter dans un avion chaque fois que ses filles rencontraient des problèmes, planait sur tout.

Brayden était le problème que Maggie avait rencontré, et maintenant Jack Harrington était en route pour Nashville pour s'assurer qu'il était assez bien pour Maggie – ou pour le faire tuer.

Bien sûr, il n'était pas assez bien pour elle. Brayden l'avait toujours su, mais il n'avait jamais réussi à garder ses distances avec elle, même en sachant qu'elle pouvait trouver beaucoup mieux que lui.

Apportant une tasse de café, elle s'assit à côté de lui sur le canapé. « Tu tiens le coup ?

— Ça va. Je crois.

— Lenore dit que les gens réagissent bien aux messages.

— Tant mieux.

— Je sais que c'est beaucoup à digérer, mais c'est peut-être mieux comme ça. Les gens savent. La vie continue. Tu n'as plus de secrets à protéger.

— Peut-être, mais c'était à moi de révéler ou pas mes secrets. Je parie que je sais exactement qui a vendu la mèche.

— Ça n'a pas d'importance qui c'était. Le mal était fait, et nous avons fait ce que nous pouvions pour le réparer.

— Tu as fait plus que quiconque n'a jamais fait pour moi de toute ma vie, Maggie, à l'exception peut-être de ma mère. »

En sirotant son café elle le fixa de ses yeux bleus puissants par-dessus le rebord de sa tasse. « Je t'ai dit pourquoi tout à l'heure.

— Justement, il faut qu'on en parle.

— On en parlera. Plus tard. Mais il faut que tu saches que si c'était à refaire, je ferais exactement la même chose. »

Il sourit de la façon dont elle avait utilisé ses mots à lui. « J'ai tellement de choses à te dire.

— Nous allons y venir. Après avoir vu mon papa.

— Ça va être très dur ?

— Difficile à dire. Il s'est un peu calmé avec l'âge...

— Qui traites-tu de vieux, Mags ? »

Maggie faillit sursauter quand elle réalisa que son père se tenait derrière eux. « Mon Dieu, comment es-tu arrivé ici si vite ? Elle tendit sa tasse à Brayden et se leva pour accueillir son papa avec un câlin et un baiser.

— Peu importe. Qu'est-ce que c'est que cette histoire que je me calme en vieillissant ?

— Sois gentil, Papa. Je le pense vraiment. Voici Brayden Thomas. Brayden, mon père, Jack Harrington. »

Brayden se leva pour lui serrer la main, établissant un contact visuel comme son grand-père le lui avait appris. Le père de Maggie était grand, les cheveux bruns parsemés de gris, beau et redoutable. « Ravi de vous rencontrer, Monsieur. Je suis désolé que cela se produise dans ces circonstances. Brayden ne pouvait pas croire à quel point Jill ressemblait à son père. Maggie lui ressemblait aussi, mais Jill c'était lui tout craché.

— Oui, les circonstances sont quelque peu malheureuses, dit Jack.

— Papa, il faut que tu entendes toute l'histoire.

— Je la connais déjà. J'ai vu le message de Kate. »

Maggie resta bouche bée. « *Toi*, tu connais *Instagram* ? »

Jack lui lança un regard désabusé. « Je vis avec un adolescent et deux préadolescents. Je sais ce qu'est Instagram, et quand deux de mes filles m'envoient par SMS des liens vers quelque chose que je devrais voir avant de « rentrer dans le lard », je suis aussi capable de faire ce qu'on me dit.

— Nous avons toutes les deux dit la même chose », dit Jill à Kate en les rejoignant.

Les sœurs se tapèrent la main, visiblement satisfaites d'elles-mêmes. Brayden leur serait à jamais reconnaissant, ainsi qu'à Buddy et Taylor, pour ce qu'ils avaient fait pour lui aujourd'hui. Mais Maggie... C'était grâce à elle que tout cela était arrivé, et sa gratitude envers elle ne pouvait être résumée ou mesurée par de simples mots.

« Je t'avais dit qu'il s'était calmé avec l'âge, dit Maggie. Avant, il ne faisait jamais ce qu'on lui disait. »

Jack lança à Maggie un regard sévère qui parvint à transmettre également de l'amusement et un amour sans bornes. « Brayden, dit-il, allons faire un tour.

— Papa...

— Je voudrais parler à Brayden en privé. »

Brayden savait qu'il était temps d'être un homme et de se battre pour elle comme elle s'était battue pour lui. « C'est bon, Maggie. Après vous, Monsieur.

— Je m'appelle Jack. Appelle-moi comme ça.

— Oui, Monsieur. Je veux dire Jack, Monsieur.

— Ça va aller, dit Reid. On s'habitue à lui, et après, il n'est plus aussi effrayant.

— Toi, dit Jack en désignant Reid, ferme-la. Non seulement tu as épousé ma fille après que je t'ai dit de « garder un œil sur elle », mais tu as aussi fait de moi un grand-père. Où est ma jolie Poppy d'ailleurs ?

— Elle fait la sieste, Papa, dit Kate. Tu pourras la voir dans un petit moment.

— Excellent. Brayden, allons marcher. »

Brayden fit une grimace à Maggie.

« Sois fort, petit scarabée[1]. Maggie affecta une expression de gravité comique. Pour autant que nous le sachions, il n'a mordu personne depuis un moment et il est à jour dans sa vaccination. »

Jack leva les yeux au ciel. « N'écoute pas mes filles, Brayden. Elles ne me connaissent pas du tout. »

---

1. Implique que la personne est jeune et sans expérience, faisant référence à la série télé-visée « Kung Fu » avec David Carradine.

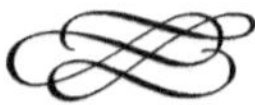

rayden suivit Jack par la porte fenêtre qui menait au jardin de Kate. Il se disait qu'il y avait beaucoup d'endroits pour y cacher un corps, mais il se rappela comment Maggie était venue le chercher plus tôt et il était convaincu qu'elle le referait, si on en arrivait là...

Pendant un long moment, ils ne firent que marcher. Brayden se demanda si Jack l'emmenait assez loin de la maison pour que le coup de feu ne soit pas audible. Et puis il ricana doucement à la direction que prenaient ses pensées.

« Tu veux partager la blague ? demanda Jack.

— Je me demandais si vous m'emmeniez assez loin de la maison pour qu'ils n'entendent pas le coup de feu. »

Jack gloussa. « Tu as compris mon plan. »

Ils passèrent devant une cabane en rondins à structure en A, une version plus petite de la maison principale, puis se dirigèrent vers un bosquet. « C'est le dortoir que Reid a construit avant que nous venions tous à Noël dernier pour leur mariage.

— Waouh. C'est énorme.

— On est nombreux.

— Je commence à m'en rendre compte.

— Tu as une grande famille ?

— Non. C'était juste ma mère, mon grand-père et moi. Il est mort quand j'avais treize ans, et j'ai perdu Maman récemment.

— Je l'ai entendu dire. Je suis vraiment désolé.

— Merci.

— Je crois comprendre que tu as un don avec les chevaux.

— C'est ce qu'on me dit. Ça vient directement de mon grand-père. Il m'a appris tout ce que je sais.

— Maggie aime les chevaux depuis qu'elle est toute jeune. Elle nous a suppliés de lui donner des leçons pendant des années avant qu'on finisse par céder. Elle était tellement petite. Je faisais des cauchemars dans lesquels je la voyais se faire écraser par un cheval qui tombait. Mais Maggie, étant Maggie, n'avait pas peur du tout. Elle a sauté sur son premier cheval comme si ce n'était rien et a décollé comme si elle avait fait de l'équitation toute sa vie. L'instructeur a dû lui courir après parce qu'elle était censée marcher avant de courir, mais le temps qu'il la rattrape, il était déjà trop tard.

— Pourquoi ne suis-je pas surpris ?

— Non seulement elle n'a peur de rien, mais elle a le plus grand cœur de tous ceux que j'ai connus. Sa mère et moi étions très inquiets qu'elle prenne le poste à Matthews House, car nous savions que ce serait dur pour elle quand les choses ne se passeraient pas comme prévu.

— Ça l'a été. Elle tient tellement aux femmes et aux enfants avec lesquels elle travaille.

— Je sais, dit Jack avec un soupir. Si Maggie tient à toi, tu es un homme chanceux.

— Je ne me suis jamais senti aussi chanceux de ma vie que depuis que je l'ai rencontrée.

— C'est vrai ?

— Oui. Monsieur. »

Jack arrêta de marcher et se tourna vers Brayden. Ses yeux gris intenses rappelaient à Brayden ceux de Jill quand elle était dans ce que Maggie et Kate appelaient *le mode avocat*. « Est-ce que tu aimes ma fille ? »

Brayden pensa à la façon dont Maggie s'était battue pour lui plus tôt. Il ne pouvait lui donner moins que ce qu'elle lui avait donné, c'est-à-dire tout. « Je l'aime plus que tout au monde, même mon cheval. Quand vous me connaîtrez mieux, vous comprendrez qu'il n'y a pas de plus grand honneur que je puisse faire à Maggie que de la faire passer avant mon cheval. C'est la personne la plus incroyable que j'aie jamais rencontrée. Je ne veux rien de plus que de l'épouser et de faire ma vie avec elle. »

Jack hocha la tête, semblant satisfait de la réponse de Brayden. « Et tu es un criminel condamné. »

Brayden le regarda dans les yeux. « Je le suis, Monsieur. Je veux dire Jack. Monsieur. J'ai été reconnu coupable d'un crime quand j'étais mineur. J'ai passé du temps en détention juvénile et cinq ans de probation par la suite. J'ai essayé de faire effacer mon dossier, mais ça n'a pas encore été fait.

— Hm. » Jack se remit à marcher.

Brayden le suivit, essayant de comprendre ce que ce « hm » signifiait. Jack allait-il lui dire de ne pas s'approcher de sa fille ? Parce que Brayden n'était pas sûr de pouvoir le faire, pas après avoir appris plus tôt qu'elle l'aimait aussi. Avant d'en être sûr, il avait pensé qu'il pourrait partir sans se retourner. Maintenant, tout avait changé une fois de plus.

Ce jour lui rappelait quatre autres jours qui avaient changé sa vie à jamais : quand son grand-père était mort, quand il avait agressé Clive, quand sa mère était morte et quand il avait rencontré Maggie et avait été immédiatement attiré par elle.

« Je veux que vous sachiez que je ne regrette pas ce que j'ai fait à mon beau-père. Je regrette la douleur que cela a infligé à ma mère, mais je le referais si les circonstances étaient les mêmes. »

Il était peut-être idiot de dire une telle chose au père de Maggie, mais c'était la vérité.

« Quand j'ai entendu parler de ces histoires sur Internet, j'avoue que j'ai paniqué.

— Je peux comprendre pourquoi.

— J'ai plutôt tendance à la panique en ce qui concerne mes enfants. J'aime à penser que j'ai appris à mieux gérer les hauts et les bas de la paternité, mais quand un de mes enfants a des problèmes, j'agis d'abord et je réfléchis ensuite. Jack le regarda. Maggie t'a raconté ce qui s'est passé quand Kate et Reid étaient ensemble au début ?

— En gros.

— Alors tu sais que c'était mon bon ami de l'université, et quand j'ai appris qu'il s'était mis avec ma fille de dix-huit ans... Eh bien, tu peux imaginer que je n'ai pas bien géré ça.

— Qui le pourrait ?

— J'ai fait beaucoup d'hypothèses pendant cette période, pour découvrir plus tard que je m'étais trompé sur la plupart des points. Alors que je pensais que mon vieil ami avait profité de ma fille, je n'ai pas vu qu'elle était vraiment amoureuse de lui. Je ne suis pas la raison pour laquelle ils se sont séparés la première fois qu'ils étaient ensemble, mais je n'ai certainement pas aidé en ne voyant pas le tableau complet.

Elle est plus heureuse que jamais depuis qu'ils se sont remis ensemble. Aurais-je choisi un homme de vingt-huit ans son aîné pour elle ? Pas du tout. Puis-je nier qu'il l'aime de tout son cœur ? Je n'ai absolument aucun doute là-dessus. »

Après un autre moment de silence, Jack dit : « Maintenant que j'ai entendu toute ton histoire, je comprends pourquoi tu as fait ce que tu as fait. Je n'aime pas que tu l'aies fait, mais je comprends *pourquoi* tu l'as fait. Il s'arrêta et se tourna à nouveau vers Brayden. Dois-je m'inquiéter de la sécurité de ma fille avec toi ?

— Mon Dieu, non. Je ne ferais jamais... L'idée que quelque chose ou quelqu'un puisse faire du mal à Maggie le tuait. Non, vous n'avez pas besoin de vous inquiéter pour sa sécurité. Je vous en donne ma parole.

— Et son grand cœur ouvert et confiant sera en sécurité avec toi, aussi?

— Oui, Monsieur. Vous avez ma parole sur ce point aussi. »

Jack acquiesça, l'air satisfait. « Eh bien, dit-il, cela m'économise une balle. »

Maggie se mourait pendant toute la durée de leur absence. Elle se tenait debout, le nez collé à la fenêtre face à la direction qu'ils avaient prise, observant attentivement, espérant que son père n'était pas trop dur avec Brayden. Il avait déjà eu une journée assez difficile sans que Jack en rajoute.

Elle était à bout de nerfs. Quand elle pensait à la façon dont elle l'avait supplié de rester, lui disant combien elle l'aimait...

Elle poussa un profond soupir.

« Tout va bien se passer, dit Jill quand elle rejoignit Maggie à la fenêtre.

— Tu me sembles terriblement sûre de cela.

— Ça va aller. Il t'aime. C'est évident pour nous tous. Tu t'es battue pour lui, et maintenant il va se battre pour toi.

— Il allait partir, avant.

— Parce qu'il pensait que c'était ce qu'il y avait de mieux pour toi, pas parce que c'était ce qu'il voulait. »

Maggie lança un regard à sa sœur. « Quand es-tu devenue si futée à propos de ces choses-là ?

— En tant qu'aînée et la plus sage d'entre nous, j'ai toujours été futée pour tout, et tu dois bien t'en rendre compte maintenant. »

Maggie rit et se blottit dans l'étreinte affectueuse de sa sœur comme elle l'avait fait toute sa vie. Elle ne pouvait tout simplement pas imaginer un monde sans Jill et Kate pour la soutenir et l'aimer. Bien sûr, elles s'étaient chamaillées comme des sœurs en grandissant, mais après l'accident de leur mère, elles s'étaient serré les coudes pour survivre. Les avoir à nouveau près d'elle lui donnait une joie incroyable.

« Tu ne penses pas que Papa le fasse fuir, non ? demanda Maggie.

— Non. Il s'assure juste que Brayden est digne de toi.

— Il l'est.

— On le sait, mais Papa a besoin de le voir par lui-même. C'est ce qu'il est en train de faire.

— C'était beaucoup plus amusant quand il vous le faisait à toi et Kate. »

Jill rit. « J'en suis sûre. Elle serra Maggie un peu plus fort. Allons jouer avec Poppy. Elle te fera penser à autre chose. »

Même sa nièce adorée ne pouvait distraire Maggie. « Vas-y. Je vais rester ici.

— Respire, Mags.

— J'essaie. »

Pendant qu'elle attendait, elle lut des textos de sa mère, d'Andi et d'Eric, qui avaient tous vu le message de Kate sur Brayden et transmettaient leur amour et leur soutien à Maggie.

J'ai hâte de rencontrer ce type, dit Eric. *Kate et Jill disent qu'il est cool, mais j'ai besoin de le voir par moi-même avant de décider s'il est assez bien pour toi.*

Maggie sourit en réalisant qu'Eric était comme leur papa sur ce point, même s'ils n'étaient pas biologiquement liés. L'éducation l'emportait sur la biologie quand il s'agissait de son Papa et d'Eric, qui étaient la parfaite illustration de l'expression « se ressembler comme deux gouttes d'eau ».

Tiens bon, ma puce, avait écrit Clare. *Ça aussi, ça passera. J'ai entendu que Papa était en route. Je t'envoie mon amour et mes meilleurs vœux pour la visite de ton père. Hihi !*

Câlins et amour, Mags, disait Andi. *Désolée pour ton papa. J'ai essayé de lui dire de rester à la maison et de s'occuper de ses affaires, mais tu sais comment il est. MDR. Je suis là si tu as besoin de moi. Toujours.*

Maggie remit son téléphone dans sa poche. Elle répondrait aux messages plus tard. Pour l'instant, elle n'était capable que de fixer du regard la cime des arbres et attendre.

Un peu plus tard, Reid lui tendit silencieusement un verre de thé glacé avec un quartier de citron.

« Merci, dit-elle.

— Je suis passé par là, là où se trouve Brayden en ce moment. Si je m'en suis sorti, il le fera aussi.

— Je suppose.

— Après moi, un petit crime ancien, ce n'est rien. »

Maggie rit alors qu'elle ne l'aurait jamais cru possible.

« En fin de compte, ton papa veut juste être sûr que ses filles sont heureuses, en bonne santé, en sécurité et très aimées. Tu ne peux pas en vouloir à un homme de cela.

— Tu parles avec l'expérience d'un père.

— J'ai une toute nouvelle appréciation pour ton Papa depuis que Poppy est née. J'espère que je pourrai faire pour elle la moitié de ce qu'a fait ton papa pour toi et tes sœurs.

— Tu vas être génial. »

Reid fit un signe de tête vers la fenêtre. « Les voilà. On dirait que Brayden a encore tous ses membres. »

Quand elle vit Brayden, son cœur fit un bond joyeux.

« Reste cool, ma belle », dit Reid en l'embrassant sur la tête avant de la quitter.

Maggie essaya de suivre ses conseils. Elle le voulait vraiment, mais elle ne pouvait pas la jouer cool lorsqu'il s'agissait de Brayden. Elle alla à leur rencontre à la porte du vestibule pour les accueillir.

Quand il la vit, Brayden lui fit un clin d'œil et un sourire qui la remplit de soulagement.

Il allait bien. Ils allaient bien. Tout allait bien se passer.

Ils apportèrent avec eux l'odeur de l'air frais et de l'herbe du printemps.

Brayden s'approcha, passa son bras autour d'elle et la serra contre lui. Le fait qu'il fasse cela devant son papa en disait long sur ce qui avait été décidé entre eux.

Jack regarda de Maggie à Brayden et puis à nouveau Maggie. « Je suis heureux pour toi, Mags. »

Elle fit un pas en avant pour embrasser son père. « Je devrais te dire merci d'être venu, mais...

— Je viendrai toujours. C'est l'une des rares choses dans la vie sur laquelle tu peux absolument compter. »

Maggie se cramponna à l'homme qui avait été son premier amour, son soutien et son repère. « Je t'aime, Papa.

— Je t'aime aussi, ma chérie. »

Maggie voulait prendre Brayden et filer pour qu'ils puissent être seuls. Mais son papa était venu de si loin, et Jill préparait le dîner, alors ils restèrent assez longtemps pour manger et être polis. Dès que le dernier plat fut déposé dans le lave-vaisselle, Maggie dit : « Il faut qu'on y aille.

— Tu as tenu deux heures de plus que je ne l'aurais fait, dit Kate. Va. Va avec ton homme. Récupère de cette journée et fais des projets.

— Et invite-le à mon mariage, dit Jill.

— D'accord. Au cas où j'oublierais de vous le dire, je ne sais pas ce que je ferais sans vous.

— De même, dit Kate. Les sœurs Harrington pour toujours.

— On devrait lancer un hashtag », dit Jill.

Maggie les enlaça dans un câlin de groupe. « Je vous aime tellement.

— Je t'aime encore plus, dit Kate. Tu étais notre premier bébé. N'oublie jamais ça.

— Comment le pourrais-je puisque tu me le rappelleras toujours ? »

Brayden entra dans la cuisine et s'arrêta net lorsqu'il vit les trois femmes serrées l'une contre l'autre. « Oh, euh, désolé de vous interrompre.

— Tu n'interromps rien, dit Maggie. Nous étions juste en train de nous dire au revoir. Tu es prêt à partir ?

— Quand tu veux.

— Brayden, dit Jill, je me disais qu'Ashton et moi pourrions t'aider à faire effacer ton casier judiciaire. Nous serions heureux d'essayer si tu penses que ça peut aider.

— J'accepterai toute l'aide possible par rapport à ça. J'ai essayé de le faire moi-même pendant des années et ça n'a pas abouti.

— On verra ce qu'on peut faire.

— Merci beaucoup. »

Ils dirent au revoir et remercièrent leurs hôtes et quelques minutes plus tard étaient en route dans la voiture de Maggie, qui était restée chez Kate la veille. Brayden proposa de conduire, et Maggie lui tendit volontiers les clés.

« Est-ce qu'ils parlent de nous là-bas ? demanda-t-il en lui tenant la main comme il le faisait toujours dans la voiture.

— À ton avis ?

— On leur a donné aujourd'hui de quoi parler toute une année.

— Ça ne durera pas longtemps. Mon papa a six enfants. Quelque chose d'autre nous chassera de la première page. Il ne sait pas encore qu'Eric veut s'engager dans les Corps de la Paix plutôt que d'aller à l'université. La nouvelle va tomber d'une minute à l'autre.

— Comment tu te sens par rapport à ça ?

— Je pense que ce sera génial pour lui. Il a postulé pour enseigner l'anglais comme seconde langue ainsi que la langue des signes américaine à d'autres volontaires des Corps de la Paix. Il a entendu dire qu'il y avait de la demande pour ça.

— Mais ses parents vont flipper.

— Probablement. Il a été accepté à Northwestern à Chicago, d'où Andi est originaire. Sa mère et sa tante seraient à proximité. Andi était contente de ce plan.

— Et maintenant il va tout bouleverser.

— On dirait bien. Elle lui lança un regard. Tu veux bien me dire ce que mon papa a dit avant que je crève de ne pas savoir ?

— Ça s'est bien passé. Il m'a parlé de la première fois où Reid et Kate se sont mis ensemble et du fait qu'il a l'impression de ne pas avoir géré ça aussi bien qu'il l'aurait pu. Il essaie d'apprendre de ses erreurs.

— Waouh. C'est extrêmement sophistiqué de sa part.

— Oui, mais ensuite il est allé droit au but et a dit, « Tu es un criminel condamné ».

— Pouah.

— Il a dit qu'il comprenait ce que j'avais fait et pourquoi, et je lui ai dit que je le referais dans les mêmes circonstances. Il m'a alors demandé s'il devait s'inquiéter que je te fasse du mal.

— Non, dit-elle, horrifiée. Il n'a pas demandé ça.

— Bien sûr que si, et je ne lui en veux pas, Maggie. Il voulait s'assurer que sa magnifique fille serait en sécurité avec moi. Je lui ai assuré que tu le seras. Pour toujours.

— Toujours est un temps terriblement long. »

Il amena leurs mains jointes à ses lèvres et embrassa le dos de celle de Maggie. « Ce ne sera pas assez long pour moi. »

La promesse que Maggie entendait dans ces mots prononcés sur un ton bourru la fit frissonner.

Ils arrivèrent à la maison au moment même où le soleil se dirigeait vers la cime des arbres au loin.

« Allons faire une balade », dit-il après avoir garé sa voiture derrière les écuries.

Ils partirent dans la direction qu'ils prenaient habituellement pour monter à cheval, mais après avoir fait travailler durement les chevaux plus tôt, ils les laissèrent se reposer.

Brayden passa son bras autour de Maggie et adapta son pas au sien. « Quelle journée !

— Une que nous n'oublierons pas. Ça, c'est sûr.

— Je n'oublierai jamais la façon dont tu es venue me chercher, ni ta force quand je me suis effondré.

— Je m'effondrais en mon for intérieur.

— Je ne l'aurais jamais deviné.

— Eh bien, c'est la vérité. J'avais tellement peur que tu t'en ailles et que je ne te revoie plus jamais.

— Tu as fait en sorte qu'il me soit impossible de partir, même si je pense toujours que cela aurait été la meilleure chose pour toi.

— Non, ça n'aurait pas été mieux. »

Ils entrèrent dans les bois et descendirent le chemin jusqu'à la clairière près de l'étang, où ils s'assirent sur l'herbe pour admirer le coucher de soleil.

« Il y a quelque chose que je n'ai pas eu l'occasion de te dire plus tôt, mais c'est quelque chose que tu devrais savoir. »

Maggie le regarda d'un air méfiant. « J'ai presque peur de demander.

— C'est en fait quelque chose de bien. La meilleure chose qui soit, à vrai dire.

— Qu'est-ce que c'est ?

— Je t'aime, moi aussi. Je t'aime depuis un moment maintenant. Je mourais d'envie de te le dire, mais je pensais que c'était trop tôt. »

C'étaient quelques-uns des plus beaux mots que Maggie ait jamais entendus. « Moi, pareille. Je mourais d'envie de te le dire, mais j'avais peur de t'effrayer en donnant trop, trop tôt.

— Je ne pourrais jamais avoir trop de toi, ma douce Maggie. »

Il l'embrassa alors avec des heures de besoin désespéré et de désir qui s'unirent dans un élan explosif de passion, les laissant tous deux abasourdis lorsqu'ils reprirent leur souffle. « *Waouh.* »

Maggie rit de la tête stupéfaite qu'il faisait.

« Nous devrions nous marier, dit Brayden.

— *Quoi ?*

— Tu m'as entendu. Nous devrions nous marier, vivre ensemble, diriger ton programme ensemble et avoir de beaux bébés bruns ensemble. On devrait tout avoir. Je t'aime. Tu m'aimes. Ton papa ne m'a pas tué. Que faut-il de plus ?

— Rien, dit Maggie, le cœur si plein d'amour et d'excitation qu'elle craignait qu'il n'éclate. C'est tout ce que j'ai toujours voulu.

— Alors c'est oui ? »

Elle n'arrivait pas à croire ce qui se passait. « Tu me le demandes vraiment ? »

Il se mit à genoux et lui prit la main. « Maggie Harrington, je t'aime. Je t'aimerai toujours, la fille de mes rêves, celle que je pensais ne jamais trouver. Pour le reste de ma vie, je me souviendrai comment tu m'as poursuivi, fixé du regard et forcé à me battre pour moi et pour nous. Veux-tu bien m'épouser, vivre avec moi, me laisser t'aider à changer la vie des gens dans cet endroit incroyable, être le père de tes enfants et faire partie de ta famille extraordinaire, bien qu'un peu trop présente ? »

Maggie rit à travers ses larmes. « Oui, Brayden. C'est oui. Oui à tout. »

ÉPILOGUE

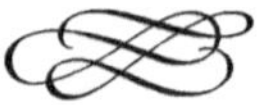

Vêtu d'un smoking noir, Jack Harrington franchit les portes principales richement décorées de l'hôtel Infinity Newport que Jamie et lui avaient conçu et construit une douzaine d'années auparavant. Son seul travail aujourd'hui était de faire enfiler leurs smokings à ses trois fils et de les déposer à l'hôtel avant 14 h. Ils avaient accompli leur tâche avec quelques minutes d'avance.

Après leur avoir rappelé de bien se comporter et de faire ce qu'on leur disait, il confia les garçons à un membre de l'équipe d'Andi, puis expira en contemplant l'immense escalier qui constituait la pièce maîtresse du hall de l'hôtel. Au palier situé à mi-hauteur, il se divisait en deux escaliers, menant chacun à l'une des ailes de l'hôtel.

Il avait demandé Andi en mariage en haut de ces escaliers, près de la grande fenêtre qui donnait sur la baie de Narragansett, et l'avait épousée ici le jour même de l'arrivée de leurs jumeaux. Quelle journée cela avait été, et quelle journée celle-ci promettait d'être !

Il était dans tous ses états depuis qu'Eric avait obtenu son diplôme d'études secondaires et commencé à préparer son départ pour la Thaïlande. *Pouah*, c'était vraiment, *vraiment* loin de la maison, mais Jack avait essayé de faire la paix avec cela et de soutenir la décision de son fils, même si son cœur se brisait à l'idée que son précieux garçon soit si loin. Lâcher prise était encore son plus grand défi en tant que père.

Peut-être qu'il y parviendrait d'ici à ce que les jumeaux quittent la maison.

Le week-end du mariage avait démarré avec un barbecue à la bonne franquette pour toute la famille étendue chez Clare et Aidan le jeudi soir, suivi d'un fabuleux dîner de répétition organisé par Reid au Tennis Hall of Fame hier soir. Et aujourd'hui, Jack devait donner en mariage une autre de ses précieuses filles.

Il avait tourné en rond avec Jill et l'avait finalement convaincue de laisser le père de la mariée payer pour le mariage. Elle ne voulait pas, mais il avait insisté, et elle avait finalement cédé parce qu'elle avait compris que c'était quelque chose qu'il voulait faire pour elle.

C'était trop pour un pauvre papa dévoué. Ses enfants avaient grandi si vite, ils grandissaient encore trop vite. Comment était-il possible que les jumeaux aient onze ans au mois d'août ?

Sa sœur Frannie et son mari Jamie franchirent les portes principales avec leurs jumeaux, Owen et Olivia, qui venaient d'avoir douze ans.

« Oncle Jack. Olivia courut vers lui. Écoute le bruit que fait ma robe quand je la fais tourner ! »

Les deux enfants avaient les cheveux roux de Frannie, et Jamie les appelait tous les trois ses petits rouquins.

« J'adore ! Tu es éblouissante, ma chérie. »

Owen prit une pose. « J'ai un nouveau costume.

— Toujours aussi beau, mon pote. Owen et Jack échangèrent la poignée de main élaborée qu'Owen avait créée pour eux un an auparavant.

— Allez, les gamins, dit Frannie aux enfants. Allons voir où vous devez vous mettre. »

Jill avait demandé à Owen et Olivia de distribuer les programmes à tous les invités.

« On se voit tout à l'heure, dit Jack alors que Frannie partait avec les enfants.

— Ça va, toi ? demanda Jamie.

— Oh, tu sais. C'est un jour comme les autres.

— C'est sûr, dit Jamie en riant. Le grand salaud blond avait à peine un cheveu blanc, contrairement à Jack, qui avait trois fois plus d'enfants et les cheveux blancs pour le prouver. Un jour comme les autres. Notre petite Jill va *se marier*.

« — Je sais. Je ne peux pas m'y faire. Et Maggie juste après elle.

— Mon cœur à moi ne peut déjà pas le supporter. Je ne peux qu'imaginer ce que tu dois ressentir. Et Eric qui va en *Thaïlande*.

— Oh, ne me le rappelle pas. »

Son fils allait enseigner l'anglais à des étudiants thaïlandais et le langage des signes à d'autres volontaires américains pendant les deux prochaines années. Après de nombreuses longues soirées aux longs débats, Jack et Andi avaient accepté le projet d'Eric en échange de sa promesse d'aller à l'université à son retour. « C'est exactement comme quand Kate voulait aller à Nashville. Tu te souviens ? »

Jamie fit une grimace. « Comment pourrais-je l'oublier ? Mais regarde ce que ça a donné. Je ne peux que croire qu'Eric s'en sortira bien.

— C'est juste tellement effrayant de penser qu'il sera aussi loin. »

Eric n'avait jamais laissé son handicap le définir ou le limiter, et Jack ne pouvait supporter de l'empêcher de poursuivre ses rêves. Mais il s'inquiéterait pour lui chaque jour de son absence.

« Je sais, mais ça passera vite, comme tout le reste.

— Je l'espère.

— Mais oui, tu verras. »

Les frères d'Aidan, Brandon et Colin, arrivèrent avec leurs épouses, Daphne et Meredith, ainsi que la fille de Brandon, Michaela. Brandon poussait sa mère, Colleen O'Malley, dans un fauteuil roulant. Chacun de ses cheveux blancs comme neige était à sa place et ses ongles avaient été peints en rose, de la même couleur que sa maison à Chatham, dans le Massachusetts, du moins c'est ce que les filles de Jack lui avaient dit.

Jack et Jamie les saluèrent tous avec des poignées de main et des embrassades. Depuis qu'Aidan avait épousé Clare, la famille O'Malley avait été bienveillante envers les filles de Jack, ce qui en faisait une famille pour lui aussi.

Jack se pencha pour embrasser la joue de Colleen O'Malley. « C'est un grand plaisir de te voir, Colleen. Tu as l'air en forme.

— Je m'accroche, dit-elle dans son délicieux accent irlandais. Mes petits-enfants me gardent jeune.

— Il paraît que toute la bande vient aujourd'hui, dit Jack.

— J'en ai bien peur. Je m'excuse d'avance pour la horde indisciplinée des O'Malley. J'ai fait de mon mieux avec eux. »

Jack rit et leur indiqua comment trouver la terrasse couverte sud, où le mariage aurait lieu dans quarante minutes.

Mon Dieu, quarante minutes avant *le mariage* de Jill. Il n'y a pas cinq minutes elle dansait à son premier récital et apprenait à naviguer, non ? « Je suppose que nous devrions y aller avant qu'ils n'envoient une équipe de recherche pour me trouver. »

Jamie lui donna un coup de coude pour le pousser dans la bonne direction, comme d'habitude. « Allons-y. »

En traversant l'hôtel, Jack retrouvait des souvenirs dans chaque coin et recoin de l'endroit. Il avait travaillé sur ce projet pendant la période la plus difficile de sa vie, avait rencontré Andi grâce à cet endroit et avait vu sa vie changer à jamais en raison d'une série d'évènements qui continuaient à sembler surréalistes même après tout ce temps.

Il était fier de la famille qu'il avait créée avec Andi, Clare et Aidan. Ils avaient travaillé main dans la main pour soutenir les trois filles que Clare et lui partageaient, ainsi que les enfants qu'ils avaient eus avec leurs nouveaux conjoints. Les gens disaient que lui et Clare étaient la référence en matière de divorce. Il ne voyait pas les choses de cette façon. Ils avaient simplement fait passer leurs enfants d'abord – tous leurs enfants – et le résultat était une grande famille heureuse qui se réunissait aujourd'hui pour le mariage de Jill.

L'un des employés s'occupant du mariage le dirigea vers la salle où Jill l'attendait avec Clare et Andi. Il avait déjà fait ce truc, avait déjà « donné en mariage » une de ses filles auparavant, alors il avait pensé être plus à même de le supporter cette fois-ci. Il avait eu tort à cet égard. Voir Jill dans sa robe de mariée arrêtait son cœur. La robe était simple mais élégante, ce qui correspondait au style discret de la superbe mariée qui la portait.

« Tu es éblouissante, ma chérie.

— Merci, Papa.

— Tu es prête pour ça, ma petite ?

— J'ai hâte. »

Jack serra Clare dans ses bras, s'accrochant pendant un long moment n'appartenant qu'à eux deux alors qu'ils se préparaient à regarder leur fille aînée se marier. « Nous avons fait du bon boulot avec celle-là », chuchota Jack.

Clare s'éloigna de lui, riant et essuyant ses larmes. « Nous avons fait du bon boulot avec chacune d'entre elles. »

Il acquiesça et l'embrassa sur la joue avant de se tourner vers Andi, qui lui tendait les bras. « Tu gères, Papa ?

— Oui, bien sûr. Pas de problème. »

Andi, qui le connaissait mieux que quiconque, rit comme il s'y attendait. « C'est ça. Si tu le dis, beau gosse.

— On se voit tout à l'heure ?

— Je t'attendrai, mon amour. Rends-moi fière.

— Je vais essayer. »

Après que Clare et Andi eurent quitté la pièce, Jack offrit son bras à Jill. « On se lance ?

— Oui, s'il te plaît. » Elle enroula sa main droite autour de son bras, prit le bouquet que lui tendait l'organisateur de mariage et sourit à son père, rayonnante de joie. « Je t'aime, Papa. »

Il lutta contre les larmes. « Je t'aime encore plus, ma petite chérie. »

Jill avait orchestré tous les aspects de cette journée, et lorsque tout le monde fut en place, la cérémonie commença par Brayden qui escorta Clare jusqu'à son siège au premier rang, suivi d'Eric qui escorta Andi, puis Owen qui escorta Frannie, qui avait pris soin de Jill et de ses sœurs pendant les terribles années qui avaient suivi l'accident de leur mère. Jack était profondément touché de voir que sa sœur avait été traitée avec la même attention que la mère et la belle-mère de Jill.

Les parents de Jack, les parents de Jamie, la mère de Clare, la mère et la tante d'Andi, Martha Longstreet et Colleen O'Malley étaient assis dans la rangée derrière Clare et Andi, tous distingués par des boutonnières honorifiques. Ses filles avaient de la chance d'être aimées par un groupe de grands-parents aussi extraordinaire.

Un des musiciens de l'hôtel assurait la musique de la cérémonie car Jill ne voulait pas que ses invités célèbres aient à se soucier de jouer. Kate, Buddy et Taylor allaient ensuite faire un concert ensemble à la réception, et tout le monde était impatient d'y assister...

Ashton apparut à l'avant du rassemblement avec son père et Buddy à ses côtés.

Ashley, Chloé et Georgia Longstreet ainsi que leur frère Harry, les frères et sœurs de cœur d'Ashton comme il les avait présentés lors du dîner de répétition, furent les premiers membres du cortège à sortir d'une pièce située de l'autre côté du hall, suivis de leur mère Taylor, qui était l'une des demoiselles d'honneur de Jill. Les femmes du cortège avaient été invitées à se vêtir dans des tons violets. Elles portaient des bouquets de lilas et d'autres fleurs violettes et blanches.

Les frères de Jill suivirent : Eric, Rob et John Harrington, ainsi que Max et Nick O'Malley, tous aussi mignons les uns que les autres dans leurs smokings.

Jack remarqua que les cheveux de Rob avaient besoin d'un coup de peigne et que le nœud papillon de John avait fini de travers à un moment donné, mais bon. Trop tard maintenant.

Puis vint Maggie, incroyablement belle dans une robe lilas décolletée et portant une nouvelle bague en diamant étincelante à sa main gauche. Son regard croisa le sien et elle lui fit un sourire coquin avant de continuer à descendre l'allée.

Brayden se tenait sur le côté, le regard fixé sur Maggie, souriant pendant qu'elle avançait vers lui. Plus Jack passait de temps avec eux deux, plus il était à l'aise avec le choix qu'avait fait Maggie pour mari. Brayden était un bon gars et il rendait Maggie follement heureuse. C'était tout ce qui comptait pour Jack.

Vint ensuite Kate, sa robe d'un violet plus foncé que celle de Maggie. Au lieu d'un bouquet, elle portait Poppy, qui était vêtue d'une robe couverte de pensées violettes et d'une couronne faite de gypsophile. Sa magnifique deuxième fille était encore plus belle depuis qu'elle était devenue mère. Kate rayonnait de joie pure en descendant l'allée en direction de son mari, qui lui se mit à rayonner de joie à la vue de sa femme et de sa fille.

Le grand amour, pensa Jack. Toutes ses filles avaient trouvé le grand amour, et il ne pouvait pas en être plus heureux, même si rien ne s'était passé comme il l'avait prévu.

Jack escorta Jill jusqu'au début de l'allée, où ils retrouvèrent Aidan, qui allait les accompagner.

« C'est l'un des plus grands honneurs de ma vie. Le regard larmoyant d'Aidan se posa sur eux deux. Merci de m'avoir demandé de participer. »

Jack sourit au mari de Clare qui, contre toute attente, était devenu un ami proche. « Nous ne voudrions pas qu'il en soit autrement, n'est-ce pas, Jill ?

— Absolument. » Elle glissa sa main gauche au creux du coude d'Aidan et tint son bouquet de roses blanches et de lys dans sa main droite qui était enroulée autour du bras de Jack.

Souriant à travers ses larmes, Ashton regardait Jill venir à lui.

Alors que Jack et Aidan accompagnaient leur fille à la rencontre du marié, tous ceux que Jack aimait étaient là, rassemblés dans ce lieu qui avait changé sa vie pour toujours. Que demander de plus ?

~

Ouf ! Voilà, c'est fait ! J'ai enfin écrit le livre de Maggie et je ne saurais exprimer correctement le voyage émotionnel que ce livre m'a fait faire, me replongeant dans les souvenirs des premiers jours de ma carrière d'auteur. C'était une joie incroyable pour moi de retrouver Jack et sa famille – et d'écrire l'épilogue de son point de vue. J'étais tellement ravie lorsque j'ai eu l'idée de terminer la série là où elle avait commencé, avec lui. Ahhhh, toutes ces émotions, je vous le dis ! TOUTES. CES. ÉMOTIONS !

Pour les lecteurs qui m'ont demandé sans relâche pendant des années d'écrire ce livre, merci de n'avoir jamais renoncé à un autre livre de la série *Rester à flot*. Je sais que l'attente a parfois semblé interminable, mais je suis heureuse d'avoir attendu jusqu'à ce que je puisse rendre justice à cette histoire. J'espère que vous l'aimerez autant que moi. Et oui, **c'est la fin de cette série**, alors ne commencez pas à demander un autre livre ! Tralalalère, je ne vous entends pas ! MDR.

Je remercie tout particulièrement ma fabuleuse assistante, directrice des opérations et chère amie, Julie Cupp, qui m'accompagne dans cette aventure depuis si longtemps qu'elle a lu *Rester à flot* pendant que je l'écrivais en 2004-2005. À l'époque, nous étions collègues dans notre emploi principal. Nous n'aurions jamais pu imaginer, ni l'une, ni l'autre, ce que nous allions faire avec ce livre, ni comment il allait lier nos vies. Julie, tu ne peux pas me quitter ! Merci pour tout, toujours.

Merci aussi au reste de la formidable équipe qui me soutient chaque jour : Lisa Cafferty, expert-comptable, Holly Sullivan, Nikki Haley, Ashley Lopez et Tia Kelly. Merci à Dan, Emily et Jake, qui ont également participé à l'aventure de *Rester à flot* avec moi depuis le début des années 2000, lorsqu'ils ont compris qu'un homme nommé Jack Harrington avait rejoint notre famille – et qu'il était apparemment là pour toujours. À mes parents décédés, George et Barbara Sullivan, qui ont toujours su qu'un jour j'écrirais un livre et qui ne m'ont jamais permis d'abandonner ce rêve, même lorsqu'il semblait tellement hors de portée qu'il en était risible. Je suis qui je suis aujourd'hui entièrement grâce à eux.

Un grand merci à mes principales bêta-lectrices, Anne Woodall et Kara Conrad, qui me suivent depuis le début et m'aident énormément à chaque livre et même entre les livres. Aux bêta-lecteurs de la série *Rester à flot* : Gwen, Kasey, Tammy, Melanie, Kelly et Mona, merci d'avoir vérifié les détails pour moi. Je suis si heureuse de vous avoir dans l'équipe ! À mes formidables réviseures, Linda Ingmanson et Joyce Lamb, merci de toujours me consacrer du temps quand je fais appel à vous, et à Tracey Suppo, pour avoir lu ce livre pendant que je l'écrivais et pour m'avoir encouragée. Vous êtes formidables !

J'ai pris grand plaisir à rendre visite à Joye M. Briggs et à sa fille, Emily Cournoyer, cofondatrices de Yellow Horse, Inc. à Ashaway, Rhode Island, pour me renseigner sur les thérapies et les programmes utilisant les chevaux. J'ai beaucoup apprécié le temps que Joye et Emily m'ont accordé et les informations qu'elles m'ont données. Merci, mesdames ! Je tiens également à mentionner ma « petite » cousine et amie proche, Jennifer Barrera, qui a pratiquement fait le travail de Maggie dans ce livre pendant treize ans en tant que directrice des programmes de Lucy's Hearth, un refuge pour les familles en crise dans notre ville natale de Middletown, RI. Le dévouement de Jennifer à sa clientèle a beaucoup inspiré le parcours de Maggie dans ce livre, et je remercie Jen pour sa précieuse contribution à cette histoire.

Enfin, et surtout, merci aux lecteurs qui m'ont permis de réaliser tous mes rêves. Je ne serais rien sans votre soutien sans faille pour moi et mes livres. Je vous aime tous tellement, même lorsque vous me suppliez d'écrire un livre pendant sept ans ! HIHI ! Surtout à ce moment-là. C'est toujours agréable de sentir que l'on compte pour quelqu'un et, grâce à vous, je sens toujours que je compte. Merci beaucoup pour tout.

Avec tout mon amour,
Marie

Newsletter list
BookBub
Facebook
Instagram
Book+Main
Website

Autres livres de Marie Force

La série Rester à Flot
Livre 1: Rester à Flot
Livre 2: Marquer le pas
Livre 3: Tout recommencer
Livre 4 : Le retour
Livre 5: L'amour pour toujours

La Série Quantum
Livre 1: Virtuous
(Flynn & Natalie)
Livre 2: Valorous
(Flynn & Natalie)
Livre 3: Victorious
(Flynn & Natalie)
Livre 4: Rapturous
(Addie & Hayden)
Livre 5: Ravenous
(Jasper & Ellie)
Livre 6: Delirious
(Kristian & Aileen)
Livre 7: Outrageous
(Emmett & Leah)
Livre 8: Famous
(Marlowe)

L'ile de Gansett
Livre 1: Quand on est fait pour l'amour
(Maddie & Mac)

Livre 2: Quand on est fou d'amour
(*Joe & Janey*)
Livre 3: Quand on est prêt pour l'amour
(*Luke & Sydney*)
Livre 4: Quand on rencontre l'amour
(*Grant & Stephanie*)
Livre 5: Quand on espère l'amour
(*Evan & Grace*)
Livre 6: Quand vient la saison de l'amour
(*Owen & Laura*)
Livre 7: Quand on aspire à l'amour
(*Blaine & Tiffany*)
Livre 8: Quand on attend l'amour
(*Adam & Abby*)
Livre 9: Quand Vient le Temps de l'Amour
(*Daisy & David*)
Livre 10: Quand on est Destiné à l'Amour
(*Jenny & Alex*)
Livre 10.5: Quand Surgit L'Amour
(*Jared & Lizzie*)
Livre 11: Gansett à la tombée de la nuit
(*Owen & Laura*)

Titres Uniques
Cinq Ans Sans Lui
Un An Plus Tard

A PROPOS DE L'AUTEUR

Marie Force est l'auteur de plus de 90 romances contemporaines parmi les meilleures ventes du New York Times, y compris la série de l'Île de Gansett et la série Fatal publiée par les Éditions Harlequin. Elle est également l'auteur des séries Butler, Vermont, La Montagne Verte et la série de romance érotique Quantum. En tout, ses livres se sont vendus à plus de 9 millions d'exemplaires dans le monde !

Ses buts dans la vie sont simples — finir d'élever deux jeunes adultes heureux, en bonne santé et productifs, continuer à écrire des livres aussi longtemps qu'elle le pourra et ne jamais prendre un vol qui fera la une des journaux.

Adhérez à la liste de diffusion de Marie pour recevoir des nouvelles sur ses nouveaux livres et sa venue prochaine dans votre région. Suivez-la sur Facebook et sur Instagram. Devenez membre d'un des nombreux groupes de lecteurs de Marie. Contactez Marie à l'adresse mail *marie@marieforce.com*

www.ingramcontent.com/pod-product-compliance
Lightning Source LLC
Chambersburg PA
CBHW071731190726
48292CB00003B/712